현오봉의 입에 물린 마지막 소리였다.

현오봉의 연대가 전멸한 이틀 뒤에 UN군사령관 맥아더가 '중공군의 월경 성명'을 발표했다.

〈제4부 「전쟁과 분단」, 8권에 계속〉

태백산맥 7

제1판 1쇄 / 1988년 12월 7일
제1판 36쇄 / 1994년 10월 13일
제2판 1쇄 / 1995년 1월 15일
제2판 39쇄 / 2001년 6월 10일
제3판 1쇄 / 2001년 10월 10일
제3판 39쇄 / 2006년 12월 20일
제4판 1쇄 / 2007년 1월 30일
제4판 67쇄 / 2020년 5월 5일
제5판 1쇄 / 2020년 10월 15일
제5판 8쇄 / 2024년 6월 30일

저자 / 조정래
발행인 / 송영석

발행처 / (株)해냄출판사
등록번호 / 제10-229호
등록일자 / 1988년 5월 11일(설립일자 | 1983년 6월 24일)

04042 서울시 마포구 잔다리로 30 해냄빌딩 5·6층
대표전화 / 326-1600 팩스 / 326-1624
홈페이지 / www.hainaim.com

ISBN 978-89-6574-927-1
ISBN 978-89-6574-920-2(세트)

파본은 본사나 구입하신 서점에서 교환하여 드립니다.

향밀침침신여상 2

향밀침침신여상

2

마시멜로

"금멱은 말하자면 척박한 불모지입니다.
즉, 전하께서 아무리 사랑을 주어도
금멱은 전하의 사랑에 호응해 주지 못한다는 거지요.
두렵지 않으십니까?"

"하늘과 땅이 아무리 크고 넓어도,
또 그 안에 사는 여인이 아무리 많아도,
내가 마음에 둔 여인은 오직 하나뿐이오."

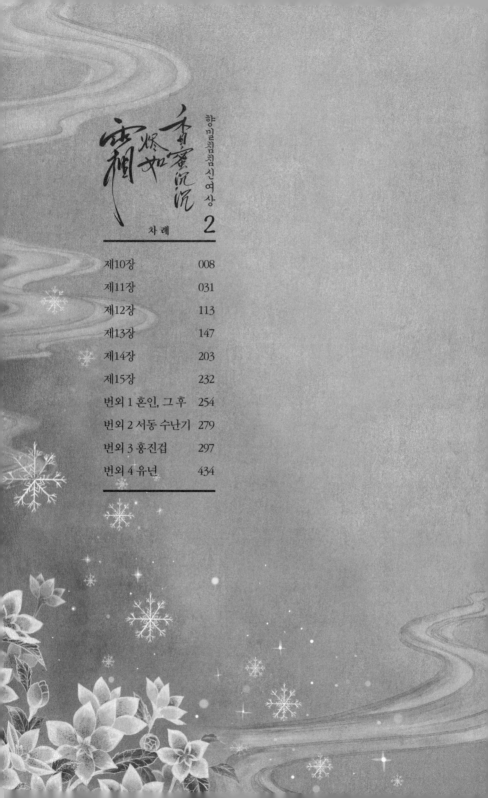

향밀침침신여상

2

차 례

제10장

"금멱."

"금멱."

"금멱?"

"금멱!"

깊은 물 속에 잠긴 듯 주변이 어두운데도 모호한 누군가는 사라지지 않았다. 그의 각종 표정도 주마등처럼 차례로 내 눈 속을 스쳐 지나갔다. 때로는 냉정하고 오만하고, 때로는 웃지도 울지도 못하고, 때로는 이를 악물거나 이를 갈고, 때로는 슬프고.

어조는 계속 바뀌는데, 하는 말은 내내 같았다. 그는 쭉 '금멱'이라는 두 글자만 불렀다. 나는 그 누군가의 정체를 확실히 확인해 보고 싶었다. 하지만 그럴라치면 그는 늘 흔적도 없이 사라졌다.

"멱아야, 멱아야!"

이번에는 다른 누군가가 내 뺨을 가볍게 두드렸다. 겨우 눈을 떴지만, 온몸이 땀에 젖어 있었다. 가슴은 급하게 오르락내리락하고 호흡은 불안했다.

"또 꿈을 꾸었느냐?"

아버지는 청량한 손으로 내 뺨을 쓰다듬었다. 그가 가벼운 바람을 몰고 왔기에 나를 괴롭히던 열기는 점차 가라앉았다.

"두려워하지 마라. 아비가 네 곁에 있으니."

아버지는 침상 맡에 몸을 숙인 채 나를 안아 주었다. 그리고 세 살배기 아기를 달래듯 토닥여 주었다. 단순한 몸짓이었지만, 내 마음은 한결 편히 가라앉았다.

천후의 업화 때문에 심폐에 큰 상처를 입은 나를 아버지는 눈 한 번 제대로 붙이지 못한 채 돌보았다. 매일 꿈에 시달리다가 놀라서 깨는 나를 달래 주었고, 약을 달이고 먹이는 일도 손수 했다.

윤옥은 내가 좀 나아진 뒤에야 아버지에게 문병을 허락받았는데, 그는 그 후로 매일매일 내게 들러 진기를 넣어 주었다. 나를 보는 그의 눈빛에는 언제나 아픔이 가득했고, 갈 때는 늘 아쉬워하며 몇 번이고 나를 돌아보았다.

24 방주도 걱정이 가득한 얼굴로 몇 번 문병을 왔다. 천제도 월하선인과 함께 문병 왔지만, 아버지는 내 몸이 아직 안 좋다는 핑계로 그들을 돌려보냈다.

아플 때 누군가의 극진한 보살핌을 받는다는 것은 내게 참으로 신선한 경험이었다. 과거 수경에서 살 때 나는 수련 중 가벼운 주화입마[1]를 겪곤 했고, 그로 인해 며칠씩 앓는 일이 잦았다. 그나마 노호는 내가 다 앓은 후에라도 알아챘는데, 동문서답식 처방전으로 제조한 잠이 잘 오는 약초를 보내 주었기에 전혀 기쁘지 않았다.

근래 겪은 비슷한 상황은 월하선인이 내게 춘궁도를 선물한 다음 날이었다. 월하선인은 내 시커메진 눈 주변을 보며 무척 기뻐했다.

---

1   走火入魔. 무협에서 자주 등장하는 용어로 심리적인 원인 등으로 인해 몸속의 기가 뒤틀려 통제할 수 없는 상태. 원래는 기의 운용을 잘못하면 몸에 이상이 생긴다는 뜻으로 일정한 정도나 수준을 넘어 도가 지나치다는 의미다.

「춘궁도에 마음이 동한 탓으로 어젯밤에 잠을 이루지 못한 모양이지? 아아, 좋아! 참으로 좋아.」

그는 무척 기분 좋게 웃으며 내 손을 잡아끌었다.

「이성에 눈을 뜨는 것은 바람직해. 건강과 장수의 비결이라고 할 수 있지.」

사실 나는 그가 준 그 비장의 춘궁도들을 미처 보지 못했지만, 아무 말도 하지 않았다. 그의 기쁨을 깨고 싶지 않아서였다.

이처럼 나는 초개와 같았다. 홀로 모든 것을 해결하며 4천 년을 살았으며, 그것을 전혀 이상하게 여기지 않았다. 하지만 아버지와 정혼자가 생기면서 내 삶은 달라졌다. 그들은 나를 지극히 아끼고 사랑했으며 극진한 관심을 기울여 주었다. 계속 이런 보살핌을 받을 수 있다면 몇 번 죽는 것쯤은 상관없겠다는 생각이 들 정도로 말이다.

아버지와 윤옥의 정성스러운 간호를 받으며 나는 점차 몸을 회복하고 있었다.

"멱아야!"

아버지의 목소리는 나를 아득한 꿈의 늪에서 끌어올렸다. 그 덕분에 몸이 거의 회복된 지금까지도 매일 밤 나를 찾아오는 꿈에서 나는 간신히 해방될 수 있었다. 잠시 후 땀에 젖은 몸을 한 채 힘겹게 눈을 뜨자 언제나처럼 나를 걱정스레 바라보는 아버지가 보였다.

"아버지……."

"그래, 아비다. 아무 염려도 하지 마라."

아버지는 내 이마의 땀을 닦아 주며 나를 부축해 앉혔다. 그리고 달여 온 약을 먹여 주었다.

"또 꿈을 꾸었느냐?"

나는 대답 대신 고개만 끄덕였다. 그러자 아버지는 작게 한숨을 쉬었다.

"몸이 나으면 마음도 따라 낫기 마련이니 괜찮아질 것이야."

그는 다정하게 나를 위로한 뒤 품에서 무엇인가를 꺼냈다. 그리고 그것을 내 손바닥에 얹어 주었다. 버들잎처럼 길고 날카로운 그것은 바로 칼이었다. 가늘고 날카로웠으며, 서늘한 한기가 돌고, 수정처럼 투명했다.

"이것은 익성현빙(翊聖玄冰)으로 만든 유엽빙도(柳葉冰刃)다. 제련할 때 내 영력의 반을 넣었지. 앞으로는 늘 이것을 호신 법기로 지니고 다니거라."

영력의 반이라고?

나는 눈만 휘둥그레 뜬 채 말을 잊었다. 나를 지킬 법기를 만들기 위해 영력의 반을 개의치 않고 써 버린 아버지의 진심에 놀라서였다. 요즘 들어 아버지의 얼굴이 눈에 띄게 창백해진 이유는 한꺼번에 너무 많은 영력을 잃어 원기가 상한 탓이었다. 원신도 분명히 적지 않게 상했을 것이다.

"아버지……, 저 정말 착하고 말 잘 듣는 딸이 될게요. 그동안 걱정을 끼쳐 죄송해요."

내가 할 수 있는 말은 고작 이 정도뿐이었다. 하루빨리 신적에 들어 아버지에게 보답하고 싶지만, 그게 너무 요원하게 느껴져 차마 그 말은 할 수 없었다.

"무리할 필요 없다. 너는 지금도 착하고 예쁜 딸이야."

"아니에요. 저는 정말 아버지에게 효도하는 딸이 될 거예요."

아버지는 내 머리를 쓰다듬으며 다정하게 웃었다. 하지만 나는 내심 괴로웠다. 참으로 못난 딸이라는 죄책감이 못내 나를 괴롭혀서였다.

아버지의 얼굴이 반쪽이 된 게 오롯이 내 탓임을 알게 되자, 나는 아버지를 설득해 쉬러 가시게 했다. 그런 뒤 내내 홀로 전전반측했다.

"이제 이게 내 호신 법기가 되어야 해. 아버지께서 이것을 어떻게 만들어 주셨는데."

품에 넣은 유엽빙도를 옷 위로 몇 번이나 두들기던 나는 돌연 몸을 일으켰다. 그리고 베개 아래 보관해 온 이전의 내 호신 법기를 꺼내 들었다. 밤이라 더욱 눈부시게 빛나는 그것은 욱봉이 내게 준 환체봉령이었다.

"그때 많이 다친 것 같았는데 좀 나았으려나?"

나는 작게 혼잣말하며 환체봉령을 하릴없이 만지작거렸다. 상황이 상황인지라 낙상부로 문병 오는 이들은 아무도 욱봉의 근황을 언급하지 않았다. 나 또한 묻지 않았기에 그의 상세를 전혀 몰랐다. 게다가 낙상부에는 대부분 남자 선시만 있는지라 선녀들의 수다를 통해 그의 소식을 알아낼 수도 없었다.

미간을 찡그린 채 한참을 더 고민하던 나는 마침내 결론을 냈다.

그래, 잠깐 가서 그의 상세만 살짝 보고 오자. 어쨌든 나는 그에게 목숨 빚을 졌고, 그동안 쌓인 정도 있지 않은가!

서오궁 정문이 보이는 데까지 와서 멈춰 선 나는 걸음을 돌렸다.

절차대로라면 정문을 지키는 선시에게 가서 화신을 만나겠다고 청해야 했다. 하지만 그러자면 말을 해야 하고, 말을 하자니 다친 목이 아직 덜 나았다. 이럴 바에는 담을 넘는 편이 나았다.

나는 이래 봬도 서오궁에서 백 년 동안 선동으로 일했다. 서오궁 지리는 손바닥 보듯 훤한지라 결계가 교차된 약한 지점을 찾기도 식은 죽 먹기였다. 나는 바로 그곳을 통해 서오궁 안으로 들어갔고, 즉시 욱봉의 침전으로 향했다.

예전에는 참으로 편하게 드나든 곳인데, 이상하게 이번에는 그럴 수 없었다. 결국, 나는 욱봉의 침전 앞에서 계속 머뭇거리기만 하다가 창의 격자를 통해 안을 몰래 들여다보았다.

침전 안의 침상 주변에는 휘장이 겹겹으로 쳐져 있었는데, 그 안에서 희미한 불빛이 새어 나왔다. 그 불빛에 의지해 자세히 살피니, 눈을 감고 눈썹을 찡그린 채 침상에 누워 있는 욱봉이 보였다. 배 위에 겹쳐 얹은 그의 손가락은 창백하기 그지없었고, 손가락 마디는 뭔가를 붙잡고 싶은 듯 구부러져 있었다. 얼굴도 반쪽이 되었는지라, 이불 속에 묻혀 있는 그의 모습은 마치 닭 한 마리 잡을 힘도 없는 서생 같았다.

보살핌이 필요한 아이 같은 그의 모습에 더는 망설일 수 없었다. 문을 밀고 안으로 들어갈 생각으로 손에 힘을 준 순간, 나는 다시 멈칫했다. 침전에 욱봉 혼자만 있는 게 아님을 그제야 깨달아서였다.

나를 등지고 앉은 선자의 몸은 무척 가늘었다. 손수건을 쥔 채 욱봉의 얼굴을 닦아 주는 뒷모습도 익숙했다. 역시나 그녀는 수화였다. 그녀는 추위를 타는 듯한 욱봉의 손을 이불 안에 넣어 주었고,

그의 얼굴에 맺힌 땀을 연신 닦아 주었다. 참으로 세심한 간호였다.

"으으……."

여전히 꿈속에서 헤매는 듯 욱봉은 눈을 감은 채 낮게 신음했다. 그러더니 문득 수화의 오른손을 잡았다. 아귀힘이 세서 뿌리칠 수 없는지 그녀가 아픔의 신음을 잘게 흘리는 게 들렸다. 그때 욱봉의 입술이 달싹이더니 뭔가 말했다. 내게는 들리지 않았지만, 수화에게는 들리는 듯 그녀의 등이 뻣뻣하게 굳었다.

곧 그녀는 다른 손을 내밀었다. 그리고 욱봉의 손등을 덮더니 몸을 기울여 그의 입술에 제 입술을 겹쳤다. 나는 내 눈앞의 광경이 믿어지지 않아 몇 번이고 눈을 비벼야 했다.

"저도 마찬가지예요. 저도 화신 전하를 연모해요."

그에게서 입술을 뗀 수화가 한 말은 내가 방금까지 본 광경이 현실임을 통렬히 자각시키고 있었다.

✳ ✳ ✳

밤의 짙은 색을 뚫으며 선기궁 앞까지 온 나는 망연히 선기궁의 정문을 바라보았다. 분명히 나는 윤옥을 찾아왔건만, 이상하게도 저 안으로 들어가기가 망설여졌다.

대체 이유가 뭘까?

지금 내 이 기분을 어떻게 설명할 수 있을까?

수화와 욱봉이 입을 맞추는 모습을 목격한 이후 나는 내내 기분이 이상했다. '저도 연모해요'라는 수화의 말을 듣자마자 도망치듯 허겁지겁 뛰쳐나가 서오궁의 담을 넘은 이유도 알 수 없었다.

나는 왜 그래야 했을까? 나는 그저 선의로 그를 찾아갔을 뿐이고, 그 장면도 우연히 보았을 뿐인데 말이다.

모르겠다. 정말 하나도 모르겠다.

선기궁 안으로 들어서자, 대나무 침상에 몸을 반쯤 뉜 윤옥이 보였다. 그는 오른손으로 옆머리를 받치고 왼손으로 죽간[2]을 말아쥔 채 독서에 여념이 없었다. 반딧불을 등으로 삼았기에 불빛이 사방으로 날아다니며 간헐적으로 깜박였다.

"먹아?"

인기척을 느껴 서책에서 고개를 든 윤옥이 눈을 동그랗게 뜨며 나를 보았다.

"이 밤에 무슨 일로?"

그가 손에 쥔 죽간을 내려놓으며 내게 다가왔다.

"아직 밤이 추운데 어째서 맨발로 나왔소?"

부드럽지만 분명 책망하는 말투였다. 천천히 고개를 숙여 살피니 빨갛게 얼어붙은 내 발가락이 보였다. 그제야 나는 내가 맨발임을 깨달았다. 낙상부에서 나갈 때 신을 신는 것을 잊었는지, 서오궁에서 황급히 도망치듯 나갈 때 흘렸는지는 알 길이 없었다.

어떤 대답도 할 수 없어 그저 멍하니 서 있는데 몸이 홀연 가벼워졌다. 윤옥이 나를 들어 안아서였다. 그는 나를 침상에 조심스레 내려 주고는 내 앞에 무릎을 꿇고 앉았다. 그리고 내 두 발을 부드

2　竹簡, 대나무를 길쭉하게 잘라 겉면을 깎고, 거기에 글씨를 쓴 것이다. 종이가 발명될 때까지 죽간은 종이의 역할을 대신했다.

럽게 주물렀다. 마지막에는 내 발을 가슴 앞 옷섶 안에 넣어 따뜻하게 데워 주기까지 했다. 온통 흙투성이인 내 발이 분명 더러울 텐데 그는 전혀 개의치 않았다.

"왜 그랬소?"

윤옥은 나를 온화하게 올려다보았다. 그러는 동안 나는 발뿐 아니라 목도 바늘을 삼킨 듯 따갑다는 사실을 깨달았다. 말없이 윤옥을 보던 나는 윤옥의 물음에는 대답하지 않고 엉뚱한 물음을 되레 그에게 던졌다.

"야신 전하, 전하는 그동안 얼마나 많은 여선과 '몸을 섞는 수련'을 했나요?"

내 물음이 뜻밖이었는지 달빛 아래 윤옥의 얼굴이 딱딱하게 굳었다. 곧이어 그는 얼굴을 붉히더니 고개를 살짝 돌렸다. 머쓱한 듯 헛기침도 몇 번 했다.

"멱아, 그런 일은 놀이가 아니오. 하늘과 땅을 증인 삼고, 부모님께 절을 올려 부부의 연을 맺어야 할 수 있는 신중한 일이지. 나는 멱아와 이미 혼약한 사이인데 어찌 다른 여선과 그런 일을 하겠소? 맹세컨대 나는 그 누구와도 '몸을 섞는' 일을 하지 않았소."

그는 잠시 말을 멈추더니 내게 수줍게 웃어 보였다.

"다음 달 초팔일에 나는 당신과 혼인할 테고 당신을 이곳 선기궁으로 데려올 거요. 그리고 영원히 당신만 사랑하며 행복하게 살 생각이오."

윤옥의 말이 무척 의외였기에 나는 그만 굳어 버렸다. 윤옥의 말에 따르면 '몸을 섞는 수련'은 혼인한 남녀끼리만 할 수 있다. 그런데 나와 욱봉은 혼인하지 않았음에도 그 수련을 했다. 즉, 나는 해서는 안 될 경박한 짓을 한 셈이다. 하지만 복하군은 분명히 말했다. 남녀라면 누구든 '몸을 섞는 수련'을 할 수 있다고 말이다. 월하선인은 또 어떤가! 그는 분명 '몸을 섞는 수련'이 음과 양의 조화라고 했다. 셋의 견해가 서로 너무 다른지라 실로 혼란스러웠다.

"먹아, 갑자기 왜 그런 질문을 하시오? 내가 당신한테 잘못한 일이라도 있소?"

욱봉과 수화의 입맞춤을 떠올리며 찡그리고 있던 나는 윤옥의 물음에 퍼뜩 정신을 차렸다. 그래서 얼른 그의 맑은 눈을 보며 고개를 저었다.

"아니요. 그런 일이 있을 게 뭐예요? 야신 전하는 정말 좋은 분이고, 저는 야신 전하가 정말 좋아요. 아주 좋은 것보다 더 좋아요. 그러니 아까 제 시답잖은 질문은 신경 쓰지 마세요."

윤옥은 그제야 편하게 웃었다. 그리고 몸을 일으켜 내 곁에 앉아 내 등을 감싸 안았다. 그와 동시에 맑은 바람이 사르르 내 곁을 스쳤고, 밤처럼 부드러운 촉감이 꿀처럼 내 입술 위에서 녹아내렸다.

그는 꽤 오랫동안 내게 입을 맞추었고, 입술을 뗀 후 나와 어깨를 나란히 하고 앉았다. 고개를 들어 달을 향해 부드럽게 웃는 얼굴이 그가 보는 달보다 더 고왔다.

"오늘은 달이 별로 밝지 않구려."

"그러게요."

나는 고개를 끄덕여 그에게 동의하며 짙은 밤하늘을 올려다보았다. 밤은 물처럼 차고, 작은 반딧불이는 삼삼오오 무리 지어 우리 주변을 날아다녔다. 가끔 소리를 내서 밤의 고요함을 깨기도 했다. 그러는 동안 내 눈꺼풀은 조금씩 무거워졌고, 나는 어느새 그의 어깨에

기대 잠이 들었다. 그의 어깨는 참으로 편안해 꿈꾸기에 딱 좋았다.

윤옥이 묘일성관과 교대해야 하는 새벽이 되었을 즈음에야 나는 다시 눈을 떴다. 내가 깨어났을 때 그는 묘일성관과 인사를 나누고 있었다. 그리고 자신도 밤새워 일하느라 피곤할 텐데 친히 나를 낙상부로 데려다주었다.

"먹아, 그럼 편히 쉬시오."

윤옥은 달콤하게 내게 속삭인 뒤 구름을 타고 날아갔다. 나는 그의 모습이 한 점이 되어 사라지고서야 낙상부의 문을 밀고 들어갔다. 그런데 인적도 드물고 무리 지어 몰려다니는 일도 거의 없는 낙상부 안이 평소와 좀 달랐다. 괴이하게도 선시들이 담 한쪽에 옹기종기 모여 있었다. 목을 빼서 상황을 살펴보니 그들은 기둥을 붙들고 늘어진 한 사내를 둘러싼 채 난감한 표정을 짓고 있었다.

"먹아, 먹아! 내 사랑하는 먹아! 대체 이게 무슨 일이에요? 주야로 당신만 그리워한 나를 두고 이리도 허무하게 떠나다니! 먹아, 기다려요. 내가 바로 당신을 따라갈게요. 그 누구도 나를 막지 못해요. 죽음으로 내 마음을 표현할 거라고요!"

당장 기둥에 머리를 박을 기세인 사내는 알고 보니 복하군이었다.

"누가 먹아가 죽었다던가?"

낙상부 안채에서 나온 듯한 아버지가 가라앉은 얼굴로 복하군을 바라보았다. 아버지의 미간은 실로 불쾌하다는 듯 일그러져 있었다.

"먹아가 안 죽었다면 왜 저와 못 만나게 하시는 거죠?"

복하군은 기둥을 잡은 손을 풀지 않은 채 아버지에게 항의했다. 그의 얼굴은 콧물과 눈물로 범벅이 되어 있었다.

"언우, 먹아는 곧 야신과 혼인할 몸이다. 너로 인해 이상한 소문이 떠돌게 할 수는 없는 일이야."

아버지는 언제나처럼 냉정하게 딱 잘랐다.

"수신 어르신께서 이리도 인정이 없으실 줄은 꿈에도 몰랐어요. 어르신, 먹아는 자신이 원하는 혼인 상대를 고를 권리가 있어요. 저도 짝사랑할 권리가 있고요."

"그러냐? 그러면 언우 너는 계속 짝사랑하거라. 나는 말리지 않을 테니."

아버지는 소매를 털며 선시들에게 명했다.

"뭐 하느냐? 어서 손님을 배웅하지 않고!"

"아니요! 그렇게는 못 해요. 먹아와 만나게 해 주세요!"

복하군은 눈치도 없이 버텼다. 거의 생떼였다. 그러자 선시들은 복하군에게 다가가지도 못한 채 난감해했다.

"언우, 너도 이제 어린애가 아니다. 벌써 십여 일째 매일 낙상부로 와서 이런 소동을 피우다니 창피하지도 않은 것이야? 다들 너를 비웃을 텐데 두렵지 않으냔 말이다."

"어르신, 저는 먹아를 향한 제 일편단심을 표현할 뿐이에요. 웃음거리가 되는 게 부끄럽다면 어찌 이러겠어요?"

복하군은 되레 당당했다. 보는 내가 민망할 정도였다.

아마 욱봉이 이런 상황에 부닥쳤다면 그는 당장 술법을 써서 복하군을 날려 버렸을 것이다. 하지만 천성이 인자한 아버지는 그러지 않았다. 다만 복하군의 소란이 밖으로 새어나가지 않도록 문을 닫으라고 선시들에게 당부하고는 이마를 문지르며 안으로 도로 들어가 버릴 뿐이었다.

이런 복하군에게 꽤 익숙해졌는지 선시들은 문단속만 한 뒤 각자 흩어졌다. 그제야 나는 정원 안으로 슬그머니 들어갔고, 복하군은 나를 보자마자 눈을 빛냈다. 그는 빠르게 기둥을 놓더니 내게 달려와 내 뺨을 만지작거렸다.

"아이고, 부드럽고 따끈따끈하네. 다행이에요, 먹아. 아직 살아 있네요."

나 원, 어이가 없어서. 당신이 입방정을 떨었을 뿐이지, 나는 계속 살아 있었거든.

"복하군은 무슨 일로 왔어요?"

손을 저어 그를 뿌리치며 묻자, 그는 언제나처럼 능글맞게 웃었다.

"당신한테 일이 생겼다는데 어떻게 안 와 볼 수 있겠어요? 그래서 수신 어르신이 도랑이나 지키라고 귀양을 보낼지도 모를 위험까지 무릅쓰고 당신을 찾아왔죠. 나 좀 봐요. 피골이 맞닿지 않았어요? 당신이 걱정되어 먹지도, 자지도 못해서 이리되었단 말이죠."

복하군은 소매를 걷어 내게 제 팔을 보여 주었다. 피골이 맞닿았다는 그의 말과 달리 그의 팔에는 윤기가 좔좔 흘렀다.

"아, 마르니 좋네요. 전보다 훨씬 나아요."

내 말에 복하군은 눈을 깜박이며 서러운 표정을 지어 보였다.

"뭐죠, 그 반응은? 너무 무성의하잖아요."

그러다 그는 홀연 대화의 주제를 바꾸었다.

"먹아, 야신하고 혼인하지 말아요."

나는 눈살을 찌푸리며 복하군을 올려다보았다. 그의 팔과 윤옥 사이에 무슨 관련이 있다고 팔 이야기를 하다가 윤옥을 걸고넘어지는지 모르겠다.

"왜 내가 야신 전하와 혼인하면 안 되지요? 혹시 복하군이 야신 전하에게 마음이 있어요?"

"윽, 무슨 그런 끔찍한 소리를! 내가 야신에게 마음이 있다니 그게 말이 되나요? 야신이 나한테 마음이 있다면 또 모를까. 내 풍모가 워낙 위풍당당하고 잘나다 보니 내 일거수일투족에 사내고 여인이고 모두 관심을 두는 건 인지상정이지만, 나는 야신에게 전혀 관심 없어요."

아, 또 시작이네. 그냥 못 들은 셈 치자.

"먹아, 내 충고를 들어요. 절대로 야신에게 시집가서는 안 돼요."

복하군은 또 화제를 바꾸며 엄숙히 내 손을 잡았다.

"대체 왜요?"

내가 반문하자 복하군은 비밀 이야기라도 하듯 목소리를 한껏 낮추었다.

"내가 얼마 전에 별점을 쳤거든요. 그런데 별자리에 이상한 기운이 서렸어요. 별자리에 분명 변화가 생겼다고요. 내가 원래 천기를 누설하지 않는데 당신만은 예외니 특별히 알려 주는 거예요."

"그 천기가 뭔데요?"

내가 반문하자, 그는 씩 웃었다.

"천기는 그리 말하고 있어요. 당신은 야신이 아닌 내게 시집오는 게 옳다고요."

솔직히 복하군이 천기, 별자리 운운할 때만 해도 나는 슬쩍 구미가 당겼다. 하지만 마지막 말에 기분이 완전히 가라앉았다. 역시 이자가 하는 말의 반 이상은 망언이다.

"그러게요. 별자리는 참으로 신묘하네요."

억지로 웃으며 대답하자, 복하군은 더욱 득의양양해졌다.

"하하! 그렇죠? 참 신기하죠."

턱을 쓰다듬는 그의 얼굴에는 기쁨이 넘쳤다.

"내가 얼마 전부터 속세의 조모현 적수진 연화마을에 점집을 차린 반선과 점성술을 연구하고 있는데 아주 영험해요. 먹아도 배워보는 게 어때요?"

"아니요. 됐어요. 나는 아직 몸이 낫지 않아 그런 것을 배울 여력이 없거든요. 복하군이나 천천히 연구하세요."

완곡히 거절하던 그때, 멀리서 아버지가 약을 들고 나를 찾는 게 보였다. 그래서 급히 복하군의 손을 뿌리쳤는데 손이 찐득찐득했다. 알고 보니 복하군의 콧물과 눈물이 내 손에 들러붙어 있었다.

"약 먹을 시간이네요. 복하군, 잘 가요. 내 몸이 성치 못해 배웅은 못 해요."

뿌린 자가 거두는 법이라 나는 복하군의 소매에 오물을 닦았다. 그런 뒤 미련 없이 몸을 돌렸다.

"허허, 역시 그대는 양심이라고는 없는 미인이야!"

복하군은 한탄하며 아름다운 눈썹을 떨었다. 하지만 이내 호방하게 웃었다.

"그래도 나는 이런 당신을 사랑하지!"

"예, 예. 그러세요."

아버지에게 가려고 문턱을 지나친 그 순간이었다. 문득 복하군이 의미심장한 말을 던졌다.

"먹아, 이것만은 기억해요. 야신은 절대로 호락호락하지 않아요."

왠지 기분이 묘해 고개를 돌렸지만, 그는 이미 낙상부 대문을 넘어간 뒤였다.

"아버지!"

나를 찾는 아버지에게 다가가 그를 부르자, 그는 바로 나를 돌아보았다. 그러면서 어느새 작아진 복하군의 먼 뒷모습도 내 어깨 너머로 살폈다.

"먹아야, 어쩌다가 언우를 알게 되었느냐?"

나는 고개를 기울이며 그와 처음 만났을 때를 떠올렸다.

"토지신을 소환했을 때 온 이가 복하군이었어요."

내 말에 아버지는 고개를 끄덕였다.

"그래, 그럴 수도 있겠구나. 언우는 본디 십이지신으로 진신은 뱀이지. 천계의 규율을 어겼기에 그 벌로 속세로 떨어져 내 소관이 되었고 말이야. 본디 물의 속성이 강해 네 주문에 반응했나 보구나."

"복하군이 십이지신이라고요?"

"그래."

"대체 무슨 규율을 어떻게 어겼기에 십이지신이나 되면서 속세로 떨어졌어요?"

"언우는 본시 품행이 단정치 못해. 태반은 여색을 밝히는 언우의 기질과 관련이 있지. 구체적인 일은 나도 모른다. 그러니 앞으로는 가능한 한 언우와 거리를 두어라."

아버지는 들고 있던 탕약을 후후 불어 표면의 거품을 없앤 뒤 내게 건넸다. 나는 코를 막은 뒤 그것을 한꺼번에 마셨다. 그러자 아버지는 정원에 핀 꽃잎에 맺혀 있던 이슬을 사탕으로 만들어 내 입에 넣어 주었다. 입 안에 부드러운 단맛이 돌자 찌푸려졌던 내 눈썹

은 이내 퍼졌다. 그런 나를 보며 그는 자애로운 미소를 흘렸다.

아버지는 세상사에 초월한지라 대부분 무표정하다. 그야말로 속세에 물들지 않은 고아한 신선 그 자체다. 오로지 내 앞에서만 부드러운 표정을 짓는다. 그리고 그럴 때마다 나는 수언촌초심보득삼춘휘(誰言寸草心報得三春暉, 부모의 은혜는 참으로 깊어 자식이 갚기 힘들다는 의미)라는 속세의 격언을 떠올린다.

다만 오늘은 평소와 좀 달랐다. 그 말 대신 복하군이 남기고 간 의미심장한 말과 일맥상통하는 속세의 격언이 머릿속을 가득 채웠다. '사람의 속마음은 바다와 같아 겉모습만으로는 그 깊이를 측량할 수 없다'라는 그 말이.

그때까지만 해도 나는 복하군의 말이 틀렸다고 단정했다. 하지만 이번만은 복하군의 말이 옳았음을 누가 알았을까?

나는 삼월 초팔일에 윤옥과 혼인하지 못했다.

＊＊＊

삼월 초삼일, 만물이 소생하는 봄날. 땅 위의 모든 생물은 간절히 봄비를 기다렸다. 하지만 올해는 봄비가 내리지 못했다.

수신의 명이 다했기 때문이었다.

"금멱 선자는 천제 폐하의 성지를 받으라!"

오른손에 운문이 수놓인 푸른색 성지[3]를 쥔 천궁의 선시가 외치

---

3   왕이나 황제의 말이나 그것을 적은 포고문

자, 나는 그 명에 즉시 몸을 조아렸다. 왼손에 불진을 쥔 선시는 대청 상석에 서서 성지의 내용을 큰 소리로 읽었다.

"오늘, 수신이 유명을 달리하니 천지가 슬픔에 잠겼다. 수신은 평생 온화하고 인자하였으며 천지 만물을 연민하였다. 살아생전 무수히 많은 이를 구했기에 덕선선존(德善仙尊)의 시호를 내려 그를 추존하노라. 금멱은 수신의 유일한 혈육이니 상주로서 삼년상을 치러야 하므로 야신 윤옥과의 혼인은 3년 뒤로 미룬다. 그리고 오늘부로 수신의 지위를 계승할 것을 명한다."

"소신 금멱, 천제의 성지를 받드옵니다."

오늘 나는 신선이 되었다. 오매불망 바라던 일이었다. 하지만 조금도 기쁘지 않고 가슴만 답답했다.

아버지는 어느 날 문득 내 곁에 나타났고, 돌연 나를 떠났다. 심지어 산산이 혼백이 흩어져 다시는 내가 볼 수 없는 곳으로 떠났다.

아버지는 내게 있어 마치 사월의 봄비와 같았다. 손 내밀어 만지면 산산이 흩어져, 과연 내 눈앞에 내리는 그것이 봄비가 맞는지 의문이 들게 하는…… 그런 봄비. 그리고 그 봄비가 지나간 자리에는 또 고아가 된 나만 남았다.

나는 성지를 받아 든 뒤 천천히 몸을 돌려 낙상부 안을 느리게 훑어보았다. 내 주변으로 상복을 입은 신선들이 가득했다. 비보가 전해지자마자 다들 앞다투어 문상을 왔기 때문이었다. 그런 그들을 하릴없이 바라보며 유엽빙도를 꼭 쥐자 빙도의 한기가 뼛속까지 스몄다.

'만약 아버지가 영력의 반을 이 빙도에 넣지 않았다면, 적의 공격을 받았어도 버티실 수 있었을 텐데. 그랬다면 혼백이 모두 소멸하

는 일도 없었을 텐데…….'

아버지가 내게 빙도를 주던 당시를 떠올리며 나는 멍한 눈을 했다. 그러자 윤옥이 나를 품에 안으며 내 등을 부드럽게 쓸어 주었다. 아버지가 나를 달래 주던 몸짓과 비슷해 그제야 정신이 좀 들었다.

"먹아, 그 누구도 앞일은 예상하지 못하오. 그러니 너무 상심하지 마시오. 어르신의 원혼이 만약 지금의 먹아를 보고 계신다면 얼마나 슬퍼하시겠소. 부디 마음을 추스르시오. 이제는 내가 늘 당신 곁에 있겠소."

나는 느리게 고개를 들어 윤옥을 보았다. 절로 고개가 갸우뚱 기울어졌다.

"상심하지 말라고요?"

윤옥이 무슨 말을 하는지 도무지 알 수가 없어 나는 그리 물어볼 수밖에 없었다. 상심, 마음이 아프다는 뜻이다. 하지만 윤옥의 말과 달리 나는 전혀 상심하지 않았다. 그저 가슴에 돌이 얹힌 듯 무거운 느낌을 받을 뿐이다. 그냥 나는 조금 아플 뿐이다. 이럴 때는 한숨 푹 자면 괜찮아진다.

그때 내 옆으로 풍신이 지나치더니 향 세 개를 향로에 꽂았다. 그녀는 묵묵히 삼배한 뒤 나를 대신하여 문상을 온 신선들을 응대했다. 그녀는 굳이 말하자면 아버지의 아내였다. 하지만 그녀는 낙상부에서 살지 않았기에 나는 그녀를 만난 적이 거의 없었다.

그녀와 아버지는 이름뿐인 부부였고 거의 교류가 없었다. 천계에 큰 행사가 있지 않으면 만날 일도 거의 없었다. 그녀는 내 아버지처럼 성정이 무욕에 가까우며 속세의 때가 묻지 않은 신선이었다. 천제가 그 둘을 강제로 짝 지우지 않았다면 아마도 그녀는 내 아버지와 평생 인연이 닿을 일 없었을 것이다. 사실, 바로 어제까지도 나는 그녀의 존재를 잊고 살았다.

"태백금성 오셨습니다. 원시천존 오셨습니다. 문곡성군 오셨습니다."

입구에서 선동들이 연이어 소리쳤다. 그러다 어느 순간, 분명 기척이 났는데도 선동이 멈칫거렸다.

"화신 전하 오셨습니다."

입구 쪽으로 고개를 돌리니 욱봉이 보였다. 그는 오늘 백의를 입었고, 검은 머리를 단정하게 묶은 상태였다. 몸에는 어떤 장신구도 걸치지 않았다. 그는 향을 받아 입구로 들어오더니 아버지의 관 앞에 멈춰 서서 공손히 절했다. 행동거지가 실로 엄숙하고 정중했다.

여전히 넋이 나간 상태인 나는 향을 든 그의 손가락을 멍하니 바라보았다. 마디가 분명하고 희고 긴 손가락이었다. 언뜻 서생의 손처럼 곱지만 나는 안다. 붓을 잡는 왼쪽 중지와 검을 잡는 그의 손아귀에 굳은살이 단단히 박여 있음을.

"먹아……."

윤옥이 낮게 나를 부르며 내 손바닥을 살짝 건드렸다. 그제야 나는 부르르 떨며 멀리서 떠돌던 정신을 내 곁으로 끌어왔다. 그리고 삼배를 끝낸 뒤 풍신에게 다가가는 욱봉을 따라 또 시선을 옮겼다. 그는 풍신에게 낮은 목소리로 뭔가를 말했고, 풍신은 고개를 끄덕였다.

얼마 후 풍신과 이야기를 마무리한 그는 내게로 다가왔다. 나를 보는 그의 눈빛은 드물게 온화했으며, 백 년에 한 번 할까 말까 한 부드럽고 공손한 말투로 내게 예를 표했다.

"수신께 화신 욱봉이 애도를 전합니다. 방금 풍신께도 말씀드렸지만, 저는 선대 수신을 선대 화신 곁에 모셨으면 합니다. 풍신께서는 찬성하셨는데 수신께서는 어찌 생각하시는지요? 선대 수신께서는 오직 한 마음으로 선대 화신을 연모하셨으나 여러 일이 있어 선대 화신과 함께하지 못하셨지요. 선대 수신께서는 아마도 선대 화신과 함께 잠들기를 바라실 듯합니다."

나는 맥없이 고개를 끄덕였다. 나는 그가 내게 예를 갖추어 깍듯하게 대했다는 사실조차 깨닫지 못했다. 그런 나를 내내 받치고 있던 윤옥은 내 손등을 가볍게 두드렸다. 그러자 욱봉의 표정이 돌연 일그러졌다. 봉안 또한 가늘게 길어졌다.

"부디 상심하지 마십시오. 제가 반드시 흉수가 누구인지 밝혀낼 테니."

"멱아, 어르신을 해한 자를 반드시 찾아내겠소."

욱봉과 윤옥은 누가 먼저랄 것도 없이 동시에 말했다. 이럴 때는 형제 같았다.

"아니요. 그럴 필요 없어요. 아버지는 이미 돌아가셨어요. 아버지께서 살아 돌아오실 수도 없는데 원수를 갚으면 뭐 해요. 인삼은 영약이지만, 장복하면 양기가 과해져 상초열에 걸릴 수 있어요. 복수도 마찬가지죠."

나는 고개를 흔들며 거부했다. 그러자 욱봉은 "너!" 하고 짧게 나를 부르며 내게 손을 뻗었다. 예전에 내가 그의 서동일 때처럼 내 머리를 쥐어박고 싶은 듯했다. 하지만 그는 이내 손을 거두었다. 기울어지는 그의 손 위로 봄날의 햇빛이 내려앉았다.

"화신 전하는 어떠신지요? 이제 몸은 괜찮아지셨나요?"

나는 차분히 그의 안부를 물었다. 그러자 그의 눈이 반짝 빛났다.

"좋아졌어. 얼마 전에 다 회복되었고."

그는 아까의 딱딱한 말투를 벗어던지며 내게 연하게 웃어 보였다. 하지만 나는 그와 달리 눈썹을 살짝 일그러뜨렸다.

"그렇군요."

현 화신이 역대 화신 중 가장 영력이 강하다더니 그 말이 맞나 보다. 중상을 입은 지 한 달도 못 되어 회복되다니.

"그날 비서가 내 침전 밖에서 신발을 주웠어."

그는 조심스레 말하며 내 눈치를 살폈다.

"영단은 아니지만, 영단보다 그게 내게는 더 나았어."

나는 천천히 눈을 들어 욱봉을 다시 보았다. 하지만 그가 어찌 알까! 나는 그를 보면서도 그를 보는 게 아니고, 그의 말을 들으면서도 그의 말을 듣는 게 아님을 말이다.

아버지가 돌아가시고 7일이 지난 다음 날 나는 화계로 돌아갈 준비를 서둘렀다. 아버지를 납관하기 위해서였다. 그리고 떠나기 전잠시 인연부에도 들러 월하선인이 내게 선물한 춘궁도와 서책들도 챙겼다. 3년 동안 아버지의 무덤을 지키는 동안 할 일도 없을 테니 그것을 가져가서 거기에 실린 진리를 연구할 요량이었다. 양이 워낙 많으니 시간 보내기에도 좋을 듯했다.

나름 이것저것 준비를 많이 해서 갔지만, 두 개의 민둥민둥한 무덤을 지키기란 결코 녹록한 일이 아니었다. 고됨보다는 무료함이 컸다. 그래서 나는 짬이 날 때마다 매화나 버드나무 같은 각종 꽃과 나무를 심고 키웠다. 원래 꽃도 나무도 다 좋아했지만, 근래에는 특

히 녹나무에 정이 갔다. 갸름하고 작은 잎이 빽빽이 나서 봄에는 푸르고 겨울에는 붉어 사계절 보기가 좋기 때문이었다. 가끔 바람이 불면 '쏴쏴' 하는 소리를 내며 푸른 잎과 붉은 잎이 번갈아 떨어지는 풍경도 참으로 운치가 넘쳤다.

나는 종종 대나무 우산을 쓴 채 녹나무 사이를 걷곤 했는데, 잎사귀가 우산에 닿는 소리가 흡사 빗소리 같았다. 아버지가 흩뿌리던 소나기를 연상시켜 더욱 좋았다.

누군가 이런 말을 했다. 사람의 그림자는 물을 따라 흐르지 않는다고. 세상의 물은 동쪽으로 흐르지만, 사람의 그림자는 늘 그 자리에 머문다고…….

인제 와서 생각하니 그 말은 틀렸다. 세상의 물은 이토록 유장하게 흐르는데 아버지는 이제 그림자조차 찾을 길 없으니 말이다.

월하선인이 준 서책과 춘궁도 연구로 머리가 아파질 때면 명리학도 끄적여 보았다. 육효[4]를 익히고, 역경[5]과 연산[6]을 읽고, 귀장[7]을 쳐 보기도 했다.

역서의 종류도, 점치는 방법도 다양했지만, 해석은 모두 같았다. 나는 칼을 품고 태어나 주변 사람을 해친다는 것이었다. 아버지, 어머니, 남편, 자식까지.

볼 때마다 한숨이 나오지 않을 수 없었다.

---

4 《주역(周易)》의 64괘를 구성하는 6개의 획을 가리키는 역학 용어
5 본래의 명칭은 역(易) 또는 주역이었는데 유교 경전인 《역경》이 되었다. 상경(上經), 하경(下經), 해설 부문인 십익(十翼)으로 이루어져 있다.
6 연산(連山) 또는 연산역(連山易)은 《주례》에 언급된 삼역(三易) 중 하나이다.
7 중국 고대의 점술. 주역, 연산과 더불어 삼역(三易)으로 주례에 언급되어 있다.

제11장

사월이 되니 온갖 꽃이 앞 다투어 피어 향기를 뿜었다.

속세의 인간들은 사월이 일 년 중 가장 아름답다고 하지만, 화계에서는 그저 평범한 일상이다. 이곳은 매일 사월이기 때문이다. 화계는 사계절이 모두 봄이고, 이곳의 꽃은 일단 피면 세월을 잊은 듯 시들지 않는다. 그 때문에 겨울에 피는 섣달 매화와 여름에 피는 연꽃이 공존하는 곳이 바로 이곳 화계다. 눈연꽃[8]과 패랭이꽃이 함께 피는 현상도 화계에서는 전혀 기이하지 않았다.

"금먹, 저 아이는 참으로 기구합니다."

문득 목단 장방주의 나지막한 말소리가 들려왔다. 이 무슨 뜬금없는 말인가 싶지만, 이미 감긴 눈이 도무지 열리지 않았다. 아까 분명히 윤옥과 바둑을 두고 있었는데 이게 무슨 일일까? 하지만 내 의문은 그리 길게 이어지지 않았다.

화계로 돌아온 며칠간, 나는 매일 잠만 잤다. 낮에도 내내 자서 나를 찾아온 24 방주들이 헛걸음한 적도 여러 번이었다. 지금도 그와 비슷한 상황임이 분명했다. 바둑을 반 국까지 둔 것은 기억나니 아마 그 후에 잠들었나 보다.

8　마치 연꽃과 비슷하게 생겼으나 국화과의 식물이며 약재로 쓰인다.

혼몽 중에 또 목단 장방주의 목소리가 들렸다.

"야신 전하, 외람되지만 또 여쭙게 되는군요. 전하는 진심으로 금멱을 사랑하실 수 있겠습니까?"

"그럴 수 있습니다. 목단 장방주님, 부디 제 진심을 의심하지 말아 주십시오."

물처럼 차분한 음성은 분명 윤옥의 것이었다. 그제야 나는 윤옥이 내 뒷머리를 그의 팔로 괴어 주고 있음을 깨달았다.

"예, 저도 전하의 진심을 의심하지는 않습니다. 하지만 신선도 사람도 마찬가지입니다. 누구나 진심을 보상받고 싶어 하고, 서로 주고받는 사랑을 원하지요. 금멱은 말하자면 척박한 불모지입니다. 어떤 씨를 뿌려도 싹을 틔우지 못하지요. 매일 물을 주고, 정성을 다해 보살펴도 꽃 한 송이 피어나지 않을 겁니다. 즉, 전하께서 아무리 사랑을 주어도 금멱은 전하의 사랑에 호응해 주지 못한다는 거지요. 두렵지 않으십니까?"

"그게 뭐가 두려울까요? 시간을 낭비한들 또 어떤가요? 저는 멱아와 부부의 연을 맺어 함께할 수 있기만 바랄 뿐입니다. 목단 장방주께서는 어찌 이리 멱아를 부정적으로 보십니까?"

"전하, 저는 금멱이 태어난 순간부터 보살폈습니다. 그래서 금멱을 잘 알지요. 예, 맞습니다. 금멱은 선량한 아이지요. 그것만은 저도 부정하지 않습니다. 하지만 너무나 차가운 아이이기도 합니다. 영력을 늘려 신선이 되는 일 외에는 매사에 무관심하지요. 그 외의 어떤 이도, 어떤 일도 금멱의 눈에 들어오지 못합니다. 당연히 마음에도 들어가지 못하지요. 이번에 수신이 돌아가셨을 때 금멱이 어떠하였는지 야신 전하도 보셨지요? 금멱은 눈물 한 방울 흘리지 않았습니다."

"목단 장방주의 말씀이 너무 심하군요. 먹아는 수신 어르신을 잃은 슬픔이 너무 커서 눈물조차 흘리지 못했을 뿐입니다. 목단 장방주께서 먹아가 아닐진대 아버지를 잃은 먹아의 비참한 마음을 어찌 그토록 잘 아신다고 확신하십니까? 외람되지만 한 말씀 드리지요. 먹아를 그런 식으로 깎아내리지 마십시오. 이런 이야기 듣기 불편합니다."

윤옥은 드물게 강경했다. 그의 태도에 목단 장방주도 살짝 눌린 듯했다. 뒤이어 나온 그녀의 말에 한결 힘이 빠진 게 그 증거였다.

"예, 알겠습니다. 저도 이쯤 하지요. 하지만 야신 전하, 강산은 쉽게 변해도 본성은 변하기 어렵다는 옛말이 계속 마음에 걸리는 건 어쩔 수가 없군요. 부디 전하의 정성이 금멱의 마음을 열 수 있기를 빌겠습니다."

문득 머리 위로 윤옥의 부드러운 손길이 느껴졌다. 내 머리를 쓰다듬는 그의 손은 여전히 차가웠지만, 그 한기가 나를 소스라치게 하지는 않았다.

다시 잠에서 반쯤 깨어났을 때, 나는 윤옥의 팔이 아닌 비단 베개를 베고 있었다. 아마 윤옥이 나를 침상으로 옮겨 준 듯했다. 그의 서늘한 기운이 느껴지지 않는 것을 보면 아마 야신의 책무를 수행하기 위해 떠난 듯했다.

"이제는 정말로 모르겠구나."

낮은 탄식은 목단 장방주에게서 나온 것이었다. 그녀는 내 침상 맡에 선 채 딱하다는 표정으로 나를 바라보고 있었다.

"운단을 너에게 준 것이 복인지 화인지…… 모르겠구나. 정말로 모르겠어."

* * *

선대 화신의 무덤 한쪽에는 석조 정자가 있는데, 다들 그곳을 기명정이라고 불렀다. 정자 안에는 만월형 탁자 1개와 돌의자 4개가 놓여 있었고, 주변은 난간으로 둘려 있었다.

무덤 옆에 임시로 지어 놓은 대나무 집에서는 잠만 자는지라, 나는 대부분 이곳 기명정에서 머물렀다. 그리고 여기서 월하선인에게 빌려 온 애정 소설을 주로 읽었다. 어느덧 그 많은 책을 벌써 반이나 읽었지만, 나는 여전히 애정 소설에 약간의 재미도 느끼지 못했다. 이런 무미건조한 것을 읽으며 눈물까지 흘리는 월하선인이 도무지 이해가 가지 않았다.

"아아, 도저히 못 읽겠다!"

아침에 일어나자마자 기명정에 와서 책을 읽던 나는 인내심의 한계를 느끼며 책을 내팽개쳤다. 그런 뒤 징심당지(오대십국 시절 생산되던 유명한 종이)를 탁자 위에 펼쳤다. 서화도 딱히 큰 재미는 없지만, 이 책만큼 지루할까 싶다.

징심당지를 문진으로 단단히 누른 뒤 나는 붓을 들어 시를 필사했다. 십여 수 정도 잠화소해서체[9]로 쓰니 다시금 지겨워져, 호방한

---

9 簪花小楷書體, 해서체의 일종으로 우아하고 온화한 게 특징이다. 진나라 위 부인이 만든 서체로 알려져 있다.

초서체로 글씨체를 바꾸려고 했다. 그때 홀연 바람이 불어 먹도 안 묻혀 본 징심당지가 정자 밖으로 날아갔다.

원래는 더는 종이가 날아가지 못하게 잡아야 하지만, 그러지 않았다. 종이들이 나풀대는 모습이 서예보다 더 재미있어서였다. 그 후로 나는 시를 필사한 종이를 한 장 한 장 나비 모양으로 접었다. 그리고 거기에 술법을 입혀 날렸다. 시구가 적힌 운치 가득한 종이 나비는 흡사 실제 나비처럼 기명정 주변을 나풀나풀 날았다.

나는 고개를 들어 종이 나비에 햇살이 투과되는 모습을 바라보았다. 햇빛이 강한 탓에 매미 날개처럼 얇은 종이의 섬세한 섬유질이 마치 온몸에 번진 무수한 실핏줄을 연상케 했다.

"유명한 종이라더니 과연 질이 좋긴 하네. 실제 나비보다 더 예쁜 것 같은데."

새삼 징심당지의 질에 감탄하고 있을 때 인기척이 났다. 눈을 돌리니 욱봉이 기명정 기둥 한쪽에 기댄 채 서 있었다. 그의 손에는 방금 정자 밖으로 날아간 종이 몇 장이 들려 있었다.

"좋아 보이네."

나와 시선이 맞닿자, 그는 웃는 듯도 아닌 듯도 한 표정을 지었다.

"예."

나는 고개를 끄덕였다.

"확실히 좋아요. 질긴데 달걀껍데기처럼 매끈하고, 옥처럼 은은한 광택이 일품이죠. 게다가 붓이 미끄러지지도 않고, 먹도 정말 잘 먹어요. 좋은 종이인데 화신 전하께도 나눠 드릴까요?"

내 말에 욱봉은 눈썹을 쓱 올렸다. 그러면서 종이 모서리를 탁 튕겼다.

"나는 이 시가 좋다고 한 거야."

그는 느리게 종이를 들어 올리더니 아까 내가 필사한 시를 읽었다.

"이 고운 봄날이 내 마음을 이토록 뒤흔드는데(無限春詩無盡思)

그대의 마음은 과연 어떠한가요, 혹시 나와 같나요(却問伊君又幾依)?

다리 위에 서서 편지를 읽을 그대가 어떤 마음일지 궁금해하며(橋頭呈紙凝雙目)

짙푸른 정원 안에서 두 손을 모아 쥔 나는 우두커니 눈썹만 찡그리네요(碧園持手眉鎖遲).

세상 속 수많은 인연이 이 순간에도 이어지고 있다지만(紅塵縱有千千結),

나는 그대 향한 그리움의 고통만 덜기를 바랄 뿐 깊은 사랑은 지독한 사치라 감히 바랄 수도 없어요(若解相思怎奢癡).

사랑을 바란다면 인연의 도래를 기다리는 게 당연하기에(有情還須有緣時)

그저 그대와 내 마음이 같기를 바랄 뿐이에요(冰心一片雙懷執)."

나는 여전히 나풀대는 나비를 바라보는 척하며, 그의 낮은 읊조림을 들었다. 서정적인 시와 그는 어울리지 않는 듯 어울리고, 그의 목소리는 서늘한 중에도 따뜻한 정감이 어려 있었다.

"뭐야? 설마 자?"

"감히 나를 뭐로 보고! 필사한 시 많으니 또 읽어 봐요."

그의 장난스러운 물음에 나 또한 장난으로 받아쳤다. 그러자 그는 작게 실소하더니 또 다른 시를 읽었다.

"연나라의 풀은 겨우 푸른 싹이 돋았는데(燕草如碧絲)

진나라의 버드나무는 벌써 푸른 가지를 드리웠네(秦桑低綠枝).

임께서 돌아올 날만 기다리는 오늘은(當君懷歸日)

임 향한 그리움이 나를 서럽게 휘젓는 때라(是妾斷腸時).

봄바람아, 봄바람아, 나는 너를 알지 못하는데(春風不相識)

어이하여 임이 아닌 네가 비단 휘장을 걷으며 들어오느냐(何事入羅幃)[10]."

살그머니 눈을 뜨자, 그가 자신의 옆으로 살짝 스치며 날아가는 종이 나비를 다시 붙드는 게 보였다. 그는 그것을 펼쳐서 또 읽었다.

"달콤한 사랑의 말도, 시도 쓸 수 없기에(不寫情詞不寫詩)

그저 흰 손수건을 그대에게 전해 내 그리움을 표현해요(一方素帕寄相思).

하지만 그대는 영문도 모른 채 손수건을 이리저리 살펴만 보네요(心知接了顚倒看).

씨실도 실(그리움)[11]이요, 날실도 실(그리움)인데(橫也絲來竪也絲),

그대는 되레 내 마음을 모르겠다고 한탄하니 이를 어찌할까요(這般心事有誰知)[12]?"

세 편의 시를 연달아 읽은 그는 천천히 고개를 들며 낮게 중얼거렸다.

"씨실도 실(그리움) 날실도 실(그리움)이라……. 네가 이토록 그리워하는 신선이 누군지 모르겠군. 이렇게 대놓고 고백하는데 말이야."

---

10 이백의 시 〈춘사(春思)〉로, 멀리 떠나 있는 임을 생각하는 여인의 마음을 표현한 작품이다.
11 중국어의 '실(絲)'과 '그리움(思)'은 발음이 같다.
12 명 말기의 문장가 풍몽룡이 수집한 민가들을 묶은 책 《산가(山歌)》에 수록된 민가이다. 제목은 〈소파(素帕)〉이다.

나는 그를 물끄러미 바라보다가 느리게 대답했다.

"그래요? 화신 전하는 저와 생각이 다른 것 같네요."

"왜지?"

"제가 정말 대놓고 고백했다면, 화신 전하도 응당 아셔야지요. 제가 누구를 이토록 그리워하는지 말이에요."

그 순간 욱봉의 손에 들린 종이가 구겨졌다. 나는 담담한 눈으로 종이를 너무 꼭 쥐어 하얗게 변한 그의 손마디를 주시했다.

"방금 네 말, 무슨 뜻이지?"

나는 그에게서 시선을 돌려 기명정 밖 무덤을 바라보았다.

"손수건에만 실이 있지 않아요. 종이도 잘 비쳐 보면 실이 보이죠. 천이 날실과 씨실로 구성되어 있듯 종이도 마찬가지예요. 좀 아쉽네요. 저는 전하께 분명 종이를 주었는데 전하는 바라지 않는 듯하니."

"금멱……."

그의 목소리가 또 귓속으로 파고들었다. 다시 그에게 고개를 돌리자, 그는 얼굴색이 변해 나를 보고 있었다. 미간을 잔뜩 찡그린 그는 종이를 아까보다 더 세게 쥐었는데, 손가락에 먹물이 묻어나 있었다. 정작 그는 제 손에 먹이 묻었는지도 모르는 듯했다.

"다시 한번 묻겠어. 지금 이 종이의 실이, 시 속 손수건의 실과 같은 의미라고 받아들여도 될까?"

문득 바람이 청량하게 불어 나와 그 사이를 관통해 지나갔다.

"수화 공주와 혼인하나요?"

나는 그의 질문에 답하지 않고 엉뚱한 질문을 던졌다. 그러자 욱봉은 동요를 감추지 못한 채 나를 탐색하듯 보았다.

"왜 그런 것을 묻지?"

"요즘 제가 의서를 읽고 있어요. 거기서 근친혼은 좋지 않다네요. 태어날 아기의 손가락이 하나 부족하거나 발가락이 하나 많거나 하는 부작용이 있다고요. 전하와 수화 공주는 사촌 간이니 근친이라고 할 수 있잖아요."

"생각해 줘서 고맙군."

그는 덤덤하게 고개를 끄덕였다. 그러고는 다시 고개를 들어 나를 직시했다. 마치 내 마음 깊은 곳까지 들여다볼 기세로.

"하지만 근친혼이 나쁘다는 건 어디까지나 인간에게 한정된 일이야. 신선은 그런 데 영향을 받지 않지. 그렇다면 나와 수화가 혼인해도 상관없지 않나? 어떻게 생각해?"

말투는 담담하지만, 그의 눈빛은 전혀 달랐다. 그는 생사를 걸고 홀로 도박하듯 절박한 눈빛을 하고 있었다.

"그래도 싫어요."

내 대답이 나오고서야 그는 길게 한숨을 쉬었다. 잠시 질끈 감았다가 다시 뜬 그의 눈은 이채로울 정도로 빛났다.

"왜지?"

"그냥 싫으니까 싫어요. 연유는 딱히 없어요."

"만약 내가 수화가 아니라 구요성궁의 월패성사를 아내로 맞는다면?"

욱봉은 또 물었다. 나는 숙고 후 다시 대답했다.

"타당하지 않아요."

욱봉의 입가에는 어느덧 미소가 번져 있었다.

"변성공주는?"

"별로예요."

나는 고개를 저으며 부인했다.

그때부터 욱봉의 질문은 지겹도록 같은 형태로 반복되었다. 그는 육계의 모든 선고와 정령을 다 델 기세로 내게 똑같은 질문을 퍼부었고, 나는 진지하게 고민 후 대답했다. 물론 내 답은 모두 '적합하지 않다'였다. 그럴수록 욱봉의 미소는 더 짙어졌는데, 마지막 질문에서도 같은 답이 나오자 그는 마치 봄날처럼 희희낙락했다.

"금멱……."

그는 어느새 내 앞에 다가와 있었다. 그리고 손을 내밀어 내 머리카락을 귀 뒤로 넘겨주었다.

"안심해. 하늘과 땅이 아무리 크고 넓어도, 또 그 안에 사는 여인이 아무리 많아도, 내가 마음에 둔 여인은 오직 하나뿐이야."

그는 그리 말하며 나를 품에 안았다. 내 귀에 맞닿은 그의 가슴에서 격하게 뛰는 심장 소리가 들려왔다.

"나는 오로지 그 여인 하나만 내 아내로 삼을 거고."

내 정수리를 입술로 가볍게 문지른 뒤 그는 말을 맺었다. 그리고 가볍게 한숨을 쉬었다. 분명 한숨인데, 그 안에는 말로 표현하기 어려운 기쁨이 넘쳐흘러 괴이했다.

"이제 가야겠어. 아쉽지만 어쩔 수 없지."

안타까운 눈빛으로 나를 놓아주며 욱봉은 또 한숨을 쉬었다. 노을이 비치지도 않았는데 그의 얼굴이 붉었다.

"예, 조심해서 가세요."

내 나름으로 성의 있게 인사했음에도 그는 내 앞에서 우물쭈물했다. 그러다가 힘겹게 입술을 달싹였다.

"저 종이, 나한테 준다고 하지 않았나?"

"아!"

나는 황급히 몸을 돌려 탁자 위의 징심당지 한 뭉치를 그에게 건넸다.

"당연히 드려야지요. 가져가고 싶은 만큼 충분히 가져가세요. 부족하면 또 와서 가져가시고요."

내 말에 욱봉은 환히 웃었다. 흰옷을 입은 사내가 징심당지 한 뭉치를 들고 있으니 전체가 다 하얬다.

"그럼 또 올게."

"예."

그는 차마 발길이 떨어지지 않는 듯 주저하다가 마침내 몸을 돌렸다. 그러자 그의 등 뒤로 춘풍이 스몄다. 한 색도 덧붙이지 않았지만, 풍류를 다 터득한 듯한 모습이었다(不著一色, 盡得風流)13.

＊＊＊

윤옥은 날이 갈수록 바빠졌다. 내색하지 않았지만, 그의 미간에서 충분히 읽혔다. 그런데도 나를 만나러 오는 횟수는 갈수록 잦아졌다. 그는 거의 매일 밤 내 침상 머리를 지켰다.

내가 눈을 감고 잠들기 전, 그는 대나무 의자에 앉아 차를 마셨다. 달빛 아래 그의 모습은 언제 봐도 청아하기 그지없었다. 새벽

---

13 사공도의 《24시품》에 나오는 구절인 '한 글자 짓지 않아도, 풍류를 다 터득했느니(不著一字, 盡得風流)'를 살짝 비튼 표현이다. 사공도는 당나라 말의 시인으로 그의 시에는 고결한 기품이 배어 있는 것으로 유명하다.

에 눈을 뜨면 그는 여전히 그 모습을 유지한 채 그 자리에 앉아 있었다. 손에 든 물건이 찻잔이 아닌 서책으로 바뀐 것 외에는 변함이 없었다. 그런 그를 보면 마음이 평온해졌다.

화계로 돌아와 지내면서 나는 종종 불면증을 앓곤 했는데, 그때마다 그는 나와 바둑을 두고, 대화를 나누고, 술법을 논하며 함께 밤을 새워 주었다. 그러다 보면 나는 물먹은 솜처럼, 혹은 술에 취한 듯 지쳐 다음 날에는 단잠에 들었다. 그런 일을 몇 번 겪으니 매일 밤을 새우는 그가 새삼 대단하게 느껴졌다.

「매일 밤 별을 달고 밤을 까는 일이 너무 피곤할 거예요. 그러니 힘들게 매일 오지 말아요.」

언젠가 내가 이렇게 말하자, 그는 연하게 웃으며 고개를 저었다.

「당신이 달게 자는 모습을 보는 게 내 가장 큰 휴식이오. 열흘을 내리자는 것보다 훨씬 낫소.」

이런 소소한 일로도 알 수 있듯이 윤옥은 실로 흠잡을 데가 없었다. 꽃 하나도, 사람 하나도, 풀 한 포기도 온화하게 대했다. 늘 세심하게 주변을 보살폈으며, 상대의 마음을 읽는 재주도 비범했다.

노호는 토끼를 가장 무서워했는데, 윤옥은 그런 그를 위해 뇌공에게 천둥 북을 받아 왔다. 손바닥 크기의 그 북은 허리에 찰 수 있었으며, 살짝 치기만 해도 천둥소리가 났기에 담이 작은 토끼는 북소리가 나면 질겁하며 도망갔다.

윤옥이 이 북을 노호에게 건네자, 노호는 너무나도 기뻐했다. 그 후로 노호는 야신은 진창에 빠져도 더러워지지 않을 고아한 신선이라고 입에 침이 마르게 칭찬했다. 천가의 질 나쁜 대나무 숲에서 유일하게 좋은 죽순이 나왔다고 찬사를 보냈고, 과거에 내가 왜 야신을 오해했는지 모르겠다며 개탄도 했다.

윤옥의 배려는 연교에게도 미쳤다. 연교는 수경 안에 갇혀 사는 자신의 신세를 무척 한탄했고, 꽃과 풀 이외의 것도 보고 싶어 했다. 하지만 그녀는 영력이 일천해 수경 밖으로 나갈 수 없었다. 윤옥은 그런 그녀가 안쓰러웠는지, 그녀에게 거울을 선물로 주었다. 만물을 다 비쳐 볼 수 있는 귀한 보물이었다. 연교는 그 선물에 무척 만족해하며 내게 물었다. 윤옥이 첩을 들일 의사가 있는지 말이다. 그리고 자신은 기꺼이 그의 첩이 될 수 있다는 의견을 피력했다.

윤옥은 머지않아 목단 장방주마저 사로잡았다. 화계의 일로 다망한 그녀에게는 범상치 않은 취미가 있었는데, 그것은 바로 화계의 역사를 기록하는 일이었다. 그런 그녀에게 있어 내 어머니의 사부인 두모원군이 썼다는 《화경(花經)》은 실로 귀중한 보물이었다. 하지만 《화경》은 12만 년 전에 일부가 소실되어 총 32부 중 14부만 남아 있었다. 이를 목단 장방주는 늘 안타까워했다.

그런데 윤옥이 나머지 《화경》을 모두 찾아서 목단 장방주에게 선물했다. 당시 그녀는 담담하게 사의를 표했지만, 나는 알아볼 수 있었다. 그녀의 눈에 흘러넘치는 찬탄과 감격을 말이다. 게다가 성격급한 정향 소방주까지 그를 칭찬해 마지않았으니 정말 놀라운 친화력이 아닐 수 없었다.

윤옥은 주변을 위해 일하기를 꺼리지 않았고 언제나 원만하고 합리적으로 모든 일을 해결했다. 그리고 아무리 어려운 일이라도 간단히 해결한 것처럼 보이게 해서 도움을 받은 쪽이 그에게 미안해하거나 빚진 마음을 가지지 않도록 배려했다. 봄비가 가늘고 부드럽게 내리지만, 소리 없이 만물을 적시는 도리와 같다고나 할까?

그 경지에 오르기란 참으로 어려운데 그는 이미 그 경지에 올라 있었다. 결국, 얼마 되지 않아 화계의 모든 이는 육계에서 가장 우아하고 선량한 신선은 야신이라고 굳게 믿게 되었다.

"아아, 야신은 정말이지 어떻게 형용하면 좋을까? 어제 우연히 창밖에서 야신이 도도에게 이불을 덮어 주는 모습을 봤어. 그 우아한 몸짓과 그윽한 눈빛이라니! 야신이 그 눈빛으로 나를 한 번 봐 준다면 나는 당장 죽어도 여한이 없을 것 같아."

아버지의 무덤을 지키다가 잠시 산책을 나왔을 때 우연히 듣게 된 말이었다. 나도 익히 아는 메뚜기 정령이 하는 말이었다.

"야신이 근사한 건 말해 뭐 하겠어. 너 혹시 도도와 야신이 바둑 두는 거 본 적 있어? 너도 알다시피 도도가 정말 끔찍하게 바둑을 못 두잖아."

내가 바둑을 못 둔다고? 그것도 끔찍하게?

이어진 말리화 정령의 말에 나는 문득 걸음을 멈췄다. 원래는 화계 정령들이 윤옥이라면 껌벅 죽는 게 하루 이틀이 아닌지라 못 들은 척 지나갈 셈이었다. 하지만 뜻밖의 사실을 지적당하자 저도 모르게 그들의 대화를 훔쳐 듣게 되었다.

말리화 정령은 내가 듣고 있는 줄은 꿈에도 모른 채 계속 종알거렸다.

"야신은 그런 도도도 정말 참을성 있게 상대하지. 그리고 꼭 2~3점 차이로 이기거나 져 줘. 도도가 이겨도 져도 체면이 깎이지 않게 배려하는 거야. 하지만 그러면 뭐 해! 그래봤자 소귀에 경 읽기고, 벽에 대고 말하는 일이나 다름없는데. 내가 쭉 도도를 봐 왔는데,

그 애는 마치 수석 같아. 보기는 근사하지만, 생명이 없는 돌덩이라 아무리 공을 들여도 거기서 꽃이 피지 않지. 아아, 정말 어쩌다 야신이 저런 애 손에 들어갔는지 모르겠어. 목석같은 도도 때문에 야신이 상심하고 좌절할 것을 생각하면 내가 다 안타까울 지경이라니까."

내가 언제 윤옥을 상심시키고 좌절시켰단 말인가! 참으로 억울했다. 하지만 나는 말리화 정령을 책망하지 않기로 했다. 음, 역시 나는 도량이 넓다.

더는 그들의 수다를 듣지 않고 자리를 뜨려던 그때였다. 메뚜기 정령이 이번에는 욱봉을 거론했다.

"너도 그렇게 생각하지? 나도 야신이 불쌍해 죽겠어. 그토록 온유하고 아름다운 천신이 도도와 짝이라니 말이야. 말이 나온 김에 하는 말인데, 야신과 화신은 형제잖아. 형제가 어쩜 그리 다를까?"

"화신? 아, 그 봉황 말하는 거야?"

"응, 얼마 전에도 화계로 찾아왔던 그 봉황! 듣자니 도도를 거둬 백 년간 술법을 가르쳤대. 굳이 말하자면 도도와 사제 간이지. 그 인연으로 가끔 도도를 보러 오는 듯해. 소문대로 얼굴은 정말 그럴듯하더라. 육계 제일의 미남자라는 말이 과장이나 허언은 아니더라고. 과거, 육계 제일의 미남자로 불렸던 수신의 젊은 시절보다 낫다는 평가까지 나오는 게 이해가 갔어."

"와, 정말 그렇게 잘생겼어? 아깝다. 온 줄 알았으면 진작 가서 화신의 실물을 한 번 봤을 텐데."

말리화 정령의 목소리에 안타까움이 묻어났다.

"아아, 됐어. 잘생기면 뭐 해. 눈빛이 정나미 떨어지게 차가운데. 게다가 기운도 너무 강해서 감히 가까이 다가가지도 못하겠더라.

영력이 실로 고강해 화신과 상대해 본 신선치고 화신을 두려워하지 않는 이가 없다는 소문이 정말 사실인 듯해."

메뚜기 정령은 진저리를 쳤다. 그러면서도 계속 욱봉을 이야깃거리 삼아 조잘거렸다.

"화신이 내뿜는 기운만 봐도 한 번 뱉은 말은 반드시 지키고, 매사에 두말하는 법이 없으며, 한다면 하는 성격이라는 게 실감이 나더라. 생모가 달라서 그런가? 야신과 화신은 형제간인데도 너무 다른 듯해."

"다르기는 뭐가 달라. 둘 다 육계의 수많은 선자에게 흠모를 받는 건 똑같은데."

말리화 정령이 웃으며 말했다. 그녀의 웃음 속에는 동경심이 가득했다.

"그래, 맞아. 수많은 선고와 정령이 화신을 흠모하기는 하지. 그래서 나는 차라리 도도가 화신과 짝이 되었으면 좋겠어. 괜스레 야신을 망치지 말고 말이야. 도도가 수석이라면, 화신은 얼음이잖아. 둘 다 단단하니 천생연분 아닌가?"

"얘, 말조심해! 나도 야신과 도도가 혼인하는 게 마음에 들지 않지만, 할 소리가 있고 안 할 소리가 있어. 화신은 야신의 아우야. 화신은 도도의 시동생이 될 테니 도도는 화신을 도련님이라고 불러야 한다고."

요즘 들어 느끼는 점인데 화계 정령들이 갈수록 수다스러워지는 듯하다. 어쩨 점점 더 천계 선녀들을 닮아 간다. 문제는 딱히 듣기에 재미있지도 않다는 것이다.

나는 천천히 고개를 흔들며 다시 기명정으로 발길을 돌렸다. 등 뒤로는 여전히 그녀들의 수다가 이어졌다.

오래지 않아 기명정이 보였다. 기명정뿐 아니라 나와 천생연분이라는 욱봉도 보였다. 그는 기명정 돌난간에 몸을 기댄 채 서서 반쯤 펼친 족자를 쥐고 있었다.

잠시 멈춰 서서 그를 빤히 바라보던 나는 구결을 외워 눈으로 변신했다. 그런 뒤 검은 깃 위로 드러난 그의 하얀 목덜미에 내려앉았다. 그를 깜짝 놀라게 해 줄 생각이었지만, 실망스럽게도 욱봉은 전혀 놀라지 않았다. 되레 피식 웃기만 했다.

어, 이상하다? 차가워서 소스라쳐야 정상인데? 혹시 그가 간지럼을 타는 부위에 붙었나?

"당장 내단을 내놓아라! 그렇지 않으면…….."

나는 그의 목덜미에 붙은 채 서늘하게 위협했다.

"그렇지 않으면 어쩔 생각이지?"

태연한 욱봉의 대답이 돌아왔다. 뺨에 보조개까지 팬 것을 보니 내 위협이 전혀 먹히지 않은 듯했다.

"너를 물어 버릴 테다!"

"할 수 있으면 해 보시지."

그는 구결을 외워 나를 인간의 모습으로 되돌렸고, 내 어깨를 붙들며 시원하게 웃었다. 그런 그를 보고 있자니 괜히 입술이 삐죽 나왔다.

"뭐죠? 화신 전하라고 내가 봐줄 줄 아나 보지요?"

"아니, 봐주지 마. 지금 나도 너를 물고 싶어진 참이었는데 잘됐지."

그는 말이 끝나기 무섭게 내게 입을 맞춰 왔다. 그 순간 내 두 눈은 내려온 눈꺼풀에 덮여 가려졌다. 방금까지 보이던 푸른 하늘도 시야에서 완전히 사라졌다.

입맞춤의 시작은 참으로 부드러웠다. 마치 거위 깃털 하나가 호수 중앙에 떨어져 유유히 떠다니는 듯했다. 하지만 내가 그의 입술을 가볍게 깨문 그때부터는 달라졌다. 그는 잠시 움찔했지만, 이내 입술을 내 입술에 강하게 밀어붙이더니 몰아치는 홍련업화처럼 뜨거운 혀를 내 입술 사이로 밀어 넣었다. 곧이어 폐부를 태울 듯한 열기가 몸속 곳곳으로 번졌다.

"하……."

숨이 막히기 직전까지 나를 놓아주지 않던 그의 입술이 떨어지자마자, 나는 깊게 숨을 토했다. 혼백이 빠져나간 듯 머리가 멍하고 온몸이 너무 뜨거웠다. 하릴없이 손부채로 얼굴을 식히며 나는 눈을 내리깔았다. 양쪽 뺨이 타는 듯 뜨거웠다. 물방울이 이 위로 떨어지면 바로 증발할 듯했다.

"보기 좋네."

욱봉이 마치 고양이를 다루듯 내 턱을 들어 올리며 낮게 속삭였다.

"뭐, 뭐가요?"

고개를 숙여 그의 뜨거운 시선을 피하며 나는 볼멘소리를 냈다. 그러자 그는 기분 좋게 웃었다.

"네 이런 모습이 보기 좋다고. 얼굴 빨갛게 되어서 귀여워."

"벌써 3년째 같은 소리 하는 거 알아요? 나 이제 그 말 지겹거든요. 그리고 그렇게 빤히 보지도 말아요. 민망하니까."

나는 내 턱에 닿아 있는 그의 손가락을 뿌리치며 몸을 돌렸다. 하지만 그는 내 몸을 다시 돌려 그의 품에 안았다.

"뭐 하는 거예요! 놔줘요!"

나는 그의 가슴을 밀며 버둥거렸다.

"알겠어. 알겠다고. 네가 싫으면 안 볼게. 안 본다니까."

그리 말하면서 그는 나를 더 세게 안았다. 그리고 내 저항이 멈출 때까지 나를 놓아주지 않았다. 얼마 후 내가 체념의 한숨을 쉬며 그의 가슴에 기대고서야 그의 팔 힘이 느슨해졌다.

"3년째 같은 소리 하는 게 지겨우면 얼굴이나 붉히지 말던가."

내 뒷머리를 쓰다듬는 그의 손길이 한없이 부드러웠다.

"그게 내 뜻대로 되는 게 아니잖아요. 당신이 이런 짓 안 하면 얼굴 붉힐 일도 없다고요."

지난 3년간, 나는 얼굴만 붉힐 수 있게 된 게 아니다. 언제부터인가 나는 자연스레 화신 전하라는 존칭을 거두었다. 내가 처음으로 그를 '당신'이라고 불렀던 날이 언제인지는 기억나지 않는다. 다만, 그가 뛸 듯이 기뻐했다는 것만은 똑똑히 기억한다.

"금멱……."

정수리 부근에서 욱봉의 입술이 느껴졌다. 나를 부르는 그의 다정한 목소리에 왠지 가슴 한쪽이 아렸다. 이상하다. 근심이 전혀 서려 있지 않은, 그저 행복하기만 한 그의 목소리에 왜 나는 이런 감정을 느껴야 할까?

"예?"

"내 내단을 정말 갖고 싶어?"

"뭐 그런 것을 다 물어요. 내가 갖고 싶어 한다고 줄 것도 아니

면서."

"……줄게. 얼마든지."

전혀 예상도 못 한 대답이었다. 놀라 고개를 드니 그의 뺨에 팬 보조개가 가장 먼저 눈에 들어왔다. 예전에는 가뭄에 콩 나듯 볼 수 있었는데, 이제는 하도 자주 봐서 신기하지도 않았다.

"아서요. 농 한 번 한 거를 너무 진지하게 받아들이면 되레 무서워요."

내 말에 그는 다시 기분 좋게 소리 내어 웃었다.

"정말이야. 네가 원하는 거라면 내단 따위가 뭐가 아깝겠어. 그러니까 바라는 게 있으면 뭐든지 말해. 은하수를 역류시키라고 해도, 물고기를 날아다니게 하라고 해도, 새가 헤엄치게 해 달라고 해도 상관없어. 네가 원한다면 다 들어줄게."

가슴께를 간질이는 듯한 그의 말에 나는 그만 배시시 웃고 말았다.

"어유, 말 참 마음에도 들게 하네. 몰랐는데 착한 아이였어."

"뭐, 아이? 착해? 지금 그게 화신에게 할 소리야?"

그는 손가락으로 내 이마를 가볍게 튕겼다. 하지만 그의 표정이 전혀 사납지 않기에 두려울 일도 없었다.

"왜요? 내가 틀린 말 했나요? 착하잖아요, 우리 도련님은."

내 말에 그의 몸이 뻣뻣하게 굳었다. 그는 나를 천천히 품에서 떨구었고 긴 봉안을 가늘게 떴다.

"도련님?"

입꼬리는 웃는 듯 올라가 있지만, 그의 눈은 이미 차갑게 가라앉아 있었다. 마치 내가 그의 역린을 건드린 듯.

"금멱, 방금 너 누구를 도련님이라고 부른 거야? 설마 나?"

"당신이…… 아니면 누구겠어요?"

"왜?"

"다들 당신을 도련님이라고 부르는 게 옳다고 하니까요."

내 대답에 그는 "허!" 하며 실소를 뱉었다.

"하여간 금멱, 너는 내 복장을 뒤집는 재주를 타고났어. 지금 그게 할 소리야? 도련님이라니? 설마 이 상황에서도 형님에게 시집갈 생각이야!"

욱봉의 기세가 하도 사나워 나는 아무런 대꾸도 하지 못했다. 어떤 말을 해야 그의 기분이 풀릴지 알 수가 없었다.

"좋겠구나."

그가 문득 빈정거리며 말문을 열었다.

"뭐…… 가요?"

"근자에 형님이 매일 밤, 네 처소에 든다지? 오매불망 혼인하고 싶은 사내가 그리 너를 신경 써 주니 어찌 기쁘지 않겠어?"

그의 말을 듣고 있자니 왠지 목이 깔깔하게 아팠다. 그래서 마른 침을 꿀꺽 삼키며 신중히 대답했다.

"무슨 말을 그렇게 해요? 내가 기쁠지 기쁘지 않을지를 설마 몰라요?"

내 말에 그의 안색이 삽시간에 변했다. 그런 그의 변화를 주시하며 나는 힘겹게 말을 이어 갔다.

"내가 시집가고 싶은 상대는 오로지 당신뿐이라고요. 왜 그런 심술 맞은 소리로 내 마음을 아프게 하죠?"

나는 그 말을 끝으로 고개를 떨구었다. 그러자 그의 손이 슬그머

니 다가와 내 손을 붙들었다.

"금멱……."

"아니요. 됐어요. 아무 말 말아요. 이건 천제 폐하가 정해 준 혼약이에요. 절대로 깰 수 없음을 나도 알고, 당신도 알잖아요."

그의 손을 뿌리치며 몸을 돌리자, 그는 뒤에서 나를 당겨 안았다. 등 뒤로 그의 단단한 가슴이 느껴졌다. 그 순간 나는 이를 악물었다.

"괜한 걱정은 하지 마. 나도 다 생각이 있으니까. 나는 결코 너와 형님이 혼인하게 놔두지 않아."

나는 천천히 시선을 내려 내 허리를 휘감고는 있으나 주먹을 단단히 쥔 욱봉의 팔을 내려다보았다. 너무 힘을 줘서 하얗게 질린 손가락 마디가 문득 걱정되었다. 그래서 그의 손가락을 하나하나 펼쳤다. 예상대로 그의 손바닥에는 붉은 줄이 5개가 가 있었다. 그걸 보자 또 진딧물이 폐부를 긁는 듯한 묘한 기분에 사로잡혔다. 결국, 나는 눈썹을 잔뜩 찌푸린 채 그의 손바닥에 찬 숨을 후후 불었다.

그는 그런 내 모습이 마음에 꽤 들었나 보다. 나를 다시 돌려 안은 그의 표정은 어느새 아까처럼 부드럽게 변해 있었다.

"금멱……."

"예?"

"만약 나와 형님, 둘 다 위험에 빠진다면 너는 누구를 도울 거야?"

"당연히 당신이죠."

나는 한 치의 주저도 없이 대답했다. 그러자 그는 마치 5만 년의 영력을 한 번에 얻은 듯 반색했다.

"그래, 됐어. 그 대답 하나면 충분해."

분명히 내게 하는 말임에도, 그의 말은 마치 자신에게 하는 듯
했다.

"이거 받아."

다시 천계로 돌아갈 때 그는 내내 쥐고 있던 족자를 내게 건넸다.

"이건 뭐예요?"

"며칠 전에 짬이 나서 그려 본 거야."

딱히 말은 안 해도 그의 눈은 '당장 풀어 봐!'라는 무언의 압박을
하고 있었다. 그래서 족자를 펼쳐 보니 자색 포도가 영근 포도 덩굴
이 대나무 지지대에 얽히고설켜 있는 그림이 나왔다. 원경에는 머리
에 꽂은 비녀가 눈길을 끄는 한 여인의 뒷모습도 묘사되어 있었다.

"요즘 그림에 취미가 생겼나요? 붓놀림이 생생하고 묘사도 좋아
요. 그런데 선녀가 좀 흠이네요. 버들 같은 몸도 좋지만 이건 너무
마르지 않았어요?"

상대방의 성의를 생각해 진지하게 의견을 냈건만, 욱봉의 표정이
묘해졌다. 곧이어 그는 두 눈을 질끈 감으며 이마를 몇 번 쓰다듬더
니 낮게 한숨을 쉬었다.

"금멱, 그림 속 여인은 너야."

"예?"

나는 놀라 다시금 그림을 살펴보았다. 아까도 왠지 비녀가 눈길
을 끈다 했더니, 그 비녀는 환체봉령이었다.

"어쩐지 비녀가 눈에 익더라니. 그런데 내가 이렇게 말랐어요?"

"됐다. 됐어."

***

삼년상을 명받았을 때만 해도 그 시간이 길 거라 여겼는데 아니었다. 시간은 화살처럼 빨리 지나가 어느새 삼월 초칠일이 되었다. 나와 윤옥의 혼인이 삼월 초팔일이니 오늘은 바로 혼례 전야인 셈이었다. 그때는 신부와 신랑이 대면해서는 안 된다는 예법에 따라 매일 밤 내게 오던 윤옥이 오늘만큼은 화계에 발길 하지 않았다.

하늘에 반딧불이가 무수히 떠다니는 깊은 밤, 나는 아버지의 묘 앞에 무릎을 꿇고 앉았다. 그리고 비녀 대신 머리에 꽂고 있던 포도 넝쿨을 칼로 바꾸어 머리카락을 한 줌 잘랐다. 그 뒤 그것을 징심당 지에 곱게 싸서 불나방의 등에 얹었다.

"천계로 가서 이것을 화신 욱봉에게 전해."

불나방은 가볍게 날갯짓해서 내 명을 받아들였음을 표시했다. 불나방은 금세 내 머리카락을 지고 날아올랐다.

불나방이 완전히 사라진 후, 나는 하늘에서 시선을 거두었다. 그러고는 아버지의 무덤을 돌아보았다.

"아버지, 제가 예전에 효도하는 딸이 되겠다고 한 적 있어요. 저는 그 말을 한시도 잊은 적 없는데, 아버지는 기억하실지 모르겠네요."

나는 아버지의 무덤에 세 번 절한 뒤 일어났다. 다시 고개를 들었을 때 내 입가에는 미소가 번져 있었다.

속세에서는 여인이 머리카락을 정표로 건넨다.

내 머리카락을 받은 욱봉이 과연 그 뜻을 아는지 모르겠다.

삼월 초팔일 저녁, 선시 16명이 꽃가마를 든 채 내 집 앞에 서 있었다. 그리고 나는 그 가마 안에 앉은 채 천잠으로 짠 비단 희파(혼인 때 신부가 머리에 쓰는 가리개)를 쓰고 있었다. 다행히 희파가 성글게 짜여 있어 적게나마 빛이 들어왔다. 애쓰면 형체 정도는 보였지만, 뚜렷하게 볼 수는 없었다.

"길시가 되었다! 자, 모두 가마를 들라!"

선시의 외침과 함께 가마는 가볍게 날아올랐다. 날아가는 도중 몇 번 흔들리기도 했지만 곧 안정을 찾았고, 금세 천계의 땅 위로 내려앉았다. 가마의 가리개는 밖에 있는 사람만 열 수 있는 구조였는데, 누군가 그것을 들어 올리자 봄바람이 내 얼굴을 간질였다. 이어 귀에 익은 온유한 음성이 들렸다.

"먹아."

바로 윤옥이었다. 나는 천천히 손을 뻗어 그의 손바닥에 내 손을 얹었다. 그리고 그에게 의지해 가마에서 내렸다. 잠시 후 그와 어깨를 나란히 하고 서자, 어딘가에서 연주가 시작되었다. 음악 소리에 맞춰 오색나비들이 우리 주변을 돌아 날고, 선학이 춤을 추는 모습은 말 그대로 선경이었다.

나는 살짝 고개를 돌려 희파 너머의 그를 보았다. 그는 옥룡관을 쓰고, 붉은 혼례복을 입고 있었다.

희파에 가려 그가 자세히 보이지는 않았지만, 나는 분명히 알 수 있었다.

언제나처럼 그의 눈은 물처럼 맑을 테고, 얼굴에는 진주처럼 은은한 광채가 나겠지. 화려하게 차려입은 인파와 그런 그는 아마도 선명히 대비되리라. 아직 어둠이 가시지 않은 밤 속에 맺힌 한 방울 이슬처럼.

그는 웃으며 내 손을 꼭 잡았다. 그러고는 혼례식을 보러 온 육계의 신선들 사이를 가로질러 대전으로 향했다. 한동안 못 본 염수는 목에 붉은색 꽃 공을 단 채 내 옆에 바짝 붙어 걸었다. 희파 아래로 살짝 보이는 나를 긴장한 듯 보다가, 나와 눈이 마주치자 이내 좋아하며 팔짝팔짝 뛰어 나를 웃음 짓게 했다.

대전 안으로 들어서니, 양쪽으로 길게 깔린 연회석에 앉은 각계의 신선들이 보였다. 마계 시왕도 초청받았는지 천제 오른쪽 아래 상석에 앉아 있었다. 천제는 금관에 운포를 입은 채 보좌에 앉아 있었는데, 그는 나와 윤옥이 손을 잡고 오는 모습에 시선을 떼지 않은 채 담담하게 미소 짓고 있었다.

그래서인지 천제의 곁에 선 월하선인의 모습이 무척 대조되었다. 그는 어깨를 나란히 한 채 들어오는 우리를 내내 괴로운 눈으로 보았고, 미간도 잔뜩 일그러져 있었다. 잠시 후, 나와 윤옥이 월하선인 앞에 와서 서자 그는 신력을 써서 내 귀에만 들리게 은밀히 하소연했다.

'멱아야, 어찌 이럴 수 있느냐! 그동안 욱봉과 쌓은 정이 얼마인데, 욱봉을 이리 헌신짝처럼 버려도 되는 것이야? 너는 새 사람의 웃음만 들리고, 옛사람의 통곡은 들리지도 않느냐?'

월하선인의 오늘 역할은 혼례의 주혼자(主婚者, 혼례식을 주관하는 사람)였다. 그러나 그는 전혀 주혼자 같지 않았다. 되레 이 혼례를 깨러 온 사람 같았다.

"욱봉은 어찌 보이지 않느냐?"

대전에 모인 하객을 둘러보던 천제는 월하선인에게 작게 물었다. 그때 월하선인은 되레 나를 보며 말했다. 마치 나더러 들으란 듯.

"천계에 경사가 있는 탓에 하객들이 너무 몰려 당연히 길이 막히겠지요. 좀 늦는 듯하니 조금만 더 기다려 주십시오."

내가 들어도 가당찮은 이유였다. 천제의 생각도 나와 다르지 않은지 그는 가볍게 눈썹을 찡그렸다.

"굳이 기다릴 필요 없으니 시작해라."

"형님!"

월하선인은 당황해하며 천제에게 뭔가 말하려 했다. 하지만 천제가 손을 저어 저지하자 맥없이 입을 다물었다. 그는 낮게 한숨을 쉬더니 다시 주혼자의 몸가짐을 취하며 소리쳤다.

"신랑 신부는 하늘과 땅에 절하시오."

윤옥은 나와 함께 천제에게 절했다. 그 후에는 푸른 얼굴에 이빨이 성성하게 난 염라왕에게 절했다. 하늘은 천제요, 땅은 염라왕이기 때문이었다.

"신랑 신부는 부모에게 절하시오."

윤옥의 생모는 이미 세상을 떴으니 남은 이는 부친인 천제뿐이다. 그래서 두 번째 절도 천제가 받았다. 절을 하고 몸을 일으키는데 문득 윤옥의 말이 들렸다.

"아바마마는 소자의 낳아 주신 아버지일 뿐 아니라 스승이셨으며, 배필을 짝지어 준 은공이십니다. 따라서 두 번의 절로는 소자의 마음에 담긴 감사를 표하기는 턱없이 부족하옵니다. 소자, 오늘 특별히 아바마마께 청수(清水) 한 잔을 올리고 싶으니 부디 받아 주시옵소서."

윤옥은 환술로 만들어 낸 청옥 잔을 공손히 천제에게 올렸다.

"고맙구나."

천제는 선선히 잔을 받아 들더니 그 안에 담긴 물을 한 번에 들이켰다. 그런 뒤 다시 월하선인에게 눈짓했다. 혼례식을 빨리 진행하라는 채근이었다.

우리가 맞절하면 사실상 혼례식은 끝나는 셈이었다. 나는 불안하게 뛰는 가슴을 애써 눌렀다. 그리고 "신랑 신부는 맞절하시오"라는 문장 속 한 자 한 자를 한 문장만큼이나 길게 늘여 말하는 월하선인을 슬쩍 훔쳐보았다.

"멈춰!"

우리가 맞절하려고 할 때 요란한 소리가 들려왔다. 모든 신선이 고개를 돌렸고, 나도 희파를 걷으며 소리가 난 쪽을 보았다. 예상대로 그는 욱봉이었다. 은청색 비단 장포를 걸친 채 대전 안으로 들어서는 그는 윤옥의 화려한 붉은색 혼례복과 상충하는 색감을 띠고 있었다.

"욱봉!"

천제가 무겁게 입을 뗐다.

"혼례식을 멈추라니 이 어인 말이냐!"

천제는 명백히 나무라고 있었지만, 욱봉은 눈썹 하나 까딱하지 않았다. 그는 누군가를 대전에 주저앉히며 검 끝을 윤옥에게 겨누었다.

"아바마마, 하문하실 상대를 잘못 고르셨습니다. 소자가 아닌 야신에게 하문하시옵소서."

"화신, 그게 무슨 말씀이시오?"

윤옥이 담담하게 묻자, 욱봉은 그를 차갑게 노려보았다. 그리고 무릎을 꿇린 자에게 명령했다.

"역도 태사선인은 고개를 들라."

욱봉의 말에 대전 안 모든 신선이 대경실색했다. 태사선인은 병권을 쥔 천장이기 때문이었다.

"야신은 혼례식 전날, 병력을 이동 배치했습니다. 혼례식 참석을 위해 신선들이 대전에 모여 천계의 수비가 허술해지는 틈을 타서 태사선인에게 병부를 훔칠 것도 명했습니다."

욱봉의 말에 모든 이의 시선이 윤옥에게 쏠렸다. 다들 도무지 믿어지지 않는다는 얼굴을 하고 있었다. 천계의 군대는 총 8개로 나뉘어 있다. 그중 동, 남, 서, 북, 동북은 화신 욱봉이, 동남, 서북, 서남은 야신 윤옥이 관할한다. 태사선인은 그중 동남방의 지휘관이며 야신의 휘하였다. 이로써 이 수상쩍은 움직임의 막후에 누가 있을지는 확실해졌다.

"아바마마, 야신은 신부를 맞이하는 척하면서 뒤로는 대군을 배치했습니다. 구소운전 주변으로는 이미 천군 십만 명이 매복해 있습니다."

욱봉의 말이 한 자 한 자 떨어질 때마다 대전 안 신선들은 경악했다. 모두가 욱봉을 보았지만, 그는 그저 차갑게 말을 이어 갈 뿐이었다.

"북이 울리는 것이 신호이니 그때 천제 폐하를 포박하라고 매복한 천군들에게 하명해 놓았겠지. 그렇지 않나, 야신?"

윤옥은 욱봉의 말에 대답하지 않았다. 그저 가라앉은 얼굴로 입꼬리를 비틀었을 뿐이었다. 욱봉은 그런 윤옥에게 시선을 떼지 않은 채 손가락을 튕겼다. 그러자 빛이 마치 공처럼 뭉쳐진 상태로 빠르게 날아가 악사 뒤의 큰 북을 쳤다. 그와 동시에 무장한 천군들이

고함을 지르며 대전 안으로 뛰어들었다. 그들의 기세는 실로 등등했지만, 욱봉의 옆에 무릎 꿇은 태사선인과 대전 안의 냉랭한 분위기에 놀라 움찔 멈춰 섰다. 그들의 얼굴 위로 당황한 기색이 역력히 떠올랐다.

"역도 야신을 당장 포박하라!"

욱봉이 서릿발처럼 차갑게 명하자, 두 명의 천장이 대전으로 들어와 윤옥을 포박했다. 그들은 윤옥의 팔을 뒤로 돌리고 그의 어깨를 눌렀다.

나는 줄줄이 이어지는 이 놀라운 상황을 눈 한 번 깜박이지 않은 채 지켜보았다. 그래서 욱봉이 어느새 내 곁으로 다가와 나를 그의 등 뒤로 감추는 것도 미처 깨닫지 못했다.

"윤옥, 대체 이게 어찌 된 일이냐?"

천제는 눈썹을 찡그린 채 상체를 숙여 포박된 윤옥을 내려다보았다. 천제의 얼굴에는 실망과 놀라움이 가득했다. 하지만 윤옥은 천제의 물음에 대답하지 않았다. 그는 포박되었음에도 머리카락 하나 흐트러지지 않은 단정한 자태로 욱봉을 돌아보았다.

"화신, 옛말에 이런 말이 있지. 고작 한 수의 착오로 승패가 갈리며, 승자는 왕이 되고, 패자는 도적이 된다고. 화신이 보기에는 지금 내 꼴이 아마 그렇겠지?"

"야신, 이제 다 끝났다. 괜한 수작을 부려 봤자 소용이 없음이야."

욱봉이 싸늘하게 대꾸하자, 윤옥은 담담히 웃었다.

"아니, 나는 다만 화신을 깨우쳐 주고 싶을 뿐이야. '매미를 잡은 사마귀는 참새가 뒤에서 기다리는 줄은 모른다'라는 옛말도 있음을 말이야."

쨍강!

문득 위에서 들려온 파열음에 욱봉을 비롯한 모두의 시선이 보좌로 향했다. 그게 천제가 떨어뜨린 옥잔이 바닥에 떨어져 난 소리임을 모두가 깨닫기까지는 그리 오랜 시간이 걸리지 않았다.

"윤, 윤옥 너!"

빈손을 덜덜 떨며 비틀거리는 천제의 얼굴은 창백하게 질려 있었다.

"우리는 야신에게 충성한다! 야신을 위해 기꺼이 목숨을 바칠 것이다!"

잔이 깨지는 소리가 났을 때 천병 중 누군가가 소리쳤다. 그 순간 대전 안에 들어선 천병 중 일부가 병장기를 휘두르며 천병을 척살하고, 신선들을 공격해 인질로 붙들었다. 대전 안 신선들은 거의 다 문사인지라 제대로 된 저항 한 번 해 보지 못하고 윤옥 휘하의 천병들에게 붙들렸다.

"형님!"

"아바마마!"

욱봉과 월하선인이 동시에 소리쳤다. 월하선인은 황급히 팔을 뻗어 쓰러지는 천제를 부축했다. 그러면서 욱봉에게 소리쳤다.

"욱봉, 형님은 내게 맡기고 우선 역도부터 처리하거라!"

"숙부……!"

"어서! 어차피 윤옥은 천장들이 잡고 있지 않느냐! 더 큰 희생이 생기기 전에 이 소란부터 정리하거라."

월하선인의 말에 욱봉은 보좌의 천제와 윤옥을 번갈아 보았다. 하지만 이내 주변의 천장들에게 명령했다.

"너희는 죄인을 감시하고 보좌 주변으로 적이 다가오지 못하게 막아라."

그는 그 말을 끝으로 몸을 돌렸다. 그리고 나를 등진 채 대전 밖을 향해 소리쳤다.

"역도를 모두 척살하라!"

그 즉시, 대전 안의 반란군들보다 더 많은 천병이 대전 안으로 뛰어들었다. 그들은 병장기를 번뜩이며 반란군에게 달려들었다. 금세 대전 안은 피비린내와 도광이 횡횡하는 아수라장으로 변했다. 반면 윤옥, 나, 월하선인, 천제가 있는 보좌 주변은 태풍의 눈처럼 고요하게 가라앉았다.

"아까…… 내게 준 물에 무엇을 탔느냐?"

월하선인에게 몸을 의지한 천제가 힘없이 윤옥에게 물었다.

"별것 아닙니다. 그저 살기향회(煞氣香灰, 소설 속에 등장하는 중독성 물질)를 조금 탔을 뿐이지요. 두 시진 정도 힘이 빠질 뿐 생명에는 지장이 없으니 안심하셔도 됩니다."

"너!"

천제는 극도로 노해 말도 제대로 맺지 못했다.

"윤옥, 네가 의뭉스럽고 음흉한 성정임은 내 진작 알았지만, 이럴 줄은 몰랐구나. 어찌 이리 불충, 불의, 불효할 수 있단 말이냐! 천벌이 무섭지 않으냐?"

월하선인이 윤옥을 강하게 책망하자, 그는 담담한 눈빛으로 월하선인을 보았다.

"방금 저에게 불충, 불의, 불효하다고 말씀하셨습니까? 그렇다면 상대를 잘못 택하셨습니다. 불충, 불의, 불효한 이는 바로 보좌에 앉아 있는 천제이니까요. 천제는 천위에 오르기 위해 형을 죽이고, 정인이었던 선대 화신(花神) 재분을 배신했으며, 악처를 들여 많은 사달을 냈으며, 동해어왕과 혼인을 앞두고 있던 제 어머니를 농락해 그분을 욕되게 하였으며, 친자인 저를 버렸습니다. 이미 버린 저를 천계로 다시 불러들인 이유도 마계와 전쟁을 벌일 때 쓸 화살받이를 하나라도 더 확보하기 위해서였지요. 그뿐입니까! 신마(神魔)대전 후 보위에 오르자마자 선대 화신을 모욕한 것도 모자라, 선대 화신과 선대 수신을 강제로 떼어 놓고 풍신과 선대 수신을 억지로 혼인시켰습니다. 악랄한 천후가 제 어머니를 모살했음을 알면서도 수수방관했습니다. 그 많은 죄를 짓고도 무사하기를 바랐다면 그게 욕심 아닙니까? 모든 것은 돌고 도는 법입니다."

윤옥의 추궁에 천제의 안색은 창백해졌다. 윤옥이 말하는 사건 대부분을 몰랐던 듯 월하선인의 얼굴 위로 당황한 기색이 역력했다.

"제가 벌인 일이 떳떳하다고는 감히 말할 수는 없습니다. 하지만 자식 된 도리로 저를 낳고 키워 주신 어머니의 은혜에는 보답해야 한다고 생각했습니다."

윤옥은 천천히 시선을 돌려 나를 보았다. 그가 입은 붉은색 혼례복도 그의 달 같은 자태를 가릴 수는 없었다.

"그러니 후회하지 않을 겁니다. 다만 유일하게 하나가 마음에 걸릴 뿐입니다."

윤옥은 그리 말하며 나를 보았다. 나는 그런 그를 잠시 바라보다가 야신과 화신의 휘하로 나뉘어 혈투를 벌이는 천군들에게로 시선을 돌렸다. 화신의 월등한 병력에 야신의 병력이 밀리는 상황이었다. 이제 승부는 난 것이나 다름없었다. 그때, 욱봉이 소매를 들어서

내 시선을 가렸다.

"금멱, 돌아서서 있어. 다칠 수도 있으니까."

욱봉은 그리 말하며 자신에게 달려든 천병을 베었고, 홍련업화로 그를 태워 죽였다. 욱봉은 물의 속성인 내가 홍련업화에 약하기에 미리 경고한 거였지만, 나는 그의 말을 따르지 않았다. 되레 그의 손 움직임을 따라 시선을 옮기며 홍련업화가 피어오르는 그의 손을 주시했다.

아버지는 홍련업화에 돌아가셨다. 혼백이 산산이 흩어져 소생의 가능성마저 사라졌다. 그렇기에 나는 욱봉의 저 손을 지난 3년간 무수히 보며 확인하고 또 확인했다. 지문 하나하나가 어디로 향해 뻗는지까지 알게 되었을 정도로.

아까 윤옥은 그리 말했지. '낳고 키워 주신 은혜'에 보답하고 싶었다고.

그래, 그의 말이 옳다. 나 또한 그렇다. '수언촌초심보득삼춘휘(誰言寸草心報得三春暉, 부모의 은혜는 참으로 깊어 자식이 갚기 힘들다는 의미)'라는 그 말을 나는 지난 3년간 무수히 되뇌었다.

어느덧 주변의 시끄럽던 소음이 사라졌다.

아니, 그저 내 귀에 닿지 않을 뿐이었다.

내 귀에 들리는 것은 오로지, 그날 쏟아지던 큰비와 천둥소리뿐이었다.

그날 나는 빗소리에 놀라서 깼다. 그 탓에 나를 병구완하느라 내 침상 머리맡에서 쪽잠을 자던 아버지까지 깨우고 말았다. 아버지는 부드러운 눈으로 나를 보더니 내 머리를 쓰다듬었다.

「약을 가져오마. 잠시만 기다리렴.」

그러나 나는 다시는 아버지가 달여 온 쓴 약을 마시지 못했다. 약을 마신 뒤 먹던 얼음 사탕도 더는 먹지 못했다.

한 촌 한 촌 기어서 내 방으로 들어온 선시는 마지막 힘을 쥐어짜다가 말 한마디 뱉지 못한 채 절명했다. 미칠 듯 뛰는 가슴을 안고 부뚜막으로 달려가자, 수증기처럼 소멸해 가는 아버지의 모습이 보였다. 비틀거리며 다가가 그의 반쯤 탄 옷자락을 붙들었지만, 내 손가락에 남은 것은 약간의 수증기에 불과했다. 그제야 나는 깨달았다. 당시 선시가 기를 쓰고 말하려 했던 그 단어가, 뭔가 말하려고 기를 쓰던 그의 입 모양이 바로 '불'이었음을…….

세상에서 수신을 멸할 수 있는 불은 오로지 홍련업화뿐이다.

육계를 통틀어 홍련업화를 쓸 수 있는 이는 천후와 욱봉뿐이다.

폐서인된 천후는 하옥되었기에, 남은 이는 욱봉뿐이다.

「먹아, 기억나오? 수신 어르신은 진상이 밝혀진 그날, 천후를 죽이려고 하셨고, 당시 욱봉은 어르신의 3장을 천후 대신 맞았소. 그후 욱봉은 어르신에게 한을 품었을 뿐 아니라 어르신이 또 제 어미를 해할까 봐 전전긍긍했소. 욱봉이 수신 어르신을 홍련업화로 멸한 이유는 그 후환을 없애기 위함이 분명하오.」

윤옥의 말이 새삼 머릿속에 휘몰아쳤다. 그리고 그의 말 하나하나가 비수가 되어 내 전신을 난도질했다. 그게 너무 아파 견딜 수 없어진 나는 그만 두 눈을 질끈 감았다.

"그래, 지금처럼 눈 꼭 감고 있어. 곧 끝낼 테니 안심하고."

나를 등진 채 홍련업화로 역도들을 상대하던 욱봉이 다시 내게 주의를 주었다.

"괜찮아요. 내 걱정은 하지 말아요."

여전히 눈을 감은 채 담담히 대답하자, 그는 다시 몸을 돌렸다. 그리고 승리를 확신한 듯 휘하의 천병들을 지휘했다.

그가 완전히 돌아섰을 때 나는 눈을 떴다. 그런 뒤 내 시선 가득 들어온 그의 등을 뚫을 듯 바라보았다. 예상한 대로 그의 등 한가운데에 작은 물빛이 보였다.

아, 역시나다. 월하선인이 빌려준 애정 소설들은 나를 속이지 않았다.

속세에서는 여인이 머리카락을 잘라 사모하는 사내에게 정표로 건넨다. 부디 이것을 받는 상대의 마음이 자신과 같기를 바라며.

3년 동안 부단히 욱봉을 유혹한 보람이 있었는지, 그는 내 머리카락을 몸에서 가장 중요한 곳에 넣어 두었다. 원래 그의 내단이 있는 곳은 미간이 아닌 심장이었다. 예상했던 바와 달랐지만, 지금 중요한 건 그게 아니었다. 그의 약점을 알아냈다는 것이 관건일 뿐……

나는 고개를 살짝 숙여 3년간 수천 번 쥐고 또 쥐었던 유엽빙도를 보았다. 잎처럼 얇고 투명하지만, 아버지의 영력 절반이 실려 있어 그 위력은 상상을 초월했다. 나는 홀린 듯 유엽빙도를 들어 올렸다. 그리고 망설임 없이 그것을 욱봉의 등 중앙에 박아 넣었다.

투둑-!

귓가에 살이 헤집어지는 낯선 소리가 들려왔다. 유엽빙도는 나를 한 치도 의심하지 않았던 욱봉의 등 속으로 파고 들어갔다. 그것은 내 머리카락을 품고 있던 그의 심장을 뚫었고, 그의 앞가슴으로 삐져나왔다.

불시의 역습을 당한 그는 몇 번 비틀거리다가 맥없이 내 품에 무너졌다. 비록 그를 받쳐 안았지만, 나는 그를 보지 않았다. 그저 얼어붙은 듯 선 채로 유엽빙도에 맺힌 선혈만 응시할 뿐이었다. 그것은 느리게 뭉쳐져 한 방울 한 방울 대전의 반들반들한 바닥으로 떨어졌다. 마치 대전 바닥 위로 작고 붉은 꽃이 연달아 피어나는 듯했다.

여전히 사방은 조용했다. 너무 조용해 꽃이 피는 소리까지 들릴 듯했다.

"……금먹……?"

바로 아래서 낮게 가라앉은 목소리가 들렸다. 의문이 가득한 물음에 나는 천천히 시선을 옮겼다. 내 시선이 닿은 그곳에는 까맣게 가라앉은 욱봉의 눈동자만 존재했다.

"대…… 체 왜?"

"왜라…… 니요? 당신이 그 이유를 가장 잘 알 텐데요."

내 대답에 그의 눈은 생기를 잃었다. 바닥까지 이른 절망이 어떤 것인지 보여 주는 듯한 모습이었다.

"나를…… 사랑한 게 아니…… 었어?"

"예."

"……한시도……? 어느 한순간도?"

"예, 어느 한순간도!"

「내 내단을 정말 갖고 싶어?」

「뭐 그런 것을 다 물어요. 내가 갖고 싶어 한다고 줄 것도 아니면서.」

「……줄게. 얼마든지.」

왜 갑자기 그날 기명정에서 그가 한 말이 떠오르는지 알 수 없었다. 구름이 유달리 희고, 바람이 맑던 그날 들었던, 그의 웃음기 가득한 속삭임이 나를 아프게 찔렀다.

"사랑, 그게 뭔데요? 나는 그런 거 몰라요."

나는 사랑이 무엇인지 진정 모른다. '사랑'이라는 단어는 내게 있어 책에나 나오는 비현실적인 감정일 뿐이다. 그러나 욱봉을 유혹하기 위해 나는 '사랑'을 아는 듯 가장해야 했다.

나는 매일매일 소설 속에 나오는 대사를 연습했고, 소설 속에 묘사된 행동을 욱봉의 앞에서 해 보였다. 그러다 보니 자연스럽게 얼굴을 붉힐 수 있게 되었고, 사랑에 빠진 여인 특유의 수줍어하는 몸짓을 취하는 데도 능숙해졌다. 나는 오로지 이 순간만을 위해 3년을 달렸고, 마침내 내 복수는 종지부를 찍었다.

"당신은 내게 있어 살부지수 그 이상도 그 이하도 아니야."

내 모진 말이 떨어진 그때, 그의 눈은 묵직하게 감겼다. 마치 깊이 잠든 아이처럼……

그와 동시에 뜨거운 핏물이 내 두 손에 고였다. 그것은 내 손가락 사이로 빠져나와 내 혼례복에 수놓인 꽃들에 스몄다. 머지않아 선연하던 내 혼례복 위로 어두운 핏빛 꽃이 가득 피어났다. 나는 눈을 부릅뜬 채 내 품의 그가 투명하게 변해 가는 광경을 지켜보았다. 그는 연기가 되어 흩어졌고, 최후에는 작은 불덩이로 변했다. 비록 작디작지만, 그 위력은 실로 대단하여 내 주변의 모든 것이 불타올랐다. 하지만 나는 되레 안전했다. 환체봉령이 나를 지켜 준 덕분이었다.

「금멱, 너는 이미 내 마음을 알고 있어. 그러니 네가 아무리 나에게 화내도, 네가 아무리 나를 원망해도 어쩔 수 없어. 나는 결단코 너와 형님이 혼인하게 놔두지 않아. 절대로 그렇게는 못 해.」

「지옥? 그게 뭐라고! 가면 또 뭐가 대수라고! 이 천지간에 내가 가장 두려워하는 게 뭐라고 생각해?」

「금멱, 아무래도 조만간 내가 너를 죽이지 싶다.」

「다시 한번 묻겠어. 종이의 실이, 시 속 손수건의 실과 같은 의미라고 받아들여도 될까?」

「안심해. 하늘과 땅이 아무리 크고 넓어도, 또 그 안에 사는 여인이 아무리 많아도, 내가 마음에 둔 여인은 오직 하나뿐이야.」

「나는 오로지 그 여인 하나만 내 아내로 삼을 거고.」

문득 탁한 공기가 가슴 안을 가득 채웠다. 그것을 깨달은 순간 나는 검은 피를 토하며 바닥에 나뒹굴었다.

"백화가 만발하는 봄은 이미 와 있었건만, 나는 이제야 그 사실을 알았네. 제아무리 화사하여도 보아 줄 이 하나 없었으니 폐허와 다를 바 없었구나! 봄이 이리도 아름다운 줄 몰랐던 나는 대체 어떤 생을 살았던고! 이토록 아름다운 봄날을, 이렇게 귀한 시간을 내가 소망하듯 누릴 수 있는 곳이 이 세상 어디에 있으려나!"

먼 곳에서 노랫소리가 들려왔다. 아주 희미하지만, 어딘지 귀에 익었다. 노래는 계속 이어졌다.

"푸른 기와를 인 정자는 선계의 꽃구름처럼 아름답고, 봄바람과 함께 스며든 가랑비가 흩날리는 망망한 호수 위의 한 조각 배는 마치 한 폭의 그림과 같네. 규방에 갇혀 사는 나 같은 여인에게 대자연에 만연한 봄빛은 감히 소유할 엄두도 못 낼 서러운 사치로구나."

노랫소리는 점점 더 커졌고, 그 노래에 호기심을 느낀 나는 천천히 눈을 떴다. 그러자 침상 맡에 앉은 두 선녀가 보였다. 그녀들은 고개를 떨군 채 졸고 있었다. 팔로 상체를 받쳐 몸을 일으켜 보려고 했지만, 이내 팔에 힘이 풀렸다. 결국, 나는 다시 침상 위로 무너졌다.

"어!"

내 기척에 놀란 선녀들이 눈을 휘둥그레 뜨며 나를 보았다. 마치 귀신을 보는 듯한 표정이라 좀 의아했다.

"누가 밖에서 노래를 부르는 것이냐?"

내가 힘없이 묻자, 한 선녀가 홀연 몸을 일으켰다. 곧이어 문 앞으로 뛰어가 소리쳤다.

"천제께 얼른 가서 고해! 수신께서 깨어나셨어!"

나는 별수 없이 남은 다른 선녀를 물끄러미 보았다. 하지만 그녀 또한 엉뚱한 답을 했다.

"수신께서는 지난 반년간 쭉 주무시기만 했습니다. 천제 폐하의 근심이 이만저만이 아니었지요."

나는 눈썹을 찡그리며 다시 물었다.

"나는 누가 밖에서 노래를 부르는 것이냐고 물었다."

"아, 예. 오늘 천제 폐하께서 즉위하시는지라 이를 경축하는 의미로 신선들이 정원에서 노래를 부르고 있어요."

즉위식이라…….

나는 다시 눈을 감으며 물었다.

"노래 제목은 경몽[14]이에요. 속세의 인간들이 즐기는 곤곡의 한

---

14 驚夢. 명나라 말기 곤곡(崑曲)을 대표하는 작품인 《모란정 환혼기》에 나오는 노래

장면에서 나오는 노래지요."

"경몽, 경몽."

몇 번이고 되풀이해 중얼거리던 내 머릿속에 퍼뜩 의문이 떠올랐다.

"천제라니? 어떤 천제를 말하는 거지?"

내 물음에 선녀는 입을 가리며 웃었다.

"수신, 이 세상에 다른 천제 폐하가 또 어디 있다고 그리 말씀하세요. 당연히 야신 전하시지요. 방금도 폐하께서는 수신을 보러 오셨어요. 공교롭게도 폐하께서 가신 후에 수신이 깨어나실 줄이야."

"야신?"

일순간 누군가가 진탕을 친 듯 머릿속이 어지러웠다.

"야신? 설마 야신 윤옥을 말하느냐?"

나는 휘청거리는 몸을 주체하지 못한 채 선녀의 소매를 붙들었다.

"그러면 화신은? 화신은 어찌하여 나를 보러 오지 않지? 내가 반년이나 잤는데 화신이 나를 보러오지 않았을 리 없지 않으냐?"

"화신 전하요?"

선녀는 당황한 나머지 말도 제대로 잇지 못했다.

"그래, 화신!"

"저, 저…… 수신……."

그녀는 자꾸만 말을 흐렸다.

"당장 말하지 못해! 화신은 어찌하고 있느냔 말이다!"

내가 버럭 화를 내자, 그녀는 그제야 조심스레 입술을 달싹였다.

"수신, 소인은 수신이 무슨 말씀을 하시는지 도무지 모르겠어요. 화신 전하는 반년 전에 유명을 달리하셨는데 어찌 수신을 보러 오

실 수 있을까요."

머릿속에 뇌성이 울렸다. 가슴속에는 무엇인가 폭발하여 핏빛 안
개가 번졌다.

그의 찡그린 얼굴, 그의 미소, 그의 거동, 그의 발걸음.
내 머리카락.
유엽빙도.
그의 단단한 등.
내단.
피, 내 눈 가득한 피.
구소운전의 바닥에 웅덩이로 고인 피.

그래, 욱봉은 죽었다.
내가 유엽빙도로 그의 내단을 찔러 그를 죽였다.
그리고 생생히 보았다. 그의 몸이 투명해지고, 그의 혼백이 흩어
지는 광경을.
나는 가슴을 움켜쥔 채 몸을 웅크렸다. 지독한 통증이 나를 엄습
해서였다. 어찌나 지독하게 아픈지 몸을 펼 수도 없었다. 오장육부
가 찢어지고 원신이 조각조각 쪼개질 듯했다.
나는 다급히 손을 들어 반대쪽 손목을 붙잡아 비틀었다. 그런데
아프기만 할 뿐 손목은 여전히 팔에 붙어 있었다. 왜 그런지 알 수
없지만, 이 손이 너무나 미웠다. 내 몸에서 떼어 버리고 싶은데 의
도대로 되지 않아 분노와 슬픔이 함께 치밀었다.
"수신, 수신, 어찌 이러세요?"

선녀 둘이 나를 붙들며 말렸다. 온몸에 경련이 일어났다.

"내 심장! 아악! 내 심장!"

내가 비명을 지르자 선녀들은 더욱 기겁했다.

"심장요?"

"빨리! 내 심장이 떨어졌어. 내가 어딘가 떨어뜨렸나 봐. 얼른 찾아봐. 얼른! 아마 방 안에 있을 거야. 잃어버리면 나는 죽고 말아! 어서! 어서! 흐윽, 아파. 아파서 죽을 것 같아."

나는 가슴을 움켜쥐며 몸을 더 웅크렸다. 가슴 안에는 응당 심장이 있기 마련인데 내 가슴 안은 이미 텅 비어 있었다.

"예, 찾아드릴게요. 찾아드릴게요. 그러니 진정하세요, 수신!"

한 선녀는 바닥에 주저앉아 두리번거렸다. 다른 한 선녀는 베개와 이불을 들추며 찾았다.

"수신, 없습니다. 아무리 찾아도 심장은 없어요."

"침상 아래도 찾아봐! 방 바깥에도 나가 봐!"

악을 바락바락 쓰면서 나는 눈물을 뚝뚝 떨구었다. 격통이 시시각각 엄습하며 나를 몰아붙이는 통에 눈앞이 아득했다.

"이 어인 소란이냐!"

그때 적금색 옷을 입은 키 큰 사내가 들어왔다. 나는 눈물로 몽롱해진 눈으로 희뿌연 선만 보이는 사내를 올려다보았다.

욱봉, 당신이야?

당신이야?

"폐하, 송구하옵니다. 수신이 깨어나자마자 심장을 잃어버렸다며 계속 울고 있습니다. 이를 어쩌면 좋을지 소인들은 도무지 모르겠습니다."

선녀들이 몸을 조아리며 사내에게 호소했다. 그러자 사내는 내 쪽으로 다시 몸을 돌렸다.

"멱아, 어찌 이러시오?"

그 순간 내 눈에 고여 있던 눈물이 터진 둑처럼 내 뺨을 가로지르며 쏟아졌다. 눈앞의 신기루가 덧없이 사라진 듯 허무하고 아팠다. 욱봉은 나를 한 번도 '멱아'라고 부른 적 없다. 그러니 지금 눈앞의 사내는 욱봉이 아니다.

그 사실을 깨닫자, 가슴이 또 비수에 베였다. 피와 살이 뒤엉켜 뭉개졌다. 나는 다시 손목을 거칠게 비틀었다. 담즙처럼 쓴맛이 목구멍을 가득 채워 숨이 막혔다.

"흑, 아파……. 아파서 죽을 것 같아. 아니……, 흐으윽, 나는 죽을 거야."

나는 무력하게 눈앞의 사내를 올려다보았다. 그러자 그는 내 손을 잡으며 나를 품에 안았다.

"아니. 그럴 일은 절대로 없소. 내가 있는데 당신이 죽기는 왜 죽는다는 것이오. 우리는 함께 천 년, 만 년, 아니 십만 년은 족히 살 거요. 영원도 우리에게는 부족할 따름이오."

그제야 사내의 얼굴이 보였다. 달처럼 맑은 피부에, 밤처럼 짙은 눈동자. 그는 바로 윤옥이었다.

"멱아, 진정하시오. 당신은 그저 좀 오래 잤을 뿐이오. 당신 심장은 무사하오. 당신 안에 평안히 있으니 근심하지 마시오."

나는 황급히 그를 밀었다. 나를 휘감은 그의 팔이 차가워서 온몸이 소스라쳤다.

"만, 만지지 말아요. 아파요……."

"어디가 아프오?"

윤옥은 여전히 온화하게 나를 바라보았다.

"잠시만……. 내가 진기를 넣어 주겠소. 통증이 한결 가라앉을 거요."

나는 가슴을 쥔 채 고개를 저었다. 이상하게 통증은 가슴에서만 솟아나 온몸에 범람했다. 이 통증의 대하(大河)에서 익사할 듯해 숨이 턱턱 막혔다.

"흐…… 으윽……, 모르겠어요. 어디서 아픈지…… 모르겠어요. 입 안도 너무 써요. 제발 나 좀…… 살려…… 줘요."

그가 낮게 한숨을 쉬더니 내 입에 뭔가를 넣어 주었다.

"얼음 사탕이오. 이것을 먹으면 입 안의 쓴맛이 좀 사라질 거요."

사탕이 혀끝에 닿은 그때였다. 나는 눈썹을 찡그리며 그것을 뱉고 말았다. 아버지가 준 사탕과 달리 그가 준 사탕은 너무 썼다.

그는 눈물로 범벅이 된 나와 내가 뱉은 피로 흥건한 얼음 사탕을 번갈아 보았다. 그러더니 미간에 근심을 가득 담은 채 내 등에 손바닥을 대고 진기를 주입했다.

"먹아, 겁내지 마시오. 금세 좋아질 거요. 모든 게 잘될 거요."

그가 내 몸에 진기를 넣어 주는 동안 나는 내내 꺽꺽 울었다. 목이 쉬어 한마디도 못 할 때까지 하염없이 울기만 했다. 눈물이 영원히 멈추지 않을 듯해 너무나 두려웠다.

내가 왜 이러는지 도무지 영문을 알 수 없었다. 마치 뭐에 씐 듯했다. 나는 소스라쳐 윤옥의 손을 꼭 붙들었다.

"야신 전하, 아무래도 저 강두술(降頭術)에 걸렸나 봐요. 무서워요. 제발…… 전하가 풀어 줘요!"

"알겠소. 내가 풀어 주겠소. 그러니 먹아, 겁내지 마시오. 내가 당신 곁에 있지 않소."

윤옥은 금단을 꺼내더니 꿀물과 함께 내게 먹였다. 그러자 금방이라도 멎을 듯 급하게 토해지던 숨이 그나마 가라앉았다. 얼마 지나지 않아 나는 잠이 들었지만, 꿈속에서도 방금 겪은 고통이 반복되었다. 그래서 아무리 자도 자는 것 같지 않았다.

그로부터 얼마나 잤는지 모르겠다. 내가 다시 눈을 떴을 때는 또봄이었다. 화창한 봄빛이 창을 통해 들어오고 후원의 새소리는 낭랑하기 그지없었다. 누군가는 나를 등진 채 병풍 밖에서 칠현금을 뜯고 있었다.

그 소리에 홀린 듯 나는 맨발로 일어나 병풍 밖으로 나갔다. 그리고 칠현금을 연주하는 그를 스치듯 지나서 창가로 다가갔다. 창을 열자 그 사이로 포근한 봄바람이 들어왔다. 처마 아래에서 집을짓는 참새 한 쌍도 보였다. 그들은 때로는 서로를 격려하고, 간간이쉬기도 하고, 가끔 서로를 향해 요란하게 짹짹거리기도 했다. 건초하나를 어디에 놓을지 이견이 생기기라도 한 듯. 하지만 내가 빤히보자, 얼른 머리를 날개 아래로 감추었다.

"먹아, 이제야 깼구려."

등 뒤로 윤옥의 목소리가 들려왔다. 그러나 나는 여전히 창밖에만 시선을 고정한 채 윤옥을 돌아보지 않았다. 등을 돌려 뒤를 보면, 내 등 뒤에서 칠현금을 타고 있는 그가 사라진다는 사실을 알기에 두려워서였다.

하지만 나는 이미 안다. 청량하고 오만한 눈빛을 반짝이던 그가

이미 이 세상에 존재하지 않는다는 사실을……. 그때 끊어진 칠현
금의 줄처럼 그의 생명도 끊어졌음을…….

등 뒤의 그가 돌아보면 사라질 신기루임을 명확히 알면서도 나
는 그 신기루조차 놓치기 아까웠다.

나는 느리게 손을 들어서 내 얼굴을 만져 보았다. 물기 하나 없는
내 얼굴이 보송보송했다. 눈물이 영원히 멈추지 않을까 봐 두려웠
는데, 역시나 예상대로였다. 내 눈물은 이제 밖으로 나오지 않고 안
으로만 역류한다. 그 눈물은 심장이 사라진 내 가슴 빈 곳으로 역류
해 강이 되었다. 그리고 그 안에서 넘실대며 나를 온전한 슬픔 속에
가두어 버렸다.

"멱아, 더는 잠들지 마시오. 나는 아직 당신과 혼인하지 못했고,
아직 제대로 당신을 아껴 주지도 못했소. 그게 얼마나 안타까웠는
지 당신은 모를 거요."

윤옥이 등 뒤에서 내 허리를 감싸 안았다. 그리고 내 어깨에 턱을
가볍게 괴었다. 습한 콧김이 깃털처럼 목을 간질였다.

"멱아, 꽃이 피었소. 우리 언제 혼인하면 좋겠소? 나는 이번 봄이
좋을 듯한데."

꽃이 피어 창을 열었는데 어찌하여 그대는 보이지 않나?

그대를 볼 수 있고, 그대를 들을 수 있는데,

어찌하여 그대를 사랑할 수는 없나?

"수신의 옥체는 음한한데 이곳은 화기가 많아요. 그러니 돌아가시는 편이 좋겠어요. 만약 수신께 무슨 일이 생기면 천제 폐하의 상심이 크실 거예요."

이주는 벌써 같은 말을 몇 번째 반복하고 있었다. 그래서 나는 그녀의 말을 들은 둥 만 둥 하며 이마 위의 땀을 닦았다.

"괜찮다. 좀 더울 뿐이야. 그리고 너만 잠자코 있으면 공사다망하신 천제께서 이런 사소한 일을 아실 리도 없느니라."

"수신님!"

"그만하거라. 너는 대체 누구의 시녀더냐?"

내 말에 이주는 입을 삐죽거렸다. 그녀는 윤옥이 내게 딸려 준 선녀로, 좋은 아이지만 사소한 일로도 요란하게 구는 게 흠이었다. 일의 크고 작음에 상관없이 잔소리도 많이 했다. 그리고 그 모든 잔소리를 "천제 폐하의 상심이 크실 거예요"라는 말로 마무리했다.

지금처럼 내가 넋을 놓는 시간이 길어지면, 그녀는 나라와 백성을 걱정하는 충신처럼 엄숙하게 훈계를 해 댔다. 그럴 때마다 나는 내가 마치 대역죄인이 된 듯한 기분이 들곤 했다. 지금도 이런데 나이가 들면 어쩌려나? 아아, 상상만 해도 오한이 든다.

무심결에 나는 한숨을 쉬었다. 그러자 이주는 아까보다 더 진지하게 나를 나무랐다.

"수신님, 소인이 한 말씀만 더 올릴게요. 속세의 범인들조차 모름지기 앞을 보며 살아야 한다는 사실을 알지요. 그런데 긴 세월 수행하여 신선의 반열에 오르신 수신님께서 어찌하여 이리도 과거에 집

착하시나요? 과거는 그저 과거일 뿐이에요. 만족을 알면 근심이 없고요. 게다가 한결같이 수신님을 총애하시는 폐하도 계시잖아요. 육계의 지존이심에도 폐하께서는 오로지 수신님만 바라보시고, 그 흔한 후궁 하나 들이지 않으세요. 그러니 이제 수신님도 폐하께 충실하세요. 소인은 소인이 모시는 주인께 실망하고 싶지 않아요."

언제나처럼 돌연 바늘로 찌르는 듯한 두통이 밀려왔다. 나는 얼른 사탕을 머금으며 이주의 말을 끊었다.

"따스하니 좋아서 여기서 좀 더 쉬고 싶구나. 네가 나 대신 염수에게 뭘 좀 먹이렴."

"수신님, 여기는 화염산 꼭대기에 있는 태상노군의 단약방 앞이에요. 여기가 따뜻하다니요! 게다가 염수는 꿈을 먹어요. 이곳 어디에 꿈이 있어 염수를 먹이란 말씀이세요."

"이 염수는 어릴 때부터 내 곁에서 자랐느니라. 입맛이 까다롭지 않아 풀이나 대나무도 먹으니 염려하지 마라."

그제야 이주는 투덜거림을 멈추었다. 아니, 실은 내가 손을 휘저어 그녀의 입을 막았다. 그녀는 나를 못마땅한 눈으로 잠시 보다가 염수를 끌고 풀이 난 쪽으로 갔다. 이주는 염수를 데리고 가면서도 투덜투덜했지만, 나는 아랑곳하지 않고 단약방 문만 뚫어져라 보았다.

이주 앞에서는 아무렇지도 않은 척했지만, 이곳의 열기는 나를 심히 힘들게 했다. 하지만 오늘은 태상노군의 단약방이 열리는 날이니 이런 고됨쯤은 감수해야 했다. 태상노군의 단약방이 열리는 날짜가 언제인지 전해 들은 이후로 오매불망 이날만 기다렸기에 더욱 그랬다.

하늘을 올려다보니 어느덧 해가 중천에 있었다. 곧 단약방이 열릴 시간이었다. 과연 도솔궁[15] 안의 금종이 길게 울리더니 선시가 나왔다.

"수신, 귀한 걸음 해 주시어 주인을 대신하여 인사드립니다. 그런데 이리도 일찍 어인 일이신지요?"

선시가 공손히 내게 예를 표했다.

"태상노군을 뵙고자 하니 이 배첩을 전해 주시게."

의관을 정제한 후 배첩을 내밀자 그는 허리를 조아린 채 내 배첩을 받아 들었다. 이내 몸을 돌려 도솔궁 안으로 들어간 그는 머지않아 다시 나왔다.

"수신, 안으로 드시지요."

나를 안내하는 도솔궁 선시는 내내 고개를 숙인 채였다. 도솔궁 앞에 선 나를 본 후부터 지금까지 그는 내내 이랬다. 그가 이러는 이유를 알기에 나는 새삼 허탈한 웃음을 머금었다. 그는 나를 저어하고 두려워하는 게 분명하다.

내가 욱봉을 유엽빙도로 죽인 그때를 시작으로 판세는 뒤집혔다. 윤옥은 자신을 붙들고 있던 천장들을 제압해 천제를 생포했고, 창졸간에 지휘관을 잃은 화신의 군대는 갈팡질팡하다가 윤옥의 군대에게 패했다.

이후 윤옥은 신선들을 소집하여 천제의 18가지 죄목을 조목조목 열거하여 거사의 정당성을 확보했다. 이에 모든 신선은 승복했으며

---

15 도솔천 안에 있는 궁전으로 태상노군과 그 제자들이 거주한다.

그를 새로운 천제로 추대했다. 선대 천제는 죄인의 몸이 되어 신소 구진도에 유배되었다.

그날을 시작으로 천계의 모든 신선은 지금 내 앞의 선시 같은 얼굴로 나를 대했다. 겉으로는 나를 공경해 마지않았지만, 나를 보는 그들의 눈에는 늘 공포가 어려 있었다. 그들은 나를 흉측한 제앙 보듯 했으며, 그런 그들의 눈빛은 늘 나를 좌절케 했다.

팔괘 정원을 통과해 대청에 들어섰을 때, 누군가가 갑자기 향로를 들고 뛰어나왔다. 그 통에 나를 안내하던 선시는 그와 부딪힐 뻔했다.

"하여간 칠칠치 못하긴! 내가 앞을 잘 보고 다니라고 몇 번이나 말했느냐!"

말을 그렇게 했지만 선시는 향로를 든 누군가와 부딪히지도, 향로의 재에 옷을 버리지도 않았다. 선시가 재빠르게 뒷걸음질해 향로를 든 이와 거리를 두었기 때문이었다. 동작이 본능적인 것을 보니 이런 일이 한두 번이 아닌 듯했다.

"아이고, 어르신. 죄송합니다."

향로를 든 사내는 연신 고개를 조아렸다. 그러자 선시는 고개를 저으며 혀를 찼다.

"하여튼 언제쯤이면 차분해질지. 수신, 송구합니다. 어서 안으로 드시지요."

나는 선시의 안내에 따라 대청으로 올라섰다. 그 순간, 향로를 든 사내가 나를 뒤에서 불렀다.

"능광 공자?"

실로 오랜만에 들어 본 이름이라 나는 멈칫했다. 그러자 선시는

눈이 세모꼴이 되어 사내에게 일갈했다.

"능광 공자라니! 지엄하신 상선께 이 무슨 무례더냐!"

"예? 상…… 선요?"

천천히 몸을 돌리자 당황한 표정의 낯익은 얼굴이 보였다. 알고 보니 그는 예전에 잠시 신세 졌던 토지신이었다. 그가 방금 나를 능광 공자라고 불러 알게 된 사실이지만, 당시 그는 여인의 모습으로 돌아간 나를 못 알아본 것이 아니었다. 곧 내 정체를 눈치챘지만, 윤옥의 눈치가 보여 나를 모르는 척했을 뿐이었다.

"오랜만입니다. 잘 지내셨습니까?"

내 인사에 토지신은 굳어 있던 얼굴을 풀었다. 그리고 반갑게 고개를 끄덕였다.

"아, 정말 능광 공자셨군요. 공자께서 고귀한 상선이신 줄도 모르고 소신이 무례했습니다. 부디 용서해 주십시오."

토지신은 두 손을 모아 포권하며 내게 예를 표했다.

"그동안 정말 이곳 단약방에서 지내셨군요?"

예전에 그가 이곳에 오기 너무 싫어했던 게 생각나 물었다. 그러자 그는 의외로 밝은 얼굴로 웃었다.

"예, 처음에는 좀 무서웠지만, 지금은 괜찮습니다. 게다가 태상노군께서 단약을 만든 뒤 남은 것들을 먹다 보니 1갑자(60년) 정도 영력도 늘었고요. 화가 복이 된 셈이지요. 하지만……."

토지신은 불현듯 표정이 어두워지더니 말을 흐렸다.

"소신을 이곳으로 보내신 화신 전하께서는…… 그리 가시고 말았지요. 아아, 그렇듯 허무하게 벗을 잃으시어 상심이 크셨지요?"

전혀 예상하지 못한 그의 위로는 내 가슴에 고인 강을 다시 세차게 흔들었다. 그래서 멍한 눈으로 그를 보기만 하는데, 선시가 또 그를 나무랐다.

"이놈, 또 능광 공자라니! 이분은 수신 어르신이니라!"

"예?"

토지신이 기겁하며 나를 보았다. 다른 신선들이 나를 볼 때와 똑같은 눈빛으로…….

"토지신, 그럼 하던 일 보십시오. 저도 오늘은 태상노군께 긴한 용무가 있어서."

나는 소매에서 사탕을 꺼내 입에 물었다. 그리고 느리게 몸을 돌려 대청 안으로 걸어 들어갔다. 등 뒤로 경악한 토지신의 눈빛이 느껴졌지만 돌아보지 않았다.

도솔궁 대청 안 의자에 앉은 지 얼마 되지 않아, 후원에 있는 단약방에서 태상노군이 나왔다. 주렴을 걸으며 대청 안으로 들어선 그는 나를 보자마자 몸을 조아리며 예를 표했다.

"수신, 오랜만에 뵙습니다."

그는 성큼성큼 내 앞으로 다가왔다. 그리고 그에게 예를 표하기 위해 일어선 내게 다시 앉을 것을 권했다.

"뭐 하고 있느냐! 차를 내오지 않고!"

태상노군의 말이 떨어지기 무섭게 선동이 차를 가지고 대청 안으로 들어왔다. 그는 향기로운 차를 우리 앞에 한 잔씩 놓아 준 뒤 뒷걸음질해 나갔다.

대청 안에는 다시 우리 둘만 남았다. 태상노군은 희고 긴 수염을 쓰다듬으며 느리지도, 빠르지도 않게 물었다.

"수신, 이 누추하고 덥기만 한 노부의 도솔궁에 오신 것은 반드시 이유가 있을 터. 어인 일로 발길을 하셨는지요?"

그때까지 나는 그의 흰 수염 사이로 듬성듬성 삐져나온, 열기에 그을린 수염을 보고 있었다. 그제야 나는 퍼뜩 정신을 차리며 살짝 웃었다. 예의와 체면을 중시하는 천계의 신선들과 달리 태상노군은 직설적이었다. 그래서 나는 그가 편했다. 예의를 지킨답시고 괜히 뱅뱅 돌려 말해 시간을 낭비할 일이 없었다.

"소문으로 익히 들었지요. 태상노군께서 제조하신 구전금단은 천계 제일가는 보물이라고요. 구전금단은 죽은 선혼(仙魂, 신선의 혼백)도 되살리고, 세상 모든 병을 치료하며, 회춘의 효과도 있다지요?"

내 말에 그의 흰 눈썹이 꿈틀거렸다. 적잖이 당황하는 눈치였지만, 나는 못 본 척 말을 이어 갔다.

"태상노군께서 이번에 구전금단을 세 알 완성하셨다고 들었습니다. 외람되지만, 태상노군께 구전금단 한 알을 청하고자 합니다."

태상노군은 수염을 쓰다듬던 그 자세 그대로 굳어 버렸다. 그의 주변에 한가로이 앉아 있던 청우(青牛, 태상노군이 타고 다니는 소)마저도 고개를 들어 나를 보더니 '음매!' 하고 울었다.

나는 아무 말도 하지 않은 채 태상노군을 바라보기만 했다. 짧은 시간이었지만, 태상노군의 얼굴 위로 각종 감정이 교차했다. 그는 차를 마셔 목을 축인 뒤 차분히 말했다.

"구전금단에는 수신이 말씀하신 효과가 분명히 있습니다. 하지만 세월이 흐르면서 과장된 측면도 적지 않습니다. 아무리 구전금단이라도 선혼을 되살리려면 적어도 삼혼육백(三魂六魄) 중 한 가지는 존재해야 하며, 육신도 보존되어 있어야 하지요. 그렇지 않다면 구전금단이 아닌 그 어떤 것으로도 선혼을 되살릴 수 없습니다."

그는 잠시 한숨을 쉬더니 나를 안쓰럽다는 듯 보았다.

"수신, 만약 선친을 되살리고 싶으신 거라면 그 마음을 접으십시오. 이미 선친의 혼백과 육신은 사라졌습니다. 구전금단으로도 이를 되돌릴 수 없습니다."

나는 손에 쥔 찻잔을 꼭 쥐었다가 다시 풀었다.

"아버지는 이미 유명을 달리하셨습니다. 구전금단으로 이를 되돌릴 수 없음을 저도 잘 알고요. 제가 태상노군께 구전금단을 청하는 이유는……."

나는 잠시 말을 끊었다. 아무리 태상노군 앞이라도 함부로 할 수 없는 말이기 때문이었다.

"태상노군, 부디 구전금단 한 알을 제게 주십시오. 만약 그리만 해 주신다면 반드시 태상노군의 은혜에 보답하겠습니다. 태상노군을 위해 끓는 물에도, 타는 불에도 기꺼이 들어가겠습니다."

"예?"

태상노군의 얼굴 위로 황망함이 역력히 번졌다. 그는 심히 난처하다는 듯 몇 번이고 수염을 쓰다듬더니 어렵사리 다시 입을 열었다.

"수신, 구전금단은 제가 60갑자(3600년)의 시간을 쏟아부어 만든 영약입니다. 그러니 이 노부에게 하루만 말미를 주십시오. 내일 이 시간에 다시 발길 해 주시면 답을 드리지요."

"예, 그렇게만 해 주셔도 기쁘기 한량없습니다."

나는 그에게 깊게 조아려 예를 표한 뒤 몸을 일으켰다. 비록 구전금단을 얻지 못한 게 애석하지만, 태상노군에게 계속 강요할 수는

없는 노릇이었다.

* * *

　선기궁은 언제나처럼 조용했다. 윤옥의 방 창문에서 불빛이 흘러
나오지 않았다면 빈집처럼 느껴졌을지도 모른다. 윤옥은 언제나처
럼 육계에서 올라온 상주문을 읽는 듯했다. 그를 방해하고 싶지 않
았던 나는 발소리도 내지 않으려고 주의하며 내 방으로 향했다. 그
런데 문득 문이 열리며 윤옥이 나를 불렀다.
　"멱아, 왔소?"
　어쩔 수 없이 몸을 돌리며 나는 억지로 웃었다.
　"폐하, 밤이 늦었어요. 어찌하여 지금껏 기침하지 않으셨나요."
　그는 어느새 내 앞으로 다가왔다. 그리고 내 머리에 맺힌 이슬을
털어 주며 싱긋 웃었다.
　"당신이 안 왔는데 어찌 잘 수 있소. 그리고 전에도 말했듯이 이
제 윤옥이라고 부르도록 하시오. 천제니 폐하니 야신 전하니, 이런
호칭들은 너무 거리감이 있잖소. 우리는 곧 부부가 될 사이요."
　나는 헛기침을 하며 눈을 내리깔았다.
　"그럴 수는 없어요. 천제는 육계의 지존인데, 그런 분의 휘(諱, 황
제나 왕의 이름을 말하며, 일반인은 감히 부를 수 없었다)를 함부로 부르다니
요. 실로 경을 칠 일이죠."
　"당신과 나 사이에 격식은 무슨……."
　그는 말을 흐리며 내 손을 잡았다. 나는 그런 그의 손을 살며시
뿌리치며 뒤로 물러섰다.

"오늘 좀 많이 피곤하네요. 폐하도 너무 늦게까지 무리하지 마시고 주무세요."

"⋯⋯오늘 도솔궁에 구전금단을 청하러 갔다고 들었소."

이주, 이 망할 수다쟁이!

나는 눈을 내리깐 채 내 발끝만 바라보았다.

"청하러 갔다기보다는⋯⋯ 그냥 한번 가 보았을 뿐이에요. 신기하기도 하고."

내 말에 그는 가볍게 "흠!" 하는 소리를 냈다.

"멱아, 말해 보시오. 구전금단이 어째서 필요하오?"

그의 질문에 살짝 당황했지만, 나는 애써 태연함을 유지했다.

"내 팔자가 재앙을 부른다네요. 언제 무슨 일이 있을지 모르니 구전금단 하나쯤 가지고 있는 편이 좋을 것 같아서요."

나는 여전히 고개를 들지 못했다. 그가 지금의 내 표정을 보는 순간, 그는 바로 알 것이다. 내가 실로 가당찮은 핑계를 대고 있다는 사실을 말이다.

"내가 한번 태상노군에게 청해 보겠소. 그래도 천제의 청이니 태상노군이라 해도 쉽게 거절하지는 못할 테지⋯⋯."

놀란 나머지 나는 고개를 번쩍 들었다. 그리고 별빛으로 가득한 그의 눈을 물끄러미 보았다. 실로 가슴이 벅차 진심으로 그에게 고맙다고 하고 싶었지만, 내 감사의 말은 입으로 나올 수 없었다. 그가 알 수 없는 눈빛으로 내 손을 놓아주며 한 말 때문이었다.

"밤이 깊었소. 멱아, 이제 가서 쉬시오."

날이 밝자마자, 나는 도솔궁으로 달려갔다.

선시가 나를 데리고 안으로 들어갔을 때, 태상노군은 불똥이 튀는 소리가 요란한 화로 앞에서 단약을 제조하고 있었다. 그런 그를 방해할 수 없었기에 나는 땀을 줄줄 흘리며 한쪽에 서 있었다. 그러다 문득 태상노군이 시선을 돌려 나를 보았다. 내가 거기에 있다는 사실조차 몰랐던 듯 그는 움찔 놀랐다.

"수신, 언제부터 거기 계셨습니까? 오셨으면 말씀을 하시지."

그는 미안해 어쩔 줄 모르며 몸을 일으켰다. 그런 그에게 공손히 예를 표하며 나는 조심스레 그를 보았다.

"송구하지만 제가 어제 드린 청을 숙고해 보셨는지요?"

그의 얼굴 위로 다시 어제 보았던 난처함이 더해졌다. 그는 잠시 침묵한 채 나를 바라보았고, 마침내 길게 한숨을 내쉬었다.

"단약방 안은 너무 뜨거워 수신께 좋지 않습니다. 우선 저와 함께 나가시지요."

단약방에서 나와 정원을 가로질러 걷던 그가 돌연 걸음을 멈추었다. 그의 뒤를 따르며 내내 눈치만 살피던 나도 움찔 놀라며 멈춰섰다.

"수신……."

"예, 말씀하십시오."

"이번에 나온 구전금단은 아주 오래전, 신마대전에 대비하여 선선대 천제께 한 알을 제조해 진상한 이래로 한 번도 제조하지 않았다가 모처럼 60갑자의 시간을 들여 제조했으며 겨우 3알만 완성되었습니다. 그만큼 귀하지요. 그리고 귀한 만큼 탐내는 이도 많습니다."

예전 천제에게도 구전금단을 진상했다는 것은 또 처음 듣는 이야기였다. 그렇다면 천궁에도 구전금단이 한 알 있다는 것인데 왜 윤옥은 내게 그런 말을 하지 않았을까? 하긴, 천제에게도 고작 한 알 바쳤을 정도로 귀한 구전금단인데 내가 그것을 바란다고 윤옥이 냉큼 내줄 리 없지 않은가. 그리고 신마대전에 대비해 바쳤다면 이미 선대나 선선대 천제가 그것을 복용해서 지금은 없을 수도 있다.

내심 이를 수긍하며 고개를 끄덕이는 나를 보며 태상노군은 계속 말을 이어 갔다.

"그러니 제가 수신께 한 알을 드리면 다른 신선들이라고 가만히 있겠습니까? 너도나도 도솔궁으로 와서 구전금단을 청하겠지요."

다분히 예상한 답이었음에도, 깊이 낙담할 수밖에 없었다. 그래서 힘없이 고개를 떨구던 그때였다.

"오늘 새벽 천제께서 친히 도솔궁에 납시셨습니다. 그리고 수신의 청을 들어달라고 간곡히 말씀하셨지요. 원래는 수신의 청을 거절할 생각이었지만, 천제께서 친히 나서기까지 하셨는데 이를 거절한다면 두고두고 천제 폐하와 수신께 송구할 듯하더군요. 결국, 노부는 고심 끝에 구전금단을 수신께 드리기로 했습니다."

태상노군의 말에 나는 놀라 고개를 번쩍 들었다. 그와 동시에 나를 이토록 생각해 주는 윤옥에게 양심의 가책도 느꼈다.

"태상노군의 은혜가 실로 백골난망입니다."

나는 급히 소매에 양손을 넣어 예를 표했다.

"아니요. 아직은 감사의 인사를 받을 때가 아닙니다. 한 가지 말씀드릴 일이 더 남았으니까요."

태상노군은 긴 수염을 쓰다듬으며 나를 신중하게 보았다.

"제가 구전금단을 드리면, 수신도 그에 상응하는 무엇인가를 내

주셨으면 합니다. 그래야 훗날 저를 찾아와 구전금단을 청할 다른 신선들을 거절할 명분이 생길 테니까요."

"예, 당연하지요. 태상노군의 말씀이 지당합니다. 제가 드릴 수 있는 것이라면 뭐든 드릴 테니 말씀만 하십시오."

태상노군은 내 말에 잠시 침묵했다. 그러다가 어렵게 입을 달싹였다.

"수신의 영력 6할을 내주십시오. 그러면 금단을 드리지요."

"예, 그리하겠습니다."

나는 일말의 망설임도 없이 바로 수락했다. 그러자 태상노군의 얼굴색이 하얗게 질렸다. 생각지도 못한 암습이라도 받은 듯 살짝 휘청거리기까지 했다. 그런 그를 보자 그가 왜 그런 말을 했는지 대략 짐작이 갔다. 그는 내게 구전금단을 줄 마음이 애초에 없었다. 그래서 영력의 6할이라는 조건을 내세워 내가 스스로 물러나도록 의도했음이 분명했다. 생각이 거기까지 미치자 나는 더 조급해졌다. 지금이라도 그가 마음을 바꾸면 큰일이었다.

"지금 당장 단약방으로 가시지요. 제 영력의 6할을 화로에 넣겠습니다."

내 말에 태상노군은 침통하게 고개를 끄덕였다. 나는 실례임을 알면서도 태상노군을 그 자리에 남겨 둔 채 단약방 쪽으로 내달렸다. 결국, 태상노군은 목줄 잡힌 개처럼 내 뒤를 미적미적 따라왔다.

단약방에 들어서기 무섭게 나는 영력의 6할을 화로에 넣어 버렸다. 태상노군이 나를 저지할 틈을 주지 않기 위해서였다. 그는 그런 나를 재차 난감하게 보다가 어쩔 수 없다는 듯 구전금단을 내게 건넸다.

비록 '금(金)'자가 붙어 있지만, 구전금단은 금색의 단약이 아니었다. 진흙 색의 동그란 환약으로 일견 평범하기 그지없어 전혀 영단처럼 보이지 않았다. 하지만 지금 내게 있어 이것은 세상 모든 금을 쌓은 것보다 귀했다. 구전금단을 조심스레 품에 넣으려 하는데 태상노군이 엄숙하게 당부했다.

"수신, 본래 나무와 흙은 상극입니다. 구전금단은 이름만 금단이지 흙의 성질을 지녔지요. 그러니 절대로 구전금단을 나무나 나무로 만든 무엇에 가까이 두어서는 안 됩니다. 닿는 순간 녹아 없어질 테니 말입니다. 부디 이 점을 단단히 기억하십시오."

"예, 명심하겠습니다."

나는 그에게 재차 고개를 숙여 인사한 뒤 몸을 일으켰다. 하지만 다리를 미처 펴기도 전에 중심을 잃고 비틀거렸다.

"수신!"

태상노군이 놀라며 내 몸을 부축했다.

"내 이럴 줄 알았습니다. 어찌하여 영력의 6할을 이리도 미련 없이 던지신 겁니까!"

나는 억지로 웃으며 고개를 저었다. 온몸에 힘이 하나도 없어 웃을 기운도 없지만, 이런 귀한 금단을 준 그에게 예의를 차리고 싶었다.

긴 잠에서 다시 깨어났을 때, 내 영력은 수십 배 늘어 있었다. 지난 4천여 년간 진전이 없던 것을 생각하면 놀라운 변화였다. 이유는 알 길이 없었다. 아버지가 말한 가람인이 깨진 덕분이 아닌가 하고 속으로만 짐작할 뿐이었다.

그중 6할이 오늘에 와서 다시 사라졌으니, 어찌 보면 예전의 그 일천한 포도 정령과 다를 바 없어졌다. 그러나 후회는 없었다. 태상

노군이 내 영력의 전부를 요구했어도, 내 결정은 바뀌지 않았을 테니 말이다.

도솔궁 대문을 넘기 무섭게 나는 마계로 날아갔다. 영력까지 줄어 있어 몸이 무척 고되었지만, 괴이하게도 나는 그것을 고통으로 느끼지 않고 있었다. 늘 입 안에 맴돌던 쓴맛이 사라진 것도 놀라웠다. 내내 사탕을 입에 달고 살았던 어제까지의 내 상황이 마치 꿈처럼 느껴질 정도였다.

한참을 날아 망천에 이르자, 낯익은 이가 보였다. 망천을 오가는 뱃사공이었다. 강기슭에 댄 배 위에 앉은 그는 예전과 한 치도 다름없는 모습이었다. 내가 기척을 내자, 그는 담담히 나를 돌아보았다.

"낭자, 강을 건너시렵니까?"

나는 영지 하나를 그에게 내밀었다.

"아니에요. 그저 묻고 싶은 게 있어서 망천에 왔을 뿐이죠. 대답해 주시면 이 영지를 드릴게요."

그의 반응은 내가 생각한 바와 달랐다. 그는 놀라 눈을 휘둥그레 뜨며 손을 휘휘 저었다.

"아닙니다. 영지성초는 화계의 보물 아닙니까! 고작 대답 하나 해 드리는 것으로 이런 귀한 물건을 받을 수는 없지요. 낭자, 뭐든 물어보십시오. 이 노부가 아는 것이라면 뭐든 대답해 드리겠습니다."

"바라는 이가 없다면 성초 또한 잡초에 불과해요. 제 성의이니 잘 보관하셨다가 유용하게 쓰세요."

나는 재차 그에게 영지를 내밀었다. 하지만 그는 완강히 고개를 저었다.

"그러면 하문부터 하시지요. 노부가 대답할 수 있다면 받겠지만, 그렇지 못하다면 받지 않겠습니다."

그는 담담히 말하다가, 순간 움찔했다. 그러더니 조심스레 내게 물었다.

"혹시 그때 낭자와 함께 망천을 건넌 공자께서 이곳에 다시 오셨는지 물어보고 싶으십니까?"

통증이 혈맥을 따라 흘러 머리카락 한 올 한 올까지 남김없이 번져 갔다. 그 통증이 실린 핏방울이 머리카락을 따라 흘러 종국에는 방울방울 맺혀 떨어질 듯했다. 나는 바늘을 씹은 듯 아픈 목을 간신히 열어 물었다.

"예, 맞아요. 그것을 묻고 싶어서 어르신을 찾아왔죠. 혹시 그 공자의 혼백이 이곳에 왔나요?"

흔들리는 배에 시선을 둔 채 나는 망연히 물었다. 그러자 그는 낮게 탄식했다.

"낭자도 아시다시피 이곳 마계의 명부에는 죄를 지은 인간의 혼백만이 옵니다. 선하게 산 혼은 바로 천도로 가 이곳에는 오지 않지요. 게다가 그분은 존귀한 대신이셨어요. 태어날 때부터 상선이셨고, 육계를 초월한 존재이기에 윤회에도 들지 않으십니다. 그런 분의 혼백이 어찌 명부로 오시겠습니까? 아무래도 장소를 잘못 찾아오신 듯합니다. 그리고……."

그는 말을 끊으며 주저했다. 그러더니 넓디넓은 망천으로 시선을 돌렸다. 나와 눈을 마주한 채 말하기가 거북하다는 듯…….

"이 노부의 말이 듣기 거북하시겠지만, 부디 너그럽게 용서해 주십시오. 사실 오행의 도(道)란 상생상극이며, 천지가 열린 이래로 불

과 물은 상극이지요. 그런데 낭자의 유엽빙도가 그 공자의 내단을 찔렀습니다. 이미 그 시점에서 공자의 혼백이 남을 가능성은 터럭만큼도 남지 않게 되었습니다."

구전금단을 받은 이후로 사라진 입 안의 쓴맛이 다시 치밀었다. 금방이라도 피를 토할 듯 비린내가 코를 찔러 나는 얼른 사탕을 입에 물었다. 그리고 힘겹게 고개를 들었다.

"그럴 리 없어요. 욱봉의 혼백은 절대로 사라질 리 없어요. 욱봉은 반드시 나를 죽일 거라고 했어요. 그런 내가 살아 있으니 욱봉도 죽었을 리 없다고요! 욱봉은 자신이 한 말을 반드시 지켜요. 그러니 나를 분명히 죽이러 올 거예요. 틀림없어요."

아무런 근거도, 어떤 증거도 없지만, 나는 확신했다. 그가 죽지 않았다는 것을.

깨어난 뒤로 지금까지 나는 늘 꿈속에서 보았다. 망천 기슭에서 나를 기다리는 그의 긴 그림자를…….

꿈속의 그는 웃기도 하고 찡그리기도 했다. 내가 여기에 있다며 나를 향해 손을 들어 보이기도 했다.

그러니 분명하다. 그는 죽지 않았다. 이 망천 어딘가에서 그를 찾아올 나를 기다리고 있음이 분명하다.

"낭자!"

등 뒤로 뱃사공의 경악한 외침이 들린 그때, 나는 이미 망천에 뛰어들어 있었다. 울부짖는 귀혼들은 이미 내게 겹겹이 달라붙었다. 나를 망천 안으로 끌어들이려는 그것들을 매단 채 나는 허둥지둥 망천을 손으로 헤쳤다. 망천 속에 그가 있는지 찾아보기 위해서였다.

지금, 이 순간 나는 진심으로 믿고 있었다.

만약 내가 찾고 싶어 한다면, 끈질기게 찾는다면, 망천 속 무수한 혼백 중에서도 한 방울 남은 그의 혼백을 찾아낼 수 있을 거라고!

"낭자, 큰일 납니다. 어찌 이러십니까!"

뱃사공은 배 위에서 손을 내밀어 내가 더 깊이 들어가는 것을 막으려 했다. 나는 무심결에 그의 손을 뿌리쳤다. 어디서 이런 힘이 솟았는지 모르겠지만, 내 힘에 밀린 뱃사공은 뱃머리에 도로 주저앉았다. 그는 고개를 저으며 내게 소리쳤다.

"낭자, 부디 이 노부의 말을 들으십시오. 사랑이란, 정이란, 거칠고 힘겨우며 위험한 길과 같습니다. 자칫 돌아올 수 없는 길이 될 수도 있단 말입니다. 그러니 길을 잃었다는 현실을 깨달았다면 즉시 되돌아와 바른길을 걷는 게 살아가는 도리입니다. 낭자께서 정에 연연해 사도로 빠지면 낭자는 물론이고, 다른 이에게도 해가 될 수도 있음을 어찌 모르십니까!"

아니다. 그의 말은 틀렸다.

사랑은 뭐고, 정은 또 뭐란 말인가!

나는 그저 강두술에 걸렸을 뿐이다. 천제인 윤옥도 풀어 주지 못할 정도로 지독한 강두술에!

그로 인해 가슴은 늘 꽉 막혀 답답하고, 온종일 이상한 짓만 해 댄다. 그 상태로 나는 조금씩 죽어가고 있다. 더 지체하면 돌이킬 수 없게 될지도 모른다.

"욱봉!"

나는 악을 쓰며 사나운 이빨을 드러낸 귀혼들을 헤치고 나아갔다. 지금 내 눈에는 찬란한 태양도, 은은한 달도 보이지 않았다. 그저 눈앞에서 요동치며 아우성을 쳐 대는 혼백들만 보였다. 나는 양

음지안(陽陰之眼, 보통 사람이 보지 못하는 존재를 보는 능력)을 써서 그 무수한 혼백을 하나하나 살폈다. 두 눈이 빠질 듯 아팠지만, 절대로 멈출 수 없었다. 연신 눈꺼풀을 문지르며 정신을 집중해 그를 찾으려 했다.

어서 찾아야 한다. 한시라도 빨리 그를 찾아야 한다.

2년이나 잠들어 허송세월한 사이, 그의 혼백은 더 희미해졌을 것이다. 오늘이 지나면 그의 혼백을 찾을 수 없을지도 모른다.

거기까지 생각이 미치자 나는 모골이 송연했다. 욱봉이 나를 죽인다며 이를 갈 때도, 천후의 홍련업화가 나를 태워 죽이려고 할 때도 이토록 두렵지는 않았다. 그래서 더욱 미친 듯 망천을 뒤졌다.

"먹아!"

문득 눈이 시릴 정도로 찬란한 흰색 빛이 내 앞으로 날아왔다. 그것은 내 몸을 삽시간에 낚아채더니 나를 망천 밖으로 끌어내려고 했다.

"아악! 놔! 놓으라고! 놔!"

나는 이 흰색 빛의 정체가 무엇인지도 인지하지 못한 채 발버둥을 쳤다. 하지만 빛은 완강하게 나를 잡아끌었다.

"대체 이게 무슨 짓이오!"

귓가에 들려온 익숙한 목소리에 나는 겨우 정신을 차렸다. 멍한 눈으로 올려다보자, 짙게 가라앉은 윤옥의 눈동자가 시선 가득 들어왔다. 그는 내 손을 꽉 잡은 채 사납게 소리쳤다.

"먹아, 눈이 있으면 지금 당신 모습을 보시오! 온통 귀혼들에게 뜯긴 이 손과 발 좀 보란 말이오! 이건 당신을 죽이는 짓이 아니오. 바로 나, 나를 죽이는 짓임을 어찌 모르시오!"

나는 망연히 고개를 떨구어 내 두 손을 보았다. 귀혼들이 물어뜯어 퉁퉁 부은 손은 온통 피투성이였다. 다리의 상황도 같았으며, 이미 마비된 상태였다.

'이런 게 뭐가 대수라고. 고작 피 좀 나는 것 가지고.'

나는 그리 생각하며 다시 고개를 들었다. 그러자 분노로 성성한 윤옥의 얼굴이 보였다. 이토록 화가 난 모습은 처음이었다. 그는 나를 꼭 대역죄인처럼 보았다. 하지만 나는 그의 그런 시선을 담담하게 받아들였다. 2년 전에 저지른 일이 초래한 내 죄책감이 이 눈빛에 비교할 수 없을 정도로 깊고 뼈저리기 때문이었다.

"멱아, 알고 있소? 만약 내가 당신을 적시에 찾아내지 않았다면 당신은 이 귀혼들에게 끌려 들어가 이미 잡아먹혔소."

다급히 뛰는 그의 심장 소리가 내 귀에 들릴 정도로 컸다. 그는 두 주먹을 꽉 쥔 채 한스럽게 외쳤다.

"놈을 위해서요? 대체 왜? 어째서 놈을 위해 그리도 소중히 여기던 영력까지 미련 없이 버렸소? 왜 이 끔찍한 망천에 서슴없이 뛰어들었소? 지금 당신이 무슨 짓을 한 줄이나 아시오? 놈은 당신 아버지인 수신 어르신을 멸하였고, 놈의 어미는 당신 어머니인 선대 화신을 돌아가시게 했단 말이오!"

"알아요! 안다고요! 그러니 그만해요!"

그의 말이 비수처럼 나를 찔러 더는 들을 수 없었다. 퉁퉁 부어 내 손이 아닌 듯한 손을 들어 귀를 막으며 나는 악을 썼다.

"알면서도 어쩔 수가 없으니 이러는 거잖아요! 당신도 알잖아요, 내가 강두술에 걸린 걸! 그래서 그래요. 그래서 그렇다고요. 욱봉이 아버지를 돌아가시게 했다는 그 사실을 나는 하루도 잊지 않았어

요. 하지만 강두술이 너무 세요. 그게 나를 옭아매서 이렇게 몰아붙이는데 나더러 대체 어쩌란 말이에요!"

처음에만 해도 나도 오열에 가깝게 악을 써 댔다. 하지만 말을 끝낼 즈음 내 목소리는 내 귀에나 들릴 정도로 작아져 있었다.

"못 잊겠어요. 아무리 잊으려고 해도 잊히지 않아요. 욱봉이 아버지의 원수임을 분명히 아는데도 그렇게 안 돼요. 눈을 감으면 욱봉이 보이고, 눈을 뜨면 또 욱봉이 보여요. 그럴 때마다 너무 괴로워 미쳐 버릴 것 같아요."

나는 무력하게 고개를 들었다. 그리고 윤옥의 소매를 붙들며 애원했다.

"그러니 욱봉은 살아 돌아와야 해요. 욱봉만이 이 끔찍한 저주를 풀어 줄 수 있어요."

윤옥은 천천히 몸을 기울이더니 눈물도 흘리지 못한 채 오열하는 나를 품에 안았다. 아까 분노했다는 게 믿어지지 않을 정도로 부드러운 몸짓이었다. 그는 내 오열이 잦아들 때까지 내 머리를 쓰다듬어 주며 탄식했다.

"먹아, 놈은 죽었소. 다시는 돌아올 수 없소."

그는 내 손을 붙들더니 그의 가슴께에 얹었다.

"하지만 당신에게는 내가 있소. 들어 보시오. 이렇게 생생하게 뛰지 않소. 그러니 부디 나를 봐 주시오. 이렇게 생생히 살아서 당신 곁에 숨 쉬는 나를……."

윤옥의 밤처럼 깊은 눈에 문득 습기가 스친 듯했다.

"매 순간 나는 당신이 나를 돌아봐 주기만을 기다리고 있소. 그러니 이젠 놈을 잊으시오. 그리고 그런 나를 한 번쯤은 돌아봐 주시오."

망천에서 돌아온 후, 나는 심각한 불면증에 시달렸다. 꿀을 몇 사발씩 들이켜도 소용없었다. 사탕 외에는 모든 게 썼다. 심지어 물까지 떫었다.

"망천에는 다시는 갈 생각하지 마시오. 내가 이제 허락 못 하니."

어조는 부드럽지만, 명백한 명령이었다. 그런 그를 보며 나는 힘없이 고개를 저었다.

"그렇게는 못 해요."

"뭐야!"

"당신이 허락 안 해도 나는 갈 거예요. 무슨 수를 써서라도 갈 거예요. 그러니 허락해 줘요."

그는 내 말에 미간을 깊이 찡그렸다. 잠시 후 그는 깊게 한숨을 내쉬며 조건을 내걸었다.

"좋소. 그러나 두 가지 조건이 있소. 첫째, 망천에 가되 절대로 망천에 들어가지 말 것. 그냥 망천 기슭에서 서서 보기만 하시오. 둘째, 염수를 늘 대동할 것. 그래야 내가 조금이나마 안심할 수 있을 테니."

의외로 쉬운 조건이라 거절할 이유가 없었다. 내가 고개를 끄덕이자, 그는 근심이 가득한 한숨을 재차 내쉬었다. 그런 그를 외면한 채 나는 다시 옥함에서 사탕을 꺼냈다. 그리고 그것을 입에 물었다.

입에 단맛이 확 퍼지자, 그나마 토할 듯한 역한 쓴맛이 입에서 좀 사라졌다. 그것을 입 안에서 잠자코 녹이고 있으니 언젠가 속세에서 들은 어린 소년들의 노래가 떠올랐다.

'기우제를 지내러 수신묘에 가는 사람들, 내 말 좀 들어 보오. 수신에게 차도, 물도, 향도 바칠 필요 없소. 춘삼월에 따서 모은 꿀 한

단지가 만 냥의 금보다 영험하니 내 말 한번 믿어 보오.'

당시에는 그 노래 가사가 어이없고 웃겼다. 만 냥의 금을 어찌 꿀 한 단지에 비한단 말인가! 하지만 이제야 알겠다. 수신인 내게 있어 꿀과 사탕은 세상 어떤 단약보다 영험하고 만 냥의 금과도 비교할 수 없다.

내가 어느 정도 기운을 차린 뒤에도 윤옥은 나를 세심히 보살폈다. 공무를 보는 와중에도 틈을 내서 나와 함께 있어 주었다. 하지만 나는 계속 무력했다. 칠현금, 바둑, 수련 그 어떤 것에도 흥미가 생기지 않았다.

망천에 발길 하는 때 외에는 방에 처박혀 서예를 하거나 그림을 그렸다. 이주는 그런 나를 보며 세상 종이를 다 없앨 작정이냐며 투덜거렸다. 그때마다 나는 웃기만 했다. 그녀의 말이 바로 내 마음이기 때문이었다.

나는 정말 이 세상의 종이를 다 없애고 싶었다.

「금멱, 다시 한 번 묻겠어. 지금 이 종이의 실이, 시 속 손수건의 실과 같은 의미라고 받아들여도 될까?」

예전, 기명정 앞에서 그가 했던 말이다.

이 세상의 종이가 다 없어진다면?

종이를 이루는 실 하나 남지 않는 그때가 된다면?

그럼 내 마음속 그도 함께 사라질까?

꽃이 피면, 나는 꽃을 그리네.

꽃이 지면, 나를 그리네.

그대가 오면, 당연히 그대를 그리네.

그대가 가면, 나는 추억밖에 그릴 게 없네.

＊＊＊

20념(念)은 1순(瞬, 1순은 0.36초)이고, 20순(瞬)은 1탄지(彈指, 1탄지는 7.2초)이며, 20나예(羅五, 1나예는 144초)는 1수유(須臾, 1수유는 48분)이다.

만 장의 종이에 그림을 그리고서야 나는 10년하고도 1,095만 수유를 흘려보낼 수 있었다.

하지만 그림을 그리는 시간 외에는 여전히 망천에 가서 멍하니 있기 일쑤였다. 오늘도 마찬가지였다. 뱃머리에 앉아 잎담배를 피우던 뱃사공은 잎담배의 푸른 연기를 연상시키는 목소리로 내게 말했다.

"근자에 무슨 일인지 낭자들의 발길이 잦군요."

나는 그제야 정신을 조금 수습하며 뱃사공을 돌아보았다. 그러나 그는 되레 나를 보지 않은 채 말을 이어 갔다.

"저 말고 다른 낭자가 왔다고요?"

방금까지만 해도 나는 뱃사공의 말에 관심이 없었다. 내내 멍하니 있는 내가 걱정되어 뭐라고 말을 붙여 보려는 듯해 그의 성의에 답해 주었을 뿐이었다.

"예, 하지만 낭자와 달리 그 낭자는 항상 밤에만 오지요. 12년 전에 한 번 본 적 있는 낭자인데 얼마 전부터는 밤마다 와서 건너편 마계로 데려다 달라고 합니다."

뭔가 이상한 예감이 들었다. 나는 즉시 뱃사공에게 물었다.

"그 낭자가 누구인지 혹시 아시나요?"

"노부는 그저 뱃사공일 뿐입니다. 알 리가 없지요. 다만 그 낭자의 옷차림이 범상치 않아 기억에 남았습니다."

그는 잎담배 연기를 뿜어내며 기억을 더듬는 듯했다.

"낭자는 백 가지 종류의 깃털로 짠 피풍을 걸쳤고, 치마도 길고 화려했습니다. 결코, 지위가 낮아 보이지 않았지요."

육계를 통틀어 그런 피풍을 걸칠 수 있는 이는 단 한 명이다. 조족 수장 수화.

나는 의문이 치밀었다. 왜 수화가 마계에 수시로 드나드는지 이해가 가지 않아서였다.

망천 기슭의 도깨비불은 곳곳에서 깜박거리며 모기 정령을 끌어들였다. 나는 수풀에 앉아 모기 정령이 도깨비불 사이를 누비며 그것을 잡아먹는 모습을 보고 있었다.

평소와 다른 점이 있다면 첫째는 내가 멍한 눈을 하고 있지 않다는 것이고, 둘째는 내가 천계 쪽 망천 기슭이 아닌 마계 쪽 망천 기슭에 있다는 점이었다.

며칠 전 뱃사공에게 들은 수화의 야행이 이상하게 마음에 계속 걸렸다. 그로 인해 며칠 내내 잠도 제대로 이루지 못했다. 참다못한 나는 이 의문을 스스로 해결하기로 마음먹었고, 윤옥의 감시가 늦춰질 때를 노렸다. 그러다가 마침내 기회가 왔다. 오늘 오후에 나를 찾아온 선시가 천제께서 공무에 바빠 나를 보러 오지 못한다는 소식을 전한 것이다.

속으로 쾌재를 부르며 나는 갑수충(瞌睡蟲, 전설 속에 등장하는 사람을 잠들게 하는 벌레)으로 나를 감시하는 이주를 재웠다. 그런 뒤 한동안 내게 풀만 얻어먹어 꿈에 굶주려 있는 염수를 이주 곁으로 슬그머니 끌어다 놓았다. 예상대로 염수는 오랜만에 먹는 꿈에 정신이 완전히 팔려 버렸다.

그 후 나는 곧장 망천으로 가서 뱃사공에게 청해 미계로 왔다. 그리고 노을이 내린 지금까지 망천 기슭의 수풀에 몸을 숨긴 채 언젠가 올 수화를 기다리는 중이었다.

얼마 후 노을빛이 스러질 즈음, 배에서 누군가가 내렸다. 과연 그녀는 수화였다. 언제나처럼 깃털 피풍을 걸친 채 그녀는 어딘가로 급히 걸어갔다.

나는 혹여 수화를 놓칠까 노심초사하며 그녀의 뒤를 몰래 밟았다. 영력의 6할을 잃은 것은 크나큰 손실이지만, 장점이 아예 없지는 않았다. 선기(仙氣)가 쇠퇴하여 내가 뒤를 밟고 있음을 수화가 전혀 눈치채지 못했으니 말이다. 게다가 내 속성은 물이라 밤의 기운에 마치 한 몸처럼 녹아들 수 있었다.

수화는 요괴들이 자주 출몰하는 큰길로 가지 않았다. 고심하여 조용하고 인적 없는 작은 길을 골라서 돌아갔다. 가는 내내 경계를 늦추지 않았으며, 때때로 좌우를 살피는 일도 잊지 않았다. 모습만 봐서는 도둑이나 몰래 정을 통하러 가는 이의 행색을 연상시켰다. 어떤 식으로든 수상하다는 점은 같았다.

마침내 수화는 평범한 나무 그루터기 앞에 섰다. 거기서 다시 좌우를 살펴 아무도 없는 것을 확인한 뒤 식지에 나뭇잎의 이슬을 묻혔다. 그녀가 식지를 나이테에 대고 뭔가를 그리자, 그루터기는 중간에서부터 반으로 쩍 갈라졌다. 그리고 그 사이로 기기묘묘한 통

로가 나타났다. 수화는 서둘러 그 안으로 들어갔고, 그녀가 들어가
자마자 그루터기는 다시 다물렸다.

"이런!"

나는 이미 다물려 버린 그루터기 앞에서 탄식했다. 이리도 빨리
닫힐지 몰랐는데 난감했다. 혹시라도 방법이 없을까 싶어 그루터기
를 유심히 살펴보았지만, 이것을 다시 열 어떤 실마리도 보이지 않
았다.

잠시 고민해 보던 나는 수화가 하던 대로 식지에 이슬을 묻혔다.
그리고 그녀가 하던 식으로 나이테에 식지를 가져다 대려던 그때
였다. 문득 안에서 말소리가 들렸다. 나는 얼른 법력을 써서 안에서
들리는 소리에 귀를 기울였다. 여인의 목소리는 예상과 크게 다르
지 않게 수화였다. 하지만 사내의 목소리는 낯설었다. 목소리에서 나
이가 지긋한 게 느껴졌고 중후한 저음을 지니고 있었다. 혹시나 욱봉
이 아닐까 했던 기대가 산산조각이 나자 온몸에 힘이 쭉 빠졌다.

"구전금단은 태상노군에게 있어요. 하지만 지금 상황에서는 금
단을 청할 수가 없어요. 그랬다가는 분명 천제의 의심을 살 테니까
요. 육전(六殿)께서도 아시다시피 천제는 주도면밀하고 사방에 감시
의 눈을 붙여 놓았어요. 제가 만약 금단을 청한다면 천제는 반나절
도 못 되어 ……을 알게 될 거예요. 이곳도 발각될 게 뻔하죠. 아쉬
운 대로 화계의 목단 장방주에게 청해 영지성초를 받아 왔어요. 예
전에 우리 조족을 오해한 잘못이 있어서 그런지 차마 거절하지 못
하더군요. 다만 양이 너무 적어요. 선대 화신이 남긴 고작 3개가 전
부죠. 육계에서 영지성초를 만들어 낼 수 있는 이는 수신뿐이에요.
하지만 수신은 ……이니 절대로 수신에게 영지성초를 청할 수는 없

는 노릇이에요. 이를 어쩌면 좋을까요?"

"예, 저도 어려우리라 익히 짐작했습니다. 그래도 영지성초라도 생긴 게 어디입니까! 우선 영지성초라도 써 보지요. 어차피 다른 방법은 없으니 말입니다. 제가 일신상의 문제로 인해 나서지 못하니 수화 공주께 번거로움을 끼치는군요."

"아닙니다. 그 무슨 천부당만부당한 말씀입니까! ······해 주신 육전의 은혜를 저는 죽어도 잊지 못할 겁니다."

수화와 사내의 대화는 법력을 썼음에도 드문드문 끊어져 들렸다. 뭔가 관건인 부분에서는 더 낮게 속닥이는지라 더욱 그랬다.

"당시 육전께서 빠르게 손을 쓰지 않으셨다면 아마도 ······ 겁니다."

당시가 언제지? 그리고 저 사내가 빠르게 무슨 손을 썼다는 거지?

자꾸만 끊기는 말 때문에 조급증이 일었다.

"별말씀을요. 다행히 ······은 범인이나 보통 선인과 달라 삼혼칠백[16]입니다. 백(魄)이 하나 더 많지요. ······의 특성상 열반하기 위해 하나가 더 있는 듯합니다. 하나 남은 백이 아니었으면 제가 아무리 손을 빨리 썼어도 소용없었을 테니 ······의 복이시지요. 아, 노파심에 드리는 말씀인데 한동안은 마계에 발길 하시지 않는 편이 좋을 듯합니다. 자칫 의심을 살 수도 있습니다."

"오는 내내 경계했고, 수상한 기색은 없었습니다. 다만 오늘은 왠지 예감이 좋지 않아 돌아갈까 합니다."

---

16 三魂七魄, 인간의 영혼은 3개의 영과 7개의 혼으로 이루어져 있다고 한다. 삼혼은 생혼, 지혼, 인혼이며, 칠백은 희(喜), 노(怒), 애(哀), 구(懼), 애(愛), 악(惡), 욕(欲)이다. 삼혼칠백이 통상적 개념이나, 이 소설에서는 삼혼육백으로 규정하였다.

"예, 영지성초는 제가 잘 처리하겠습니다."

"육전의 은혜를 어찌 갚아야 할지 모르겠군요. 실로 감사드립니다."

수화의 말은 잠시 끊어졌지만, 이내 좀 더 선명히 들려왔다. 아마도 그녀가 비밀통로의 입구로 가까이 다가온 듯했다.

"육전, 아무래도 불안한데 밖에도 결계를 쳐 놓는 편이 좋지 않을까요?"

"수화 공주, 이건 아니 될 말입니다. 바깥에 결계를 쳐 놓으면 되레 이곳이 범상찮은 곳임을 알리는 꼴밖에 되지 않을 테니까요. ……가 여기에도 감시의 눈 하나 붙여 놓지 않았겠습니까? 그러니 조심 또 조심해도 부족함이 없습니다."

문득 그루터기에 균열이 일어났다. 아까처럼 갈라지려는 듯했다. 나는 황급히 이슬로 변해 그루터기 바로 옆에 선 나무의 잎사귀에 몸을 붙였다. 잠시 후 그루터기 안의 비밀통로에서 나온 수화는 예리한 눈으로 주변을 살폈다. 마지막에는 내가 앉은 잎사귀에도 시선을 던졌다. 다행히 그녀는 내 존재를 알아차리지 못한 채 자리를 떴다.

그녀의 모습이 완전히 사라진 뒤에야 나는 참고 있던 숨을 내쉬었다. 그런 뒤 그루터기가 다시 갈라지기를 기다렸다. 수화 한 명만 나왔으니 분명 남은 한 명도 조만간 나올 테고 그 틈을 타서 안으로 들어갈 생각이었다. 아까 그리하지 않은 이유는 수화는 나와 같은 천인이기 때문이었다. 괜한 시도를 했다가 수화에게 내 선기를 들킬 수도 있었다.

하지만 안에 남은 이는 다르다. 수화는 분명 그를 육전이라고 불렸다. 마계에서 육전이라 불릴 수 있는 자는 열 명의 시왕 중 여섯 번째 왕인 변성왕밖에 없다. 내 짐작대로 그가 변성왕이라면 그는 기본적으로 마계에 적을 두었다. 그는 내 선기를 수화만큼 예민하게 잡아내지 못한다.

끈기 있게 기다리자 그루터기가 다시 열렸다. 그리고 한 사내가 모습을 드러냈다. 과연 그는 내 혼례식에도 참석했던 마계의 변성왕이었다. 나는 숨을 꾹 참은 채 그가 그루터기에서 몸을 다 빼내기 일보 직전에 이슬인 상태로 몸을 날렸다. 다행히 아슬아슬하게 안으로 미끄러져 들어갔다.

일단 입구에서 숨을 죽인 채 나는 변성왕의 발소리가 완전히 사라질 때까지 기다렸다. 그 후에야 원래의 모습으로 되돌린 뒤 몸을 일으켰다. 비밀통로답게 길이 좁고 어두웠다. 느리게 날아다니는 도깨비불이 아니었다면 한 치 앞도 보기 힘들 듯했다. 바닥 또한 울퉁불퉁하여 걷기 불편했다.

평소라면 한 발을 떼기도 두려웠겠지만, 나는 홀린 듯 앞으로 나아갔다. 내가 뭘 찾는지도 모르는 상태에서도 이상하게 서두르게 되었다. 그렇게 한참 동안 불편한 길을 걷던 내 몸이 돌연 크게 휘청거렸다. 그와 동시에 나는 땅바닥에 꼴사납게 나뒹굴고 말았다.

온 얼굴에 흙이 묻은 것이 느껴졌지만, 그 흙을 털 여유 따위는 없었다. 내가 이렇게 꼴사납게 넘어질 정도로 나를 경악하게 한 내 앞의 무엇인가가 세상 그 어떤 것보다도 중요하기 때문이었다.

가까스로 상체는 일으켰지만, 일어설 수는 없었다. 다리에 도무지 힘이 들어가지 않아 그럴 수가 없었다. 그 와중에 뜨거운 습기도 솟구쳐 내 동공을 뿌옇게 가렸다.

"어……?"

나는 무심결에 멍청한 소리를 내며 내 눈꼬리에서 흘러넘치는 정체 모를 습기를 만져 보았다. 방금 것은 이미 내 뺨을 따라 흘렀음에도 새로운 것이 다시 눈꼬리에서 흘러넘치고 있었다. 이게 대체 무엇인지 궁금했지만, 머지않아 나는 이것의 정체를 깨달았다. 그것은 바로 내 눈물이었다. 꼬박 2년 동안 심장이 사라져 비어 버린 그 공간에서 거대한 강이 되어 내 안에서만 출렁대던, 그 눈물이었다.

나는 소리 없이 눈물을 흘리며, 내 눈물이 땅에 떨어져 얼룩지는 모습을 망연히 보았다. 아니, 죽어라 땅만 보았다. 당장 내 눈물을 밖으로 잡아끈 원인인 그것을 보고 싶지만 그럴 수 없었다. 고개를 들어서 그것을 보는 순간, 그것이 신기루처럼 사라질 듯해 너무나 두려웠다.

나는 길 잃어 낙담한 아이처럼 주저앉은 채 오랫동안 울었다. 내 안의 눈물이 모두 빠져나간 빈자리에 떠나 있던 심장이 돌아와 자리를 잡을 때까지. 그리고 그제야 고개를 들어서 내 앞의 그것을 보았다. 아니, 그를 보았다.

화신 욱봉. 한때 눈부시게 빛났던 봉황을!

그는 푸른색 도깨비불이 한데 뭉친 듯한 흐릿한 빛 속에 단정하게 누워 있었다. 12년 전 내 눈앞에서 소멸하던 그때와 한 치도 다름없는 모습으로.

긴 눈매는 굳게 감겨 있고, 입술도 창백했다. 말 잘 드는 아기가 잠든 듯 미동조차 없었다.

나는 예전에 그런 생각을 한 적 있었다. 그는 꼭 자기처럼 잔다고 말이다. 너무 단정하게 자는 그는 그 흔한 잠버릇 하나 없었다. 지금도 그는 여전했다. 참으로 변함이 없다.

천천히 고개를 숙여 살피니 세 개의 영지가 그의 아래에서 타오르고 있었다. 영지에서 나온 기운은 한 줄기 담담한 선기로 변해 그의 전신을 감쌌으며, 최후에는 그의 백회혈로 스며들었다. 그런데도 그는 얕은 숨 하나 쉬지 않았다. 가슴도 미동 없이 굳은 상태였다. 누가 봐도 죽었다고 볼 수 있는 상태였지만, 나는 고개를 저으며 그것을 부정했다.

'아니야. 그럴 리가 없잖아. 이렇게 생생한걸! 이렇게 분명히 욱봉이 보이는걸!'

이미 굳어 버린 혀가 아닌 머릿속으로 외친 그때 주변이 환해졌다. 마치 등이 켜진 듯 금빛이 찬란하게 퍼졌다. 이리도 찬란한 금빛은 마치……?

나는 황급히 머리 위로 손을 뻗어 비녀를 뺐다. 그것은 평범한 비녀가 아니라, 내내 몸에서 떼어 놓지 않았던 환체봉령이었다. 나는 경악하며 눈부시게 빛나는 환체봉령과 욱봉을 번갈아 보았다.

내가 그를 죽인 이후 환체봉령은 그 찬란한 빛을 잃었다. 그래서 나는 환체봉령도 그의 죽음으로 말미암아 생명력을 잃었다고 여겼다.

"윽!"

불현듯 비명이 터져 나왔다. 그를 만지고 싶고, 가까이 가서 보고 싶다는 충동과 함께 밀려든 지독한 격통이 나를 후려쳐서였다. 나는 다시 상체를 꺾으며 땅바닥으로 무너졌다. 온몸이 부서질 것 같

고, 방금 다시 돌아온 심장이 실성한 듯 빠르게 뛰었다. 이러다가 멈추지 않을까 걱정될 정도로……. 아무래도 강두술에 의한 발작인 듯했다.

생각이 거기에 미치자 나는 이를 악물며 몸을 일으켰다. 그리고 네발로 기다시피 해 욱봉에게 다가갔다. 이토록 나를 괴롭히는 강두술은 12년 전에 욱봉이 내게 건 주술이다. 그러니 욱봉을 되살리면 이 발작도, 이 끔찍한 저주도 멈출 것이다. 죽지 않으려면 나는 무조건 욱봉을 살려야 했다.

가까스로 그의 앞까지 다가간 나는 힘겹게 그에게 손을 뻗었다. 그를 휘감은 푸른 불꽃은 해가 없어 보였지만, 실상은 아니었다. 내가 불꽃에 발을 들이자마자, 불꽃은 날카로운 이빨을 드러내며 내 용천혈을 찌르고, 뻗은 내 손을 물어뜯었다. 그 또한 지독한 고통이었지만, 나는 개의치 않았다. 불꽃이 주는 고통이 이보다 더 심해진다고 해도, 지금 내 안의 고통만큼 괴롭지는 않기 때문이었다. 아니, 그것에 비하면 이것은 어린아이 장난에 불과했다.

나는 느리게 손을 뻗어 그의 얼굴을 만져 보았다. 하지만 내 손은 그를 통과해 허공만 붙잡았다. 그제야 나는 변성왕의 말을 떠올렸다. 그의 삼혼칠백 중 이제 백 하나만 남아 있다던…….

'구전금단에는 수신이 말씀하신 효과가 분명히 있습니다. 하지만 세월이 흐르면서 과장된 측면도 적지 않습니다. 아무리 구전금단이라도, 선혼을 되살리려면 적어도 혼백 중 한 가지는 존재해야 하며, 육신도 보존되어 있어야 하지요. 그렇지 않다면 구전금단이 아닌 그 어떤 것으로도 선혼을 되살릴 수 없습니다.'

문득 태상노군의 말이 머릿속에 메아리쳤다. 그래, 이거였다. 내가 그리도 구전금단을 갖고 싶었던 이유는 바로 이거였다. 그의 혼백 중 어느 하나라도 이 세상에 남아 있을지 모른다는 가냘픈 희망……. 온전히 그것에 의지해 나는 간절히 구전금단을 원했다.

나는 품 안에 소중히 넣어 둔 구전금단을 꺼내 입에 머금었다. 그리고 저금색 연기가 피어오르는 즉시, 몸을 기울여 아무런 감촉도 느껴지지 않는 욱봉의 입술에 내 입술을 겹쳤다. 구전금단의 연기는 삽시간에 욱봉에게 빨려 들어갔다.

'뭐 하는 짓이야! 이 자가 무슨 짓을 했는지 잊었어? 이 자는 아버지를 죽였어!'

머릿속에서 누군가가 외쳤다. 나지만 내가 아닌 또 하나의 내가 내는 외침이었다.

'나는 아버지를 죽인 원수를 살리고 싶은 게 아니야. 그저 내게 씐 강두술을, 이 지독한 저주를 풀고 싶을 뿐이야. 그러니 아무 말도 하지 마. 나는 나 자신을 살리고 싶을 뿐이야.'

머릿속의 내 외침을 또 다른 무언의 외침으로 누르며 나는 눈을 질끈 감았다. 그리고 구전금단의 기운을 그의 입 안으로 쉴 새 없이 밀어 넣었다.

그렇게 얼마나 시간이 흘렀을까?

겹쳐진 입술에서 부드러운 감촉이 느껴졌다. 콧잔등에 맞닿은 다른 이의 콧잔등도 생겨났다. 허공을 짚고 있던 손바닥에는 어느새 단단한 가슴이 만져지더니 마치 심장이 자라나듯 조금씩 꿈틀거렸다.

얼마 후 입 안의 구전금단이 모두 사라지자 내 기력도 다했다. 나는 온몸의 관절이 끊어진 듯 바닥에 무너졌다. 그리고 그 상태로 그를 둘러싼 푸른 불꽃이 서서히 사라져 가는 광경을 망연히 지켜보

왔다.

그러던 어느 순간, 바깥에서 옷자락이 쓸리는 소리가 났다. 그때까지 넋을 놓은 채 그를 보고만 있던 나는 황급히 이슬로 변신했다. 그런 뒤 아직 덜 탄 영지의 주름 사이로 몸을 숨겼다.

"누구냐!"

방금까지 내 기척을 느낀 듯 수화는 사납게 소리치며 안으로 들어왔다. 하지만 꺼진 불꽃에 놀라 이내 멈춰 섰다. 그와 동시에 욱봉의 눈꺼풀이 움찔거렸고, 그가 서서히 눈을 떴다. 먹처럼 짙은 그의 검은 눈은 깊이를 알 수 없이 묵직하게 가라앉아 있었다.

"전하!"

수화는 그에게 엎어질 듯 달려가 그의 손을 덥석 잡았다.

"깨어나셨군요! 드디어 깨어나셨어요!"

욱봉은 천천히 몸을 일으켰다. 그리고 자신을 붙든 수화의 손을 내려다보며 느리게 입술을 달싹였다.

"수…… 화?"

"예, 전하. 저 수화예요!"

제12장

나는 침상 가장자리에 엉덩이를 걸치고 앉아 발바닥을 주물렀다. 어젯밤에 다친 상처는 여전히 따끔따끔 아팠다. 깊은 상흔도 패 있었다. 그것을 보고 있자니 일전에 망천에 뛰어들어 다쳤을 때 윤옥이 준 영약이 떠올랐다.

당시 그는 약선(藥仙)을 급파해 교인[17]의 눈물로 제조한 진통제를 만들게 했다. 하지만 나는 바로 그 생각을 고쳐먹었다. 그에게 그 약을 청하면 그는 내가 마계로 갔음을 알게 될 터였다. 당연히 기분이 상할 테고 말이다.

'그래, 그냥 참자. 살만 좀 찢어졌을 뿐이야. 며칠 꾹 참고 견디다 보면 괜찮아지겠지.'

속으로 그리 생각하며 멍하니 다친 발을 보고 있는데, 문득 눈앞으로 흰색 빛이 스쳤다.

"멱아."

윤옥의 음성은 깊게 가라앉아 있었다. 나는 황급히 비단 이불로 내 발을 덮었다.

"발은 어찌 이리되었소?"

---

17   남해에 산다는 물고기 모양의 사람. 교인의 눈물은 구슬로 변한다고 한다.

윤옥은 회양목 의자를 침상 맡에 끌어다 앉으며 담담히 물었다. 그래서 더 움츠러들었다.

"그리고 어젯밤에는 또 어디를 갔고?"

나는 차마 그를 보지 못한 채 웅얼거렸다.

"가기는 어디를 가요. 아무 데도 안 갔어요."

그는 미간을 찡그리며 말없이 이불을 들추었다. 그러자 상처투성이가 된 발이 적나라하게 그의 시선에 노출되었다. 무심결에 발을 웅크리자, 그는 작게 한숨을 쉬었다.

"멱아, 당신이 무슨 일을 해도 나는 당신을 탓하지 않을 거요. 그러니 나를 속일 필요 없소. 그러나 당신이 자신을 상하게 하는 일만은 용인할 수 없소. 어젯밤에 또 망천에 간 것이오?"

나는 차마 대답도 못 한 채 고개를 숙였다. 그러면서도 내심 안도했다. 내가 망천에 갔다고 그가 믿는 편이 나으니 말이다. 그런 나를 보며 그는 한숨을 쉬더니 품에서 약을 꺼냈다. 그는 친히 약을 발라 주려고 했지만, 그의 손이 닿자마자 내 발가락은 한껏 오므라들었다.

"제가 할게요."

그는 내게서 시선을 떼지 않은 채 발을 더 꼭 쥐었다.

"아직도 내가 불편하고 어색하오?"

불편하고 어색하다고?

얼마 전까지만 해도 나는 그를 어색하다고 생각하지 않았다. 반면, 그의 눈에는 내가 그리 비쳤나?

"멱아, 언제쯤 나와 혼인하고 싶어지겠소?"

가슴이 뜨끔거렸다. 정혼한 사이인 우리가 혼인하는 게 당연한데도 마음이 불편했다.

"윤옥, 당신도 알다시피 저는 저주에 걸렸어요. 이 지독한 강두술이 당신에게 옮을까 봐 겁나요. 그러니……."

내 말에 약을 바르던 그의 손이 움찔 멈췄다. 그는 온화하게 눈을 내리깔았다.

"그런 이유요? 그렇다면 상관없소. 옮을 리도 없고, 옮을까 봐 겁나지도 않으니까. 게다가 나는 먹아 당신보다 더 일찍 강두술에 걸려 있었소."

그의 대답이 너무 뜻밖이라 나는 멍해져 버렸다. 그런 나를 잠깐 올려다보는 듯하더니 그는 다시 고개를 숙여 약을 발라 주었다. 그는 내 대답을 기다리지도, 신경을 쓰지도 않은 듯했다. 그 후로 우리는 묵묵히 마주한 채 아무 말도 하지 않았다. 그가 5~6번 약을 반복해 바를 때까지도…….

"신선들과 논의할 일이 있어 가 봐야 할 듯하오. 앞으로 이틀 동안은 망천에 가지 말고 처소에 머물며 잘 요양하시오."

주름 하나 없는 소매를 쓰다듬으며 일어선 그가 단단히 당부했다. 차마 그것까지 거부할 수는 없어 나는 순순히 고개를 끄덕였다.

"예."

내 대답이 나온 뒤에야 그는 몸을 돌려 나갔다. 문가에는 어젯밤 잘 먹어 배가 동글동글해진 염수가 있었는데, 염수는 그와 시선이 마주치자 쭈뼛거리며 뒷걸음질했다. 그러면서 연신 머리를 땅에 조아렸다. 한참 후 윤옥의 모습이 작은 점이 되었을 즈음에나 염수는 고개를 들어 그의 뒷모습을 보았다.

나는 원래 발에 생긴 상처가 이틀이면 나으리라 여겼지만, 아니었다. 발이 바닥에 닿으면 가시에 찔리듯 아파 제대로 거동도 할 수 없었다. 그래서 이주의 부축 없이는 숨이 차서 문지방도 제대로 넘지 못했으며, 다리에 힘이 하나도 들어가지 않아 구름도 탈 수 없었다. 결국, 나는 반년 넘게 선기궁 대문 문턱도 넘지 못했다. 상황이 그렇다 보니 욱봉의 상세가 어떠한지 찾아가 살펴보고 싶어도 그럴 수 없었다.

하지만 나는 예전에 비해 훨씬 안정적으로 변했다. 욱봉이 살아났다는 사실이 마음에 큰 위로가 되어서였다. 입에 달고 살던 사탕도 점점 적게 먹게 되었고, 가끔은 정상적인 식사도 했다. 그런 내 변화를 스스로 느끼며 나는 강하게 확신했다.

과연 강두술은 욱봉이 건 거였다. 역시 그를 살리기 잘했다. 차츰 이 저주는 완화될 테고, 나는 머지않아 예전의 나로 돌아갈 수 있겠지.

그런데도 그와 수화를 함께 떠올리면 다시 가슴이 답답해졌다. 이는 저주가 아직 덜 풀렸고, 몸도 성치 않아 그런 듯했다.

"수신, 목단 장방주가 뵙기를 청합니다."

밖에서 선시가 고했다. 그제야 나는 오늘 목단 장방주와 약속이 있음을 기억해 냈다. 그녀가 태백금성을 만나러 오는 김에 나를 보고 가고 싶다고 해서 오늘로 날을 잡았다.

"드시라고 해."

내 말이 떨어진 지 얼마 되지 않아 문이 열리고 목단 장방주가 들어왔다. 나는 웃으며 그녀를 맞이했다.

"어서 오세요, 목단 장방주님."

목단 장방주는 언제나처럼 내 안색을 주의 깊게 살폈다. 그런 뒤 조금은 안심한 얼굴로 내가 권하는 자리에 앉았다.

"오늘은 안색이 좋구나."

나는 무심결에 내 얼굴을 쓰다듬었다. 남의 눈에도 내 상태가 좋아 보인다니 기뻤다.

"그런가요?"

"그래, 12년 동안 본 중에 손꼽게 좋은 듯해. 다행이구나."

원래 화계와 천계는 실질적 단교 상태였다. 하지만 윤옥이 천제가 되자 달라졌다. 화계와 천계는 무척 친밀해졌고, 신선들은 자유로이 양 계를 오가고 있었다.

"잠시만요, 차 좀 우릴게요."

몸도 좀 편해진 김에 나는 직접 차를 우렸다. 그런 내 모습에 목단 장방주는 더욱 놀라워했다. 그녀가 그럴 만한 것이, 지난 12년 동안 나는 폐인이나 다름없었다. 지독한 강두술에 썰 채로 죽어가고 있었기에 음식은 입에도 대지 못하고, 수시로 피를 토했다. 그래서 24 방주들이 문병을 와도 거의 입을 열지 않았다. 그녀들이 뭔가를 물어야 그나마 대답하곤 했다.

"드세요."

"그래, 고맙구나."

목단 장방주는 찻잔을 들어 우아하게 차를 마셨다. 그런 그녀를 물끄러미 보자, 그녀는 나와 시선을 맞추며 눈썹을 살짝 올렸다.

"뭔가 할 말이 있는 듯한데 아닌 것이냐?"

정곡을 찌르는 그녀의 물음에 나는 머쓱하게 웃었다.

"목단 장방주님, 속세에는 강두술이라고 불리는 무고술이 있다고

해요. 혹시 아는 바가 있으세요?"

"강두술? 응, 들어 보기는 했지. 듣자니 강두술에 씐 사람은 주술자에 의해 통제되기 때문에 마음의 평정을 잃고, 괴이한 행동을 하곤 한다지."

"역시 그렇네요. 목단 장방주님의 말씀을 들으니 확실히 알겠어요. 저는 분명히 강두술에 걸렸어요."

내가 고개를 끄덕임과 동시에 목단 장방주는 손에 든 찻잔을 내려놓았다. 그리고 괴이한 표정으로 나를 보았다.

"금멱, 왜 강두술에 걸렸다고 생각하느냐?"

표정 못지않게 그녀의 질문이 괴이했다. 그녀가 말해 준 증상이 고스란히 내 증상이라 그렇지 뭐 다른 이유가 있겠는가.

"12년 동안 제가 시달린 병증이 방금 말씀하신 그대로였으니까요."

"예를 들면?"

"망천에 가는 것요."

"망천?"

"예. 한동안 망천에 가지 않으면 죽을 것 같았어요. '오늘은 가지 말아야지, 윤옥의 기분을 상하게 하지 말아야지' 하면서도 발이 멋대로 거기로 가곤 했어요."

그 말을 계기로 나는 지난 12년간 시달린 병증을 그녀에게 소상히 이야기했다. 그녀는 내 말을 듣는 내내 심각한 얼굴을 했는데, 종국에는 내가 기함할 질문을 던졌다.

"금멱, 화신을 사랑하느냐?"

돌연 손에 힘이 풀렸다. 그 탓에 찻잔이 바닥에 떨어졌고, 바닥은

물로 흥건해졌다.

"아니에요. 절대로 아니에요! 어떻게 그런 일이! 말도 안 돼요!"

나는 몸을 벌떡 일으켰다. 그리고 목단 장방주의 터무니없는 추측을 강하게 부정했다.

"저는 그저 욱봉이 건 강두술에 씌었을 뿐이에요. 그날 이상한 구슬을 토한 일도 수상하……."

"뭐?"

목단 장방주는 내가 미처 말을 끝내기도 전에 내 손을 꼭 붙들었다. 그녀의 얼굴은 어느새 하얗게 질려 있었다.

"구슬이라니? 금멱, 방금 너 구슬이라고 했느냐?"

"……예."

내가 쭈뼛거리며 대답하자, 그녀는 내 손을 더 세게 쥐었다.

"어떤 색의 구슬이었지? 모양은 또 어땠고?"

"붉은색인 것 같았지만……, 색깔은 정확하지 않아요. 그때 피랑같이 토했거든요. 염주에 달린 나무 구슬 같았다는 기억은 나요."

"구슬?"

불현듯 윤옥의 목소리가 들려왔다. 시선을 돌리니 윤옥이 방 안으로 막 들어서서 이주가 건넨 손수건에 손을 닦고 있었다. 그는 미소를 머금은 채 내 쪽으로 다가오더니 의자를 당겨 나를 다시 앉혔다.

"강두술 이야기를 하고 있었어요."

화신을 사랑하느냐는 목단 장방주의 황당한 물음에 화나 있던 나는 무심결에 대답했다. 내 말에 윤옥은 알 수 없는 얼굴로 "아!" 하고 짧게 소리를 냈다. 하지만 이내 고개를 숙여 내 발의 상세를

살폈다.

"오늘은 좀 어떻소? 아직도 많이 아프오?"

"아니요, 이제는 괜찮아졌어요. 당신이 오면 그 말을 하려던 참이 었어요."

윤옥이 준 약은 실로 영험했다. 일 년 넘게 낫지 않았을 상세가 반년 만에 거의 나았으니 말이다. 나는 다시 몸을 일으켜 그의 앞에서 몇 보 걸음을 뗐다. 꽤 회복된 내 모습을 그에게 보여 주기 위해서였다.

그 후, 윤옥은 나와 목단 장방주와 둘러앉아 소소하게 이야기를 나누었다. 하지만 더는 구슬을 언급하지 않았다. 나는 그가 잊었으려니 하고 신경 쓰지 않았으나, 목단 장방주는 내내 표정이 편치 않았다. 그 탓인지 그녀는 평소보다 일찍 선기궁을 떠났다.

목단 장방주가 떠난 뒤 나는 윤옥과 마주 앉아 말없이 차를 마셨다. 매일 보다시피 하는 그와 딱히 할 말도 없기에 나는 몸을 돌려 약을 꺼냈다. 그리고 약을 바르려는데, 윤옥이 내 뒤에서 담담히 말했다.

"욱봉이 살아났소."

나는 뻣뻣하게 굳은 채 윤옥을 돌아보았다. 그는 눈을 내리깐 채 찻잔 속 찻잎을 보고 있었다. 차에서 피어오른 수증기가 그의 얼굴을 덮어 표정이 잘 보이지 않았지만, 언제나처럼 담담히 웃는 듯했다.

"알고 보니 마계에 몸을 숨기고 있었고."

그는 천천히 고개를 들어서 나와 시선을 맞추었다.

"벌써 반년 전의 일이라오. 그런데 오늘에야 그 소식이 천계에 전해졌소."

그 순간 나는 안도의 한숨을 내쉬었다. 내가 왜 그러는지는 나도 알 수 없었다.

"지금 마계의 요마들은 욱봉을 마존이라고 높여 부르며 마계의 지배자로 떠받들고 있다고 하오."

윤옥은 문득 입꼬리를 일그러뜨렸다. 하지만 자신과 아무 관계도 없는 일을 이야기하듯 담담히 말을 이어 갔다.

"반년 만에 시왕이 전부 욱봉의 휘하에 들어갔고……."

그는 손에 쥔 푸른 자기 잔을 느리게 돌렸다. 그러자 작은 물소리가 대청 안에 은은하게 번졌다. 잠시 후 그는 그 물의 움직임을 따르듯 느리게 화제를 돌렸다.

"멱아, 그때 무슨 일로 발을 다쳤는지 물어봐도 되겠소?"

"당신도…… 알잖아요. 망천에서 다쳤어요."

나는 그를 등진 채 우물우물 대답했다.

"아!"

그는 짧은 감탄사를 다시 뱉었다. 등 뒤로 그의 날카로운 눈빛이 느껴져 나는 더 움츠러들었다. 그래서 차마 돌아보지 못한 채 있으니 등 뒤로 그의 다정한 당부가 들려왔다.

"멱아, 기억하시오. 병을 고치는 것은 약이 3할이고 몸조리가 7할이오. 아직 당신 발은 완치되지 않았으니 정양에 특별히 힘썼으면 하오."

나는 그제야 고개를 돌려 그를 보았다. 그리고 그의 변함없이 맑은 눈동자를 들여다보았다. 그의 눈은 여전히 깊고 맑아 밤처럼 청아했다. 다만, 그의 눈동자를 보는 내 마음이 예전과 달라져 있었다. 바로 얼마 전까지만 해도 나는 그의 눈이 더없이 아름답고 깊다고

여겼다. 그런데 지금은 문득 이런 생각이 들었다.

어떤 호수에 모래와 돌이 보이지 않는다면, 그 물이 맑고 얕아서 가 아니라, 너무 깊어 바닥이 보이지 않아서 그렇다는…….

그의 눈도 그런 부류가 아닐까 하는…….

다음 날, 윤옥과 익성진군(중국 전설 속 수호신으로 천제를 보좌한다)은 중요한 정무를 논하느라 바빴다. 그리고 나는 그 틈을 노려 천계에서 빠져나왔다. 언제나처럼 염수는 폴짝거리며 나를 따라왔다. 아무리 어르고 위협해도 물기 가득한 큰 눈을 깜박거리며 나를 볼 뿐이었다. 부득불 데리고 갈 수밖에 없었다.

남천문에서 나와 1리 정도 걸었을 때 살무사 한 마리가 길바닥에 있었다. 예전이었다면 놀랐겠지만, 이제는 척 봐도 누구인 줄 알기에 걸음을 멈추고 가만히 내려다보았다. 그러자 살무사는 꼬리를 부르르 떨더니 녹색 옷을 입은 복하군으로 변했다.

그런 그를 보며 나는 속으로 개탄했다. 오늘 급하게 채비하느라 황력(黃曆, 음력과 간지, 역법 등이 적혀 있는 달력형 역술서)을 들춰 보지 않은 게 후회되어서였다. 최소한 그랬다면, 재수가 옴 붙었으니 남천문 쪽으로는 가지 말라고 황력이 권해 주었을지 모르는데 말이다.

"오랜만이에요, 멱아!"

복하군은 노호처럼 뚱뚱하지는 않지만, 키가 무척 컸다. 그런 그가 길 중간을 가로막으니 길이 막혀 지나갈 수가 없었다. 이를 어쩌나 싶어 두 걸음 뒤로 물러났지만, 복하군은 그런 내 기색은 아랑곳도 하지 않은 채 수다를 떨어 댔다.

"몇 년 못 본 사이에 더 날씬해졌네요. 바람결에 나부끼는 버들가지처럼 아름다워요. 과연 수신과 화신의 후예답네요. 아무래도《육계 미인 심층 분석집》의 개정판을 다시 내야겠어요. 먹아의 미모가 육계 제일이라 순위 조정이 필요하니까요. 아아, 정말 먹아는 독보적이에요."

"과찬이에요. 나 정도의 외모는 천계에서 차고 넘치는걸요. 복하군이야말로 대단하죠. 실로 풍류가 넘치잖아요."

복하군은 내 말이 지극히 옳다는 듯 고개를 끄덕였다.

"예, 먹아도 아는군요. 그래요. 풍류는 일종의 미덕이죠."

나는 진중하게 고개를 끄덕이며 슬그머니 하늘의 해를 보았다.

아아, 빨리 가야 하는데 복하군을 어떻게 떼어 놓지?

"복하군은 어쩐 일로 왔죠?"

"아, 그게요!"

복하군이 반색하며 입을 뗐다. 보아하니 이야기가 한없이 길어질 듯했다. 왠지 불안한 예감이 치밀어 재빨리 말을 덧붙였다.

"복하군, 풍류는 참으로 중요한 미덕이지만, 요점만 집어서 정확히 말하는 화술도 사내에게는 빼놓을 수 없는 미덕이에요. 복하군은 그 점을 잘 알 것이라 믿어요."

내 말에 복하군은 허를 찔린 표정을 했다. 그는 잠시 입을 다물며 내 눈치를 보다가 다시 입을 뗐다.

"별것은 없어요. 수신 어르신께서 돌아가신 뒤 먹아가 잘 지내나 걱정되어 보러 왔을 뿐이죠."

거기까지 말한 그는 홀연 분개하며 주먹을 꽉 쥐었다.

"그런데 그 융통성 없는 천병이 나를 안 들여보내 주지 뭐예요? 천제의 윤허 없이는 안 된다나 뭐라나! 이건 분명히 음모예요. 먹아

도 알다시피 내 풍류와 미모는 그야말로 공전절후(空前絶後) 아니겠어요? 그런 나를 천계에 들이면 자신의 존재가 바래질까 봐 천제가 투기하는 것이 분명해요."

새삼 느끼지만 복하군의 화법은 참으로 경탄할 만하다. 무슨 말로 시작해도 종국에는 애정사나 자화자찬으로 결론 나니 말이다.

"멱아, 쇠뿔도 단김에 뺀다고 했어요. 오늘 만난 김에 우리 사랑의 도피를 해요."

복하군은 내 손을 덥석 잡으며 백주부터 헛소리해 댔다. 대답해 줄 가치도 없지만, 나는 예의를 아는 신선인지라 머리 위 태양을 보며 손을 저었다.

"사랑의 도피인지 뭔지는 다음번에 해요. 나는 오늘 긴히 할 일이 있거든요."

나는 그의 손을 슬그머니 놓은 뒤 그의 옆을 싹 지나쳤다.

어서 가자. 윤옥에게 들키기 전에 서둘러야지.

"화신이 되살아났다는 소문은 나도 익히 들었죠. 마계에서 마존으로 떠받들려 살면서 기세가 등등하다더군요. 멱아, 내 충고하겠는데, 화신을 보러 갈 생각은 접어요."

무심결에 걸음이 딱 멈추고 말았다. 대놓고 마음을 드러낸 셈이라 참으로 난감했다. 천천히 고개를 돌리니 복하군이 의미심장하게 웃고 있었다.

"멱아, 내 말을 들어요. 화신은 더는 예전의 화신이 아니에요. 12년 전의 화신도 오만방자하기가 목을 비틀어 죽이고 싶을 정도였지만, 지금은 더하거든요. 오만하기가 마계를 넘어 천계의 지붕까지 뚫을 지경이죠. 천하의 시왕들도 다 화신의 신하가 되었어요. 바야흐로 마존이 되었다고요. 먹아, 화신이 어떻게 마존이 되었는지 알아요? 화신은 온갖 지독한 수단을 다 써서 마계를 피로 물들였어요. 자신에게 복종하지 않으면 가차 없이 목을 쳤죠. 오죽하면 마존이 지나간 자리에는 풀도 안 난다는 말까지 나오겠어요. 마계의 모든 이가 지금은 화신을 주인으로 모시고 있어요. 그 상황에서 당신이 마계로 가면 무슨 일이 생기겠어요? 12년 전에 자신을 죽인 당신을 화신이 가만히 두겠어요?"

복하군의 말은 틀린 데가 하나도 없었다. 그리고 나도 그것을 잘 안다. 그럼에도…….

"욱봉과 대질하겠다는 것도 아닌데 뭐 그리 험하게 말해요? 나는 그저 먼발치에서 한 번 보고 싶을 뿐이라고요."

복하군은 가련하기 짝이 없다는 듯 나를 보았다. 그러다가 문득 낮게 탄식했다.

"아아, 이럴 수가. 그 망할 홍실이 인연이 아님에도 먹아와 화신을 엮었나 보네. 아이고, 이를 어째! 먹아, 설마 화신을 사랑하게 된 거예요?"

그의 말이 미처 끝나기도 전에 내 얼굴은 차갑게 얼어붙었다. 심장이 미친 듯 뛰고 숨도 가빠졌다. 한동안 괜찮더니 또 강두술이 발작하는 듯했다.

"말도 안 되는 소리 하지 말아요."

나는 헛소리를 하는 복하군을 밀었다. 그리고 재빨리 구름을 타고 혼자 날아갔다. 구름 위에서도 심장의 질주가 멈추지 않아 날아가는 내내 가슴을 부여잡아야 했다.

* * *

　망천 기슭에 이르자마자 나는 뱃사공에게 뱃삯을 주고 올라탔다. 날아서 나를 쫓아온 염수도 나를 따라 올라탔다.

　"노인장, 나도 태워 주시오."

　이내 복하군의 목소리도 뒤에서 들려왔다. 그와 동시에 내 얼굴색이 어두워지자 눈치 빠른 뱃사공은 그에게 온화하게 말했다.

　"공자, 노부의 배는 무척 작습니다. 여기서 한 명을 더 태우면 배가 가라앉을지도 모릅니다."

　"뭐요? 노인장, 지금 나더러 돼지라는 거요?"

　복하군은 얼굴을 확 구기더니 한 다리를 내밀어 배 한쪽을 밟았다. 그런 뒤 소매를 걷고 배를 내밀었다.

　"이 단단한 팔뚝 한번 꼬집어 보시구려. 이 탄탄한 배도 만져 보고! 노인장은 대체 내 어디를 보고 뚱뚱하다는 거요? 설마 괜한 트집을 잡아 나를 우롱하는 거요?"

　복하군이 강하게 반발하자 뱃사공은 내게 난감한 눈빛을 보냈다. 그가 시선을 외면하며 대답을 회피하자 복하군은 대놓고 어깃장을 부렸다.

　"노인장, 비록 내가 노인장의 무례에 무척 화가 났지만, 나는 자비로운 미남자요. 그리고 미남자는 이런 일로 말싸움도 하지 않지. 그러니 노인장이 나를 태워만 주면, 그 대가로 이 일을 문제 삼지 않으리다."

　적반하장도 이런 적반하장이 없다. 뱃삯도 안 내려는 저 심보라니.

　뱃사공은 결국 긴 한숨을 내쉬며 고개를 끄덕였다. 아무래도 저 뱃사공도 오늘 나처럼 황력을 들춰 보지 않고 집을 나선 게 틀림없다.

마계 쪽 망천 기슭에 선 채로 나는 난감하게 미간을 찡그렸다. 염수에다 복하군까지 혹이 둘이나 들러붙어서였다. 게다가 둘 다 눈에 너무 띄었다. 염수의 청아한 자태는 누가 봬도 천계에 속해 있었다. 복하군은 말해 뭐 할까! 그는 세상에 둘이 있을 거라고는 도무지 예상되지 않는 독특한 취향의 소유자다. 머리부터 발끝까지 녹색이라니, 정말 끔찍하다.

"설마 이대로 갈 거 아니죠?"

내 말에 복하군은 '내가 어때서?' 하는 얼굴을 했다.

"지금 복하군은 너무 눈에 띄어요. 색깔이라도 어떻게 좀……."

"아, 알겠어요. 하긴 내가 육계 어디를 가도 눈에 띄는 걸출한 외모이기는 하지."

복하군은 소매를 쓱 들었다가 내리더니 여요(女妖)로 변신했다. 그 참에 염수는 개로 변신시켰다. 염수는 물에 비친 제 모습에 기겁하더니 원망이 가득한 눈으로 나와 복하군을 보았다.

나는 소매 속의 토끼 귀를 꺼냈다. 예전에 마계에 처음 왔을 때 산 것으로 요기를 띠고 있었다. 이것을 끼면 대낮에는 도저히 감출 수 없는 내 선기가 어느 정도 가려질 듯했다. 토끼 귀를 쓴 뒤에는 거기에 맞추기 위해 토끼로 변신했다.

자신의 변한 모습에 불만이 많았던 염수는 내가 토끼로 변하고서야 그나마 공평하다고 생각했나 보다. 아까보다 한결 눈빛이 누그러졌다.

"나는 내 갈 길 갈테니 각자 알아서 해요."

나는 그 말을 끝으로 즉시 날아올랐다. 그리고 검은 구름이 가득한 곳으로 향했다. 복하군이 등 뒤로 따라오는 게 느껴졌지만, 상관할 겨를이 없었다.

"먹아, 천천히 가요. 화신이 어디 사는지도 모르잖아요!"

자고로 봉황은 오동나무가 아니면 둥지를 틀지 않고, 대나무가 아니면 먹지 않으며, 맑은 물이 아니면 마시지 않는다. 게다가 나는 그의 곁에서 백 년 동안 서동으로 지내 그의 취향을 잘 안다. 물이 맑고, 오동나무가 우거지고, 봉선화가 핀 곳을 찾으면 된다.

얼마 후 내가 멈춰 선 곳은 웅장한 궁전 앞이었다. 문 상단에 현판이 걸려 있지만, 글자가 새겨져 있지 않았다.

분명 그의 궁일 것 같지만, 확신할 수는 없어 머뭇거릴 그때였다. 홀연 요괴 한 명이 대문을 열어젖히며 소리쳤다.

"마존께서 나오시니 다들 길을 비켜라!"

길 위의 요괴들이 삽시간에 길 양옆으로 비켰다. 하지만 나는 욱봉이 나온다는 말에 그만 얼어붙어 버렸다. 그 탓에 넓은 거리 한가운데에 나만 달랑 남겨졌다. 다행히 나를 쫓아온 복하군이 나를 품에 안은 뒤 요괴들 사이로 들어가 주어 위기를 모면했다.

"휴, 조금만 늦었으면 큰일 날 뻔했네."

복하군은 나를 살짝 책망하듯 보았지만, 나는 서서히 열리는 궁전 대문에만 정신이 팔린 상태였다. 다시 살아난 그를 볼 수 있다는 사실이 믿어지지 않아 가슴이 빠르게 뛰었다. 곧이어 대문이 완전히 열리자, 풍만한 몸매에 가는 허리를 지닌 여요들이 손에 금으로 만든 등을 든 채 줄지어 나왔다. 좌우에 각각 14명씩이었다. 그 뒤로는 남요(男妖)들이 나왔다.

앞선 여요들과 다르게 그들은 몰골이 흉측했다. 이렇게 끔찍한 것은 처음 보았다. 그제야 나는 그들이 나찰임을 깨달았다. 여인은 아름답고 사내는 흉측하게 생긴, 인간을 잡아먹는 악귀.

남요들까지 다 나오자, 푸른색 얼굴에 날카로운 이빨을 지닌 요수들이 보였다. 그 뒤로 검은색의 거대한 연(輦)[18]이 나왔다. 연 바퀴가 굴러가는 소리가 마치 천둥처럼 무시무시했다. 지나간 자리에는 검은 구름이 흩어지고 땅이 요동쳤다.

혈정석을 꿰서 만든 주렴이 드리워져 있어 연 안은 잘 보이지 않았다. 주렴이 흔들릴 때만 상체를 반쯤 방석에 기대 있는 사내가 살짝살짝 드러났다. 투명해 보일 정도로 차갑고 흰 피부와 우아한 봉안을 지닌 그는 바로 욱봉이었다. 검은색 장포를 입은 그는 장신구 하나 걸치지 않았는데도 보는 이로 하여금 눈을 뗄 수 없게 했다. 연 안에는 변성왕도 있었는데, 그는 욱봉의 옆에 앉아 고개를 조아린 채 무엇인가를 보고하고 있었다.

길 위의 모든 이가 감히 고개를 못 드는 상황에서도 나는 홀린 듯 그를 바라보았다. 미친 듯 뛰는 내 심장 소리가 그에게 들릴까 봐 조마조마하고, 넋을 놓은 내 얼굴이 그에게 보일까 봐 무서운데도 그를 바라보는 것 외에는 아무것도 할 수 없었다. 아니, 솔직히 말하자면, 그가 고개를 돌려 나를 한 번만이라도 봐 줬으면 좋겠다고 강렬히 바랐다.

예전에 선녀와 선고들은 늘 그가 육계 제일의 미남이라며 칭송

---

18 황제가 타는 수레로 흔히 연(輦)과 여(輿)로 구별된다. 연은 말이 끌게 되어 있고, 여는 사람이 어깨에 메고 다니는 형태이다.

해 마지않았다. 그때는 몰랐는데 오늘에야 알 것 같았다. 그는 내가 본 중 가장 아름다운 사내였다. 관옥처럼 반듯하고, 맑은 물처럼 청수했다.

거기까지 생각이 미쳤을 때 나는 세차게 고개를 저었다. 적어도 나는 이런 생각을 해서는 안 되기 때문이었다. 나는 그를 미워해야만 한다. 그를 뼛속까지 증오해야만 한다. 그를 세상에서 가장 추한 사내라고 여겨야 한다. 그게 당연했다.

그의 부모는 내 어머니를 죽음으로 몰았고, 그는 내 아버지를 살해했다. 죽기 전에 내게 지독한 저주까지 걸었다. 그러니 나는 당연히 그를 증오해야 한다. 가슴이 찢어지도록 그가 미워야 한다.

"젠장! 먹아, 당신이 정말 잘했어! 잘 죽였다고! 저놈은 죽는 게 맞아. 정말 죽었어야 했어!"

복하군의 이 가는 소리가 들려왔다. 몰랐는데 그는 내 귀에 입을 바짝 댄 채 욱봉에게 저주를 퍼붓는 중이었다. 고개를 돌려 복하군을 살피자, 그는 진심으로 짜증이 난 표정을 짓고 있었다.

"나보다 잘난 것들은 다 죽어야 해! 대체 무슨 비결이 있어서 저놈은 되살아난 뒤에 더 잘생겨졌지? 모든 이의 공분을 살 일이야! 암, 그렇고말고."

그는 그 후로도 한참을 더 투덜거렸다. 하지만 내가 내내 심드렁하게 있자, 슬그머니 화제를 돌렸다.

"연 안에 화신과 같이 있던 자는 변성왕이에요. 듣자니 저자가 화신을 마계로 빼돌려 내내 보살폈다고 하더라고요. 예전부터 변성왕이 화신과 친분이 있다는 사실은 익히 알았지만, 천제에게 반(反)할 각오까지 하고 화신을 도울 줄이야. 뭐, 어쨌든 변성왕으로서는 손해 볼 게 없는 장사였어요. 이 일로 천제의 눈 밖에 나기는 했지만, 어차피 여기는 천제의 힘이 미치기 어려운 마계잖아요. 화신은 마계의 모든 시왕을 굴복시켜 마존에 등극했으니, 지금껏 화신을 물심양면으로 도운 변성왕의 앞길 또한 탄탄대로인 셈이죠. 사실 지금 마계는 화신과 변성왕의 세상이라고 할 수 있어요. 흠, 손을 위로 뒤집으면 구름이 되고, 손을 아래로 뒤집으면 비가 되는(翻手爲雲覆手爲雨) 형국이라고 표현할 수 있겠네요. 모든 것이 화신의 뜻대로 이루어지지요.”

그즈음 나는 다시 복하군의 속닥거림에 흥미를 잃었다. 그저 멀어져 가는 연을 망연히 바라볼 뿐이었다.

“멱아, 왜 또 넋을 빼고 있어요? 방금 내가 한 말 듣기는 했어요?”

복하군이 내 귀를 잡아 늘이며 성가시게 굴었다. 여기서 반응해 주지 않으면 더 귀찮게 굴 듯했다. 그래서 무심결에 복하군의 말을 힘없이 따라 했다.

“들었어요. 변성왕과 화신이 구름을 뒤집고 비를 가린다면서요(翻雲覆雨)[19].”

돌연 주변의 요괴들이 일제히 복하군과 나를 보았다. 그들의 눈빛에는 경악이 역력했다. 나는 그들이 왜 그러는지 이유를 몰랐지만, 복하군은 아마도 아는 듯했다. 난감해하는 기색이 역력한 것을 보면 말이다.

“다들 신경 쓰지 마십시오. 이 토끼가 말을 배운 지 얼마 안 되어

---

19 앞에 나온 번수위운복수위우(翻手爲雲覆手爲雨)는 원래 ‘이랬다저랬다 하다’라는 뜻이지만, 여기서는 매사에 원하는 대로 이루어진다는 의미로 쓰였다. 해당 문구에서 몇 자가 빠진 번운복우(翻雲覆雨)는 운우지정을 나눈다는 의미이다.

오해를 종종 삽니다. 그런 의미로 한 말이 아니에요."

복하군이 나름으로 열심히 변명했지만, 요괴들의 표정은 쉽사리 풀리지 않았다. 복하군은 그런 그들의 눈치를 보며 슬금슬금 뒷걸음질했다. 그러다가 삽시간에 몸을 돌려 미친 듯 줄행랑을 쳤다.

"하이고, 나 죽네!"

망천 기슭까지 도망쳐 온 복하군은 나를 품에 안은 채 연신 헐떡거렸다. 정말 죽어라고 뛰었는지 온 얼굴이 땀이었다.

"먹아, 제발 말 좀 조심해요. 당신이 방금 얼마나 위험한 발언을 했는지 알기나 해요? 행인들도 그런 반응인데, 그 말을 화신이나 화신의 수하들이 들었다면 어쩔 뻔했어요? 목숨이 9개라도 성치 못해요!"

반성도 이유를 알아야 할 수 있는 법이었다. 나는 일단 그의 품에서 뛰어내려 원래의 모습으로 돌아왔다. 그런 뒤 그에게 진지하게 항변했다.

"복하군이야말로 왜 이래요? 나는 그저 복하군이 한 말을 그대로 따라 했을 뿐이라고요."

그러자 복하군은 미간을 찡그리며 손부채를 세게 부쳤다.

"먹아, 나는 '손을 위로 뒤집으면 구름이 되고, 손을 아래로 뒤집으면 비가 된다'고 했어요. 당신은 '구름을 뒤집고 비를 가린다'고 했고요. 둘은 일견 비슷하게 들리지만, 의미는 천양지차예요. 전자가 권력을 표현했다면, 후자는 운우지정을 표현했다고요. 먹아, 잘 기억해요. 문자는 은자(銀子)와 엄연히 다르니 아끼면 안 돼요. 자칫 길바닥에서 맞아 죽을 수도 있어요."

＊＊＊

　나는 드디어 사탕 중독에서 벗어났다. 대신 새로운 중독이 생겼다. 그날 욱봉을 본 이후로 나는 윤옥이 바쁠 때마다 이주를 따돌린뒤 혼자 마계로 갔다. 그리고 토끼 귀의 요기로 내 몸의 기운을 누른 뒤 토끼로 변신해 욱봉의 궁전 주변을 맴돌았다.

　나는 날이 갈수록 대담해졌고, 급기야 그의 궁전 안까지 들어갔다. 그로부터 허다하게 궁전 안을 드나들었지만, 그 누구도 보잘것없는 토끼를 신경 쓰지 않았다. 그런데도 욱봉을 제대로 볼 기회는손꼽을 정도였다. 수많은 요괴 호위에 늘 둘러싸여 있기 때문이었다. 그래도 나는 기쁘기만 했다. 그에게 혹시라도 들킬까 봐 두려워먼발치서 바라볼 뿐이지만, 마치 5천 년의 영력을 얻은 듯 행복해지곤 했다. 그가 연을 타고 멀리 사라지는 광경만 보아도 좋고, 그가 젓가락을 내려놓으며 몸을 일으키면 나도 같이 목을 길게 뺐다.

　그의 모든 모습이 다 좋았지만, 그중에서도 가장 좋은 건 서재 안에 있는 그였다. 밤에 공문을 읽는 윤옥과 달리 욱봉은 언제나 사시(오전 9~11시)에 공문을 읽었다. 이 시간은 윤옥이 가장 바쁠 때라 비교적 수월하게 선기궁에서 빠져나올 수 있다. 윤옥에게 들킬지도 모른다는 걱정을 그나마 던 상태로 욱봉을 훔쳐볼 수 있어 더 좋았다.

　게다가 그의 서재는 후원과 가까웠다. 비록 내 속성은 물이지만, 나는 화신의 딸이다. 꽃과 나무가 있다면 감쪽같이 그것들과 융화될 수있었다. 나는 붉은 꽃이 흐드러지게 핀 봉황목 가지 뒤에 숨어서 격자사이로 보이는 그의 창백한 옆얼굴을 홀린 듯 쳐다보곤 했다.

　조용한 서재 안에서 공문을 읽는 그의 옆얼굴은 늘 진중했다. 행

간을 짚어 가는 눈은 진지하고, 집중하는 눈썹 끝은 가끔 올라갔다. 높은 콧날, 반쯤 내리깐 시선, 가끔 비틀어지는 입술선, 이 모든 것이 어우러져 더없이 섬세한 분위기를 풍겼다. 하지만 이 섬세한 정적은 손끝으로 가볍게 찌르면 터져 버리는 물방울과 다름없는 허상이었다. 내가 예전에 알던 서오궁의 화신일 수 있는 것은 그가 서재 안에 있을 때뿐임을 나 자신이 가장 잘 알기 때문이었다.

차마 받아들이기 힘들지만, 서재 밖의 그는 무자비하고 차가운 마존이었다. 그것이 현실이었다. 그는 물이 말라 버린 깊은 우물 바닥처럼 보는 이를 섬뜩하게 하는 두 눈을 지녔으며, 북풍한설 가운데 선 빙산처럼 보는 이를 소스라치게 하는 냉기가 온몸에 흐르는 마계의 지배자였다. 자신을 따르지 않는 자에게, 반하려는 자에게 실로 모질고 잔인했다. 그가 누군가를 잔혹하게 처결하는 모습도 한두 번 본 게 아니었다. 모골이 송연해지는 그런 장면을 볼 때마다 나는 무섭다기보다 가슴이 아팠다. 그를 이렇게 몰아간 것이 꼭 나인 듯했다. 그로 인한 죄책감에 매번 가슴을 부여잡을 수밖에 없었다.

"존상(尊上)[20]께서 일전에 초강왕이 바친 두채삼추[21] 피풍을 가져오랍신다."

---

20 원래는 주인어른이라는 뜻이나, 여기서는 왕을 뜻한다.
21 斗彩三秋, 구운 청화백자 위에 다시 그림을 그려 저온에서 구워 채색을 고정하는 공예 방식으로 명나라 때 유행했다. 두채삼추는 벌과 나비, 꽃 등을 그려 넣은 두채 도자기를 뜻한다. 여기서는 두채삼추를 연상시키는 흰색 재질 위에 각종 꽃과 나비 무늬를 수놓은 형태를 의미한다.

우거진 나무 사이를 살금살금 지나가던 나는 문득 들려온 여요의 말에 걸음을 멈췄다. 오늘 사정이 여의치 않아 늦게 마계에 온지라 바로 욱봉의 침전으로 가는 도중이었다. 이 시간에 그가 서재에 있을 리 없으니 말이다. 그런데 여요의 말을 들어 보니 그가 침전에도 없을지 모른다는 생각이 들어 귀를 쫑긋 세웠다.

잠시 후 여요의 명을 받은 시종이 돌아왔다. 그는 사면이 운문으로 조각된 옥함을 가지고 돌아와 여요에게 정중히 건넸다.

"존상께서 어찌 이것을 찾으시는지요? 원래 이런 공물에는 관심을 보이신 적 없는데……."

"너 같은 시종 따위가 뭘 안다고 그딴 소리야!"

여요가 날카롭게 쏘아붙였다.

"송, 송구합니다. 소인은 그저 궁금해서……."

시종은 연신 여요에게 고개를 조아렸다. 그제야 여요는 살짝 누그러진 얼굴로 대답했다.

"지금 존상께서 우강궁에서 연회를 열고 계신 것은 알지? 그게 왜인 줄 알아? 그건 오늘이 조족 수장 수화 공주의 생일이기 때문이야. 이 피풍은 아마도 수화 공주에게 하사하실 생일 예물이겠지."

거기까지 말하던 그녀는 문득 코웃음을 쳤다.

"하, 내가 지금 이런 애 앞에서 무슨 말이 그리 많은 거람. 고작 시종 따위가 수화 공주가 누구인지 어찌 안다고."

"……방금 조족 수장이라고 하셨잖아요."

졸지에 무시당한 게 억울한지 시종이 머뭇거리며 대꾸했다. 그러자 그녀는 "이런 바보 같으니!"라고 말하며 시종의 머리에 달린 뿔을 짤짤 흔들었다.

"하여간 하나는 알고 둘은 모른다니까. 고작 조족 수장에 불과한 여인을 위해 존상께서 친히 연회까지 여실 리 없잖아. 수화 공주는 존상의 생명을 구한 은인이자, 존상의 사촌누이 되는 분이야."

여요의 말에 홀연 깨달음을 얻은 듯 시종은 작은 목소리로 조심스레 물었다.

"아, 그런 인연이라 존상께서 특히 수화 공주를 신경 쓰시는군요. 그렇다면 존상께서는 구명지은을 갚기 위해 수화 공주를 아내로 맞으실 생각이신 건가요?"

"존상께 혼인하실 의사가 있으시다면 아마도 수화 공주가 그 상대가 될 가능성이 가장 크겠지. 내가 보기에도 수화 공주가 존상의 짝으로 가장 적합해. 아아, 내가 지금 이런 물정 없는 애 앞에서 무슨 말을 하는 거람. 너는 가서 네 할 일이나 해!"

여요는 고개를 절레절레 젓더니 옥함을 들고 대문 쪽으로 걸어갔다. 아무래도 아까 말한 우강궁으로 가는 듯했다. 급히 그녀의 뒤를 밟았지만, 토끼의 다리는 너무 짧아 그녀는 금세 내 시선에서 사라졌다. 다행히 요괴 특유의 비린내 같은 요기가 감지되었다. 그 냄새를 쫓다 보니 머지않아 우강궁을 찾아낼 수 있었다.

높은 문턱을 간신히 넘자, 한 무리의 요괴들이 대문 쪽으로 오는 게 보였다. 그 선두에는 욱봉과 수화가 있었다. 그 둘이 멈춰 서자, 그들의 뒤를 따르던 요괴들도 일정 거리를 둔 채 걸음을 멈췄다. 수화는 촉촉한 눈을 들어 욱봉을 보았는데, 바람에 날리는 잎사귀처럼 가볍게 몸을 떨었다.

"화려한 연회에 친히 배웅까지 해 주시다니요! 존상의 은혜에 소녀는 감격을 금할 길이 없습니다."

욱봉은 그녀의 말에는 대답하지 않고 가볍게 손을 흔들었다. 그러자 그의 곁에 서 있던 시종이 즉시 옥함을 받쳐 올렸다. 아까 내가 본 바로 그 옥함이었다. 곧이어 욱봉이 옥함을 열자 오색찬란한 빛이 사방으로 퍼져 눈을 아프게 찔렀다. 나뿐 아니라 요괴들도 마찬가지인지 그들은 잠시 시선을 내려 그 빛을 피했다.

"존상, 이것은……?"

수화는 말도 제대로 못 이으며 옥함 속의 피풍과 욱봉을 번갈아 보았다. 반면, 욱봉은 담담한 얼굴로 함 안의 피풍을 꺼내 친히 수화의 어깨에 걸쳐 주었다. 끈을 손수 묶어 그녀의 목에 고정까지 해 주는 손길이 무척 세심하고 다정해 보였다.

"밤바람이 무척 차구나. 그냥 이것을 입고 가거라."

눈만 휘둥그레 뜬 채 말도 못 하는 요괴들을 아랑곳하지 않은 채 그는 수화의 귀에 대고 뭔가를 말했다. 그러자 수화의 얼굴이 살짝 붉어졌다. 기쁜 듯도, 부끄러운 듯도 했다. 두 눈에는 물기가 어룽져 금세 흐를 것만 같았다.

"소녀는 이만 가야겠습니다. 다들 들어가세요. 소녀의 생일을 축하해 주신 점 다시 한번 감사드립니다."

수화는 몸을 돌려 요괴들에게 예를 표했다. 그러자 요괴들은 너도나도 "별말씀을요!" 하고 겸양했다. 나는 그런 그들을 보고 있었지만, 사실상 보고 있지 않았다. 욱봉이 수화에게 피풍을 덮어 주며 한 말이 머릿속을 꽉 채워 다른 감각을 마비시켰기 때문이었다. 그는 분명히 "우리 사이에 너무 예의를 차릴 필요 없어. 그러니 마존이니 존상이니 하는 말은 굳이 쓰지 않아도 돼"라고 말했다.

"존상, 소신들도 돌아가겠나이다."

"그러시오. 오늘 와 주시어 감사했소."

다시 정신이 들어 고개를 번쩍 드니 아까 그의 뒤를 따랐던 요괴들이 줄지어 대문 밖을 나서고 있었다. 그리고 욱봉은 몸을 돌려 대청으로 다시 들어갔다. 나도 급히 그를 따라가 대청 한구석 어두운 곳을 찾아 몸을 숨겼다.

대청 안에는 요요한 음악 소리가 가득했다. 불빛은 교태롭고, 향기로운 술 냄새가 코를 간질였다. 12명의 농염한 무희들은 백옥 같은 두 다리를 드러낸 채 춤을 추었는데, 발에 묶은 금방울이 밤바람에 흩날리는 치마와 함께 낭랑한 소리를 냈다. 혼백을 유혹하는 저승사자의 주문처럼 듣는 이를 홀리는 소리였다.

천계와 달리 이곳의 대청에는 등을 거는 걸이가 없기에 아름다운 시녀들이 등을 손에 들고 있었다. 그리고 등에서 나오는, 지는 해처럼 붉은빛은 대전을 은은하게 휘감았다. 마치 얇은 비단처럼……

보좌에 앉은 욱봉은 술잔을 들어 느리게 잔 속의 술을 마셨다. 그의 양쪽에는 아름다운 여요가 각각 하나씩 앉았는데, 하나는 그에게 술을 따르고 하나는 그에게 안주를 집어 주었다. 그는 술과 안주를 천천히 맛보며 찬찬히 대청 전체를 둘러보았는데, 그러다 문득 내가 숨어 있는 한구석에 시선을 두었다. 들켰나 싶어 간이 철렁했지만, 기우에 불과했다. 그의 무심한 시선은 이내 다시 움직이더니 최후에는 안주를 집어 주는 여요에게 멈추었다.

곧이어 그는 술잔을 내려놓으며 그녀를 향해 미소를 지어 보였다. 비록 연하고 은근했지만 보는 이의 넋을 놓게 하기 충분했다. 그녀도 내 생각과 그리 다르지 않은지 놀라 어쩔 줄 몰라 했다. 온

몸에 힘이 풀렸는지 은젓가락마저 떨어뜨리더니 중심을 잃고 휘청거렸다. 욱봉이 손을 뻗어 부축해 주자, 그녀는 마치 그의 팔에 안긴 듯한 모습이 되었다.

그녀는 자신의 허리를 안다시피 한 욱봉의 눈치를 슬그머니 보았다. 욱봉이 자신을 밀어내지 않는 데 용기를 얻었는지, 은근슬쩍 그의 품에 파고들기까지 했다. 그리고 눈처럼 뽀얀 팔을 들어 그의 목을 휘감더니 그의 가슴에 얼굴을 비비며 애교를 부렸다.

"존상, 수화 공주는 이미 갔습니다. 아직도 밤은 유장하니, 소녀가 존상을 모실 수 있게 해 주시어요."

비록 욱봉의 입꼬리는 아찔하게 휘어졌지만, 그의 눈빛은 여전히 차가웠다. 그래서 이 웃음이 허락인지는 알 수 없었다. 하지만 그의 다리에 올라앉기까지 하는 그녀의 머리를 부드럽게 쓰다듬어 주는 것을 보면 그녀의 이런 행동이 싫지는 않은 듯했다.

그녀와 욱봉의 모습을 잠자코 지켜보던 나는 홀연 한 가지 사실을 깨달았다. 그가 한때는 내 머리도 저렇게 쓰다듬어 주었다는 것을 말이다. 우연히 떨어진 버들개지를 떼 주며, 혹은 달라붙은 버들개지가 없어도, 그는 저렇게 내 머리를 쓰다듬기를 좋아했다.

당시의 나는 그가 그러는 게 싫어서 머리를 흔들며 피하곤 했다. 그럴 때마다 그는 "여기에 또 버들개지가 있어. 내가 떼 줄게. 움직이지 마"라고 말했다.

당시를 떠올린 순간, 내 가슴에는 통렬한 후회가 소용돌이쳤다.

나는 왜 몰랐을까? 그 눈빛이, 그 손길이, 거기에 함께 흐르는 은은한 정이 너무나 귀하고 소중했다는 사실을!

단전부터 밀려온 격통이 심장을 저미고, 입 안에 쓴맛이 가득 고

여 토하고 싶어지던 그때였다. 애교가 가득 실린 여요의 말이 또 귀에 파고들었다.

"존상은 신성한 피가 흐르는 존귀한 분이세요. 가히 육계의 으뜸이라고 할 수 있지요. 만약 소녀가 그런 존상을 단 하룻밤이라도 모실 수⋯⋯."

"뭐?"

욱봉이 돌연 눈썹을 올리며 여요의 말을 끊었다.

"신성한 피가 흐르는 존귀한 분이라고?"

"예, 존상의 풍채, 존상의 능력을 저희는 모두 흠모한답니다."

아무래도 방금 한 말로는 자신의 마음이 다 표현되지 않았다고 여긴 듯했다. 그녀는 손을 들어 내가 숨어 있는 대청 한구석을 손가락으로 가리켰다.

"저런 미천한 토끼마저도 존상을 흠모해 마지않잖아요. 그것만 봐도 존상이 얼마나 대단하신 분인지 충분히 입증할 수 있지요."

'뭐지? 들켰나?'

간이 철렁 내려앉아 얼른 도망치고 싶었다. 하지만 욱봉의 날카로운 시선이 닿자, 도망은커녕 숨도 쉴 수 없게 되었다. 그저 나를 보고만 있을 뿐인데도 소덕진군의 금종에 갇힌 듯 꼼짝도 할 수 없었다.

"너는 저 토끼가 나를 흠모하는지 어찌 아느냐?"

그는 내게 시선을 떼지 않은 채 여요에게 한 자 한 자 느리게 물었다.

"저 토끼는 대청에 들어온 이래로 내내 쪼그리고 앉아 존상만 보았어요. 존상을 흠모하기에 그러는 것 아니겠어요?"

그녀는 반갑지 않은 사족까지 덧붙였다.

"예전에 존상의 궁에서도 소녀는 저 토끼를 자주 보았어요. 그때도 저 토끼는 존상만 바라보았고요."

그녀의 말을 듣자마자 기둥에 머리를 박고 싶은 심정이 되었다. 지금껏 나는 내가 누구에게도 들키지 않았다고 생각했다. 그런데 그건 순진하기 짝이 없는 착각이었다. 알고 보니 내 행적은 이미 예전에 발각되었으며, 요괴들은 알면서도 나를 봐주었다. 고작 토끼일 뿐이니 대수롭지 않다고 여겨서 말이다. 꿩이 머리만 숨기고도 자신의 몸을 다 숨겼다고 생각하는 것이나 다름없는 바보짓을 한 셈이었다.

"그래? 나는 몰랐는데……."

욱봉의 대답에 나는 안도의 숨을 내쉬었다.

그래, 요괴들에게 들키면 좀 어떤가! 욱봉만 내 존재를 눈치 못 챘으면 된 거지.

하지만 금세 의문이 치밀었다. 그전까지는 못 봐서 그랬다 치지만, 지금은 왜 나를 못 알아보지? 욱봉 정도의 영력을 지닌 대신이 고작 마계 시장바닥에서 파는 토끼 귀로 선기를 누른 내 정체를 모를 리 없지 않은가?

그렇게 멍해져 있던 그때였다. 욱봉에게 애교를 부리던 여요가 갑자기 술법으로 소매를 길게 늘여 삽시간에 나를 휘감아 붙들었다. 그런 뒤 자신에게로 쭉 끌어당겼다.

"존상, 이것 좀 보세요. 작고 귀엽지요. 매일 온갖 정사에 바쁘시어 이런 것을 볼 일이 아마 잘 없으실 거예요."

그녀는 나를 손바닥 위에 올려놓고는 욱봉의 눈앞에 더욱 가까

이 들이밀었다. 나는 그런 그녀 때문에 혼절하기 일보 직전이었다.

"존상, 게다가 이 녀석은 토끼 중에서도 유달리 예쁘답니다. 잡털 하나 없이 밤 서리처럼 하얗고 곱지요. 선기가 하나 없는데도 이리 곱기란 실로 드문 일이거든요. 월궁항아의 옥토끼라고 해도 믿겠어요."

그러자 욱봉은 눈썹을 쓱 올리며 손을 내밀었다.

"이리 줘 보아라."

이러다가 정말로 들킬 듯해 너무너무 무서웠다. 수증기로 변해 도망쳐야겠다고 생각했지만, 또 한발 늦고 말았다. 여요가 나를 그에게 건네기도 전에 그가 내 토끼 귀를 움켜쥐고는 집어 올렸기 때문이었다.

그는 잔뜩 얼은 나를 유심히 살폈다. 마주한 그의 눈에는 작은 파란 하나 없었다. 그런데도 검이 뭔가를 쏭덩쏭덩 베는 살벌한 소리가 들리는 듯했다.

생명의 위협을 느낀 나는 급히 몸을 버둥거렸다. 그의 손에서 어서 빠져나가고 싶었다. 하지만 토끼의 귀는 토끼의 몸에서 가장 약한 부분이었다. 거기를 붙들려 있었기에 아무리 저항해도 소용이 없었다. 게다가 그는 내가 몸부림을 치면 칠수록 내 귀를 더 세게 쥐었다. 눈물이 찔끔 날 정도로 아프고 마음은 더 괴로웠다. 그는 내 귀를 뽑아 버릴 기세였다.

"존상, 이 토끼를 소녀에게 주시면 아니 될까요? 소녀가 키우고 싶어요."

여요는 욱봉의 팔에 손을 얹으며 교태를 부렸다. 그 순간, 나는 울컥 화가 치밀었다.

싫다. 그건 죽어도 싫다. 이 여요에게 키워지느니, 차라리 욱봉의 무시무시한 시선을 감당할 것이다.

"세상에 널린 게 토끼다. 군이 이 토끼를 기를 이유가 있느냐?"

"예쁘잖아요. 이렇게 눈에 물기가 가득한 토끼는 처음……."

미처 말을 맺지도 못한 채 여요는 기겁했다. 그러고는 황급히 욱봉의 몸에서 내려와 바닥에 머리를 조아렸다.

"존상, 소녀가 죽을죄를 지었습니다. 부디 한 번만 너그러이 용서해 주십시오. 소녀는 결코 고의로 '물'이라는 말을 입에 올린 것이 아닙니다. 다만 소녀는…… 소녀는……."

나는 욱봉에게 귀를 잡힌 채로 그녀와 욱봉을 번갈아 보았다. 그녀는 사시나무처럼 떨었고, 욱봉은 짙게 가라앉은 눈으로 그녀를 보았다. 그제야 나는 그의 눈이 검은색이 아니라 짙은 붉은색임을 깨달았다. 너무 붉어 되레 검은색으로 보인 것이었다.

"괜한 생각은 하지 마라. 이 녀석은 길들일 수 없으니 말이다. 네가 아무리 마음을 다해서 보살펴도, 언제 너를 해칠지 모를 일이다."

욱봉의 말에 여요는 슬그머니 고개를 들었다. 그러고는 전혀 이해할 수 없다는 표정으로 그를 보았다.

"존상, 토끼란 자고로 순한 동물입니다. 맹호도 아닌데 어찌 소녀를 다치게 하겠습니까?"

"순하다고?"

비록 반문하듯 말했지만, 그 어투에는 비웃음과 멸시가 가득했다. 그제야 나는 그가 내 아버지를 죽인 원수라는 사실을 새삼 떠올렸다. 그러자 그것을 뻔히 알면서도 그를 되살린 나 자신이 너무나 한심하고, 나를 붙들어 모욕을 주고 있는 그에게 격심한 울분이 치

밀었다.

그 후 내 행동은 온전히 본능에 의한 것이었다. 나는 온몸의 힘을 다 쥐어짜 버둥거렸고, 그 반동을 이용해 지척에 있는 그의 얼굴 어딘가를 있는 힘껏 깨물었다. "꺅!" 하는 여요의 비명이 들렸지만, 그것은 한없이 멀게만 들렸다. 내가 그나마 정신이 든 것은 옥봉이 나를 바닥에 세게 내팽개쳤을 때였다.

"맹호만 누군가를 상하게 하는 게 아니다. 이렇게 힘없고 작기만 한 토끼도 능히 그럴 수 있지. 보는 이를 방심하게 해서 말이야. 오히려 이런 게 더 끔찍한 법이다."

얼음이 뚝뚝 떨어질 듯 차갑게 말하며 그는 나를 노려보았다. 내가 방금 물어뜯은 부위가 미간인지, 거기서부터 흐른 피가 그의 콧잔등을 따라 흘렀다. 그것을 멍하니 바라보고 있으니 유엽빙도에 찔린 그의 가슴에서 떨어지던 피가 자연스레 떠올랐다. 혼례복 위로 피어나던 피의 꽃도 떠올랐다. 종국에는 나를 보던 그의 절망적인 눈빛이 내 숨통을 세게 그러쥐었다.

나는 일시에 눈앞이 아득해졌다. 아까까지만 해도 도망치고 싶었는데, 이제는 그러지도 못하는 상태였다. 어떻게 도망쳐야 할지, 어디로 도망쳐야 할지 도무지 알 수 없었다.

그런 나를 노려보는 그는 흐르는 피를 닦을 생각도 하지 않았다. 그러다가 돌연 헛웃음만 터뜨렸다.

"저 토끼는 죽어 마땅합니다. 만 번 죽어도 지당합니다. 저 요망한 것을 들인 소신들도 달게 벌을 받겠사옵니다."

기겁한 요괴들이 일제히 땅에 이마를 박으며 외쳤다. 하지만 그는 여전히 내게 시선을 떼지 않은 채 느리게 말했다.

"정말로 그리 생각하느냐? 만 번 죽어도 마땅하다고?"

"예, 그렇습니다. 당장 저 토끼를 끌어내 능지처참하겠습니다."

"끌어낼 필요 없다."

그는 다시금 느리게 대꾸한 뒤 고개를 조아린 요괴들에게 명했다.

"지금 당장 이 토끼의 털을 뽑고, 사지를 토막 내라. 그런 뒤에는 불에 얹어 쪄 버리고."

"예!"

요괴 몇이 황급히 몸을 일으켰다. 그들은 금세 장작을 모아 모닥불을 피웠다.

"지금 뭐 하는 것이냐? 이것은 요물이다. 이런 것이 속세의 불에 타 죽겠느냐?"

그는 코웃음을 치며 내 귀를 도로 붙잡아 집어 올렸다.

"삼매진화[22]를 피워라."

"예, 존상!"

그들은 이내 삼매진화를 피워 올렸다. 곧이어 삼매진화는 대청 천장까지 닿을 듯 사납게 일렁거렸다.

"존상, 소신에게 주십시오. 소신이 이 요물을 삼매진화에 던져 처리하겠습니다."

누군가가 욱봉에게 말하자, 그는 느리게 고개를 끄덕였다. 그때 그의 코끝에 맺혀 있던 피가 바닥으로 떨어졌다. 그는 뭔가를 상기나 한 듯 입매를 굳히더니 돌연 나를 절절 끓는 삼매진화로 가차 없

---

22 三昧眞火, 삼매란 말은 산스크리트어 '사마디히'에서 유래했으며 오랜 수행 끝에 정신적으로 높은 경지에 이른 것을 뜻한다. 여기서는 요괴나 선인도 태울 수 있는 특수한 불을 의미한다.

이 집어 던졌다. 그의 몸짓에는 조금의 머뭇거림도 없었다.

삼매진화의 뜨거운 열기가 나를 휘감자 나는 눈을 질끈 감았다. 하지만 열기의 고통은 잠깐이었다. 잠시 후 달려든 축축한 무엇인가가 나를 집어삼킨 덕분이었다. 이게 뭔가 싶어 의아했지만, 내 의문은 그리 길게 이어지지 않았다.

"염수다!"

누군가가 경악해 소리쳤다.

"천제의 염수야! 어찌 이런 일이!"

누군가가 또 소리쳤을 때 나는 눈을 힘겹게 떴다. 과연 그들의 말대로 염수가 나를 입에 물고 있었다. 염수는 빛처럼 빠르게 대청에서 빠져나갔고, 곧장 날아올랐다.

"뭐 하는 거야! 당장 저 염수를 잡아!"

"저 토끼는 마존을 상하게 한 죄인이다. 도망치게 두면 안 돼!"

염수의 입에 물린 채 덜렁거리며 나는 힘없이 뒤를 돌아보았다. 욱봉을 보고 싶은데 붉게 타오르는 삼매진화만 보였다. 그 순간 둑이 터진 듯 눈물이 쏟아졌다.

제13장

　윤옥은 고개를 떨군 채 내 손에 약을 발라 주고 있었다. 잠시 후 그는 내 옷소매를 어깨까지 올렸는데, 그 통에 삼매진화에 덴 화상 자국이 고스란히 그의 눈앞에 드러났다. 생각보다 더 심한 상처에 놀란 나는 황급히 소매를 끌어 내리려고 했다. 하지만 그는 내가 그러지 못하게 힘으로 저지했다.

　"훗!"

　너무 아파 절로 비명이 나왔지만, 이를 악물어 참았다. 내가 아픈 기색을 드러내면 낼수록 윤옥이 더 화를 낼 것을 알기 때문이었다. 과연 예상대로 윤옥의 미간은 깊게 패고, 입가는 딱딱하게 굳어졌다. 평소와 달리 약을 바르는 손길도 거칠었다. 너무 아파 눈물이 맺혔지만, 내가 지은 죄가 있으니 항의 한 번 할 수 없었다.

　"먹어……."

　약을 다 바른 뒤에야 그는 입술을 달싹여 내 이름을 불렀다. 하지만 그게 끝이었다. 하고 싶은 말이 넘치는 듯한 표정과 달리 그의 입술은 도로 굳게 다물렸다. 그는 그저 아까보다 더 가라앉은 안색으로 몸을 일으켰고, 곧장 문 쪽으로 걸어 나갔다.

　"윤옥!"

　나는 다급히 달려가 그의 옷소매를 붙들었다. 하지만 그게 다였

다. 본능적으로 그를 붙들기는 했지만, 그를 붙잡아 무슨 말을 하고 싶었는지도 알 수 없었다.

"저어……."

"됐소. 차라리 아무 말도 하지 마시오."

그는 고개도 돌리지 않은 채 내 말을 냉랭하게 잘랐다. 그 후 눈앞으로 지나가는 구름처럼 가볍게 탄식했다.

"어떤 일은 모르는 편이 낫지. 내막을 알수록 더 큰 상처를 받기도 하니까."

윤옥은 느리게 시선을 내려 내 손이 붙든 그의 소매를 보았다. 그러더니 듣는 이의 가슴이 아플 정도로 처량하게 속삭였다.

"놔 주시오."

윤옥의 말에 따라 소매를 놓자 그는 내게서 몸을 돌렸다. 그는 그 자리에 멍하니 서 있었고, 나는 그런 그를 보기가 힘겨워 몸을 돌렸다. 하지만 미처 두 걸음을 떼기도 전에 등 뒤로 맑은 바람이 불었다. 곧이어 그는 나를 제 쪽으로 돌렸고, 그의 손은 내 허리에 휘감겼다.

"멱아……."

어느새 두 몸이 바짝 밀착되어 있어 그의 심장이 격하게 뛰는 소리가 선명하게 들렸다.

"멱아, 이러지 마시오. 부디 내게 당신의 뒷모습을 보이지 마시오. 그럴 때마다 정말로 미칠 것 같으니!"

평소와 같은 담담한 음성이 아니었다. 그 안에 실린 절박함이 욱봉과는 다른 느낌으로 내 심장을 헤집었다.

"나는 늘 당신이 돌아오기만 기다렸소. 그리고 지금도 기다리고 기대하오. 비록 당신의 마음이 딴 곳에 있다고 해도 내가 끈기 있게 기다리고 늘 당신을 행복하게 해 준다면, 언젠가는 당신이 나를 봐 줄 날이 올 거라고. 당신을 향한 내 진심에 답해 줄 거라고. 그런데 당신은 어찌 이리도 나를 돌아봐 주지 않소? 삼매진화에 던져지던 그때조차도 내게 돌아올 생각은 하지 않았던 거요? 설마 이런 꼴을 당하고도 놈을 사랑하오? 그렇게도 놈이 포기가 되지 않소?"

윤옥의 끝말에 나는 불에 댄 듯 소스라쳤다. 그래서 그의 팔을 세게 떨치고는 그를 올려다보았다.

"대체 무슨 이상한 소리를 하는 거예요! 나는 욱봉을 사랑한 적 없어요. 아버지를 죽인 원수를 어떻게 사랑할 수 있단 말이죠? 나는 욱봉을 뼛속까지 저주해요! 증오한다고요!"

홀연 한기가 치밀었다. 내 머릿속에서부터 시작된 그것은 삽시간에 온몸으로 번졌다. 손가락 끝까지 뻣뻣해지는 느낌에 나는 황급히 팔을 교차해 내 몸을 안았다. 이렇게라도 하지 않으면 이 한기가 내 몸의 온기를 모두 없애 버릴 것만 같았다.

"그만해요! 그만하라고요! 나는 그저 강두술에 걸렸을 뿐이에요. 당신도 잘 알잖아요. 지금 나는 온전한 정신이 아니라고요! 왜 당신까지 욱봉을 사랑하느니 뭐니 하는 소리를 하면서 나를 혼란스럽게 하는 거……."

미친 듯 쏟아내던 말을 나는 갑자기 멈췄다. 나를 보는 윤옥의 눈동자에 짙게 밴 좌절감 때문이었다.

"강두술이라고? 그렇게 따지면 나도 당신이 건 강두술에 걸려 있소. 당신이야말로 왜 내게 건 강두술을 풀어 주지 않는 거요?"

윤옥은 침통하게 고개를 떨구었다. 곧이어 처량하고 서늘한 실소

가 방 안에 울려 퍼졌다.

"그러니 안 되오. 당신이 나를 놓아줄 수 있다고 해도 내가 그리 못 하오. 당신이 나 아닌 누구를 사랑한다고 해도 나는 당신을 영원히 놓아줄 수 없소."

✽✽✽

삼매진화에 타죽을 뻔한 후로 나는 한동안 마계에 가지 않았다. 죽음이 두려워서는 아니었다. 그저 나를 향한 증오밖에 없는 욱봉을 마주하기가 너무 힘겨웠다. 욱봉뿐 아니라 윤옥과도 만나지 않았다. 그가 나를 보는 슬픈 눈빛을 차마 직시할 수 없어서였다.

하지만 예전처럼 멍하니 시간을 허비하지는 않았다. 나는 수신이고, 수신의 책무를 이행해야 하기 때문이었다. 선관들은 며칠에 한 번씩 속세의 인간들이 수신에게 바라는 바를 정리해 기록한 서책을 수신에게 바친다. 오늘이 바로 그 날이기에 나는 신중히 서책을 읽고 있었다. 가뭄에 논바닥이 말라붙는다며 제발 비를 내려 달라는 간절한 소원이 서책 가득 적혀 있었다.

"갑자기 왜 한숨을 쉬세요?"

내 곁에 서서 차를 따라 주던 이주가 고개를 갸웃거렸다.

"그냥…… 문득 그런 생각이 드는구나. 인간들은 바라는 바가 있으면 우리에게 비는데, 우리는 바라는 바가 있어도 빌 데가 없다는……."

내 말에 이주는 별 시답잖은 소리를 다 듣는다는 표정으로 나를 보았다.

"빌 데가 왜 없나요? 우리에게는 천제 폐하가 계시잖아요. 바라는 바가 있으면 천제께 청하세요. 자비로우신 천제께서는 분명 수신님의 청을 들어주실걸요."

이주는 숭배해 마지않는 얼굴을 하며 허공을 바라보았다. 아마도 윤옥을 떠올리나 보다. 그런 그녀가 살짝 어이가 없어 허를 차자, 이주는 냉큼 항변했다.

"수신님, 어찌 그러세요? 소인은 사실을 말했을 뿐이라고요."

"사실이라고? 그게 사실인지 네가 어찌 아느냐?"

내가 실소하며 되묻자, 이주는 정색했다. 그리고 억울한 이를 위해 서슴없이 칼을 뽑아 든 협객처럼 내게 충고했다.

"수신님, 소인이 무례를 무릅쓰고 감히 말씀드리는데 그 말씀은 정말 아닌 듯해요. 천제께서 지금껏 수신님을 어찌 대하셨어요! 다른 이는 몰라도 수신께서는 아셔야지요. 그것을 모르신다면 수신께서 너무 배……. 아니, 무심하신 거예요."

나는 다시 피식 웃고 말았다. 평소 이주의 말투나 행실을 보면 나를 주인으로 생각은 하나 싶은데, 인제 보니 자신이 내 시비라는 자각은 있는 모양이다. 차마 배은망덕하다고는 말 못 하고 무심하다고 돌려 말하니 말이다.

"그래, 그래. 네 말이 옳아. 옳다마다."

더는 이주를 상대하고 싶지 않아 나는 다시 서책으로 시선을 돌렸다. 하지만 이주의 잔소리는 여전히 그치지 않았다.

"수신님, 말이 나온 김에 드리는 말씀인데, 인제 그만 좀 폐하를 애태우세요. 이미 해야 했던 혼인이 여즉 미뤄지고 있잖아요. 조족 수장도 근일 혼인한다는 이 판국에 보좌에 계신 천제 폐하의 옆자

리가 비어 있다는 게 어디 말이나 되나요?"

불현듯 간담이 서늘해졌다. 책장을 넘기던 손을 멈추며 나는 고개를 들었다.

"수화 공주가 혼인한다고? 대체 누구와?"

그 상대가 누군지 이미 확신함에도 나는 질문을 던졌다. 한줄기 요행을 바라는 어리석은 마음의 발로였다. 그러자 이주는 얼굴색이 싹 변하더니 내 질문과 딱히 상관없는 대답을 했다.

"수화 공주가 혼인하는 게 뭐가 중요한가요. 어차피 조족의 일인데요. 수신님, 남의 집 일에 신경 쓰지 마시고, 천제 폐하의 체면을 우선으로 생각해 주세요. 천후의 자리는 실로 귀하고 중한 자리예요. 하루라도 비어 있으면 안 된다고요! 그런 자리가 수신님 탓에 벌써 12년째 공석인데 천제께 송구하지도 않으세요?"

이주가 이렇게까지 말을 돌리는 것을 보면 수화의 혼인 상대는 욱봉이 분명했다. 어쨌든 유엽빙도로 내가 그를 죽인 이후로 천계에서 화신 욱봉은 일종의 금기어가 되어 버렸으니 말이다.

「금멱, 화신을 사랑하느냐?」

목단 장방주의 말이 머릿속에서 메아리처럼 울렸다.

「아아, 이럴 수가. 그 망할 홍실이 인연이 아님에도 멱아와 화신을 엮었나 보네. 아이고, 이를 어째! 멱아, 설마 화신을 사랑하게 된 거예요?」

복하군의 말이 온몸을 경련하게 했다.

「설마 이런 꼴을 당하고도 놈을 사랑하오? 그렇게도 놈이 포기가 되지 않소?」

윤옥의 한탄이 간담을 서늘하게 했다.

아니, 그것보다 더 나를 힘겹게 하는 것은 내 마음 깊은 곳에서 아우성치는 내 안의 소리였다.

'금멱, 너 제정신이야?'

'금멱, 놈은 아버지를 죽였어! 살부지수라고!'

'정신 차려. 뉘 혼인하든 말든 너와는 아무 상관도 없다고!'

어떻게? 이런 일이 어떻게 가능해?

나는 삽시간에 황망의 끝을 달렸다. 그래서 종국에는 이를 악물며 결심할 수밖에 없었다.

그래, 한 번만 더, 마지막으로 한 번만 더 욱봉을 보자. 그리고 이 마음이 그저 강두술에 조정되어 갈피를 못 잡은 이유로 말미암았을 뿐 결코 사랑이 아님을 나 스스로 증명해 보이자.

그래, 그렇게 하자. 반드시 그렇게 하자.

윤옥이 연등고불[23]과 불경을 논하러 서천으로 간 날을 틈타 나는 다시 마계로 갔다. 그리고 글자 없는 현판이 달린 그의 궁전에 몰래 숨어들었다.

이미 늦은 밤이라 침전에 있으리라 여겨 바로 그곳으로 가려고 했다. 하지만 문득 웅성거리는 소리가 나서 저도 모르게 발걸음을 멈추었다. 고개를 돌려 살피니 침전으로 이어지는 복도 중간에 욱봉과 요괴들이 서 있었다. 그는 많이 취했는지 연신 비틀거렸고, 그런 그의 뒤를 따르는 요괴들은 전전긍긍했다. 보다 못한 여요가 그

---

23 燃燈古佛, 석가모니가 부처가 되기 전에 장래에 그가 부처가 될 거라고 예언한 부처로, 정광불이라고도 한다. 연등고불이 태어났을 때 몸 주변의 빛이 등과 같아 그런 이름이 붙여졌다고 한다.

를 부축하려고 다가갔지만, 그에게 거칠게 밀쳐졌다.

"내 몸에 손대지 마라. 죽고 싶지 않으면…….."

그는 살벌하게 이를 갈더니 손에 든 술병을 입에 가져다 대고 쭉 들이켰다. 하지만 이내 미간을 찡그리며 술병을 바닥에 집어 던졌다. 그에 놀란 주변의 요괴들은 복도 바닥에 납작 주저앉아 고개를 조아렸다.

"이것은 계화주가 아니지 않으냐! 나는 분명 계화주를 가져오라 명했건만 어찌 이따위를 가져왔느냐!"

그가 거칠게 소리치자 요괴들은 사시나무처럼 떨며 어쩔 줄 몰라 했다.

"다들 주저앉아 뭐 하는 있는 것이냐! 당장 계화주를 대령하라는 내 말이 들리지 않느냐?"

"……존, 존상. 외람되오나 지금 드신 술이 계화주입니다. 명부에서 가장 좋은…….."

그중 한 명이 덜덜 떨면서도 사실을 고했다. 곧이어 욱봉의 눈썹이 심상찮게 올라갔다.

"그래? 이게…… 계화주라고?"

욱봉은 방금 말한 요괴를 내려다보며 끝 음을 길게 늘였다. 그러자 그녀는 즉시 대꾸했다.

"아닙니다, 존상. 계화주를 대령하겠습니다."

그제야 욱봉은 만족스럽게 입꼬리를 올렸다. 그러고는 비틀비틀 갈지자로 복도를 지나 침전으로 들어갔다. 잠시 후 침전의 문이 닫히고서야 고개를 조아리고 있던 요괴들은 가슴을 쓸며 일어났다.

요괴들이 모두 흩어지자, 나는 재차 사방을 둘러보며 보는 눈이 없는지를 살폈다. 예전처럼 바보같이 들키면 안 되기 때문이었다. 그리고 정말 아무도 없음을 확신했을 때 수증기로 변해 그의 침전 안으로 스며들었다.

그는 입은 옷 그대로 휘장이 겹겹이 쳐진 침상에 드러누워 있었다. 어지간히 취하기는 했는지 비단신마저 벗지 않았다. 백옥에 금을 상감한 비녀는 바닥에 떨어져 있고, 그 탓에 풀어진 검은 머리카락은 폭포수처럼 침상과 맞닿은 바닥까지 늘어져 있었다.

마치 폐인 같은 모습에 묘하게 가슴이 아파 그의 곁으로 다가간 그때였다. 침상 가장자리에 삐져나온 그의 손이 눈길을 끌었다. 의식이 없는 상태에서도 그 손은 뭔가를 잡으려는 듯 자꾸만 헛주먹을 쥐었다. 하지만 잡히는 것은 허공뿐이기에 무력하게 미끄러지기만 했다. 그런데도 애타게 시도하는 긴 손가락이 하얗게 질려 있었다.

그 손이 이상할 정도로 안쓰러웠고, 그 손을 잡아 주고 싶어졌다. 그래서 원래 모습으로 변하려고 하는데 문밖에서 옷자락이 끌리는 소리가 났다. 별수 없이 다시 모습을 바꾸어 과일 접시 위에 올라앉았다.

문을 열고 들어온 이는 아름다운 시녀 둘이었다. 그중 한 명은 술병을 들고 있었는데 아까 말한 계화주인 듯했다. 한 시녀가 탁자에 술병을 조심스레 내려놓는 동안, 한 시녀는 욱봉의 침상 가까이 다가갔다. 원래는 이불을 덮어 주려는 의도였던 듯하지만, 그녀는 낮은 한숨과 함께 다시 뒤로 물러났다. 혹시나 욱봉이 깨어나면 경을 칠까 봐 두려운 듯했다.

"흡!"

이미 입 밖으로 나온 비명을 억지로 삼키는 듯한 소리가 방 안에 울려 퍼졌다. 그러자 침상 맡에 있던 시녀가 기겁하며 뒤를 돌아보았다.

"조용히 해! 존상께서 깨시면 어쩌려고!"

시녀는 조용히 다른 시녀에게 다가가 낮게 경고했다. 하지만 그 시녀가 가리킨 손가락을 따라 시선을 옮겼을 때는 그녀 못지않게 기겁했다. 그녀들은 즉시 손가락이 가리킨 곳인, 과일 접시가 놓인 탁자로 다가왔다. 그때 침상의 욱봉이 몸을 뒤집으며 "끄응" 하는 소리를 내자 그들은 기겁하며 침전 밖으로 뛰쳐나갔다. 대체 왜 저러나 싶어 귀를 기울이니 작게 소곤거리는 소리가 들렸다.

"저기 포도가 왜 있어? 감히 누가 존상의 침전에 포도를 갖다 놓았냐고! 존상께서 가장 싫어하는 과일이 포도인데! 대체 누군지 모르겠지만, 내일 아침 당장 목이 날아갈 거야."

포도? 아까 접시 위에는 포도가 없었는데?

잠깐 의문이 일었지만, 수정 접시에 비친 내 모습을 확인해 보니 앞의 상황이 이해가 되었다. 아까 황망 중에 그만 예전의 진신으로 변신한 것이었다.

이제야 알게 된 사실인데 그가 가장 싫어하는 과일은 포도였다. 그래, 당연하다. 나라도 그의 처지면 그럴 것이다. 그것을 다 인정함에도 씁쓸한 웃음이 나왔다. 바람에 이리저리 처량하게 흔들리는 찢긴 종이 등(燈)이 된 듯한 기분이었다.

"으······ 으으······."

바로 옆에서 그의 낮은 신음이 들렸다. 놀라 돌아보니 그는 짜증이 가득한 얼굴로 옷섶을 헤치고 있었다. 아마 열이 나서 잠결에 그러는 듯했다. 이제 소리는 내지 않지만, 입술을 자꾸만 달싹거렸다.

비록 그가 깰까 봐 겁났지만, 그를 걱정하는 마음이 더 컸다. 그래서 원래의 모습으로 바꾼 뒤 얼른 가까이 다가갔다. 예전에 그가 취하면 어찌 되는지 본 적 있기에 그가 쉽사리 깨지 않으리라는 계산도 염두에 있었다.

그런데 막상 가까이 다가가니, 모든 게 엄두가 나지 않았다. 거추장스러운 옷을 벗겨 줄 수도, 잔뜩 찡그린 미간을 쓰다듬어 펴 줄 수도 없었다. 그저 멍하니 쪼그려 앉아 그를 바라만 볼 수밖에 없었다.

'목단 장방주의 말대로, 복하군의 말대로, 윤옥의 말대로……. 내가 욱봉을 사랑하는 걸까?'

감히 입 밖으로는 낼 수 없는 말을 마음으로 되뇐 순간, 나는 부르르 몸을 떨었다.

'아니야. 그럴 리가 없어. 그들의 말대로 내가 정말로 욱봉을 사랑했다면 내가 어떻게 욱봉을 죽일 수 있어? 이 모든 것은 욱봉이 내게 건 강두술 때문이야. 그것 때문에 내가 이상해졌을 뿐이야.'

마음속으로 강하게 부정하며 나는 그와의 기억을 하나하나 짚어 보았다.

나는 그의 서동으로 일하며 그와 백 년간 아침저녁으로 함께했지만, 한 번도 그를 좋아한다고 느낀 적이 없었다. 그 후 수백 년 동안에도 그는 나를 향한 마음을 표현하는 의미심장한 말을 무수히 많이 했지만, 그의 말에 마음이 동한 적도 없었다. 그는 내게 수없이 입을 맞추었고, 나와 그는 심지어 몸까지 섞었지만, 그런 상황에서도 내 마음은 이전과 다를 바 없었다. 그는 나를 자신의 마음에 두었다고 했지만, 나는 단 한 번도 그를 내 마음에 둔 적이 없다.

그랬던 내가 내 손으로 죽여 버린 그를, 그가 죽고서야 사랑하게 되다니! 이거야말로 우습고 어이없는 일 아니겠는가. 정말이지 그건 말도 안 된다. 게다가 그는 곧 수화와 혼인하니 나와 그는 정말로 완벽한 남남이 되어 버린다.

그를 사랑하지 않았던 예전을 떠올리며 나는 내 감정을 부인하려고 애썼다. 하지만 그것은 헛된 몸부림에 불과했다. 그를 죽인 후 내가 어떻게 살았는지는 내가 가장 잘 알기 때문이었다. 살아 있지만 산 것이 아니었고, 차라리 죽는 편이 낫다 싶을 정도로 괴로웠다.

이게 사랑이 아니면 도대체 무엇이 사랑이란 말인가! 사랑이 아니라면 욱봉으로 인해 어찌 이리도 괴로울 수 있단 말인가!

치열한 감정의 소용돌이에 휘말려 어지럼증까지 느끼던 그때였다. 돌연 그가 눈을 반쯤 뜨더니 먹처럼 검은 눈으로 나를 올려다보았다. 하지만 이내 다시 눈을 감았다.

놀라서 몸을 일으켰던 나는 안도하며 가슴을 쓸어내렸다. 생각해 보면 그는 예전에 토지묘에서도 이랬다. 일견 멀쩡해 보이지만, 실은 술에 잔뜩 취해 어디까지가 현실이고, 어디까지가 꿈인지 구별하지 못했다. 계속 입술을 움찔거리지만, 소리로 바꾸어 입 밖으로 내지 못하는 것도 그가 심하게 취했다는 증거였다.

그 후로, 나는 차분히 그의 입 모양을 관찰했다. 뭔가 불편하니 잠결에서도 자기가 바라는 바를 말하려고 애쓰는 듯해서였다. 처음 몇 번은 짐작도 가지 않았지만, 반복해서 보니 알 수 있었다. 그는 분명 '목말라'라고 말하고 있었다.

그가 말하고자 하는 의미를 인식하자, 몸이 먼저 반응했다. 나는 즉시 잔을 만들어 물을 채웠다. 그런 뒤 한 손으로는 그의 목덜미를 받치고, 나머지 한 손으로는 잔을 기울였다. 그의 입에 물을 흘려 넣어 주기 위해서였다. 그때, 예상치 못한 일이 벌어졌다. 욱봉이 얇은 입술을 완고하게 닫아 버린 것이었다. 그래서 물이 입에는 안 들어가고 그의 턱을 따라 헛되이 흘러내렸다. 입술 사이로 잔 테두리를 비집어 넣어도 보았지만, 소용없었다.

이를 어쩌나 싶었지만, 사실 방법이 없지는 않았다. 다만 내 마음을 자각한 뒤라 그 방법을 쓰기가 민망해 망설이고 있을 뿐이었다. 그렇게 내가 주저하는 사이 그는 입술을 몇 번이나 달싹였다. 바짝 마른 입술이 안쓰러워 견딜 수가 없었다.

어쩔 수 없이 그의 입술에 내 입술을 붙여 예전에 했듯이 혀를 내밀어 그의 입술과 다물린 치열을 벌렸다. 그 후, 잽싸게 물을 머금고는 그의 입술이 또 닫히기 전에 그의 입술에 내 입술을 다시 붙여 물을 입 안으로 흘려 넣었다. 그렇게 몇 번을 반복하자, 찻잔의 물은 어느새 반 이상 줄어 있었다.

"이제는 됐으려나?"

작게 중얼거리며 찻잔을 다시 탁자에 내려놓았을 때였다. 그의 눈썹이 파르르 떨리더니 아까와 같은 입 모양을 되풀이했다. 술이 확실히 과하기는 했나 보다. 이리도 갈증을 느끼다니!

어쩔 수 없이 나는 다시 물을 머금고는 그의 입술 위로 내 입술을 기울였다. 그런데 갑자기 그의 혀가 내 입 안으로 치밀고 들어왔다. 기겁해서 물러나려고 했지만, 그의 혀가 내 혀를 휘감자 온몸에 힘이 쭉 빠졌다. 짙은 계화주의 향이 유재지에서의 그날처럼 나를 몽롱하게 취하게 했다. 입 안의 물이 전부 계화주로 변한 듯한 착각마저 일었다.

급작스러운 취기에 몽롱해진 사이 그의 손이 올라와 내 뒤통수를 붙들었다. 손바닥의 서늘한 냉기에 정신이 번쩍 들었기에 그의 가슴을 밀며 몸을 일으키려고 했다. 하지만 그의 다른 손이 이미 내 등을 단단히 붙든 후라 도망칠 수도 없었다. 벗어나려고 몸부림칠수록 우리 둘의 옷만 흐트러질 뿐이었다.

상황이 상황인지라 어쩔 수 없이 독한 마음을 먹었다. 그가 깨어나든 말든, 깨어나서 나를 죽이든 말든, 고함치고 때려서라도 그의 팔을 풀려고 했다. 하지만 내 호기로운 결심은 열매를 맺지 못했다. 옷섶이 풀려 훤히 드러난 그의 가슴에 새겨진 2촌 길이의 상흔이 내 시선에 선명하게 박혀 와서였다.

그것은 단순한 상흔이 아니었다. 그것은 내가 그를 죽였다는 생생한 증거이자, 나의 천형이었다. 그 상흔은 나를 옴짝달싹 못 하게 옭아맸을 뿐 아니라 온몸이 갈기갈기 찢어지는 듯한 격통까지 일으켰다.

나 자신도 결코 제어하지 못하는 눈이 젖어 들었다. 제멋대로 뻗어 나간 손은 서러운 상흔을 더듬었다. 그래서 그가 손에 힘을 줘서 내 앞섶을 찢어 버린 것도 깨닫지 못했다. 비단 단추가 사방으로 튀는데도 그것을 인지하지 못했다.

허리를 더듬던 그의 손가락이 척추를 따라 위로 올라갔다. 내 어깨의 선을 더듬으며 움직이다가 마지막에는 내 가슴을 움켜쥐었다. 그의 손 아래서 뛰었다가 다시 멈추기를 반복하는 내 심장 소리가 내 귀에 선명하게 들려왔다. 그 순간 기이할 정도로 온몸이 달아올랐다.

침상에 등을 붙인 그가 고개를 조금 들어서 나와 한층 얼굴을 가까이했다. 계화주 향이 가득한 숨결이 감지되자, 눈앞이 아득해졌다. 그는 몸에 힘을 주어 나를 안은 채 뒹굴었고, 어느새 나는 그의 아래에 깔려 버렸다.

그를 밀쳐야 했지만, 그럴 수 없었다. 이미 나는 취해 있어서였다. 계화주에 취했는지 그에게 취했는지는 알 수 없지만, 그 어느 쪽이든 의미는 없었다.

자연스레 이른 결론은 나를 본능에 의지해 움직이게 했다. 나는 타는 듯한 입술을 핥으며 그의 목덜미를 안았다. 그리고 그에게 홀린 듯 입을 맞췄다.

단단하게 맞물려 있던 입술이 떨어진 뒤에도 그는 내 몸 곳곳에 입 맞추고, 뜨겁게 어루만졌다. 마치 겁화와 같은 행위는 내 마음을 사정없이 미혹했다. 나는 내가 무슨 행동을 하는 줄도 인식하지 못한 채 그의 등을 꼭 당겨 안고, 그의 다리에 내 다리를 휘감았다. 그를 온전히 내게 구속하고 싶은 충동에 사로잡힌 탓이었다. 그러자 그는 날카로운 탄식을 뱉으며 나를 으스러지게 끌어안았다.

그때부터 우리는 태어나 지금까지 한 번도 떨어진 적 없는 존재처럼 하나로 뒤엉켰다. 생과 사의 단절을 모르는 듯, 사랑과 한(恨) 사이의 의혹 한 점 없는 듯, 그가 없다면 나도 없는 듯.

그와 하나가 되었을 때는 온 세상이 정적에 휩싸였다. 마치 칠현금 연주가 일시에 멈춘 듯했다. 그러다가 치열한 전장의 한가운데 떨어진 듯 북소리와 뿔피리 소리, 말발굽 소리, 군사들의 함성이 울려 퍼져 내 귀를 아프게 때렸다. 종국에는 해일이 밀려들어 나를 철저히 수장시키려 들었다. 하지만 나는 두렵지 않았다. 되레 나를 휘감은 거친 해일에 온전히 몸을 맡긴 채 기쁘게 녹아들었다. 그와 온전히 함께하는 이 순간이 죽음이라면, 죽음조차 기꺼이 감수할 수

있을 듯했다.

나는 땀에 푹 젖은 채 그의 가슴 위에 겹쳐 누워 있었다. 내 손가락은 그의 상흔에 닿아 있었고, 나는 내내 그 상흔을 쓰다듬었다. 그럴 때마다 가슴이 미어질 듯 아픈데도 차마 멈출 수가 없었다.

"……."

그가 다시 입술을 달싹였다. 여전히 소리를 내지는 않아 입 모양을 유심히 살펴보았다. 과연 아까와 같은 말을 하고 있었다. 또 목이 타서 저러는구나 싶어 물을 먹이려고 했는데, 그가 돌연 내 입술을 피해 고개를 틀었다. 그러더니 다시 입술을 달싹여 이번에는 입모양이 아닌 소리로 의사를 표현했다.

"수…… 화(穗禾)."

머리 위로 벼락이 떨어진 듯 거센 충격에 숨조차 제대로 쉴 수 없었다. 나는 덜덜 떨며 손으로 귀를 가렸다.

나는 아무것도 듣지 않았다. 아무것도…….

「어떤 일은 모르는 편이 낫지. 내막을 알수록 더 큰 상처를 받기도 하니까.」

언젠가 윤옥이 한 말이 머릿속을 어지럽게 분탕질했다. 그는 목마르다고 한 게 아니었다. 그저 내내 '수화[24]'를 불렀을 뿐이었다.

그는 수화 때문에 취했다. 수화 때문에 상심했다. 수화를 그리워했다. 그래서 나를 안고 입을 맞추었다. 나를 수화로 착각했기에.

---

24 穗禾는 '목마르다'라는 의미의 중국어 '水喝'와 발음이 비슷하고 발음 시 입 모양도 거의 유사하다.

나는 황급히 몸을 일으켰고 떨리는 손으로 옷섶을 모았다. 자꾸만 눈앞이 흐려져 왜 이러나 했는데, 눈물이 가득 고여 그런 거였다. 결국, 의관을 정제하는 일은 포기하고는 침전 밖으로 뛰쳐나갔다. 그리고 변신해야 한다는 사실도 잊은 채 밤을 헤치며 내달렸다.

실성한 듯 달렸지만, 길은 지겹게도 길었다. 끝도 보이지 않았다. 내달리는 내 등 뒤로 귀신들이 쫓아오는 게 느껴졌다. 내 껍질과 살, 뼈도 남기지 않을 기세였다.

나는 뛰고 뛰고 또 뛰었다. 내가 날 수 있다는 사실도 잊었다. 내가 신선이며, 귀신은 감히 손도 댈 수 없는 선체(仙體)임도 망각했다.

그러다가 돌연 통렬한 현실을 깨달았다.

나는 강두술에 걸린 게 아니었다.

그저 그를 사랑했을 뿐이었다. 내 아버지를 죽인 원수를…….

그 자각은 실로 잔인하고 가혹했다.

나로 하여금 세상 어디로도 숨을 수 없게 만들었으니 말이다.

하룻밤을 꼬박 달려, 나는 무성한 수풀에 이르렀다. 정신을 차렸을 때는 차가운 비석 앞에 엎드려 있었다. 고개를 들어 확인하니 아버지의 분묘였다. 속세의 때가 절대로 범접할 수 없을 듯 깨끗하기 그지없던 아버지의 옷과 닮은……. 그제야 나는 내가 달려온 곳이 수경 안임을 깨달았다.

"도도?"

뿌옇게 흐려진 눈앞에 붉은 그림자가 어른거렸다. 고개를 드니, 노호의 둥근 배가 보였다. 내 얼굴을 보자 그는 대경실색했다.

"도도, 이 무슨 일이냐? 왜 여기서 울고 있어?"

그는 눈물로 범벅이 된 내 얼굴을 실로 신기하다는 듯 보았다.

"지나는 길에 수신 어르신의 묘에 잠시 들러 향을 올리러 왔기 망정이지. 하마터면 네가 우는 진풍경을 못 보고 갈 뻔……."

노호는 미처 말을 맺기도 전에 얼굴색이 하얘졌다.

"허억! 울어? 천하의 도도가 울어? 이, 이게 무슨 경천동지할 일이래? 이, 이봐. 홍홍(紅紅)! 나는 빨리 집에 가서 짐부터 싸야겠어. 이건 화계가 망할 징조야."

그는 제 옆의 소년에게도 급히 권했다.

"홍홍, 화계는 아무래도 오래 못 버틸 듯하니 자네도 원래 자네가 살던 천계로 돌아가게. 비록 과거에 안 좋은 감정이 남아 있어도 어쨌든 지금의 천제와 자네는 숙질간 아닌가. 가족끼리 하룻밤을 넘기는 원한이 어디 있는가!"

"흥!"

노호의 말에 붉은 옷을 입은 소년은 대차게 코웃음을 쳤다.

"자네가 말 안 해도 내가 알아서 갈 생각이었네. 자네도 알다시피 내가 은혜를 모르기로는 천하제일인 철면피가 실로 꼴 보기 싫어 여기에 오지 않았는가! 그런데 오늘에 이르러 그 철면피가 여기에 와 있는데 내가 어찌 이곳에 있을 수 있겠는가!"

알고 보니 그는 천계에서 12년째 자취를 감춘 월하선인이었다. 그를 마주할 엄두가 나지 않아 나는 여전히 고개를 숙인 채 눈물만 뚝뚝 흘렸다. 그러자 아까 질겁하며 뒷걸음질했던 노호가 다시 내게로 다가왔다. 그는 허리를 굽혀 나를 살피며 조심스레 물었다.

"도도야, 혹시 누가 네 영력을 훔쳐라도 갔느냐?"

계속 눈물이 목을 막아 나는 그의 물음에 대답할 수 없었다.

"설마 그 물고기 꼬리의 용 천제가 네가 선위에 오르는 데 반대라도 하는 것이야?"

내가 여전히 대답하지 못하자, 노호의 얼굴은 숫제 창백해졌다.

"설마 그 용도 폐위되었느냐? 그래서 네 뒷배가 없어진 것이야? 아이고, 실로 큰일이구나. 너는 천계에서만 살아 잘 모르겠지만, 홍홍의 둘째 조카 녀석이 얼마 전에 마계의 패왕이 되었어. 네가 뒷배를 잃었다는 사실을 놈이 알면 반드시 너를 잡아 지옥으로 데리고 갈 텐데 어쩌면 좋으냐. 네가 아직 견식이 좁아 잘 모르겠지만, 지옥은 실로 끔찍한 곳이야. 18층의 끔찍한 지옥과 10명의 잔인한 시왕, 칼산과 기름 솥이 있지. 우두마면[25], 이매망량[26], 무상귀[27]는 또 어떻고! 그것들 모두 추하기 이를 데 없어. 너 같이 간이 작은 애는 기름 솥에 던져져 볶이기 전에 놈들 얼굴에 놀라 죽을 거야. 아아, 정말 세상일은 알다가도 모르겠구나. 한때 천계의 화신이자, 홍홍의 조카였던 녀석이 어찌 그리 흉물스러운 것들과 어울려 마계의 왕으로 사는지."

"지금 무슨 헛소리를 하는 거야! 우리 욱봉이 어디가 어때서!"

월하선인이 드물게 목소리를 높이며 노호에게 화를 냈다. 그러자 노호는 억울하다는 듯 우물거렸다.

"이봐, 홍홍. 입은 삐뚤어져도 말은 제대로 하라는 말이 있네. 아닌 것은 아닌 거지. 그동안 자네는 둘째 새 조카만 너무 편애하는

---

25 牛頭馬面, 지옥의 순찰과 죄인의 압송을 담당하는 귀신을 뜻한다. 소의 머리를 지닌 것이 우두 귀신, 말의 머리를 지닌 것이 마두 귀신이다. 사람일 때 부모에게 불효한 이가 죽어 그리 변한다고 한다.
26 魑魅魍魎, 산속의 요괴와 물속의 괴물 등 온갖 도깨비를 가리키는 말
27 無常鬼, 사람이 죽을 때 와서 그 사람의 영혼을 거두어 간다는 저승사자

경향이 있었어. 내가 보기에는 자네의 둘째 새 조카보다는 첫째 용 조카가 훨씬 나아."

"제대로 알지도 못하면서 뭔 개소리야! 지금부터 또 그런 개소리를 해 봐. 내 당장 월궁에 가서 옥토끼를 풀어 버릴 테니까."

그들의 입씨름이 바로 옆에서 벌어지는데도 내 귀에는 멀게만 들렸다. 바닥이 가늠되지 않는 어두운 절망만이 가득해 나는 그저 서러운 눈물만 계속 쏟을 수밖에 없었다.

"아이고, 이 피 좀 봐라!"

노호가 기겁하더니 꽉 쥔 내 손가락 열 개를 하나하나 억지로 폈다. 손톱이 손바닥에 깊이 박혔던 터라 내 손바닥에는 피가 흥건했다.

"세상에, 이렇게 피가 날 정도로 세게 주먹을 쥐면 어쩌하냐! 나 원, 뜬금없이 수신 어르신의 묘 앞에서 울고 있지 않나! 이렇게 피를 보지 않나! 네가 왜 이러는지 나는 도무지 그 이유를 모르겠구나."

노호는 내 손을 따스하게 잡아 주며 나를 근심스레 보았다. 그제야 나는 고개를 들어 그를 보았다. 그리고 눈물범벅이 된 얼굴로 내가 이리 울 수밖에 없는 이유를 털어놓았다.

"노호, 저 아무래도 욱봉을 사랑하나 봐요. 아, 아니. 욱봉을 사랑해요. 아버지를 죽인 원수인데도 이 마음을 거둘 수가 없어요."

내 말에 노호는 제 머리를 옥토끼가 집어삼킨 듯 기겁했다. 그는 황급히 내 손을 떨치더니 뒤로 두 걸음 물러섰다. 그는 마치 귀신이라도 대면한 듯 나를 보았다.

"그, 그럴 리가……. 아, 아니다. 그건 있을 수 없는…… 일이야. 도도야, 진정하고 잘 생각해 봐라. 절대로 그런 마음이 아닐 게다.

네게는 그런 마음이 생길 수가 없어."

"사랑? 허, 내 살다 살다 그런 가당찮은 궤변은 처음이네!"

내내 그림처럼 뒤에 서 있기만 했던 월하선인이 내 앞으로 다가왔다. 곧이어 그는 나를 호되게 질책했다.

"네게 양심이라는 게 있다면 너는 감히 욱봉을 사랑한다는 말을 입에 올려서는 안 된다. 네 마음에 욱봉이 먼지만큼이라도 들어와 있었다면 12년 전에 네가 그런 악랄한 수법을 썼을 리 없으니 말이다. 우리 욱봉이는 수화와 혼인하라는 천후의 명을 거스르면서까지 너만 사랑하고 아꼈느니라. 그리고 네가 역모를 꾀한 죄인과 혼인하는 것을 막기 위해 하루라도 빨리 윤옥의 역모 증거와 역도들을 발본색원하려고 동분서주했지. 주도면밀한 윤옥 그놈은 대부분 신선이 방심한 혼례식 날에 군대를 이동시켜 역모를 일으키려 했지만, 욱봉도 이에 철저히 대비하고 있었어. 각 군에 간자를 심어 감시하고, 휘하 천군들이 언제든 역도들을 제압할 수 있도록 경계를 늦추지 않았단 말이다. 그런데 네가 망쳤느니라. 욱봉이 백만 천병보다 믿었고, 온 마음으로 지키고 싶어 한 바로 네가! 세상 모두가 자신을 배신해도 너 하나만은 자신을 믿으리라 여겼던 네가 알고 보니 가장 큰 배신자였어!"

월하선인은 노기가 등등한 눈으로 나를 노려보았다. 그는 수천수만 번 나를 질책해도 모자란다는 표정을 짓고 있었다.

"……월하선인, 그러지…… 마세요. 월하선인께서도 아시잖아요. 욱봉은…… 제 아버지를…… 돌아가시게 했어요. 자식이 되어 어찌 아버지의 원수를 두고 볼 수 있나요?"

나는 울면서 더듬더듬 그에게 호소했다.

"그래, 알려진 사실은 그렇지. 하지만 욱봉이 선대 수신을 죽였다는 명확한 증거가 있으면 어디 한번 말해 보려무나! 그 현장을 목격한 자도 내 앞에 대질시켜 봐! 그렇게 할 수 있다면 나도 네 말을 믿어 주지. 나는 욱봉이 선대 수신을 죽였다는 말을 절대로 인정 못한다. 나는 그 애가 태어났을 때부터 그 애를 지켜봤어. 욱봉은 절대로 그럴 애가 아니야. 그래, 좋다. 네 말대로 정말 욱봉이 선대수신을 죽였다고 치자. 그래도 그렇지, 어떻게 유엽빙도로 욱봉을 찔러 죽일 수 있었던 거냐? 다른 이도 아닌 서리꽃이자 수신인 네가! 유엽빙도의 위력을 가장 잘 아는 네가 말이다. 유엽빙도는 욱봉의 화기와 상극이니 그걸로 욱봉을 찌르면 욱봉의 육신은 물론 혼백까지 다 흩어져 완전히 소멸할 것임을 진정 몰랐더냐? 세상 사람 전부가 원수를 갚겠다고 다 그 상대를 죽이지는 않는다. 그 죄에 따른 합당한 벌을 받게 하는 때도 많아. 게다가 방금 너는 네 입으로 직접 욱봉을 사랑한다고 하지 않았더냐? 네가 진정 욱봉을 사랑했다면 아무리 욱봉을 살부지수로 생각했어도, 유엽빙도로 욱봉의 육신과 혼백들을 모두 멸하는 잔인한 수법까지는 쓰지 않았을 거다. 그러니 너는 욱봉을 사랑한 적 없느니라. 내 경고하는데 다시는 그 알량한 입으로 사랑이라는 말을 올리지 마라. 역겹기 짝이 없으니."

월하선인의 말은 구구절절 옳았기에 나는 반박의 말 한마디도 하지 못한 채 울먹이기만 했다. 그때 내가 어찌 그리 모질 수 있었는지, 대체 뭐에 씌어 그의 내단에 유엽빙도를 꽂아 넣었는지 도무지 알 수가 없었다.

"하긴 뭐, 너만 탓할 일도 아니구나. 욱봉도 한심하기 짝이 없어.

너처럼 모질고 악독한 것에게 마음을 주었으니 말이다. 이제라도 정신을 차리고 수화와 혼인한다니 참으로 잘되었지. 의도는 아니었지만, 너를 이곳에서 우연히 보게 되니 새삼 예전의 한심한 짓거리가 떠올라 나도 괴롭구나. 너란 아이를 제대로 알지도 못한 채 너와 욱봉을 이어 주려고 했으니 말이다. 욱봉이 한때 죽은 데에는 내 실책이 크다."

월하선인은 고개를 저으며 혼잣말했다. 나를 보며 하는 말이 아닌데도 그의 말 하나하나가 나를 비수처럼 찔렀다.

"말도 안 돼. 이런 일은 있을 수가 없어. 도도야, 이건 뭔가 잘못된 거니 우리 빨리 목단 장방주를 찾아가서 알아보자꾸나. 너는 운단을 삼켰기에 사랑도, 정도 느낄 수 없어. 이건 분명 뭔가 잘못된……."

횡설수설하던 노호는 일순간 기겁하며 말을 끊었다. 하지만 이미 입에서 나온 말을 주워 담을 수는 없었다.

"운단? 무슨 운단?"

월하선인은 사납게 노호를 노려보며 그를 다그쳤다. 하지만 노호는 고개를 쩔쩔 저으며 강하게 부정했다. 그런 그를 보고 있자니 불길한 예감이 뭉게뭉게 피어올랐다.

"응? 운단? 그게 뭔데? 나는 그런 말 한 적 없다네. 흥흥, 알고 보니 자네는 눈뿐만 아니라 귀까지 가물가물하구면."

"내 귀가 가물가물한 정도가 아니라 아예 귀머거리라도 방금 자네 목청이면 다 들리고도 남거든! 당장 토설해! 대체 무슨 운단이기에 사랑도 정도 못 느낀다는 거야!"

월하선인은 노호의 멱살을 세게 붙들며 거칠게 추궁했다. 노호는 그를 떨치고 도망가려고 버둥거렸지만, 소용없었다. 몸은 소년이라

도 월하선인은 천계에서 손꼽히는 대선이었다. 소소한 당근 신선 따위가 어찌 진지해진 그를 대적할 수 있겠는가.

"붉은색 나무 구슬이었어요. 염주 알 같아 보이는⋯⋯."

나는 아버지의 비석 앞에 무릎을 꿇고 앉은 채 멍한 목소리로 대답했다. 그러자 노호는 월하선인에게 멱살을 잡힌 채 나를 돌아보았다.

"헉, 도도! 네가 어찌 그걸? 대체 어느 방주가 너에게 그것을 알려 주었더냐?"

노호는 그럴 리 없다는 눈빛으로 나를 보았다.

"아닌데. 그중 하나라도 너한테 그 이야기를 해 주었으면 지금처럼 24 방주가 멀쩡히 살아 있을 리 없는데⋯⋯."

"방주님들은 무고해요. 그냥 제 눈으로 봤을 뿐이에요. 12년 전, 제 눈앞에서 욱봉의 혼백이 흩어질 때 피와 구슬을 같이 토해 냈거든요."

"이런 망할⋯⋯! 어찌 이런 액운이 다 있지?"

월하선인의 아귀힘이 좀 줄었는지, 노호는 힘없이 다리를 꺾으며 바닥에 주저앉았다. 그는 망연자실한 표정으로 허공을 올려다보았다.

"화신님, 이를 어쩌면 좋습니까? 도도가 운단을 토하고 말았습니다. 모든 게 물거품이 되고 말았어요!"

그때였다. 월하선인이 정말 부아가 터진 얼굴로 노호의 어깨를 쥐고 흔든 것은.

"계속 이렇게 뜻 모를 소리만 해 댈 거야? 내 이 일을 결코 좌시할 생각이 없으니 죽고 싶지 않으면 냉큼 토설해! 옥토끼 한 마리로 모자란다면 한 만 마리쯤 풀어 이곳을 옥토끼로 다 채울 수도 있어. 사방이 옥토끼로 변한 이곳에서 과연 살아나갈 수 있을지 한 번쯤 시험해 보고 싶다면 계속 이렇게 변죽만 쳐 대던가!"

월하선인의 말은 진심이었다. 그것을 알아챈 노호는 질겁했다.

"말할게. 말한다고! 그러니 그런 끔찍한 말은 하지도 말게. 하지만 이 일은 나도 훔쳐 들었을 뿐이니 정확하지는 않네."

노호는 짧은 목을 아예 어깨에 붙인 채 충혈된 내 눈을 보았다. 그러다가 더는 안 되겠다는 듯한 체념의 표정을 지으며 우물우물 말했다.

"방금 내가 실언한 대로 도도는 태어나자마자 운단을 먹었어. 그 운단은 절정단으로 일단 그것을 삼키면 일평생 사랑을 느끼지 못하게 되지."

"절정단? 말도 안 돼. 노호, 나는 월하선인이야. 인연을 잇는 일만 십만 년 넘게 했단 말일세. 그런 나도 처음 들어 본 운단이 어찌 이 세상에 있을 수 있단 말인가!"

월하선인이 강하게 반발하자, 노호는 낮게 한숨을 쉬었다.

"물론 자네로서는 그렇게 생각할 수 있지. 하지만 그 제조자가 두 모원군이시라면?"

"두모원군께서?"

월하선인은 낮게 되묻더니 힘없이 고개를 끄덕였다.

"그래, 그분이라면 가능할 수도 있겠군. 그분이라면……."

월하선인이 수긍하자, 노호는 다시 말을 이어 갔다.

"당시 화신님은 선대 천제를 사랑했지만, 선대 천제는 천위에 오르기 위해 화신님을 버리고 조족 공주였던 천후를 택했지. 이에 절

170 / **171**

망해 슬픔에 잠겨 있던 화신님을 위로하고 곁을 지킨 이가 수신 어르신이었다네. 두 분 사이의 정은 부지불식간에 쌓이고 또 쌓였고, 화신님은 어느덧 수신 어르신을 마음에 두게 되셨지. 이미 화신님을 연모하셨던 수신 어르신이 이에 기뻐하신 건 당연했고 말일세. 그 두 분은 영원히 함께하시기로 했지만, 또 어찌 알았겠는가! 수치도 모르는 탐욕스러운 선대 천제가 그 두 분을 갈라놓기 위해 수신 어르신과 풍신을 강제로 혼인시킬 줄 말일세. 비록 수신 어르신의 행복을 위해 그분을 풍신에게 억지로 떠밀어 보냈지만, 화신님은 이미 수신 어르신의 혈육을 품고 계셨고 수신 어르신의 혼례식 날, 도도가 태어났지. 화신님은 천후에 의해 원신이 훼손되어 도도를 더는 키우실 수 없었기에, 도도에게 운단을 먹이는 쪽을 선택하셨네. 사랑을 느끼는 감정이 봉인되면 도도가 자신처럼 사랑의 감정에 휩쓸려 괴로울 일도, 힘겨울 일도 없을 거라 여기셨지. 사랑을 느끼지 못하면 강해지고 자유로워질 거라 믿어 의심치 않으셨어."

월하선인은 기가 막혀 말도 안 나온다는 듯 "허!" 하는 소리만 냈다. 그러다 문득 정신을 차리며 다시 노호를 다그쳤다.

"뭐라고? 그렇다면 다들 그 일을 다 알면서도 일이 이 지경이 될 때까지 방치했던 것이야? 자네도, 24 방주도? 다들 실성이라도 했나? 이런 엄중한 일을 어찌하여 지금껏 숨겼어!"

"하이고, 자네야말로 물정 없는 소리 하지 말게. 우리라고 뭐 지금껏 속이 편했던 줄 아나? 나야 훔쳐 들은 거라 쳐도 24 방주는 선대 화신의 임종 시 맹세를 했단 말일세. 이 일을 누설할 시 원신을 스스로 멸하겠다고. 그리 독한 맹세를 했는데 누가 감히 이 일을 누설할 수 있단 말인가. 24 방주는 주군의 명을 몇천 년간 충실히 지켰네. 선대 화신께서 명한 대로 도도를 수경 안에 가둬 두고 내내 도도를 지키며 만 년 동안 겁을 피하게 하려고 밤낮으로 애썼어. 그런데 누가 알았겠나? 두모원군의 운단조차도 사랑이라는 독하디독한 감정을 끊을 수 없고, 누군가를 향해 마음이 움직이는 것을 막지 못한다는 사실을 말일세."

노호는 실로 애처롭다는 눈빛으로 나를 돌아보았다.

"도도야, 너는 진심으로 그 새를 사랑했구나. 운단까지 토해 낼 정도로. 인간에게 각자의 운명이 있듯이, 신선들도 마찬가지지. 이 모든 게 운명이구나. 피할 수 없는 운명……."

그제야 사랑을 강두술로 오인한 이유를 알게 된 나는 허탈하게 웃었다. 마치 실성이라도 한 듯 웃음이 멈추지 않아 계속 웃기만 했다.

하지만 인제 와서 이게 다 무슨 소용인가.

그는 내 아버지를 죽였고, 나는 그를 죽였다. 내 비록 운단을 토해 내가 그를 사랑한다는 사실을 깨달았지만, 그는 더는 나를 사랑하지 않는다. 아니, 이제는 나를 죽이지 못해 안달이 났다. 그리고 곧 수화와 혼인한다.

"도도야, 어디로 가는 것이냐?"

힘겹게 몸을 일으켜 비틀비틀 걸어가니 등 뒤에서 노호가 나를 급히 불렀다.

어디로 가느냐고?

그러게 나는 어디로 가고 싶은 걸까?

적어도 내가 갈 수 있는 곳이 수경이 아니라는 사실만은 확실

했다. 욱봉을 사랑하는 나는 아버지의 무덤 앞에 설 자격이 없는 탓이었다. 염치가 없어도 유분수지 내가 무슨 면목으로 아버지와 마주한단 말인가!

거기까지 생각이 미치자, 이 거대한 육계 안에서 내가 갈 수 있는 곳은 천계밖에 없었다.

그 사실은 나를 지독히 절망하게 했다.

내가 막 선기궁 대문 안으로 들어섰을 때 이주는 선사로 보이는 누군가에게서 무엇인가를 받아 드는 참이었다.

"그것은 무엇이냐?"

원래는 이런 일에 관심이 없지만, 사신의 복장을 한 사내가 건네는 그 무엇인가가 붉은색이었다. 그래서 그냥 지나칠 수가 없었다. 가슴이 불안하게 뛰어 그것의 정체를 확인하지 않으면 견딜 수가 없을 듯했다.

"저어, 수신…… 그, 그것이."

이주는 어쩔 줄 몰라 하며 머뭇거렸다. 그래서 나는 드물게 엄한 눈으로 사내를 보았다.

"천제께 올려야 하는 중요한 것이라면 굳이 내 시비에게 전하지는 않을 테니 그것은 내게 왔구나. 그렇다면 내가 그 내용을 확인해도 무방하고. 내 말이 맞느냐?"

내 엄한 어투에 놀랐는지 이주는 움찔거리며 뒤로 물러섰다. 사내 또한 내가 예를 표한 뒤 즉시 내게 다가와 손에 쥔 것을 공손히 바쳤다. 붉은색의 그것은 예상대로 청첩장이었다. 붉은 비단 위에 비익조[28]가 연리지[29]를 휘감은 모습이 수놓아져 있고, 날짜에는 금박을 씌웠다.

'다음 달 보름? 이렇게 급히 혼인하는 건가?'

나는 손가락을 가볍게 청첩장 위로 쓸어 보았다. 그러자 금분이 가볍게 날려 바람 속에 흩어졌다. 그 모습을 보고 있자니 다시금 눈물이 울컥 치밀었다.

그 후로도 오랫동안 나는 멍하니 허공만 올려다보아야 했다.

다음 날, 요즘 들어 더욱 바빠진 윤옥이 모처럼 시간을 내어 나를 찾아왔다. 그는 오늘따라 유달리 별빛이 아름다운 은하수로 데리고 가서 하늘 가득한 별을 보여 주었다.

"멱아……."

눈부신 별들을 보면서도 별다른 감흥이 없이 멍해져 있던 나를 그가 문득 불렀다.

"멱아, 아직 당신에게는 내가 있소. 그리고 당신의 마음을 얻을 기회가 아직 남았다는 사실도 나는 믿어 의심치 않는다오."

그의 의미심장한 말에 나는 고개를 들었다. 별의 바다를 밟고 선 그는 실로 아름다웠지만, 나는 돌연 우울해졌다. 내 마음을 얻을 기회가 아직 남았다는 그의 말이 너는 결국 나와 혼인하게 되어 있으니 네 운명에 순응하라는 말로 들려서였다. 그의 겉모습은 실로 온화하지만, 나는 그의 완고함을 익히 알고 있다. 그는 오늘 반드시

---

28 비익조는 암컷과 수컷의 눈과 날개가 하나씩이어서 짝을 짓지 못하면 날지 못한다는 상상의 새이며, 부부의 아름다운 사랑을 의미한다. 그리움, 애틋함, 우정을 상징하기도 한다.
29 뿌리가 다른 나뭇가지가 서로 엉켜 마치 한 나무처럼 자라는 희귀한 현상이다. 남녀 사이 혹은 부부애가 극진한 상황을 비유한다.

내 대답을 받아 낼 각오로 나를 이곳에 데리고 왔음이 분명했다.

"멱아, 속세의 눈이 곧 녹을 듯하오. 봄이 온다는 징조지. 우리 내년 봄에 혼인하는 게 어떻소?"

그의 청혼에 나는 문득 이런 말이 떠올랐다. '처지를 바꿔 생각하면 매사가 순조롭다'라는.

"예, 좋아요."

윤옥은 숨이 멈출 정도로 놀란 듯했다. 하지만 이내 화사하게 웃으며 나를 꼭 끌어안았다.

"고맙소, 멱아. 정말…… 고맙소."

그의 품에 안긴 채 나는 속으로 생각했다. 어쨌든 세 명 중 두 명은 기뻐할 결론이라고. 게다가 셋 중에서 둘이니 다수인 셈이다. 이 정도면 원만하기 짝이 없는 결론이었다. 아니, 사실 나는 억지로라도 이것이 우리 모두를 위한 가장 좋은 결론이라고 믿어야 했다. 그리 믿지 않으면 내가 정말로 미쳐 버릴지도 모른다 싶어 겁이 났다.

꽃이 피어 창을 열었는데 어찌하여 그대는 보이지 않나?

그대를 볼 수 있고, 그대를 들을 수 있는데,

어찌하여 그대를 사랑할 수는 없나?

***

아침 일찍, 선기궁으로 발길 하던 나는 문득 걸음을 멈추었다. 매일같이 선기궁 주변을 배회하는 선고가 오늘도 역시 눈에 띈 탓이었다. 그녀는 나와 눈이 마주치자마자 예를 표했다.

"소인 광로, 수신 어르신을 뵈옵니다."

나는 본시 상대방을 자세히 보는 편이 아니다. 대략 윤곽만 보며 짐작할 뿐이다. 그런데도 그녀의 얼굴이 실로 낯익었다.

"광로라……."

나는 방금 그녀가 밝힌 이름을 반복해 되뇌었다.

이상하네? 분명 얼굴이 낯익은데 이름과 얼굴이 전혀 맞닿지 않았다. 이 정도로 익숙한 얼굴이면 당연히 이름도 알아야 할 듯한데.

"태사선인이 소인의 부친입니다."

내 아연해하는 기색을 눈치 챘는지, 그녀는 좀 더 보충해 말했다. 그제야 나는 "아!" 하고 고개를 끄덕였다. 태사선인은 윤옥이 천위에 오를 때 적극적으로 조력한 신선으로 그의 충복이었다.

"아, 태사선인의 따님이시군요."

내가 고개를 끄덕이자, 그녀는 자랑스레 고개를 들었다.

"이제야 모든 게 기억나네요. 예전에 야신 전하가 천비(天妃)를 들여도 괜찮겠냐고 내게 물은 천병이 광로 선자 맞지요?"

"어, 그, 그게!"

광로의 얼굴은 삽시간에 붉게 물들었고, 나는 그런 그녀를 보며 쓴웃음을 머금었다. 예전의 나였다면, 그녀가 지금보다 얼굴을 몇 배나 더 붉혔어도 그녀의 감정을 제대로 알지 못했을 것이다. 하지만 운단을 토해 낸 지금은 확실히 알 수 있었다. 그녀는 윤옥을 진심으로 사모하고 있었다.

뇌공과 전모가 천병을 이끌고 나를 잡으러 왔을 때도 그녀는 옥봉의 명령을 듣지 않았다. 필시 무서웠을 텐데도 자신이 야신의 휘

하이니 야신의 명만 듣는다고 말했다. 그것만 봐도 그녀가 얼마나 오랫동안 윤옥을 마음에 두었을지 짐작이 갔다.

"당시 내가 한 말, 여전히 또렷하게 기억하고 있어요. 그러니 내가 그 말을 번복할까 봐 근심할 필요 없어요."

광로는 믿을 수 없다는 표정을 지었다. 그러더니 내게 무슨 다른 저의가 있는지 의심하며 나를 유심히 살폈다. 머지않아 그녀는 내가 진심임을 깨닫고는 기쁨을 금치 못했다.

"수신 어르신의 아량에 광로는 감격을 금할 길이 없습니다."

광로와 헤어져 선기궁 서재로 들어섰을 때 윤옥은 방금 붓에 먹을 묻힌 참이었다. 하지만 그는 나를 보자마자 그 붓을 다시 붓걸이에 도로 걸더니 얼른 다가와 내 손을 잡았다.

"멱아!"

비록 그는 반가이 나를 맞아 주었지만, 나는 본능적으로 몸을 움츠렸다. 마음 같아서는 그에게 잡힌 손을 빼고 싶지만, 그가 서운해할 게 뻔해 차마 그럴 수는 없었다.

"때마침 잘 왔소. 선방에서 석류떡이 올라온 참인데. 하필 나는 아직 아침에 먹은 게 꺼지지 않았다오. 나 대신 멱아가 맛을 좀 봐주겠소?"

그는 나를 의자에 앉힌 뒤 친히 내게 떡을 집어 주었다. 그것을 받아 든 뒤 나는 맥없이 그것을 씹었다. 별로 먹고 싶지 않지만, 그의 성의를 알기에 먹는 척이라도 해야 했다. 툭하면 정신 줄을 놓는 탓에 나는 종종 끼니를 걸렀고, 그는 늘 그 일을 근심했다. 그래서 늘 서재에 각종 주전부리를 놓아두었다가 내가 서재에 들르면 그것을 먹이곤 했다.

"속세의 극동 쪽 가뭄이 실로 심각하네요. 작물은 다 말라붙고, 땅은 거북이 등처럼 쩍쩍 갈라졌어요. 이 상황이면 다들 목이 타서 죽거나 굶어 죽거나 둘 중 하나예요. 상황 파악을 위해 그곳에 가 보았더니 단순히 비를 내려 준다고 해결될 문제가 아니네요. 화두[30]와 알유[31]가 한패가 되어 못된 짓을 한 탓에 이런 재앙이 생겼거든요."

내가 오늘 외출한 이유를 설명하자, 윤옥은 진지하게 고개를 끄덕였다.

"어쩐지 가뭄만으로 이리도 재앙이 클 리 없는데 이상하다 싶었소. 내일 바로 삼족오[32]를 극동에 파견하겠소. 삼족오가 그 둘을 잡아들이면 문제가 해결될 거요."

"저, 폐하……."

화두와 알유의 문제 외에도 할 말이 있어 나는 그를 조심스레 불렀다. 그러자 그는 내 손을 다시 꼭 잡으며 나를 온화하게 바라보았다. 그제야 내 실수를 깨달은 나는 어렵사리 입을 달싹여 그를 고쳐 불렀다.

"윤옥……."

"또 내가 도와줄 일이 있소?"

---

30 禍斗, 개와 비슷하게 생긴 중국 전설 속 괴물. 털은 검은색이고 광채가 난다. 화신을 조력하는 업무를 맡는다.
31 猰㺄, 중국 전설 속 괴물. 호랑이의 몸에 용의 머리, 말의 꼬리를 가졌다. 원래는 천신이었으나 한 번 위(危)라는 신에게 죽은 뒤 괴물로 변해 사람을 먹어 치웠다고 한다. 훗날 예(羿)가 알유를 퇴치했다.
32 태양 속에 산다는 세 발 달린 까마귀

내가 그리 부르자, 그는 춘풍처럼 달콤하게 웃었다. 그 모습이 마치 1만 년치 영력을 얻은 듯 기뻐 보였다.

그는 내가 그를 '폐하' 혹은 '소어선관' 등 경칭으로 부르는 것을 싫어한다. 그저 자신을 '윤옥'이라고 스스럼없이 불러 달라고 당부했다. 그래서 방금처럼 내가 무심결에 잘못 말하면, 내가 그것을 깨닫고 고칠 때까지 말없이 바라보기만 했다.

"아까 선기궁으로 들어올 때 입구에서 태사선인의 여식을 만났어요."

"아, 그렇소?"

그는 왜 이리 뜬금없는 말을 하느냐는 눈빛을 했지만, 대답은 평온하게 했다.

"저, 윤옥……."

"멱아, 어려워하지 말고 말해 보시오."

"나는 당신이 천비를 들여도 아무 상관이 없어요. 전혀 개의치 않으며 반대할 생각도 없어요. 그러니 당신이 원한다면 몇이든 괜찮으니 맞아들여요."

이것은 한 치도 거짓이 없는 내 진심이었다. 이주의 말대로 그는 내게 실로 지극정성이다. 하지만 그가 원하는 바를 나는 그에게 줄 수 없다. 그러니 그를 지극히 사모하는 광로 같은 여인이 그가 원하는 바를 채워 주었으면 싶었다.

내 말에 그는 삽시간에 몸을 굳혔다. 입술을 거칠게 뒤틀더니 나를 감싼 손도 떼어 냈다.

"당신이 나를 이렇게 생각해 줄지는 꿈에도 몰랐소."

어느새 그는 나를 등지고 앉았고, 차갑게 말을 이어 갔다.

"먹아, 나는 당신이 내게 마음이 없음을 두려워하는 게 아니오. 내가 두려운 건, 참으로 소름 끼치게 두려운 건 당신이 이런 마음을 먹는 거요."

누가 들어도 강한 거부였다. 그런 그를 보고 있자니 나는 난감해 몸 둘 바를 모를 지경이었다. 괜한 말을 해서 본전도 못 찾은 격이었다. 결국, 나는 꿀 먹은 벙어리가 되어 그의 서재에서 나갈 수밖에 없었다. 심지어 선기궁 안에 있기조차 불편해 물안개에 올라타 딱히 정해 놓은 목적지도 없이 날아갔다.

물안개에 몸을 싣고 동천문을 지날 때였다. 언제나처럼 녹색으로 머리부터 발끝까지 휘감은 복하군이 천병과 실랑이 중이었다. 저이가 또 왜 저러나 싶어 나는 물안개를 돌려 그 앞에 내려섰다.

"복하군?"

"먹아!"

복하군은 가까운 친척이라도 만난 듯 반색했다.

"먹아, 이 융통성이라고는 없는 망할 것들이 나를 도통 안으로 들여보내 주지를 않네요."

그는 그리 말하며 은근슬쩍 동천문 안쪽에 선 내게로 다가오려 했다. 하지만 천병도 호락호락하지는 않았다. 양쪽에 선 그들은 얼른 서로의 창을 교차해 대며 복하군을 막았다.

"무엄하다. 이분이 감히 뉘신 줄이나 알고 이토록 방자하게 구느냐!"

천병의 호령에 복하군은 어깨를 으쓱 올리며 고개를 저었다.

"아아, 먹아. 아무래도 안 되겠네요. 내가 못 들어가니 차라리 당신이 나와요."

어차피 딱히 갈 곳도, 할 일도 없었다. 나는 천병에게 눈짓해 길을 비키게 했다. 그제야 그들을 쭈뼛거리며 창을 치웠고, 나는 동천문 밖으로 나왔다. 그 즉시, 복하군은 내 소매를 잡아끌었다. 떠날 때 천병들을 돌아보며 의기양양해하는 것도 잊지 않았다.

"대체 왜 매번 방향만 바꿔 가며 천문 앞에서 그 소란을 벌이죠? 어차피 안 들여보내 줄 거 뻔히 알면서."

신선들의 이목이 거의 닿지 않는 조용한 곳에 이르고서야 나는 진심으로 궁금해하며 그에게 물었다. 그리고 내 소매를 붙든 그의 손도 가볍게 뿌리쳤다.

"아아, 멱아. 그 무슨 서운한 소리예요! 경천동지할 소식을 들었는데 내 어찌 오지 않을 수 있겠어!"

그때까지만 해도 나는 복하군이 욱봉의 혼례 소식을 듣고 달려온 줄 알았다. 솔직히 짜증이 났다. 내가 왜 또 이런 소리를 상대를 바꿔 가며 들어야 하나 싶었다.

"천후가 된다면서요?"

어, 그 이야기가 아니었네?

예상과 다른 질문에 나는 살짝 어리바리해졌다. 복하군은 그런 나를 진지하게 보며 말을 이어 갔다.

"멱아, 모름지기 천후가 되려면 하늘이 내린 남다른 능력이 있어야 해요. 하지만 당신의 자질은 실로 평범해요. 아니, 평범하다는 말로도 적절치 않네. 당신은 천후가 될 자질이 한참 모자라요."

"한참 모자란다고요? 설마 내 영력이 일천하여 천후의 자리에 어울리지 않는다는 말인가요?"

예전보다 성정이 많이 차분해졌음에도, 나는 저도 모르게 가시

돋친 반응을 했다. 다른 이들은 몰라도 복하군은 물의 속성을 지닌 뱀 요괴다. 즉, 내 관할이란 말이다. 내가 아무리 못났어도 내가 관할하는 수요(水妖)에게까지 이런 평가를 받아야겠는가!

"먹아, 내 말을 곡해해 듣지 말아요. 이건 영력과 하등의 관계도 없으니까."

복하군은 진지하게 내 말을 정정해 주었다.

"역대 천후는 모두 간교하고 악랄했어요. 달콤한 꿀을 문 입과 시커먼 속내를 함께 지닌 여인들이었죠. 자애로운 미소 뒤에 비수를 숨긴 채 자신의 권력을 이용해 끊임없이 모략과 음모를 꾸며 많은 이를 해했어요. 내가 말하는 자질은 바로 이런 거죠. 먹아, 가슴에 손을 얹고 생각해 봐요. 당신에게 그런 자질이 과연 있는지."

그때 머리 위로 구름이 빠르게 스치는 소리가 났다. 황급히 어딘가로 향하는 기색이 역력하여 나도 복하군도 무심결에 고개를 들어 하늘을 보았다. 실로 오랜만에 보게 된 조족 수장 수화였다. 그녀를 보자마자 격통이 일어 미간을 찡그리자, 복하군이 실소를 머금었다.

"지금 좋은 예가 지나가니 굳이 유폐된 천후를 거론할 필요도 없겠네요. 먹아, 당신은 수화의 발치에도 못 미쳐요. 그런데 감히 천후를 하겠다고요? 너무 무모하다고 생각하지 않아요?"

그 순간 나는 고개를 숙였다. 그의 직언이 나를 아프게 찔러서였다. 콧잔등이 찡해지고 눈에는 눈물이 맺혔다.

"헉! 울기는 왜 울어요! 이건 다 당신을 생각해서 하는 말일 뿐이라고요. 절대로 당신을 맘 아프게 할 생각이 아니었어요."

복하군은 어쩔 줄 몰라 하며 다급히 말을 덧붙였다.

"먹아, 당신은 수화처럼 독하지도, 음모를 꾸밀 줄도 모르잖아요.

그래서 내가 걱정하는 거예요. 당해 본 내가 잘 아니까."

'당해 본'이라는 복하군의 표현에 나는 고개를 번쩍 들었다. 아버지에게 익히 들어 아는 사실이지만, 원래 복하군은 십이지신 중 하나이다. 지금이야 수요로 전락했지만, 예전에는 위풍당당한 신선이었다. 그런 그가 수화 같은 어린 아가씨에게 당했다는 게 어디 말이나 되는 소리던가!

"예전에 내가 십이지신이던 시절, 나는 혈기왕성한 장난꾸러기에 불과했어요. 매일 천궁 안팎을 쏘다니고 선녀들에게 장난을 치며 돌아다녔죠. 나를 아는 이들은 내 경박한 행동이 내게 큰 화가 될지도 모른다고 종종 충고했지만, 나는 그들의 말을 흘려들었어요. 내가 남에게 딱히 해를 끼치지 않는데, 남이 나에게 해를 끼치리라고는 생각도 하지 않았기 때문이죠. 돌이켜 생각해 보면 당시의 나는 참 순진했어요. 바보스러울 정도로. 그렇기에 수화의 표적이 되었고요."

복하군은 드물게 정색하며 미간을 찡그렸다. 당시 일을 떠올리는 것만으로도 그는 괴로운 듯했다.

"수화는 천후와 같은 조족이지만, 천후의 관심을 받지 못하는 소소한 친척에 불과했어요. 말이 좋아 외조카지, 천후에게는 이복, 동복 할 것 없이 형제들이 널렸으니까요. 그들의 소생도 얼마나 많았겠어요, 안 그래요? 그래서 수화는 나를 이용해 천후의 총애를 얻기 위한 계략을 꾸몄어요. 천계의 신선이 모두 모인 반도성회(蟠桃盛會, 서왕모의 궁전 반도궁에서 열리는 연회) 때 내 술에 약을 탄 거죠. 나는 연회가 파한 뒤 내 거처로 돌아가다가 그만 구름 속에서 혼절하고 말았어요. 수화는 그 틈을 타서 당시 천제가 총애하던 천비도 나와 같은 방법으로 혼미하게 만든 뒤 내 품에 넣었지요. 수화는 우리를 고발했고, 우리는 죄인의 몸으로 대전으로 끌려갔어요. 나는 결백을 주장했지만, 그동안의 행실이 있는지라 아무도 내 말을 믿어 주지 않았죠. 진노한 천제는 내 이름을 신적에서 지우고 나를 요괴로 강등시켜 속세로 추방했고요. 천비도 인간으로 강등되었다고 하더군요. 결국, 모든 것은 수화의 뜻대로 되었어요. 자신의 손끝 하나 더럽히지 않은 채 천후가 내내 눈엣가시로 여기던 천비를 제거한 셈이니까요. 그 후 수화는 천후의 총애를 한 몸에 받으며 승승장구했고, 조족 수장 자리에까지 올랐어요."

복하군에게 이런 사정이 있을 줄이야! 천박한 언행과 호색한 기질이 그 원인이 아니라, 실은 모함을 당한 거였다.

"멱아, 당신은 어째서 마계의 까마귀를 위해 세상 모든 뱀을 뒤로하고 물고기 지느러미가 달린 용의 품에 안기려고 하죠? 당신은 천후의 자리에 적합한 그릇이 아니에요. 천후가 된 뒤, 당신이 어떤 수난을 겪을지 알기나 해요? 천후 자리가 비기만 호시탐탐 노릴 천비들과 내내 신경전을 벌여야 하는 것은 물론이요, 천제가 맘 내키는 대로 건드린 선고들이 줄줄이 들어와 삼궁육원³³을 한 칸씩 차지하겠지요. 상상만 해도 끔찍하죠? 당연히 천제와도 불화가 생길 테고, 매일매일 싸움이 끊이지 않겠죠. 그건 살아도 사는 게 아니고, 산 채로 죽어가는 것과 다를 바 없어요. 멱아, 멱아! 이토록 아름다운 당신이 시든 꽃처럼 죽어가는 꼴을 나더러 어찌 보라고 이 고행을 자처하나요!"

---

33 三宮六院. 황제와 황후, 후비들이 생활하는 후궁을 뜻한다.

언제나 느끼는 거지만 복하군의 과장하는 실력은 명불허전이다. 속세의 삼궁육원과 천궁을 비교하는 것도 어이없고, 천비가 들어오면 뭐 어떤가! 게다가 윤옥이 마음에 들어 하는 선고에게 넓디넓은 천궁 안 전각 하나 내주는 게 뭐 어렵다고 또 이리 유난인가! 고작 이런 일로 죽기에는 목숨이 너무 아깝지 않나?

"나를 이토록 염려해 주니 고맙네요."

내가 실로 심드렁하게 대꾸했음에도 복하군은 진지하게 대응했다.

"멱아, 번뇌는 끝이 없으나 고개를 돌리면 거기가 바로 피안(彼岸)이라는 말이 있어요. 회개만 하면 구원받을 수 있다는 의미지요. 게다가 여인은 본디 무섭지만, 어떤 때는 사내가 더 무서울 수도 있다고요. 내가 재차 권하는데, 지금이라도 천제와 파혼해요. 그리고 나와 사랑의 도피를 하자고요!"

오늘은 웬일로 이 말을 안 하나 했다.

나는 고개를 절레절레 저으며 그의 손을 뿌리쳤다. 아까 수화를 본 일이 내내 마음에 걸려 그의 잔소리를 더는 들어 줄 여유가 없기 때문이었다.

욱봉이 마존에 등극한 이후로 마계는 윤옥이 천제로 있는 천계와 극단적으로 대립해 왔다. 그리고 수화는 욱봉 편에 섰다고 할 수 있기에 그녀는 12년 내내 천계와 단절하다시피 하고 살았다. 그런 그녀가 갑작스레 천계로 왔다. 게다가 그녀가 날아간 방향은 분명 무지개의 끝에 있는 선기궁 쪽이었다.

대체 무슨 일일까?

얼마나 화급한 용무가 있기에 수화가 선기궁으로 갔을까?

선기궁의 흰색 담과 먹색 기와는 언제나처럼 청아한 아취를 풍겼다. 하지만 평소와 분위기는 사뭇 달랐다. 선시 한둘이 오가는 게 전부인 어제와 달리 오늘은 천병들이 선기궁 전체를 몇 겹으로 두른 채 지키고 있었다.

유옥의 심복인 태사선인도 보였다. 그는 무장한 상태로 대문 앞에 서 있었는데, 그 기세가 실로 위압적이었다. 몇몇 신선이 공무 때문에 유옥을 찾아왔으나 그는 그들을 모두 돌려보냈다. 선기궁 안으로 개미 한 마리 못 들어가게 지킬 기세였다. 지금 선기궁은 철옹성이나 다름없었다.

무지개다리 위에 서서 그 광경을 내내 지켜보던 나는 수증기로 변신했다. 그리고 이 시간에 유옥이 있을 것임이 분명한 서재로 곧장 날아갔다. 아니나 다를까 늘 열려 있던 서재 창문이 오늘은 굳게 잠겨 있었다. 역시 분명 뭔가가 있었다.

나는 수증기 상태를 유지한 채 창에 달라붙어 창호지를 내 기운으로 적셨다. 그런 뒤 안을 살피니 청자 찻잔을 쥔 채 앉아 있는 유옥이 보였다. 어떤 감정적 동요도 드러나지 않는 태연한 얼굴을 한 그는 찻잔을 입가로 가져가더니 가볍게 입술을 축였다.

그의 맞은편 하석에는 내 예상대로 수화가 앉아 있었다. 그녀는 아무 말도 하지 않은 채 조용히 그를 보고만 있었다. 그들은 마치 대치한 양측 진영을 연상케 했다. 누구든 틈을 보이면 즉시 공격에 들어갈 듯 그들 사이에는 팽팽한 긴장감이 맴돌았다.

"옛말에 이르기를 공명정대한 이는 암수를 쓰지 않는다고 하였습니다. 그러니 천제께서는 소녀가 무슨 일로 폐하를 뵙기를 청했는지 잘 아시리라 사료되옵니다."

수화의 선공에 윤옥은 담담히 웃었다.

"수화 공주, 짐은 그대가 무슨 말을 하는지 도무지 알 수가 없구려. 좀 더 구체적으로 말해 보시오."

"무슨 말을 하는지 모르시겠다고요?"

수화는 냉랭하게 반문했다.

"예, 좋습니다. 그러면 바로 여쭙지요. 구전금단에 대체 무슨 짓을 하셨지요?"

"어허, 겨우 그런 사소한 일로 공무에 바쁜 짐을 이리도 번거롭게 하는 것이오? 놈은 원래 금단에서 화성(火性)을 지닌 약재 하나가 빠진 구전금단을 복용했을 뿐이오."

"뭐라고요!"

수화는 머리끝까지 화가 치민 듯했다. 그녀는 손에 쥔 찻잔을 마치 칼처럼 쥔 채 이를 갈았다.

"하, 이제야 알겠습니다. 어인 이유로 마존께서 되살아나셨음에도 종종 발작을 일으키시는지. 알고 보니 완벽하지 않은 구전금단을 복용하신 탓에 반서의 고통을 겪으시는 거였군요. 하지만 단약 제조에 정통한 태상노군이 약재를 빠뜨리는 실수를 저지를 리 없으니 이는 분명 폐하께서 태상노군에게 명하셨군요. 구전금단에서 화성을 제거하여 수신에게 넘기라고……."

"어쨌든 금단으로 목숨을 건졌으니 그 정도는 감수해야지. 세상에 공으로 얻는 것은 없는 법이니. 수화 공주께서 오신 김에 짐도 놈에게 한마디를 전하고자 하오. 혼백이 산산이 흩어져 영원히 소멸할 뻔한 위기를 짐의 덕으로 모면했으니 이에 감사하며 앞으로는 조용히 살라고 말이오."

윤옥은 여전히 담담하게 반응했다. 그러자 수화는 사납게 눈을 흘겼다.

"폐하 덕이라고요? 하, 이리도 어이없는 소리는 처음 듣네요. 마존을 살린 이는 폐하가 아니라, 폐하께서 극진히 총애하는 수신입니다. 이 모든 일의 저변에는 폐하께서 정교하게 설계한 덫이 깔려 있었고요. 폐하께서는 마존이 본시 봉황이며 불사조라 마존의 혼백을 철저하게 제거할 수 없음을 이미 알고 계셨습니다. 그리고 수신이 태상노군을 찾아간 의도 또한 이미 짐작하셨지요. 수신이 구전금단을 손에 넣어 마존을 구하려 한다는 사실을요. 그래서 이참에 수신을 이용해 마존을 철저하게 제거하려고 하신 겁니다. 봉황의 속성은 불이라 한빙한 속성을 가장 두려워하니 마존께서 화성을 제거한 금단을 복용하시면 분명 하나 남은 백까지도 소멸하여 이 세상에서 완전히 사라지리라 계산하셨지요. 어떻습니까? 소녀의 말이 틀렸습니까?"

수화는 말을 멈추며 살짝 숨을 골랐다. 그런 뒤 차갑게 물었다.

"자신이 이 계획에서 철저하게 바둑돌로 쓰였음을 수신이 알게 된다면 어찌 될까요? 이리도 철저하게 이용당한 것을 알게 된다면, 또 누군가가 이 사실을 알려 준다면?"

온몸이 불길한 한기로 굳은 그때였다. 윤옥이 '탁!' 하는 소리를 내며 찻잔을 탁자에 내려놓았다.

"짐이 보기에, 수장께서는 지금 남의 바둑돌을 걱정할 때가 아닌 듯하구려. 그대야말로 놈에게 털어놓았소이까? 놈을 구한 은인이 그대가 아니라 수신임을?"

수화의 얼굴이 부지불식간에 창백하게 변했다. 그런 그녀에게 시

선을 떼지 않은 채 윤옥은 차갑게 웃었다.

"게다가 놈의 마력은 매 순간 증가하고 있소. 천계에 앉은 나조차도 감지할 수 있을 정도로. 그런 상황에서 그깟 반서가 뭐 그리 대수롭다는 것이오?"

"그 일로 소녀를 겁박하실 생각이라면 오판이십니다. 그 사실을 마존께서 아신다고 해도 달라지는 일은 없습니다. 12년 전 마존을 살해한 이는 수신이며, 수신의 유엽빙도 때문에 마존께서는 혼백이 다 흩어질 뻔하셨으니까요. 그러면 이건 어떨까요? 수신이 선친인 선대 수신을 죽인 범인이 마존이 아님을 알게 된다면요? 그리고 그토록 굳게 믿었던 정혼자가 그 사실을 알고도 수신에게 숨긴 것으로 모자라 무고한 마존을 범인으로 몰았다면요? 그러니 구전금단에서 어떤 약재를 뺐는지 알려 주십시오. 그러면 소녀는 영원히 이 일을 입에 올리지 않겠습니다. 아니, 이 문을 나가는 즉시 잊겠습니다. 하지만 말씀해 주시지 않으면 소녀도 가만히 있지는 않을 겁니다."

"가만히 있지 않겠다고?"

"예, 지금 당장 소녀를 죽여 입을 막겠다는 생각은 하지도 마십시오. 아무리 천제 폐하라도 소녀는 조족 수장이자, 마존의 처가 될 자입니다. 내 몸 지킬 방도 하나 없이 폐하를 찾아오지 않았으며, 폐하도 소녀의 뒤에 누가 있을지 익히 아시리라 믿습니다."

내내 미소만 띠고 있던 윤옥이 돌연 소리 내어 웃었다. 듣는 이의 간담을 서늘하게 하는 그 웃음소리에 나는 뻣뻣하게 얼어붙었다.

"아아, 실망이군. 짐은 지금껏 수화 공주가 꽤 총명하다고 여겼는데 말이지."

윤옥은 웃음을 멈추며 식지로 탁자를 톡 두드렸다.

"짐이 조족 수장인 그대의 체면을 배려해 예의를 지켜 주는 것을 천운이라 여기시오. 진상이 드러나면 오매불망 가지기를 바랐던 놈을 그대는 영원히 가지지 못하게 될 터이니."

"뭐라고요!"

수화는 새파랗게 질려 입술을 파르르 떨었다. 윤옥의 살벌한 말투가 두려운지, '진상'이라는 말 속에 담긴 의미심장함에 놀랐는지는 알 수 없었다. 하지만 나는 이내 그 답을 알 수 있었다. 수화는 분명히 후자에 놀랐다.

"짐을 우습게 봐도 유분수지, 욱봉이 선대 수신을 죽이지 않았다는 그 사실만 짐이 아는 것 같소? 그대는 천후를 만 년 동안 따랐소. 비록 겉핥기였지만, 홍련업화도 배웠고. 든든한 뒷배인 천후가 폐서인되어 유폐된 당시, 그대는 참으로 초조했을 터야. 욱봉 그놈의 감정을 가로막던 유일한 걸림돌인 천후가 사라진 셈이니, 천군만마를 한꺼번에 잃은 것이나 다름없었지. 그리고 놈이 어떤 식으로든 짐과 먹아의 혼사를 깨려고 동분서주할 게 분명하다고도 짐작했고. 그대는 궁리 끝에 수신이 영력의 반을 잃었을 때를 노려 홍련업화로 수신을 살해했소. 모든 의혹이 욱봉 그놈에게 돌아가 먹아와 놈의 사이가 완전히 틀어지게 유도할 작정으로……. 하지만 그대는 실로 어설펐어. 먹아 또한 수신이며, 능히 욱봉 그놈을 죽일 수 있다는 가능성을 계산에 넣지 않았거든. 아, 속세에서는 그대 같은 우를 범하면 이렇게 조롱한다지? 하나만 알고 둘은 모르는 반편!"

윤옥이 적절히 던진 패는 수화를 경악으로 몰아넣었다. 벌떡 일어서는 그녀의 얼굴은 나찰처럼 일그러져 있었다.

"어떻게 그 일을……?"

윤옥은 천천히 고개를 들어 수화를 올려다보았다. 그리고 섬찟한 미소를 머금었다.

"짐이 그 사실을 안다는 게 지금 그대에게 중요하오? 짐이 충고 하나 하리다. 이 서재에서 나가는 즉시, 조족의 땅으로 가능한 한 빨리 돌아가 혼례식 전까지 입 다물고 몸 사린 채 사시오. 짐은 일 찍이 먹아에게 반드시 선대 수신의 원수를 잡아 죽이겠다고 맹세했고, 그 맹세를 반드시 지킬 생각이니 말이오. 아, 생각해 보니 내 힘이 닿는 조족의 땅보다는 차라리 마계로 도망치는 편이 낫겠구려. 적어도 놈의 보호 아래서 살면 그 구차한 목숨 정도는 보전할 수 있을 테니."

수화는 당장이라도 쓰러질 듯 위태로워 보였다. 모든 것을 잃을지도 모른다는 절박함이 그녀의 눈에서 넘실거렸다.

"정말…… 대단한 분이시네요. 소녀를 이용해 마존을 견제하고, 수신과 마존의 사이도 갈라놓으시다니 말입니다. 그래도 수신을 향한 마음은 진심이리라 생각했는데, 그것도 아니었어요. 폐하에게 있어 세상 모든 존재는 폐하의 목적을 실현하기 위한 바둑돌에 불과하군요. 그런…… 거였군요."

"이제라도 그 사실을 깨달았다면, 부디 자중자애하시오."

윤옥이 손을 가볍게 저었다. 그러자 단단히 닫혀 있던 서재의 문이 스르륵 열렸다.

"조족 수장께서 나가시니 배웅하거라!"

수화가 비틀거리며 선기궁 밖으로 나감과 동시에 나는 창틀에서 미끄러졌다. 차가운 땅바닥에 주저앉았을 때는 원래 모습으로 돌아와 있었다. 변신을 유지할 기력이 하나도 남지 않았음에도 나는 휘청거리며 일어났다. 그 후 밖을 향해 질주했다.

"먹아!"

등 뒤로 윤옥의 경악한 외침이 들려왔지만, 멈출 수 없었다. 뒤도 돌아보지 않고 나는 미친 듯 달렸다. 하지만 그의 발걸음이, 그의 외침이 갈수록 가까이 느껴졌다. 아무리 기를 쓰고 뛰어도 나와 그의 격차는 점점 더 줄어들기만 했다. 결국, 그는 등 뒤에서 나를 안더니 내 몸을 꽉 붙들었다.

온몸이 덜덜 떨려 놓으라는 말조차 할 수 없어 나는 미친 듯 발버둥만 쳤다. 하지만 그는 요지부동이었다. 별수 없이 손가락으로 그의 단단한 팔을 잡아 뜯었다. 그의 손과 팔은 이내 피로 얼룩져 엉망이 되었지만, 그게 내 손에서 난 피인지 내가 낸 그의 상처에서 나는 피인지 알 길이 없었다.

"먹아! 먹아! 제발 부탁이오. 진정하고 내 말 좀 들어 주시오."

윤옥의 목소리가, 맞닿은 그의 몸이 걷잡을 수 없이 떨리고 있었다. 그것을 깨닫자 실소밖에 안 나왔다. 이 와중에도 완벽하게 연기하는 그가 가증스러워 미칠 것 같았다.

"놔…… 놔…… 줘요. 놔…… 달라고요."

목소리가 덜덜 떨려 말이 제대로 나오지도 않았다. 나를 안은 그의 팔 힘이 더 세졌다. 목덜미에 닿는 그의 더운 숨이 마치 바늘처럼 나를 찔렀다. 무서웠다. 너무 무서워 떨림이 멈추지 않았다.

"먹아, 이러지 마시오. 나를 떠나지 마시오. 제발……, 제발……! 무섭소……. 당신이…… 나를 떠날까 봐 너무 무섭소!"

"왜…… 요? 내가 떠나는 게…… 뭐가 무서워요? 당신은 나를 충

분히 이용했고, 당신 의도대로 내가 욱봉을 죽여 버렸을 때 내 이용 가치는 없어졌어요. 그런데 왜요? 더 무슨 쓸모가 남아 있다고 나를 안 놔줘요?"

아무리 마음을 가다듬으려 해도 전신이 계속 떨렸다. 그래서 어쩔 수 없이 이를 악물었다.

"나야말로 당신이 너무 무서워요. 소름 끼쳐요. 그러니…… 제발 나 좀 놔줘요."

"안 되오! 그럴 수 없소!"

그는 비명처럼 외치며 내 몸을 돌려 그와 마주 보게 했다. 그 순간 치미는 공포에 온몸이 오그라든 나는 황급히 그의 시선을 피했다.

"멱아, 나를 좀 보시오. 사랑하오. 진심으로 당신을 사랑하오. 제발 나를 버리지 마시오."

그는 억지라도 나와 시선을 맞추려 했다. 하지만 나는 그의 눈을 끝까지 외면한 채 말했다.

"아니. 당신은 나를 사랑하지 않아요. 그저 사랑한다고 믿을 뿐이지. 당신은 내 아버지를, 목단 장방주를, 노호를, 연교를, 천하를 다 속였어요. 세상 모든 이를 속이고, 긴긴 세월 속이기를 반복하다가 그것을 진심이라고 믿게 되었을 뿐이에요. 당신은 한 번도 나를 사랑한 적 없었어요."

"아니오! 정말 아니오! 멱아, 믿어 주시오. 제발 내 진심을 들어 주시오. 나는 정말로 당신을 사랑하오."

그는 다급히 나를 품에 안았다. 밀어내고 싶지만, 그럴수록 그의 팔 힘은 더 세지기만 했다.

"당신은 일부러 내게 접근했어요. 유래조차 알 수 없는 촌뜨기를 욱봉이 서동으로 삼았다는 사실에 뭔가를 느꼈겠지요. 그리고 나를 통해 욱봉을 염탐할 생각이었어요. 당신은 목단 장방주와 욱봉의 대화나 각종 정황 증거를 통해 내가 수신의 딸일지도 모른다는 의심을 품었고, 그 의심을 확신으로 바꿀 상황을 만들었어요. 그게 바로 천후의 수연 때 당신이 쳐 놓은 계략이었지요. 당신은 니도 모르는 내 힘을 시험해 보기 위해 당신이 칠 수 있는 수많은 계략 중에 특별히 물 속성의 계략을 쳤어요. 당신의 의도대로 나는 그 계략을 깨뜨렸고요. 그렇지 않나요? 아니라면 어디 변명해 봐요!"

윤옥의 눈동자가 거칠게 흔들렸다. 어설픈 변명조차 뱉지 못하는 그의 침묵은 무언의 인정이었다.

"천제의 영력을 내 몸에서 제거하기 위해 아버지가 나를 데리고 천계로 온 그날도 마찬가지죠. 당신은 아버지가 기둥 뒤에 계신 것을 명백히 알면서도 모른 척했어요. 그리고 내 입에서 당신을 좋아한다는 말이 나오도록 대화를 유도했죠. 당신의 뜻대로 아버지는 우리가 서로 연모한다고 오해했어요. 그때 당신은 일부러 예전 혼약을 들먹이며 아버지에게 파혼을 요구했죠."

체념한 듯한 아버지의 당시 표정이 떠오르자 나는 미칠 것만 같았다. 아버지는 철저히 윤옥에게 이용당했다. 그는 일부러 파혼을 들먹여, 그가 나를 열렬히 사랑한다는 믿음을 아버지에게 심었다.

"당신은 나를 사랑해서 그런 게 아니에요. 선대 천제에게 원한이 깊은 아버지가 정혼을 깰까 봐 겁냈죠. 아버지라는 뒷배를 잃으면 큰 손실이니까. 아버지는 나를 깊이 아끼니 내가 당신을 사랑하는 한 당신이 무슨 짓을 저질러도 당신을 도왔겠죠. 그게 역모였더라도……. 게다가 아버지처럼 강한 상선이 옆에 있다면 욱봉과 싸울

때도 승산이 더 높아질 테고요."

말을 하면 할수록 진상은 명확해졌다. 윤옥은 일부러 내가 서오궁에 드나드는 것을 방치했다. 대신 염수를 내게 선물해 내 행적을 하나하나 감시했다. 마냥 귀엽다고 생각했던 염수는 나와 욱봉을 해하는 끔찍한 간자였다.

"서천 대뇌음사에서 법회가 열렸을 때, 천후는 법회에 가지 않았어요. 당신은 이런 사달이 나리라 이미 예상했죠. 그래서 적시에 천제와 아버지를 현장으로 데리고 온 거예요. 예전 염수의 일로 내가 죽은 척하는 것을 이미 알면서도 당신은 아버지에게 이 사실을 숨겼고요. 분노한 아버지가 천후를 죽여야 당신 의도대로 일이 돌아갈 텐데, 내가 죽은 척하고 있음을 아버지가 알아차리면 아버지의 어진 성정상 그 분노가 누그러질 게 뻔하니까요. 그래도 당신의 계획은 그럭저럭 성공했어요. 욱봉은 아버지의 3장을 천후 대신 받아 중상을 입었고, 천후는 유폐되었으니까요."

「멱아, 기억나오? 수신 어르신은 진상이 밝혀진 그날, 천후를 죽이려고 하셨고, 당시 욱봉은 어르신의 3장을 천후 대신 맞았소. 그후, 욱봉은 어르신에게 한을 품었을 뿐 아니라 어르신이 또 제 어미를 해할까 봐 전전긍긍했소. 욱봉이 수신 어르신을 홍련업화로 멸한 이유는 그 후환을 없애기 위함이 분명하오.」

아버지가 돌아가신 지 얼마 되지 않아 윤옥이 한 말을 떠올리며 나는 치를 떨었다. 이번에는 윤옥에게 든 배신감이 아닌 나를 향한 분노였다. 나는 정말 끔찍할 정도로 바보였다. 어떻게 그리 쉽게 윤옥의 말을 믿었을까? 어째서 홍련업화를 쓸 수 있는 이가 천후와 욱봉밖에 없다고 단정했을까! 비록 진신은 공작이나 봉황의 피를 물려받은 수화나 다른 조족 왕족들에게도 혐의를 둘 수 있었는데 말이다.

"나는 당신이 바둑을 잘 둔다고 여겼는데, 아니었어요. 실은 바둑보다 노름에 훨씬 더 탁월한 자질을 지녔죠. 아니, 당신은 타고난 노름꾼이에요. 나는 결정적인 순간에 모든 판세를 뒤집을 수 있는, 당신이 숨겨둔 필승의 패였고요. 당신은 아버지를 살해한 범인이 누구인지 뻔히 알면서도 욱봉에게 누명을 씌웠고, 욱봉이 범인이라며 나를 속였고, 내 증오심을 키우고, 복수심을 부채질했어요. 그리고 당신이 천군들을 은밀히 이동 배치 중이라는 사실을 욱봉이 알고 있으며, 혼례식 날에 그 사실을 밝힐 것임도 확신했죠. 당시, 욱봉은 나를 사랑했으니 내가 당신과 혼인하도록 순순히 두고 볼 리 없으니까요. 그래서 당신은 일부러 '낳아 주고 키워 준 어머니의 은혜'를 거론해 혹시라도 내가 흔들릴 수도 있는 가능성을 철저히 막았어요. 예, 맞아요. 욱봉이 약점인 등을 계속 내 앞에 드러내고 있는데도 나는 욱봉을 차마 찌르지 못했죠. 운단이 내 안에 있는 상황에서도 나는 망설였어요. 하지만 당신의 그 말에 나는 두 번 생각할 겨를도 없이 욱봉의 내단을 유엽빙도로 찔러 버렸어요. 오롯이 당신을 위해 준비된 패다운 행동이었죠."

혼례복 위로 방울져 번지던 피의 꽃이 눈앞에 떠오르자 가슴에 격통이 일었다. 황급히 숨을 들이켜며 가슴을 움켜쥐자, 윤옥의 눈동자가 다시금 흔들렸다.

"멱아!"

"내 이름 부르지 말아요! 소름 끼쳐요! 끔찍하다고요!"

그랬다. 십만 대군은 그저 들러리에 불과했다. 윤옥은 오로지 나

하나에 판돈을 전부 걸었다. 그 누구도 예상하지 못한 나에게…….

그래 나였다. 내가 바로 그의 승부수였다.

"모든 게 당신 뜻대로 되었어요. 나는 욱봉을 죽였고, 지휘관을 잃은 욱봉 휘하의 병사들에게는 항복밖에 길이 없었고, 당신은 대승을 거두었어요. 결국, 오매불망 바라던 천제의 자리에 올랐죠. 그러면 된 거 아닌가요? 당신이 바란 바를 다 이루지 않았나요? 그런데 왜 나를 놓아주지 않죠? 도대체 왜?"

비록 윤옥에게 질문했지만, 나는 이미 그 답을 알고 있었다. 욱봉은 어쨌든 그의 아우이고, 그는 욱봉의 속성이나 지닌 힘을 잘 알고 있었다. 그렇기에 유엽빙도에 찔린 것만으로는 욱봉이 완전하게 소멸할 리 없다고 여겨 구전금단을 미끼로 삼았다. 구전금단이 60갑자 만에 다시 만들어졌으니 욱봉을 살리려는 세력이 분명히 금단을 구하려고 움직이리라 예측해서였다. 그 후로 그는 욱봉을 보호하는 세력이 자신이 친 덫에 걸려들기만을 기다렸다.

그런데 그때도 내가 골칫거리로 부각되었다. 눈치도 없고 멍청한 내가 그가 살아 있을 거라는 한 줄기 희망을 버리지 못한 채 태상노군에게 구전금단을 청했으니 말이다. 그래서 그는 태상노군을 찾아가 내게 영력의 6할을 요구하면 내가 금단을 포기할 거라고 태상노군에게 귀뜸해 주었다. 목숨보다 영력을 귀히 여기는 내가 그 제안을 받으면 포기하리라 여겨서…….

태상노군은 태상노군대로 귀한 금단을 지킬 수 있어 좋고, 나는 나대로 나를 위해 친히 태상노군을 설득하려 한 그에게 감사해할 테니 그로서는 어떤 면에서도 손해 볼 일이 없었다.

"당신은 참으로 주도면밀하고 늘 몇 수 앞을 내다보죠. 그래서 내가 영력을 흔쾌히 내놓을 상황까지 대비했어요. 만약 내가 영력을 내놓는다면 화성을 뺀 구전금단을 내게 주라고 미리 태상노군에게 명해 둔 거죠. 가뜩이나 한 가지가 빠져 불완전한 금단인데, 빠진 약재가 심지어 화성을 띠었다면, 금단을 복용한 욱봉에게 반드시 사달이 나리라 예측하고서 말이에요. 내게는 금단을 주어 호감을 사고, 그 참에 욱봉도 완전히 제거할 수 있으니 일거양득이 아닐 수 없죠. 대체 천위가 뭐기에 이렇게까지 해요? 어떻게 주변의 모든 것을, 모든 이를 자신의 패로 써요? 자신이 당신의 패로 쓰이는 줄도 모른 채, 철저하게 이용당하는 줄도 모른 채, 당신이 세상에서 가장 선량하고 고아한 줄 아는 그 모든 이에게 죄책감도 안 들어요?"

말을 하면 할수록 기가 막히고 억장이 무너졌다. 그래서 원망이 가득한 눈으로 그를 노려보았다.

"아, 그래요. 내 마음이, 다른 이들의 마음이 당신한테 무슨 의미가 있겠어요. 그러니 탓할 이유도 없네요. 그러니 나도 놔줘요. 이제 당신은 천제의 자리에 올랐잖아요. 월하선인을 뺀 모든 신선과 육계의 백성은 당신을 존경해 마지않으며 따르고요. 당신이 월하선인을 딱히 신경 쓰지 않는 이유도 월하선인이 당신의 보좌를 위협할 수 없음을 알기 때문이 아닌가요?"

언제부터인가 나는 그를 보고 있었고, 그는 내 눈을 직시하지 못했다. 한마디도 반박하지 못하는 그의 얼굴은 백지장처럼 창백했다.

"당신의 예측에서 유일하게 어긋난 요소가 바로 욱봉이었어요. 불완전한 구전금단조차 욱봉을 살렸으니 말이죠. 또 이렇게 이른 시간에 마계를 장악해 천제인 당신의 가장 큰 대립 세력으로 클 줄도 몰랐겠죠."

나는 입술을 달달 떨며 차마 하고 싶지 않은 말까지 뱉어야 했다.

"이 와중에도 나를 놔주지 않는 이유가 거기에 있나요? 설마 또 나를 이용해 욱봉을 죽이려고요?"

그 순간 엄청난 분노가 치밀었고, 그것은 고스란히 내 힘으로 변해 팔에 몰렸다. 그 힘에 떠밀린 윤옥은 어이없을 정도로 쉽게 바닥에 나동그라졌다. 나는 그런 그에게 증오를 실어 소리쳤다.

"당신을 실망하게 해 실로 유감이지만, 그건 불가능해요. 내가 그러고 싶어도 못해요. 욱봉은 이제 나를 미워한다고요. 아니, 그 말로는 부족해요. 뼛조각 하나 안 남기고 죽이고 싶을 만큼 나를 증오해요. 그리고 나 아닌 수화를 사랑하죠. 내 아버지를 죽인 그 원수를요!"

나는 주춤주춤 뒤로 물러났다. 어느새 터져 나온 울음 때문에 목소리도 잘 나오지 않았다.

"나…… 는 못…… 해요. 죽…… 으면 죽었지 더는 욱봉을 해치지…… 않을 거라고요."

"아니요, 먁아! 그게 아니요!"

윤옥은 바닥에 무릎을 꿇은 채 내 허리를 그러안았다. 다리로 마구 그를 걷어찼지만, 그는 바위처럼 꿈쩍도 하지 않았다.

"잘못했소. 당신을 속인 거, 당신을 이용한 거, 당신에게 저지른 그 모든 과오. 모두 잘못했소. 하지만 당신을 사랑하는 마음만은 거짓이 아니오. 당신 없이는 한시도 못 살 것처럼, 숨도 쉴 수 없을 것처럼 당신을 사랑하오. 그래서 유재지에서 당신과 욱봉이 함께 있는 모습을 염수가 삼킨 당신의 꿈을 통해 봤을 때도 모른 척했소. 내 영혼을 베어 버리고 싶을 정도로 가슴이 미어지고 아팠지만, 당신을 잃는 것보다는 낫다고 여겼으니까. 애초에 나라는 존재가 없어 당신을 만나지 않았으면 이리도 슬플 일은 없었다고 생각하면서도, 이 일을 들추어 당신을 떠나보내느니 이대로 당신과 함께하는 편이 훨씬 행복하리라 확신했소."

윤옥의 고백에 나는 문득 발길질을 멈췄다. 비록 모질게 윤옥을 질책했지만, 이 지경까지 사태가 불거진 죄와 책임이 내게도 분명히 있었다. 아무것도 모르던 시절의 일이라고, 정말로 그게 누군가를 아프게 하는 일인 줄 몰라서 그랬다고 변명할 마음조차 하나도 들지 않았다. 때로는 무지도 죄다. 그리고 나는 그 무지를 방패 삼아 상대를 상처입혔다. 그 죄를 오늘에 이르러 고스란히 받는 셈이었다.

"그래서 인내했소. 훗날 거사에 성공하여 진정한 강자가 되면, 누구도 나를 얕잡아보지 못하게 되면, 내 모든 번뇌가 해결되리라 믿었으니까. 그렇게만 되면, 당신을 단단히 지킬 수 있는 내가 되면, 당신도 나를 진심으로 사랑하게 되리라 여겼소. 훗날 당신이 중독된 듯 망천을 드나들 때도 나는 기다림이, 인내가 답이라고 나 자신을 타일렀지. 그렇게 기다리다 보니 당신이 망천에 가는 횟수가 갈수록 줄어들었소. 그때 내가 속으로 얼마나 기뻤는지 모르오."

겨울 달처럼 핏기가 사라진 윤옥의 얼굴이 눈물로 흥건했다. 그는 나를 올려다보며 아프게 호소했다.

"당신이 은하수에서 내 청혼을 받아들였을 때 나는 이게 꿈이 아닐까 의심했소. 너무 기뻐도 심장이 찢어질 수 있다는 사실을 깨달았지. 당시 내가 무슨 생각을 했는지 아시오? 오직 당신과 혼인할 수만 있다면, 그저 이 혼례를 순조롭게 올린 뒤 당신과 생명이 다하

는 그날까지 평화롭게 살 수만 있다면 천제의 보좌 따위는 미련 없이 버릴 수 있다고."

　나는 말없이 고개만 저었다. 그러자 그는 허겁지겁 나를 고쳐 안으며 오열했다.

　"멱아, 믿어 주시오. 사랑하오. 정말로 사랑하고 있소. 그러니 떠나지만 마시오. 나를 사랑하지 않아도 되니, 그냥 내 곁에 있어만 주시오."

　그야말로 고립무원의 처지였다. 나는 절망에 찌들어 그를 내려다보았다.

　"잘못했소. 멱아, 잘못했소. 하지만…… 나는 후회하지 않소."

잘못했어요.
터무니없게 잘못했어요.
나 자신이 용서가 안 될 정도로 잘못했어요.

　욱봉에게 들리지도 않을 참회의 말을 막힌 목 안으로만 끊임없이 뱉으며 나는 연신 울먹였다.

　세상 수많은 상처 중 심장이 뜯기고, 뼈가 좀먹히는 상처가 있다. 그것은 '돌이킬 수 없는 것을 향한 후회'이다.

제14장

"먹어……."

바로 옆에서 윤옥이 나를 불렀다. 하지만 나는 그의 말을 들은 척도, 그가 보이는 척도 하지 않았다. 그저 손에 쥔 화초만 만지작거렸다.

"제발 끼니만은 챙기시오. 밖의 선녀들에게 물어보니 아침에 점심까지 물렸다더군. 대체 언제까지 이럴 셈이오?"

나는 아무 말도 없이 손에 든 화초를 땅에 심었다. 두 달 전까지만 해도 나는 윤옥이 방금처럼 물어보면 "금단에 빠진 약재가 뭔지 알려 줘요"라고 요구했을 것이다. 그러면 윤옥은 "나는 당신을 놓아줄 수 없소. 금단에 빠진 약재가 뭔지도 알려 주지 않을 거요. 봄이 되면 우리는 혼례식을 올릴 테고 그 후로 영원히 함께할 거요"라고 대꾸할 것이다.

이것은 모든 진상이 드러난 뒤 한 달 동안 내내 반복되는 상황이었다. 결국, 그것에 신물이 난 나는 애원을 멈추었다. 더불어 다른 어떤 말도 하지 않은 채 가시나무 보듯 윤옥을 멀리했다.

대놓고 냉대하는 게 누구의 눈에도 명백했지만, 윤옥은 매일 나를 찾아왔다. 세 끼를 제대로 먹는지 세세히 살피고, 차 온도까지 친히 가늠했다. 그는 매 순간 내가 그의 손바닥 안에서 벗어날까 봐

노심초사했다. 그럴 때마다 속도 모르는 선녀와 선시들은 이 세상에 천제처럼 일편단심인 사내가 없다며 그를 찬양해 마지않았다. 반면 천하에 다시없는 배은망덕한 여인이라며 뒤에서 걸핏하면 나를 욕했다.

하지만 나는 그들을 탓하지 않았다. 사람이든 신선이든 직접 겪어 보지 않으면 그 본질을 알 수 없는 법이다. 이 세상에 완벽한 존재란 없으며, 완벽한 존재가 있다고 해도 그것은 손을 뻗으면 사라지는 신기루에 불과하다. 나 또한 그날 선기궁에서의 일이 아니었다면, 아마 영원히 몰랐을 것이다. 그의 온화하고 아름다운 거죽 아래 어둡게 도사린 잔인하고 악랄한 면모를…….

"먹아!"

윤옥의 목소리에 살짝 노기가 서렸다. 나는 신경 쓰지 않았지만, 우리 주변을 둘러싼 선녀들은 움찔 굳었다.

"너희는 모두 물러나라. 짐은 수신과 할 이야기가 있으니."

"예, 폐하!"

그의 말이 끝나기 무섭게 좌우에 늘어선 선녀와 선시들이 일제히 고개를 조아렸다. 그리고 뒷걸음질해 황급히 자리를 떴다. 잠시후 넓은 후원 안에는 우리 둘만 남았다.

"먹아, 정말 이러기요?"

그가 고개를 숙여 나직하게 말하던 그때, 나는 문득 손을 멈추었다. 아까부터도 이상하다고 생각했는데, 이렇게 둘만 남으니 더더욱 확신이 생겼다. 그의 목소리, 그의 숨소리, 그의 어투는 마치…….

"어여쁜 먹아, 내가 왔어요. 어째서 한 번도 눈을 들어 나를 봐 주지 않죠? 내 총애를 믿고 너무 방자하게 굴면 못써요. 천제는 천후가 있어도 맘에 드는 천비를 무수히 들일 수 있어요. 설마 그리되기를 바라는 건 아니죠?"

나는 고개를 저으며 삽을 흙바닥에 던졌다.

"원하는 대로 양껏 들여요. 나는 전혀 개의치 않으니까."

두 달 만에 처음으로 내 목을 타고 입 밖으로 나온 목소리는 다 쉬어 있었다.

"아아, 이렇게 고집불통이라니."

그는 한 손으로 내 턱을 만지작거리며 고뇌하는 표정을 지었다. 그래봤자 실로 어쭙잖았지만…….

"건드리지 말아요."

나는 그의 손을 퉁명스레 '탁' 쳤다.

"어허, 아무리 천후라도 천제에게 감히 불복하다니! 어찌 이리 무례하죠?"

그는 이번에는 내 손을 덥석 잡았다. 너무 놀라 삽을 도로 들어 그를 쳐 버리고 싶었지만, 그가 내 나머지 손까지 그러쥐는 통에 그럴 수 없었다.

"아무래도 안 되겠네요. 아무래도 내가 오늘은 당신을 제대로 가르쳐야겠어요."

그는 그리 말하더니 나를 억지로 일으켜 세웠다. 그리고 내 손을 잡은 채 침전 쪽으로 거침없이 걸어갔다. 도중에 선시 몇 명과 마주쳤지만, 그들은 우리의 맞잡은 손을 보더니 바로 고개를 숙이며 빠르게 자리를 떴다. 그들의 의미심장한 미소에 내 얼굴은 홍빛이 되었다.

"무슨 짓이에요!"

침전 안으로 들어서자마자 나는 복하군의 손을 떨쳤다. 그러자 복하군은 특유의 과장된 몸짓으로 손을 털었다.

"먹아, 너무해요! 목숨을 걸고 미녀를 구하러 온 영웅을 이렇게 푸대접하다니!"

나는 절로 미간을 찡그렸다. 윤옥의 얼굴에 저런 표정과 몸짓이라니! 속이 다 메슥거렸다.

"대체 여기가 어디라고 함부로 들어와요! 신적에서 삭제된 거로 부족해요?"

"먹아, 목소리 좀 낮춰요. 비록 부처님께서 법회를 여신 틈을 타 천계에 잠입했지만, 천제가 얼마나 신중한 자인지 당신도 잘 알죠? 그러니 서둘러요. 자칫했다가는 우리 고생이 모두 허사가 되니까."

복하군은 소매에서 두 마리 구관조와 종이 한 장을 꺼냈다. 그런 뒤 구관조는 침상 머리맡에 두고 종이는 서탁에 펼쳐 어디에서 봐도 눈에 띄게 큰 글자를 써 내려갔다.

〈수신을 잠시 빌린다. 이는 수신과 합궁의 오묘함을 탐구하기 위함이다.〉

글을 다 쓴 복하군은 내팽개치듯 붓을 던진 뒤 나를 창밖으로 밀어 넘겼다. 그러자 등 뒤에서 구관조 둘이 요란하게 수선을 피워 댔다.

'어머, 안 돼요! 싫어!'

'아아, 당신은 실로 아름다워.'

'아아, 부끄럽게……'

등 뒤로 들려오는 구관조들의 대화가 어찌나 가관인지 다리가 꼬여 넘어질 뻔했다. 다행히 복하군이 받쳐 줘서 땅바닥에 꼴사납게 넘어지는 참사는 면했다.

"먹아, 서둘러요."

나는 내 등을 연신 미는 그를 돌아보았다. 후원까지는 어떻게 나왔다고 쳐도 이 주변은 윤우이 친히 친 결계로 둘러싸여 있었다. 내 모든 영력을 온전히 쏟아 부어도 빗금 하나 낼 수 있을지 의문인데, 6할의 영력을 잃은 이 상황에서는 어림도 없었다.

"걱정하지 말아요. 다 방법이 있으니 온 거니까. 영력이 약해지기는 했어도 수증기로는 아직 변할 수 있죠?"

그 말에 놀라 결계를 살피니 과연 결계에 미세한 균열이 가 있었다. 복하군의 도력으로는 윤옥의 결계에 금을 내기 힘들 텐데 이게 무슨 영문인가 싶었지만, 지금은 그것을 물을 때가 아니었다. 나는 얼른 수증기로 변해 작은 틈 사이로 빠져나갔다. 고개를 돌려 뒤를 보자, 복하군은 여전히 결계 안에서 웃는 얼굴로 서 있었다.

"복하군, 어서 나와요!"

내가 손짓하자, 그는 고개를 저었다.

"나는 여기서 시간을 좀 더 벌어야 하니 우선 은하수로 가 있어요. 곧 갈 테니 염려하지 말고요."

"괜찮겠어요?"

내 물음에 복하군은 손가락을 들어 윤옥으로 변해 있는 제 얼굴을 가리켰다.

"지금 내 얼굴이 천제인데 감히 누가 나를 막아요. 적당히 천병들을 따돌린 뒤 나도 곧장 은하수로 갈게요."

복하군의 말대로 나는 쉬지 않고 날아서 은하수에 도착했다. 가

쁜 숨을 내쉬며 숨을 고르고 있자니 복하군이 하늘 저편에서 물안개를 타고 날아오는 게 보였다. 머지않아 그는 원래 모습으로 돌아와 내 곁으로 뛰어내렸지만, 나를 지나쳐 어디론가 걸어갔다.

대체 복하군이 어디로 가나 싶어 그를 따라 시선을 옮기니 그리 멀지 않은 곳에 서 있는 월하선인이 보였다. 복하군은 월하선인과 마주 보고 서서 월하선인의 어깨를 몇 번 두드렸다. 어찌나 세게 쳤는지 월하선인의 몸이 크게 휘청거렸다.

"월하선인, 법기로 결계를 뚫어 줘서 고마워요. 덕분에 먹아가 무사히 빠져나왔네요."

월하선인은 붉은 입술을 심술궂게 비틀었다.

"나는 언우 너를 도왔지, 저 배은망덕한 것을 도운 적 없음이다. 어쨌든 네가 무사히 왔으니 나는 가 보련다."

월하선인은 복하군에게 말하면서도 눈은 나를 노려보고 있었다. 내게 품은 원망과 미움이 여전한 듯했다. 그래서 나는 그에게 다가가던 도중 어색하게 멈춰 섰다. 고마움을 표하고 싶은데 말을 걸 용기가 차마 나지 않았다.

"아이고, 월하선인! 미인에게 어찌 이리 박정하게 구세요. 모름지기 사내로 태어났으면 이러는 거 아니에요!"

복하군은 월하선인의 소매를 잽싸게 움켜쥐어 그가 자리를 뜨지 못하게 했다. 그러고는 나머지 한 손으로 내 손을 부드럽게 쓰다듬었다.

"이것 봐요, 월하선인! 당신이 한때 그리 귀여워하던 먹아가 어떻게 되었는지 한번 보라니까요! 엄지가 새끼손가락처럼 말라비틀어졌고, 손뿐 아니라 온 데가 피골이 맞닿았어요. 그 예쁘던 먹아가 어쩌다 이렇게 되었겠어요! 이게 다 그 고약한 천제 놈이 매일 먹아를 정원 일로 부려 먹어서잖아요. 이러다가 수신이 아니라 농부가 될 판이에요."

"복하군, 걱정해 주어서 고맙기는 한데 지금 당신이 쥐고 있는 건 내 새끼손가락이에요. 엄지가 아니라."

나는 고개를 저으며 복하군을 상기시켰다. 고마운 건 고마운 거고 아닌 건 아닌 거다.

"아, 어쩌지!"

복하군은 머쓱하게 웃었다. 하지만 이내 가슴을 쭉 펴며 자신을 자랑스러워했다.

"하하하, 내가 짠 계획이지만, 정말이지 완벽했어. 먹아, 내가 당신을 빼내기 위해 얼마나 수고로움을 감수했는지 당신은 절대로 모를 거예요. 천제가 천계를 비우는 날만 기다렸다가 5만 년 가까이 귀하게 간직한 '이행환식절대상선단'도 썼다고요. '이행환식절대상선단'이 뭔 줄 알아요? 어떤 이의 모습으로도 바꿀 수 있는 아주아주 귀하고 영험한 선단이죠. 유사한 선단이 세상에는 많지만, 천제의 모습으로까지 변신할 수 있는 선단은 흔치 않아요. 내가 오로지 당신을 위해 그 귀한 선단을 썼다고요. 어때요? 실로 감동적이지 않나요?"

이쯤 되면 자신의 노고를 알아 달라는 의미 같다. 나는 절대로 모를 거라고 하면서 자신의 한 일을 이리 소상히 이야기하니 말이다. 역시 복하군과 겸손은 절대로 양립할 수 없다.

"먹아, 천제는 아직 당신의 부재를 눈치채지 못했고, 천병들도 당연히 모르죠. 그러니 원하는 게 있으면 이참에 다 말해 봐요. 석 달

만에 얻은 자유잖아요."

그의 말대로 석 달 만에 겨우 구금에서 벗어났다. 그 사실이 믿어지지 않아 나는 일순간 멍해졌다. 그래서 복하군이 "예를 들어, 나와 사랑의 도피를 하고 싶다든가"라고 추파를 던졌음에도 본의 아니게 무시를 해 버렸다.

내가 하고 싶은 일은······.

그러니까 내가 지금 가장 간절히 하고 싶은 일은······.

몇 번이고 반복해 생각해도 내 결론은 항상 하나였다. 어쩔 수 없이, 내가 낼 수 있는 모든 용기를 다 그러모아 입을 달싹였다.

"마계에······ 가고 싶어요. 가서······ 욱봉을······."

돌연 눈이 시리더니 또 뭔가가 흘렀다. 그런 내 모습에 복하군은 "아!" 하고 길게 탄식했다. 그러다가 "망했네. 망했어, 죽 쒀서 개 줬어! 아니, 새 줬어!"라고 구시렁거리기도 했다.

"나는 너를 도울 마음이 없으니 정 가고 싶으면 네가 알아서 가려무나. 또 너를 도와줬다가 네가 욱봉에게 무슨 짓을 어떻게 할지 내가 어찌 알겠느냐. 조카를 또 사지로 내몰 수는 없는 일이다."

소매를 휘저으며 돌아선 월하선인의 말에 가시가 가득했다. 하지만 전혀 그가 원망스럽지 않았다. 이번에 그의 도움이 없었다면, 나는 영원히 선기궁의 귀신이 되어 갇혀 살아야 했을 테니 말이다.

나는 눈물 젖은 얼굴을 수습하고 의관을 바로 했다. 그리고 복하군과 월하선인에게 깊게 절했다.

"두 분의 은혜에 실로 감사드립니다. 죽어도 이 은혜를 잊지 않을 것이며 후일 반드시 보답하겠습니다."

월하선인은 내가 절을 마치고 몸을 일으킬 때까지도 나를 돌아보지 않았다. 복하군은 그런 나와 월하선인을 번갈아 보며 어쩔 줄 몰라 했다.

"먹아……."

나를 잡으려 하는 복하군을 향해 나는 단호하게 고개를 저었다. 비록 평소에는 무골호인처럼 굴어도, 명색이 내가 수신이다. 내가 이렇게까지 나오면 복하군이 지금보다 더 방자해도 나를 거스를 수 없다.

과연 내 예상대로 그는 평소와 달리 움찔 놀라며 뒷걸음질했다. 그런 그에게 살짝 웃어 준 뒤 나는 몸을 돌렸다. 그리고 마계로 발길을 재촉했다.

"월하선인, 먹아 좀 말려 보세요. 지금 이대로 마계로 갔다가는 정말 큰일 난다고요!"

아아, 그래도 그동안 쌓인 정이 있다고 나를 걱정해 주는구나.

왠지 콧등이 찡했다. 하지만…….

"나는 아직 먹아와 무산[34]에도 못 가 봤다고요! 그러니 어떻게 좀 해 봐요!"

아아, 역시 복하군은 언제 어디서든 복하군이다.

---

34 巫山. 무산에 관련한 상징은 중국 초나라 때의 시인 송옥이 지은 고당부(高唐賦)의 내용에서 유래했다. 초나라 회왕이 고당에서 연회를 열며 즐기다가 잠시 낮잠을 자게 되었는데, 꿈속에서 아름다운 여인을 만났다. 그때 그녀는 귀한 분이 이곳에 오셨다는 말을 듣고 시침을 들고자 왔다고 하였다. 그 후 여인과 헤어질 무렵이 되자, 여인은 "저는 무산 남쪽에 살고 있사옵니다. 앞으로 저는 아침에는 구름이 되고 저녁에는 비가 되어 양대 아래에서 조석으로 전하를 그리워할 것입니다"라는 말만 남기고 자취를 감추었다. 회왕이 다음 날 아침, 무산 쪽을 바라보니 과연 아름다운 구름이 걸려 있었다. 그 후로 무산지몽(巫山之夢)은 남녀 간의 정교, 혹은 은밀히 나누는 사랑을 의미하는 말이 되었다. 무산지우(巫山之雨), 운우지정(雲雨之情)으로도 불린다.

***

"저렇게 생긴 나찰은 처음 봐. 18층 지옥에서 올라왔나?"

"바보, 저게 어떻게 나찰이야. 저 여인은 신선이야."

"신선? 말도 안 돼. 신선이 왜 여기에 있어?"

"그러게. 저리도 아름다운데 아깝네. 어쩌다가 이런 데로 떨어졌나 몰라."

길옆에 비켜선 혹은 길을 지나가는 요괴들은 나를 힐끗힐끗 보기도 하고 속닥거리기도 했다. 아까 복하군과 급히 나오느라 토끼 귀를 챙겨 나오지 못했으니 당연했다. 마계 안에서는 내 선기가 더욱 두드러질 수밖에 없으니 말이다. 괜한 이목을 끌어 좋을 일이 없다 싶어 나는 한층 더 발길을 재촉했다.

머지않아 나는 현판에 아무런 글씨도 새겨져 있지 않은 오동나무 대문 앞에 멈춰 섰다. 보초는 없지만, 사납게 생긴 괴수 두 마리가 문 양쪽에 서 있었다. 혹시라도 그것들이 달려들까 봐 무서웠지만, 쭈뼛쭈뼛 대문 앞으로 다가갔다. 다행히 괴수들은 무표정하게 나를 보기만 할 뿐 딱히 짖거나 공격하지는 않았다.

조심스레 문을 두드려 보았지만, 아무런 반응도 없었다. 이 큰 궁전에 아무도 없을 리 없다 싶어 조금 기다렸다가 다시 문을 두드렸다. 다행히 향이 세 개 정도 탈 시간이 지났을 때 대문이 무거운 소리를 내며 열렸다.

"무슨 일이냐?"

열린 문 사이로 여요 둘이 모습을 드러냈다.

"저는 금멱이라 하옵고, 마존을 뵙고 싶습니다. 마존께 고해 주십시오.”

내 말에 그녀들의 얼굴에 금세 빗금이 그어졌다.

“마존을 뵙고 싶다고? 지금 네년이 실성한 것이냐? 마존은 너 따위가 사사로이 만날 수 있는 분이 아니시다.”

그중 한 여요가 짜증을 버럭 내며 문을 닫으려고 했다. 나는 급히 손을 뻗어 문을 붙들었다.

“그래도 한 번만 청해 봐 주십시오. 수신이라고 하면 만나 주실지도 모릅니다.”

그녀들은 벼락을 맞은 듯 기겁했다.

“수신? 어떤 수신? 설마?”

그녀들은 나를 본 뒤 다시 서로를 보더니 미련 없이 대문을 닫아 버렸다. 그야말로 문전박대였다.

‘음, 적어도 썩 꺼지라는 말은 나오지 않았으니 기다려 보면 들어갈 수 있을지도 몰라. 천계 선인이 마존을 찾아왔다는 사실에 놀란 나머지 문을 급히 닫았을 뿐, 바로 욱봉에게 이를 알리러 갔을 수도 있고.’

일말의 희망을 품은 채 나는 문 앞에 서서 얌전히 기다렸다. 다행히 문은 얼마 후 다시 열렸고, 아까의 그녀들은 내게 깊게 고개를 조아렸다.

“수신, 소인들이 몰라뵙고 무례를 범했습니다. 안으로 드시지요.”

비록 태도는 공손하지만, 그녀들의 표정에는 못 볼 것이라도 본 듯한 미묘한 공포와 혐오가 섞여 있었다. 하지만 이 또한 내가 자초한 결과이니 오롯이 감수할 수밖에 없었다.

여요의 안내를 받으며 들어선 곳은 너른 호수와 정자들이 자연 풍경과 잘 어우러진 후원이었다. 그녀는 후원 안 몇 개의 정자 중 붉은 쏨바귀가 가득 피어 있어 마치 붉은색 호수 가운데에 서 있는 듯한 정자 쪽으로 나를 데리고 갔다.

아마도 저기 욱봉이 있으려니 싶어 고개를 쭉 빼던 그때 가슴이 철렁 내려앉았다. 거문고와 사죽(중국 전통 현악기)을 연주하는 악공 몇몇 너머로 기둥에 기대앉은 욱봉이 보여서였다. 그는 반쯤 편 죽 간을 손에 든 채 있었는데, 서탁 앞에 공문서로 보이는 것이 흩어져 있었다. 아마도 일하는 중인 듯했다.

잠시 후 정자 계단 앞에서 멈춰선 여요는 고개를 조아린 채 고했다.

"존상, 수신이 뵙기를 청합니다."

돌연, 연주가 잘린 듯 멈췄다. 하지만 한 악공은 흐름을 읽지 못해 급히 음을 마무리하다가 거칠고 흐트러진 음을 냈다. 욱봉은 그런 그에게 차갑게 웃었고, 악공은 대경실색하며 그의 앞에 무릎을 꿇었다.

"존상, 죽을죄를 지었습니다!"

악공은 몸을 웅크린 채 덜덜 떨고 있었다. 그러자 내내 옆으로 돌아앉아 있던 욱봉이 느리게 몸을 돌렸다. 그제야 나는 그의 옆모습이 아닌 앞모습을 볼 수 있게 되었다.

"내가 어찌 너희를 탓하겠느냐? 수신의 대단함을 나도 알고, 너희도 아는데, 수신이 두렵지 않으면 그게 이상하지."

그의 목소리가 얼음장처럼 차가웠다. 명백히 비꼬는 어조였다.

"모두 물러나라."

"예, 존상!"

그의 명에 악공은 물론이고, 나를 안내한 여요도 즉시 자리를 떴다. 이 넓은 후원 안에 덩그러니 우리 둘만 남은 셈이었다.

나는 저도 모르게 눈을 내리깔았다. 수많은 말이 가슴에서 밀려 올라왔지만, 목구멍에서 턱 걸려 말이 되어 나오지를 못했다.

"귀하신 수신께서 무슨 일로 이 천한 마계에 친히 걸음을 하셨소이까?"

살을 비집고 침투해 혈관까지 얼릴 듯한 차가운 말투에 목구멍까지 올라온 말이 도로 쏙 들어갔다. 그래서 한마디도 하지 못한 채 그저 굳어 있을 수밖에 없었다.

"왜 아무 말도 없소? 설마 내가 맨발로 달려 나와 공손히 맞이하지 않아 기분이라도 상하셨소? 하지만 어쩌겠소. 이곳 마계는 천계와 비교하면 실로 보잘것없고, 근본도 미천하여 수신의 품격에 걸맞은 대접을 해 드리기 어려운 곳이라오."

"욱봉……. 나, 나는……."

있는 용기를 모두 그러모아 고개를 들어 시리도록 차가운 그와 가까스로 눈을 마주했다. 하지만 도대체 무슨 말을 어떻게 하면 좋을지 알 수가 없었다. 그 이유로 또 머뭇거리니 욱봉이 먹 같은 눈썹을 살짝 들며 시선을 옆으로 돌렸다.

"듣자니 수신께서는 내년 봄에 천제와 혼인하여 천후가 되신다더군. 설마 오늘 청첩장을 친히 전하러 온 것이오?"

그는 긴 팔을 뻗어 악공이 놓고 간 거문고를 가볍게 튕겼다. 현이 퉁겨지는 소리는 맑고 청아했다. 그래서 뒤이어 나온 그의 목소리가 더욱 살벌하게 느껴졌다.

"수신의 대범함이 날이 갈수록 하늘을 찌르는군. 감히 혈혈단신으로 명부에 들어오다니 말이야. 돌아가지 못할 게 두렵지 않은가 보지?"

그때 '팅!' 하는 파열음과 함께 거문고의 줄이 모질게 끊어졌다.

"아니면, 내가 너를 감히 못 죽일 거라는 어이없는 가능성을 확신했든지."

"욱봉!"

나는 무심결에 손을 내밀어 그의 팔을 붙들었다. 그와 동시에 그의 눈동자가 짙게 가라앉았고, 그는 신력을 실어 거칠게 소매를 휘둘렀다. 그 탓에 나는 세차게 튕겨 나가 바닥에 나뒹굴었다.

"지금 이 자리에서 당장 죽고 싶은 게 아니라면 수신은 자중하시오."

손바닥이 불에 덴 듯 화끈거리고 아팠다. 하지만 마음이 더 아파 손의 통증은 되레 아무렇지도 않았다. 그의 차가운 눈은 비수처럼 내 오장을 찢었고, 찢긴 곳마다 선혈이 뚝뚝 흘렀다.

그는 바닥에 널브러진 나를 잠시 노려보더니 더러운 것이라도 닿은 듯 내 손이 붙들었던 소매를 거칠게 털었다. 그런 뒤 몸을 돌려 나를 스쳐 정자 밖으로 나갔다.

"욱, 욱봉!"

나는 급히 몸을 일으켜 그의 뒤를 따라갔다. 그는 뒷짐을 진 채 호수 쪽으로 가고 있었는데, 뒤따라오는 나를 일절 신경 쓰지 않았다. 다리가 꼬여 몇 번이나 넘어졌는데도 한 번도 돌아봐 주지 않았다. 머지않아 그는 호수 한가운데에 있는 정자로 이어지는 다리를 지나 정자 계단을 밟고 올라섰다. 그때 또 넘어진 상태였던 나는 절박한 눈으로 그의 뒷모습을 올려다보았다.

속세의 인간은 윤회를 통해 다음 생을 기약할 수 있지만, 우리는 오로지 한 생만을 산다. 끝을 가늠할 수 없는 길고 긴 한 생을……. 오늘 그와 지금껏 쌓인 오해를 풀지 못한다면 나는 앞으로 남은 긴 긴 세월 내내 그 고된 천형에 시달려야 할 것이다.

생각이 거기까지 미치자 눈물이 다시금 폭우처럼 쏟아졌다.

"잘못했어요! 과거에 당신한테 한 짓, 모두 잘못했어요. 그 죄를 물어 나를 죽여도 좋아요. 갈가리 찢어 죽여도 감수할게요. 그러니 나를 외면하지만 말아 줘요. 잘못했어요, 욱봉! 내가 다 잘못했어요."

비록 두서없는 외침이었지만, 그것에 반응한 듯 그가 걸음을 멈췄다. 용기를 얻은 나는 울먹이며 말을 이어 갔다.

"당시 나는 당신이 아버지를 죽였다고 믿었어요. 아버지는 홍련 업화에 돌아가셨고, 그것을 쓸 수 있는 선인은 당신밖에 없다고 여겼어요. 그게 다 오해였다는 사실을 이제야 알았어요. 그래서…… 그래서……."

"오해?"

그가 매섭게 내 말을 자르며 나를 돌아보았다.

"그 오해가 어쩌다 이제야 풀렸지? 왜 네 그 병신같은 머리로 그것을 알아냈을 리는 없고, 천제가 어울리지 않게 입방정이라도 떨었나?"

정곡을 찌르는 그의 말에 나는 일시에 뻣뻣하게 굳었다. 그런 나를 혐오스럽다는 듯 노려보며 그는 조소했다.

"그래, 좋아. 오해했다고 치지. 하지만 그걸로 네가 한 짓을 모두

합리화할 수 있을 것 같아? 너는 선대 수신이 홍련업화로 죽었다는 이유만으로 나를 살부지수로 지목했어. 간교한 야신의 부추김만 믿고, 내가 억울할 수도 있다는 생각은 추호도 하지 않았지. 그리고 야신과 손을 잡아 나를 유혹하고, 나를 안심시켜서 결국 나를 죽였고. 오해라고? 웃기지 마. 그건 오해가 아니야. 너는 그저 네 마음 하나 편해지자고 나를 살부지수로 치부하고 싶었을 뿐이야."

그의 말에는 어디 하나 틀린 데가 없었다. 나는 아득하게 절망하며 그의 차가운 눈을 보았다. 하지만 이내 정신을 차렸다. 지금 나는 이러고 있을 때가 아니었다. 이번에 요행히 살아 돌아가더라도 나는 윤옥에게 다시 붙들릴 테고 구금될 것이다. 그러니 지금이 내가 그에게 한 번도 하지 못한, 그러나 간절히 하고 싶었던 말을 할 수 있는 마지막 기회였다.

"욱봉, 나 당신에게 할 말이 있어요. 믿든 안 믿든 상관없어요."

나는 어렵사리 입을 뗀 뒤 그를 똑바로 바라보았다.

"사랑해요."

그는 마치 내 말을 못 들은 듯 무표정하게 나를 내려다보았다. 느리게 날리는 꽃잎이 그의 맑은 눈 속에 비쳤다.

"이번에는 뭘 원하지?"

전혀 예상치 못한 대답이었다. 어떤 식으로 반응해야 할지 알 수 없어 당황해하는 나를 향해 그는 다시금 차갑게 웃었다.

"마계와 천계 사이에는 아직 전쟁이 발발하지 않았어. 그런데 벌써 그 일을 걱정해 미리 손을 쓰려는 건가? 허, 그래도 그렇지 어떻게 한 번 쓴 수법을 또 쓰려고 들지? 나를 반편으로 보나, 아니면 너와 천제가 더 졸렬해졌나?"

그는 돌연 허리를 굽히더니 내 턱을 세게 붙잡았다.

"내 생각에는 아무래도 전자 같군. 너희 눈에 내가 같은 수법에 또 넘어가는 반편으로 보였다는……."

"아니에요!"

강하게 부정하던 그때 잡힌 턱이 얼얼하게 아팠다. 그가 마치 내 턱을 부러뜨릴 듯 손에 더 힘을 주어서였다.

"정말 아니에요. 나는 윤옥이 그런 계획을 꾸민 줄 몰랐어요. 변명이나 거짓말이라고 여겨도 상관없어요. 나는 당신을 사랑해요."

어느새 흘러넘친 눈물이 뺨으로 타고 미끄러져 내 턱을 잡은 그의 손등 위로 떨어졌다. 그 순간, 그는 마치 불에 덴 듯 움찔하며 손을 거두었다. 하지만 혐오와 멸시가 가득한 눈빛은 그대로였다.

"내 살다 살다 이렇게 황당하고 기가 막힌 말은 처음 들어 봐. 사랑한다고? 나를 사랑한다고? 내가 죽기 전 네가 뭐라고 했는지 기억나지도 않나 보지? 너는 잊었을지 몰라도 나는 어제 일처럼 똑똑히 기억해. 나를 사랑한 게 아니었냐는 내 물음에 너는 한순간도 사랑한 적 없다고 대답했지. 나는 그 말을 금과옥조로 삼아 뼛속까지 새겼어. 그런데 인제 와서 나를 사랑한다고? 어떻게 그럴 수 있지? 그렇게 가차 없이 나를 죽일 때는 언제고 내가 죽은 후에야 나를 사랑한다고? 이게 무슨 궤변이야? 거짓말을 하려거든 제대로 좀 해. 거짓말에는 일가견이 있는 천제와 지금껏 살면서 대체 뭘 배운 거야?"

나는 다급히 그의 옷자락을 쥐었다. 그가 당장이라도 나를 떨치고 가 버릴까 봐 무서웠다.

"욱, 욱봉! 아니에요. 그건 운단 때문이에요. 당신을 사랑하지 않

은 게 아니었어요. 운단 때문에 당신을 사랑하는 내 마음을 나 스스로가 몰라서였어요."

"운단?"

"네, 운단요. 노호에게 들었는데 내가 태어났을 때 선대 화신인 어머니께서 내게 사랑을 느끼지 못하게 하는 운단을 먹이셨대요. 그날, 당신이 죽던 그날……, 당신의 혼백이 흩어지는 것을 보던 그때 나도 모르게 운단을 토했어요. 그제야 나는 내가 당신을 사랑한다는 사실을 깨달았어요. 언제부터 당신을 사랑했는지는 모르지만, 당신을 사랑한다는 것만은 분명했어요."

어느새 내 목소리는 작게 잦아들었다. 습기가 어린 내 목소리가 내 안의 모든 것을 적시며 나를 무겁게 가라앉혔다.

"궁기의 온침 때문에 당신이 괴로워하자 무엇인가가 내 가슴 안을 갉아 대는 듯한 느낌에 힘들었을 때였는지, 당신과 처음 그렇게 된 유재지에서였는지, 천후를 속이려고 죽은 척했을 때였는지, 당신이 징심당지 다발을 품에 안은 채 나를 돌아보며 웃었던 때였는지, 그 옛날 당신이 나를 소요라고 불렀을 때였는지……. 과연 언제부터 당신을 사랑했는지 모르겠어요. 정말로…… 모르겠……. 윽!"

불현듯 내 혀끝에서 괴로운 신음이 터져 나왔다. 그의 큰 손이 내 목을 강하게 조른 탓이었다.

"거짓말도 정도껏 해! 사랑을 느끼지 못하는 운단이라고? 세상에 그런 운단 따위는 없어. 만약 있더라도 내 동정을 살 수 없고!"

그의 말 한마디 한마디가 모두 비수였다. 하지만 나는 그를 추호도 원망할 수 없었다. 그가 내 목숨을 지금 이 자리에서 취해도 지은 죄가 있기에 마땅히 감수해야만 했다.

"말해! 천제가 너를 마계로 보낸 의도가 뭐야?"

그는 더욱 손에 힘을 주며 나를 다그쳤다. 그럴수록 눈앞의 광경이 모호해져 나는 어느새 눈을 감았다. 솔직히 그의 손에 죽는 게 행복할지도 모른다는 생각도 들었다.

"이-!"

잇새로 나온 낮은 노성과 함께 그의 손힘이 누그러졌다. 곧이어 나는 그의 넓은 품에 힘없이 무너졌다. 그 와중에도 나는 기뻤다. 비록 그가 손을 뻗어 나를 받쳐 주지는 않아도 최소한 나를 밀어 내지는 않으니 말이다. 하지만 잠시 후 들려온 그의 차가운 말에 온몸이 얼어붙었다.

"천제를 향한 수신의 사랑은 참으로 감동적이군. 천제를 위해 목숨도 기꺼이 내던지다니 말이야. 반면 천제는 자신의 보좌를 공고히 하기 위해 한 치의 미련도 없이 내게 너를 내던지는군. 무정하기 짝이 없는 남편과 어리석을 정도로 순정적인 아내라니! 어찌 보면 천생연분이야."

손을 뻗어 그를 붙들고 싶었지만, 손에 힘이 하나도 들어가지 않았다. 손목이 조금 움직였을 뿐 무력하게 떨어졌다. 결국, 나는 기를 쓰고 고개를 들어 그를 보았다. 그것만이 내 유일한 구원인 듯.

"그런 거 아니에요. 한 번도 그런…… 생각을 한 적 없어요. 나는 늘…… 당신뿐……."

"닥쳐!"

그는 매섭게 일갈했다. 그러고는 한 손으로는 내 뒷머리를, 다른 손으로는 내 턱을 아프게 붙잡았다.

"너는 어찌 이리 자신만만하지? 내가 다시 너에게 속을 거라는 황당한 믿음의 근거가 대체 뭐냐고! 나와 수화의 청첩장은 이미 천계로 갔는데 설마 모르는 거야? 받지 못했다면 한 장 더 주지."

그는 분노로 씨근거리는 숨을 애써 고른 뒤 한껏 낮춘 음성으로 내게 경고했다.

"다시는 그딴 소리 입에 올리지 마. 그 즉시 너를 죽여 버릴 테니까. 그 말을 한 번 할 때마다 한 번씩 너를 갈기갈기 찢어 죽일 거야. 그러니 그 입 다물어."

문득 한 줄기 바람이 호수를 흔들었다. 그리고 그때…….

"마존!"

요괴 하나가 달려와 그의 앞에 무릎을 꿇었다.

"마존, 천제가 백만 천병을 이끌고 망천 기슭에 왔습니다. 수신을 내놓지 않으면 전쟁도 불사하겠다고 합니다."

"역시 그랬군."

그는 차갑게 웃으며 나를 쥔 손에 더 힘을 주었다. 그리고 고개를 기울여 내게 속삭였다.

"네가 마계에 온 목적이 바로 이거였군. 명분! 마계와 천계는 다시 한번쯤은 붙어야 했지만, 서로 명분이 부족했지. 하지만 네가 내게 붙들려 있으면 사정이 달라져. 수신을 부당하게 인질로 잡은 내 도덕성을 질책할 수 있을 뿐 아니라, 비록 전쟁하고 싶지는 않으나 수신을 구하기 위해서는 어쩔 수 없다는 명분이 서니 말이야. 민심을 부추겨 자신의 편에 서게 하는 데 탁월한 재주가 있는 천제다운 발상이야. 허, 이제 나는 어쩌면 좋을까? 내 자질은 천제의 발끝에도 미치지 못한다며 자리를 보전한 채 탄식만

해야 하나?"

그는 말을 마친 뒤 내 귀를 머금어 나른하게 핥았다. 그 느낌이 어쩐지 섬찟해 몸이 절로 굳었다.

"무섭나? 내가 지금 당장 너를 도륙 낼까 봐?"

그 순간 귀에 날카로운 통증이 일더니 목을 따라 뜨거운 것이 흘렀다. 그가 아마도 입 안에 머금고 있던 내 귀를 세게 물어 버린 듯했다.

"수신, 네가 사랑해 마지않는 천제를 실망하게 해 미안한데, 그렇게는 안 될 듯해. 나도 이미 방비를 해 놓았거든. 천제에게 백만 천병이 있다면 내게는 백만 귀병이 있어. 오롯이 오늘을 위해 준비해 둔……."

그는 천천히 몸을 일으켰다. 그리고 피를 머금은 선연한 붉은색 입술을 열어 선포했다.

"우리도 응전한다. 시왕에게 내 명을 전하라!"

＊＊＊

망천 너머의 윤옥은 흰옷을 입고 뒷짐을 진 채 서 있었다. 그의 뒤에는 36명의 천장이 늘어서 있었고 백만 명의 천병들이 구름처럼 모여 있었다. 손에 든 법기는 그의 흰옷처럼 시린 빛을 내뿜었는데, 정오의 태양이 반사되어 감히 직시할 수도 없었다.

내가 있는 마계 쪽 망천 나루터에는 욱봉이 서 있었다. 붉은 옷자락이 바람에 휘날리는 그의 모습은 검은 구름과 작열하는 태양도 기가 죽을 듯 기세등등했다. 백만 병의 귀병을 거느린 시왕은 욱봉

과는 다른 느낌으로 요요한 기운을 풍겼다.

흐르는 구름과 바람의 울부짖음이 망천 양편에 떠돌았다. 하지만 양측 군대는 미동도 하지 않았다. 그런데도 양측이 품은 살기는 점점 더 예리해지고, 전운도 함께 무르익었다.

나는 욱봉과 두 보 정도 떨어진 곳에 놓인 흑단 의자에 앉아 있었다. 의자 위로는 여인의 머리카락 같은 술이 길게 늘어져 있었는데 손을 뻗어 그것을 쥐자, 미끄러지듯 내 손에서 빠져나갔다. 왠지 불안한 예감이 들어서 나는 황급히 욱봉을 돌아보았다. 하지만 그는 나를 봐 주지 않았다. 그의 시선이 망천 너머에 선 윤옥에게 오롯이 고정된 탓이었다. 나는 욱봉을 보고, 욱봉은 윤옥을 보고, 윤옥은 나를 보는 형국이었다.

"짐은 오늘 마존과 싸우러 온 것이 아니오. 수신만 무사히 돌려준다면 짐은 마존에게 어떤 책임도 묻지 않겠소."

윤옥이 특유의 담담한 어조로 먼저 입을 뗐다. 그리고 맑고 투명한 눈으로 망천 너머의 나를 응시했다. 저 담담한 모습 아래 분명 비수를 숨겼음을 짐작하면서도 나는 혼란스러웠다.

지금 윤옥의 눈 아래 담긴 감정은 대체 무엇일까? 안타까움, 아니면 좌절?

유감스럽게도 전혀 알 길이 없었다. 아마도 나는 그를 영원히 알수 없을 듯했다.

"훗!"

욱봉이 차갑게 코웃음을 쳤다. 그리고 길고 가는 봉안을 위협적으로 치켜떴다.

"만약 내가 수신을 돌려주지 않겠다면?"

욱봉이 도발하자, 윤옥의 옆에 있는 차철[35]이 발을 굴렀다. 고개를 들며 거센 콧김도 내뿜었다. 천제는 그런 차철을 힐끗 보더니 고삐를 말아쥐며 담담히 반응했다.

"좋소. 마존의 뜻이 꼭 그렇다면 싸워서 되찾을 수밖에."

"원하실 대로."

윤옥의 반응을 지켜보던 욱봉은 싱긋 웃더니 팔을 쳐들었다. 그와 동시에 망천 양측에서 천지를 뒤흔들 듯한 북소리가 울렸다.

마치 술이 익어 가듯 망천 위로 피비린내가 작열했다. 늘 고요한 망천이 오늘만은 그렇지 못했다. 병사들은 노한 눈을 치뜬 채 서로를 베고 또 베었다. 각종 병기가 섬뜩한 소리를 내며 부딪혔다. 격렬한 백병전이 벌어져 왼쪽 곁마가 쓰러져 죽을 때 오른쪽 곁마는 적의 칼날에 부상을 입었다. 들어갔으나 나올 수 없고, 향했으나 돌아 나올 수 없는 형국이었다.

망천에 빠진 천병은 귀혼에 붙들려 다시는 몸을 일으키지 못했고, 천병의 화살에 맞은 요마는 혼백이 산산이 흩어졌다. 어느새 시왕과 천장들까지 가세한 전투는 점점 격렬해졌지만, 두 지휘관 주변만 태풍의 눈처럼 고요했다. 그들은 양군의 대치 중에서도 전세를 신중히 살피며 침착하게 지휘를 이어 가고 있었다.

지옥도를 방불케 하는 이곳에서 오로지 나만이 동떨어져 있었다. 목숨 바쳐 싸우는 군인도, 책략을 쓰는 장수도 되지 못했다. 그저

---

35 呲鐵,《신이경》에 나오는 요수로 물소의 형상에 거대한 뿔이 돋았고, 온몸이 검다. 철을 먹고 살며, 어떤 날카로운 병기도 몸을 뚫지 못한다고 전해진다.

강을 건너는 뗏목이며, 전란의 핑곗거리이자, 이 모든 비극을 무능하게 지켜만 보는 무력한 방관자였다. 그리고 천계와 마계 중 어느 쪽이 승리하든 이 전쟁을 유발하여 수많은 목숨을 앗은 천고의 죄인이 될 터였다.

그때 문득 부처님이 나를 산중 호랑이로 비유하셨던 일이 떠올랐다. 당시에는 황당하고 화났지만, 오늘에야 그 말씀이 추호도 틀리지 않은 진실임을 알았다. 나는 내 주변의 모든 이에게 액운을 가져오는 재앙 덩어리이자 화근이었다.

시간이 흐를수록 전세는 마계로 기울었다. 승기를 탄 귀병들은 기세등등하게 망천 너머로 천병들을 내몰고, 욱봉의 얼굴 위에는 복수의 쾌감이 번져 갔다. 하지만 어느 순간, 그의 입가에 번져 있던 차가운 미소가 일시에 사라지더니 그의 몸이 흔들렸다. 바로 곁에 있는 나 정도만 알 수 있는 미묘한 변화였음에도 간담이 서늘했다.

역시나 불안한 예감은 들어맞았다. 그의 손끝에서부터 나온 시린 냉기는 서서히 그의 몸을 휘감고 있었다. 비록 말로 표현하지는 않지만, 자신을 덮친 고통이 실로 지독한지 그의 미간과 입술은 어느새 일그러져 있었다. 이건 구전금단이 반서하고 있다는 증거였다.

다급한 마음에 고개를 들어, 망천 너머의 윤옥을 바라보았다. 그는 하늘 위 흘러가는 구름을 보고 있었다. 전장 한가운데에 있다고는 믿어지지 않을 만큼 평온한 모습이었다. 그는 적막하게 가라앉은 채 내가 보지 못하는 공간 속에 서 있는 듯했다.

얼마 후 멀리서도 내 시선이 느껴졌는지, 윤옥은 고개를 돌려 나를 보았다. 그리고 별빛이 가득 담긴 눈을 한 채 입술을 달싹였다.

그는 '먹아, 돌아오시오'라고 말하고 있었다.

'약!'

나는 입 모양으로 명확히 내 의사를 밝혔다. 내가 말하고자 하는 바를 알아들었는지 그는 굳은 얼굴로 고개를 돌렸다. 빠진 약재가 무엇인지 알려 줄 의사가 없다는 명확한 의사를 제차 밝힌 셈이었다.

좌절과 함께 심화가 치밀었지만, 욱봉의 상태가 더 걱정되었다. 그래서 욱봉 쪽을 돌아보니 그의 미간이 더 일그러져 있었다. 웅혼한 영력으로 겨우 버티고는 있지만, 언제 무슨 일이 벌어질지 몰라 가슴이 죄어들었다.

결국, 나는 극심한 어지럼증을 느끼며 의자 아래로 나뒹굴었다. 그 탓에 발아래 구름이 흩어졌고, 선혈이 낭자하게 묻은 가시덤불이 드러났다. 덤불 사이사이에 매달린 귀혼들은 괴성을 지르며 나를 잡아당기려고 손을 내밀었다.

그때만 해도 나는 꼼짝없이 이 귀혼들에게 붙들려 가시덤불 속에 떨어지리라 여겼다. 하지만 갑자기 욱봉의 손이 나를 붙들어 나를 도로 의자 위에 앉혔다.

고맙다고 하고 싶었지만, 그는 붉은색 옷자락을 휘날리며 다시 원래 자리로 가서 섰다. 그의 눈 밑은 어느새 짙게 그늘이 져 있었고, 입술도 비틀려 있었다. 고통이 극심한 듯했다. 나는 저도 모르게 다시 의자에서 몸을 일으켜 그에게 팔을 뻗었다.

원래는 '괜찮아요?'라고 묻고 싶었는데 그러지 못했다. 금색 빛을 검처럼 휘둘러 내 앞으로 날아온 화살을 막아 떨어뜨린 그가 거칠게 화내며 소리친 탓이었다.

"도망칠 생각 따위는 하지도 말고 거기 얌전히 앉아 있어! 거치 적거리지도 말고!"

별수 없이 다시 의자에 앉은 내 눈앞에 금빛 섬광이 잘게 흩어졌다. 처음에는 이게 뭔가 싶었지만, 이내 깨달았다. 방금 나를 화살의 공격에서 보호해 준 빛의 잔해였다. 과연 불의 속성을 지닌 봉황이 쏠 만한 금색의 찬란한 빛이었다. 달처럼 혹은 그 달 아래 눈처럼 서늘한 흰색인 윤옥의 빛과 실로 대조되었다.

응? 금색? 금…… 색? 금……?

돌연 머릿속이 환해졌다. 그래, 금! 바로 그거다. 이제야 알겠다.

온몸이 부들부들 떨릴 정도로 흥분한 나는 의자 팔걸이를 꽉 쥐었다. 그러고는 검 그림자 속에 묻힌 욱봉에게 크게 소리쳤다. 그와 가까운 거리에 있음에도 전장의 소음에 내 외침이 묻힐까 봐 두려웠다.

"도올[36]! 도올초예요! 욱봉, 도올초라고요!"

태상노군은 일찍이 금단은 흙의 성질을 지녔으니 절대로 나무나 나무로 만든 무엇에 가까이 두지 말라고 내게 당부했다. 그런 것에 닿는 순간 금단은 녹아 없어진다고. 하지만 수화를 미행해 그녀와 변성왕이 욱봉을 숨겨 놓은 은신처를 알아낸 그날, 나는 분명히 이슬로 변해 나무 속으로 비집고 들어갔다. 태상노군의 말대로라면 내 품 안의 금단은 녹아 없어졌어야 했다. 그러나 금단은 멀쩡했다.

그 말인즉슨, 태상노군은 내게 준 단약에 무슨 문제가 있는지 전

---

36 檮杌, 중국 신화에 등장하는 전설의 동물로, 사흉 중 하나이다. 호랑이를 닮은 몸에 사람의 머리를, 멧돼지의 송곳니와 긴 꼬리를 가졌다. 항상 천하의 평화를 어지럽히려는 생각을 품고 있다. 난훈(難訓, '가르치기 어렵다'는 뜻)이라는 별명이 붙어 있기도 하다. 이 소설에서는 도올초라는 약재의 명칭으로 쓰였다.

혀 모르고 있었다는 뜻이다. 그는 윤옥의 명을 받들어 내게 불완전한 단약을 준 것이 아니었다. 당시 윤옥이 새벽에 태상노군을 만나러 갔을 때 바꿔치기한 천제 소유의 예전 금단을, 그것도 윤옥이 손을 써서 불완전해진 금단을 자신이 이번에 제조한 금단이라고 생각하고 내게 건넸음이었다.

그날은 상황이 너무 다급해 잊고 있었지만, 원리는 의외로 간단했다. 흙의 성질을 지닌 금단이 상극인 나무에 닿아도 녹지 않았다면 금단 안에 흙의 성질을 누르는 약재가 더 첨가되었다는 의미 아니겠는가. 그러니까 윤옥은 구전금단에서 약재를 뺀 것이 아니었다. 그저 자신이 지닌 예전 금단에서 약재를 추가해 태상노군이 새로 만든 금단과 바꿔치기했을 뿐이다!

흙의 기운을 누를 수 있으며 특유의 차가운 성질로 화기를 제거하는 약재는 세상에 딱 하나다. 요지[37] 밑바닥에서 자라는 도올초! 그리고 도올초의 상극은 망천 기슭에 지천으로 자라나는 야생초 봉우(蓬羽)다.

"욱봉! 내 말 들려요? 애초에 당신이 복용한 구전금단에는 빠진 약재가 없어요. 그저 도올초가 더해졌을 뿐이에요. 그러니 도올초의 기운만 체내에서 없애 버리면 돼요. 도올초의 상극이 봉우이니 지금 당장 봉우를 복용해요. 그러면 금단의 반서는 자연히 사라져요!"

목이 터지도록 외쳤는데도 욱봉은 나를 돌아보지 않았다. 되레 망천 건너편의 윤옥이 싸늘하게 굳은 얼굴로 나를 보았다. 윤옥의 반응에 나는 더욱 강하게 확신했다. 지금 욱봉은 도올초의 한기에

---

37 瑤池. 서왕모(西王母)가 산다고 전해지는 곤륜산에 있는 연못

잠식되고 있는 상태였다.

봉황의 근원은 불! 도올초가 이런 식으로 그의 체내에서 계속 반서하면 그는 결국 서서히 소멸해 갈 수밖에 없다. 윤옥이 노린 점도 분명 이것이었을 터였다. 게다가 그는 지금 반서의 고통과 지휘관의 책무라는 이중고로 몸을 뺄 겨를이 없다. 그러니 나라도 봉우를 따 와야 한다.

단단히 마음먹고 의자에서 몸을 일으키는데 욱봉이 고개를 돌려 나를 보았다. 아무래도 아까와 같은 오해를 한 듯했다. 그래서 도망치려는 게 아니라고 말하려던 그때였다. 그의 맑은 눈동자 위로 기이한 빛이 스쳤다.

길게 꼬리를 그으며 허공을 꿰뚫는 그 빛은 그의 눈동자 자체에서 우러나온 게 아니었다. 외부의 무엇인가가 투영된 그것은 바로 망천 너머에서 날아오는 화살이었다. 그 순간, 내 머릿속은 정지했다.

그 뒤 내 모든 행위는 오롯이 본능에 의해 이어졌다. 나는 온몸을 던져 그의 가슴 앞을 막아섰다. 하지만 욱봉이 그 화살을 미리 대비했을 줄은 미처 몰랐다. 그는 이미 손을 치켜든 뒤였고, 내 가슴에는 그가 내뿜은 홍련업화가 피어났다.

찰나의 순간이었다. 실로 짧고 짧았다.
윤옥의 화살은 욱봉의 가슴을 맞추지 못했다.
욱봉의 홍련업화는 윤옥을 불태우지 못했다.

나는 불타는 홍련업화를 가슴에 품고, 등은 화살에 꿰뚫린 채 서서히 무너졌다. 그런데 돌연 기이한 현상이 일어났다. 내 손바닥에서 금광이 흘러나와 빠르게 내 전신을 휘감은 것이었다.

이건 뭐지? 나는 이런 빛을 내는 힘이 없는데? 이건 뭐지?

'사랑하니 고뇌가 생기고, 사랑하니 두려움이 생기느니라. 그러니 사랑하지 않으면 고뇌도, 두려움도 자연히 없을 터다. 이 향신은 네가 겁을 극복하는 데 도움을 줄 것이야.'

아득해져 가는 머릿속으로 부처님이 내게 해 주신 말씀이 떠올랐다. 설마 이 빛은 당시 부처님이 발라 주신 향신으로 말미암은 건가?

"금멱!"

응, 누구지?

혹시 욱봉 당신이야?

나를 '금멱'이라고 부르는 사내는 내가 아는 한 세상천지에 당신 딱 하나인데.

아, 아니다. 예전에는 그랬지만, 지금은 아니네.

이제 당신은 내 이름조차 입에 올리기 싫어하는데 어찌 지금 그 사내가 당신이겠어.

그래도 말이야, 욱봉…… 나는 지금 나를 부르는 그 사내가 당신이었으면 좋겠어.

지금처럼 젖은 외침으로 부르지 말고, 예전 그때처럼 웃음기 가득한 목소리로 다시 불러 줬으면 좋겠어.

그냥 그렇게 되면 바랄 게 없겠어.

그런데 이상하네. 원래도 내 몸이 이렇게 길 잃은 깃털처럼 가벼웠나?

그리고 지금 나는 이렇게 가볍게 나풀대며 대체 어디로 가고 있는 걸까?

제15장

행복이 뭐냐고?

잠에서 깼을 때 술과 맛있는 음식이 나를 기다리고 있는 게 바로 행복이다.

문득 맛있는 고기 냄새가 나서 눈을 뜨니 눈앞에 진수성찬이 차려져 있는 지금처럼 말이다. 상 위에는 각종 재료로 만든, 자그마치 81가지 음식이 있었다. 정말이지 진정한 사치다. 80가지만 차려도 될 것을! 요즘 사람들은 음식 아까운 줄을 모르는 듯하다.

식탁 옆에 선 예쁘장한 젊은 낭자가 내 앞에 접시와 젓가락 한 쌍을 놔주었다. 그리고 그 옆에 또 접시와 젓가락 한 쌍을 놓더니 공손히 고개를 조아렸다.

"존상, 드십시오."

존상? 설마 나를 부르나?

영문을 알 수 없어 우물쭈물 대답을 미루는 사이 누군가 말했다.

"물러가라."

식탁에 나 외의 다른 사람도 있었나 보다. 화들짝 놀란 나는 본능적으로 가슴에 손을 댔다. 그런데 뭔가 이상했다. 아무것도 만져지지 않았다. 놀라 고개를 숙이니 내 몸이 보이지 않았다. 연이어 기겁했지만, 몸에 힘이 하나도 없어 아무 소리도 낼 수 없었다.

별일이다. 보통 이런 상황을 인식하면 적어도 혼절 정도는 해 줘야 정상 아닌가? 하지만 나는 혼절조차 하지 못했다. 하긴 소리를 낼 힘도 없는데 혼절할 힘은 뭐 있겠나!

결국, 나는 이도 저도 아닌 상태로 내 앞의 진수성찬을 불만스럽게 바라보았다. 볼 수는 있는데 먹을 수가 없다니 어찌 이런 비극이 다 있을까! 아까 확인했다시피 나는 몸이 없다. 그것은 내가 더는 먹을 수 없음을 의미한다. 무서워 미치겠다.

진수성찬을 하염없이 노려보다가 나도 모르게 잠이 들었나 보다. 눈을 떠 보니 이번에는 담백한 죽이 식탁에 놓여 있었다. 죽만 있고 고기반찬도 없는 것을 보니 아침 식사인 듯했다.

내 앞에는 또 접시와 젓가락이 놓여 있었는데 한 번도 사용하지 않은 듯 깨끗했다. 옆자리의 접시에는 음식이 덜어져 있지만, 앉아 있는 사람 또한 없었다. 다시 봐도 기이했다. 그러다 문득 길고 흰 손가락이 내 눈앞의 젓가락을 드는 게 보였다. 그 손가락은 부용수를 집어서 옆자리의 접시에 얹었는데 내 눈은 절로 그 손의 움직임을 따라갔다. 본디 나는 부용수를 좋아하니 부용수에 눈길이 가야 정상이다. 그런데도 부용수를 나르는 손가락에만 온통 신경이 쏠리다니 대체 내가 왜 이러지?

그 후로도 나는 계속 손만 주시했고, 그것에 눈을 떼지 못했다. 희고 길며 마디가 분명한 손은 분명 사내의 것이었다. 하지만 여느 사내들과 달리 한 입 베어 물면 맛있겠다는 생각까지 들 정도로 곱고 탐스러웠다.

"금멱, 네가 가장 좋아하는 부용수야. 좀 먹어 봐."

저 예쁜 손을 베어 물고 싶어도 그럴 수 없다는 번뇌를 안은 채

괴로워하던 그때였다. 문득 저번에도 들은 적 있는 목소리가 내 아래에서 들려왔다.

"금멱, 어서 나와. 아닌 척하지만, 나는 다 알아. 네가 분명 내 곁에 있음을. 만약 내가 꼴 보기 싫어서 나오지 않는 거라면 눈 감고 있을게. 그러니 나오기만 해. 네가 나타나기만 한다면…… 나는……."

금멱?

별일이다. 긴 꿈에서 깨어난 이후로 괴이한 일이 너무 많다. 생전 처음 들어 보는 이름인데도 귀에 익다니! 혹시나 해서 다시 기억을 더듬어 보았지만, 나는 지금껏 금멱이라는 이름을 쓰는 사람은커녕 고양이, 개, 닭, 오리 혹은 토끼도 본 적 없다.

사내의 어투로 짐작해 보면 금멱은 그가 예뻐하는 총물인가 보다. 지금 총물은 어딘가에 숨어서 나오지 않고 있고, 애가 탄 사내는 맛있는 음식으로 총물을 꼬드겨 총물을 찾아내려는 것이다. 와, 어떤 총물인지 몰라도 팔자가 늘어졌다. 주인과 겸상도 다 하고 말이다.

그때 문득 눈앞이 깜깜해지고, 천지가 어둠에 덮였다. 영문을 알 수 없어 멍해져 있는데 또 사내의 목소리가 들렸다.

"금멱, 나 눈 감았어. 그러니 나와도 돼. 안심하고 나와서 먹어."

그 순간 머리 위로 벼락이 떨어지고, 귓속으로는 전장의 화포 같은 굉음이 연속으로 울려 퍼졌다. 이제야 내가 누군지 깨달은 충격 때문이었다. 원래 나는 떠도는 혼백이며 내가 의탁해 사는 장소는 바로 이 사내의 눈동자 속이었다. 즉, 내가 보고 있는 것은 사실, 이 사내가 보고 있는 셈이었다.

내 거처라 할 수 있는 이 눈동자의 주인은 좀 많이 이상했다. 한동안 그를 쭉 관찰해 얻은 결론이었다.

그는 포도를 무척 좋아했다. 진짜 포도는 물론이고 그림 속 포도도 좋아했다. 오직 포도면, 아니, 보라색 둥근 것이면 모두 그의 시선을 사로잡았다. 사실, 그가 포도를 좋아하는 건 이해할 수 있다. 누구나 각자의 취향이 있으니까. 그의 눈 속에 사는 나는 부용수와 족발이 좋으니 그더러 그것만 보라고 강요할 수는 없지 않은가!

그러나 문제는 내가 그의 눈 속에 산다는 점이었다. 그가 어디를 봐도 나는 거기를 봐야 하니 말이다. 선택의 여지라고는 없어 심히 고역이었다. 매일 보라색만 보다 보니 세상의 모든 색이 보라색인 듯한 착각까지 들 정도였다. 오죽하면 포도로 변해 그의 눈동자에서 굴러떨어지는 악몽까지 꿨다.

이리도 포도를 좋아하니 먹는 것도 좋아하리라 여겼는데, 그것은 또 아니었다. 그는 포도를 보기만 할 뿐 입에도 안 댔다. 접시 위에는 늘 포도가 가득 얹혀 있었지만, 건드린 적도 없었다. 말로만 좋아한다고 하지, 실제로는 좋아하지 않는 게 분명했다.

나는 내 거처의 주인인 그가 뭐 하는 사람인지 모른다. 다만 그의 눈으로 보는 각종 요괴가 그를 공경하여 "존상"이라고 부르는 것을 보면 지위가 아주 높은 듯했다. 그러나 얼굴은 아주 지독하게 못생겼다. 아니, 끔찍하게 못생겼을 것이다. 그가 제 얼굴을 한 번도 거울에 비춰 보지 않아서 실물을 본 적은 없지만 분명하다. 요괴들이 늘 고개를 숙인 채 감히 그를 못 보니 말이다. 얼마나 끔찍하게 못생겼으면 요괴들조차 보기를 꺼리겠는가.

그가 거울을 안 보는 이유도 아마 그 사실에 기인한 듯하다. 괜히

거울을 보았다가 자기 얼굴에 자기가 놀랄 수도 있을 테니 말이다. 그 때문에 나는 그가 거울을 보지 않아 다행으로 여겼다. 그리 끔찍한 얼굴을 보느니 차라리 포도를 계속 보는 편이 낫다.

그는 얼굴이 추할 뿐 아니라 이상한 괴벽도 있었다. 그는 매끼를 늘 성대하게 차리도록 분부했으며, 항상 그의 옆자리에 접시와 젓가락을 한 벌 더 깔게 했다. 앉을 사람도 없는데 말이다. 그리고 늘 음식을 집어서 그 접시에 얹어 주었다. 하필 그게 다 내가 좋아하는 음식이라 나는 늘 저 자리의 주인이 나였으면 좋겠다며 군침을 삼키곤 했다.

처음 그의 그런 기이한 행동을 봤을 때는 저 자리에 앉은 사람이 내 눈에는 안 보이나 했다. 예를 들면 나처럼 무형의 귀신 같은 거? 그만큼 음식을 덜어 주는 그의 행동이 자연스러웠다. 그러나 시간이 차츰 지나면서 알았다. 저 자리는 분명히 비어 있으며 어떤 귀신도 없다는 사실을. 즉, 그가 아무리 접시에 맛있는 음식을 쌓아 줘도 먹을 사람은 없었다. 정말 낭비가 아닐 수 없다.

게다가 그는 옆자리 접시에 음식을 채우기만 할 뿐 정작 자신은 거의 안 먹었다. 한두 입 정도 깨작거린 뒤 젓가락을 내려놓기 일쑤였다. 아무래도 숙수의 실력이 별로라 보기에만 그럴듯하고 맛이 없나 보다. 저리도 죽지 못해 사는 듯 먹다니.

지금까지 모은 증거로 판단하자면, 그는 얼굴이 추하다. 먹지도, 자지도 않아도 살 수 있을 정도로 수행이 깊은, 높은 지위의 요괴다. 포도를 좋아하지만 먹지는 않는다. 금멱이라는 이름의 내가 한 번도 본 적 없는 총물을 기른다.

그는 그 금멱이라는 총물을 무척 아꼈다. 아니, 아낀다는 말로는 부족하다. 그의 마음을 뭐라고 형용하면 좋을까? 흠, 무척 특별하다고 하면 그나마 나으려나?

그는 무심히 흘러가는 구름을 보며 말했다.

"금먹……."

그는 땅에 핀 꽃을 보며 말했다.

"금먹……."

그는 신선한 포도를 보며 말했다.

"금먹……."

그는 아침 정원에 내린 이슬을 보며 말했다.

"금먹……."

솔직히 말해 저게 실성이 아니면 뭐가 실성인가 싶다. 하지만 그의 그런 행동보다 더 기이한 것은 그가 그렇게 부를 때마다 요동치는 내 감정이었다. 그가 무엇인가를 향해 금먹이라고 부르면 나는 내가 마치 덜 익어서 시고 떫은 포도를 내 안에 숨기고 있는 듯한 심정이 되었다.

아, 불안하다. 아무래도 내가 언젠가는 포도로 변하려나 보다.

＊＊＊

오늘, 나는 실로 진기한 광경을 접했다. 아침 일찍부터 일어나 외부로 나온 그가 만난 이가 바로 부처님이었기 때문이었다. 그가 대단한 인물임은 익히 짐작했지만, 이토록 수월하게 부처님을 만날 수 있다니! 그는 내가 상상도 못 할 만큼 대단한 귀인인 듯했다.

"욱봉이 부처님을 뵈옵니다."

아, 이 요괴의 이름이 욱봉이었구나.

부처님은 연화좌에 가부좌하고 있었는데, 눈을 내리깐 채 담담히 욱봉을 보았다. 부처님의 담담한 눈빛은 세상 만물을 꿰뚫어 보는 듯했다.

"구하려 하지 마라. 이룰 수 있는 일이라면 구하지 아니해도 능히 이루어질 터이니. 그러나 이룰 수 없는 일이라면 백방으로 구해도 허사니라. 터럭만큼의 실책이 큰 잘못을 초래하는 법이다."

부처님의 말에 그의 몸이 움찔 굳었다. 호흡조차 잠시 멎었다. 그는 애써 목소리를 고르며 작게 말했다.

"예, 소인도 그 이치를 압니다. 소인이 저지른 과오로 말미암은 것이니 자업자득이지요. 소인은 다만……."

그는 낮은 한숨과 함께 길게 침묵했다. 그러다 어느 순간 어렵사리 입술을 달싹였다.

"소인은 다만…… 보고 싶을 뿐입니다. 한 번만 봐도 여한이 없을 듯합니다. 그것도 아니 된다면 목소리라도 한 번 듣고 싶습니다."

그는 매우 추하지만, 목소리는 좋았다. 그런데 오늘은 무슨 일인지 그 좋은 목소리마저 다 쉬었다. 상처받은 아이를 보는 듯해 나는 그가 무척 안쓰러웠다.

"금멱의 혼백은 소진되지 않았습니다. 그 사실만은 추호도 의심이 없습니다. 그런데 어디에 있는지 모르겠습니다. 오늘 소인은 부처님께 금멱을 만나게 해 달라고 청하러 온 게 아닙니다. 그저 작은 가르침만 내려 주십시오."

여전히 담담한 눈으로 그를 내려다보던 부처님이 다시 평온히 대답했다.

"네 눈앞에 있느니라. 눈이 닿은 곳을 마음으로 봐야 하지. 그 아이가 보는 모든 것을 너도 보고, 네가 보는 모든 것을 그 아이도 보느니라."

참으로 오묘한 말씀이었다. 나같이 총명한 혼백도 알아듣지 못하는데 그는 이해했을까?

"부처님……."

그가 떨리는 목소리로 입을 뗐다가 이내 고개를 숙였다. 보아하니 그도 이해하지 못했나 보다. 그는 그 상태로 한참 동안 부처님의 말씀을 궁리하다가 다시 고개를 들었다.

"말씀인즉슨, 금멱이 소생할 가능성이 한 가닥이라도 있다는 것이옵니까?"

질문하는 그의 입술이 파르르 떨렸다. 하지만 부처님은 영 엉뚱한 대답만 했다.

"마음에 어리석음이 생기면 지혜는 사라지고, 마음에 현명함이 생기면 지혜는 네 곁에 머무를 것이다."

부처님은 참으로 성실하고 친절한 분이다. 어쨌든 묻는 말에는 다 대답해 주시니 말이다. 하지만 모든 사람이 그 답의 정수를 깨우치는 것은 아닌 듯했다.

그래서 다들 부처님, 부처님 하는 거다. 부처님이 주신 답을 깨우치지 못하는 내가 보잘것없는 혼백에 불과한 것과 같은 연유다.

다시 집으로 돌아와 대문 안으로 들어서는데 문득 한 공자의 뒷모습이 보였다. 청삼이 바람에 날리는 모습이 마치 청아한 신선을 연상시켰다. 뒷짐을 지고 있던 청삼 공자는 발소리가 나자 내 거처

의 주인인 욱봉을 돌아보았다.

"오랜만이다."

청삼 공자가 인사를 건네는데도 욱봉은 아무런 대꾸도 하지 않았다. 그러다 문득 담담하게 대꾸했다.

"그러게요. 오랜만입니다, 형님."

욱봉의 대꾸가 뜻밖이었는지 청삼 공자가 움찔하는 게 느껴졌다. 그와 동시에 밤의 색처럼 짙기만 하던 청삼 공자의 눈동자가 일순간 별이 빛나듯 반짝였다. 하지만 그것이 어떤 감정에 의한 것인지는 알 길이 없었다.

그들은 서로 한마디씩만 주고받은 뒤 한참 동안 침묵했다. 그렇게 얼마나 시간이 흘렀을까? 먼저 입을 뗐던 청삼 공자가 이번에도 다시 먼저 말문을 열었다.

"나는 한때 우리가 막상막하의 맞수라고 생각했지. 따라서 각자의 존엄과 뜻을 고수하며 경쟁을 이어 가다 보면 언젠가는 승부가 나리라 여겼고……. 그런데 그게 아니었구나. 원래 어떤 일은 이기고 지고가 없으며, 옳고 그름도 없으며 그저 오류일 뿐임을 어째서 몰랐을까? 나는 시작에서 오류를 범했고, 너는 마무리에서 오류를 범했다. 그래서 우리는 이제 무슨 수로도 돌이킬 수가 없게 되었구나."

청삼 공자의 음성은 공기처럼 가볍고, 봄빛처럼 온유했다. 그러나 그의 찌푸려진 미간에는 슬픔과 후회가 가득했다. 마치 꽃 피는 계절을 실수로 흘려보낸 봄바람 같았다.

"오류라고요?"

그때 욱봉이 느리게 입을 열었다.

"아니요. 형님은 한 번도 오류를 범한 적 없으십니다. 적어도 계산만은 완벽히 하셨지요. 저와 형님의 다른 점이 뭔 줄 아십니까? 형님은 너무 계산에만 매달리셨고, 저는 어떤 계산도 하지 않았다는 겁니다. 보아하니 형님은 우리가 어찌하여 이리되었는지 여전히 깨닫지 못하셨군요. 사랑에서 계산은 가장 큰 금기입니다."

청삼 공자의 하얀 얼굴이 무겁게 가라앉았다. 마치 정곡을 찔린 듯 청삼 공자는 한마디도 반박하지 못했다.

"형님만 탓하자는 게 아닙니다. 제 잘못도 형님 못지않습니다. 계산은 하지 않았지만, 이기적이었어요. 말로만 사랑한다고 했을 뿐 상대의 마음을 들여다보지도, 왜 상대가 그럴 수밖에 없었는지 이해하려고 하지도 않았습니다. 왜 내 진심을 몰라주냐며 어린애처럼 투정 부리고, 모질게 굴고, 해서는 안 될 몹쓸 짓을 하기도 했죠. 그래서 저는 통렬히 후회합니다. 매 순간 고통스럽게 후회합니다. 그런데도 이것만은 분명히 말할 수는 있습니다. 저는 한순간도 금멱을 놓친 적 없고, 금멱을 놓쳤다고 믿지도 않으며, 금멱에게 저지른 제 과오도 분명히 인식하고 있다고요."

그의 말이 끝나자 청삼 공자는 느리게 고개를 끄덕였다.

"……수화는 이미 옥에 가두었다. 영원히 유폐되어 다시는 빛을 볼 수 없을 것이야."

그는 가볍게 "예" 하는 소리만 내서 알았다는 뜻을 표했다. 그러자 청삼 공자는 넓은 소매에서 종이 뭉치를 꺼내 그에게 건넸다.

"멱아가 아마도 너에게 주고 싶어 할 듯해서 챙겨 왔다. 솔직히 주기 싫지만, 영원히 내가 간직하고 싶지만 어쩔 수 없구나. 이것은 애당초 내 것이 아니었고, 아무리 붙들고 있어도 내 것이 될 수 없으니 말이다."

욱봉은 손을 내밀어 누렇게 색이 변한 종이 뭉치를 받아 들었다. 잠시 종이를 내려다보며 침묵하던 그는 낮지만 명확한 의사를 담아 말했다.

"형님, 우리 다시는 싸우는 일이 없도록 하죠."

청삼 공자도 고개를 끄덕였다.

"그래, 다시는 싸우지 말자꾸나."

청삼 공자가 떠나자, 욱봉은 종이 뭉치를 챙겨 들고 서재로 갔다. 서탁 위에 종이 뭉치를 내려놓는 그의 손을 따라 시선을 옮기면서 나는 참으로 묘한 기분에 사로잡혔다. 그 종이들이 이상하게 눈에 익어서였다.

그는 자리를 잡고 앉아 종이 뭉치를 한 장 한 장 펼쳤다. 종이마다 각종 그림이 그려져 있었는데, 딱히 볼 만한 것은 없었다. 아니, 솔직히 이것을 계속 봐야 하나 싶을 정도로 실력이 바닥이었다.

지금 그가 보고 있는 그림만 봐도 그랬다. 나는 한참 만에 그게 새인 줄 알았다. 하지만 무슨 새인지는 전혀 짐작할 수 없었다, 꼬리만 다른 색으로 염색한 까마귀 같기도 하고, 머리만 잘못 놓인 털 빠진 봉황 같기도 했다. 뒤로 가면 좀 나아지려나 했는데, 몇 장이나 뒤로 넘어가도 나아지지 않았다.

보기 싫어도 그림을 봐야 하는 내 끔찍한 현실에 개탄하던 그때였다. 앞의 그림을 그린 이의 그림이라고는 믿어지지 않게 잘 그린 그림이 뜬금없이 등장했다. 그것은 간결하게 묘사한 사내의 옆모습이었다. 그림 속 사내는 봉안을 지녔으며, 입술이 얇았다. 일견 무뚝뚝해 보이지만, 은근한 정이 담겨 있어 무척 호감을 자아냈다. 당장이라도 그림으로 들어가 이 사내가 누구인지 알아보고 싶어질 정도였다.

그 후로는, 내내 같은 사내의 모습만 이어졌다. 종이가 넘어갈 때마다 그 사내가 있었다. 사내의 앉은 모습, 서 있는 모습 등등. 태반이 측면이나 뒷모습이었지만, 생동감이 넘쳤다. 눈앞에서 살아 숨쉬는 듯 생생했다.

참으로 기이하다. 이 그림을 그린 이는 새, 꽃, 곤충, 물고기 등은 정말 눈 뜨고 못 볼 정도로 못 그리는데 이 사내만큼은 어찌 이리도 잘 그렸을까? 모든 정성과 기력을 이 사내를 그리는 데만 쏟은 듯했다.

"금멱……."

그는 길고 고운 손가락으로 종이 모서리를 쥐었다. 어찌나 힘을 주었는지 손마디가 하얗게 질려 있었다. 그는 멀리 있어 닿지 못하는 무엇인가를 잡으려는 듯했다. 처절한 고통을 참는 듯도 했다.

"너는 어째서 이렇게 바보 같지? 나는 내가 바보인 줄 알았는데, 알고 보니 네가 나보다 훨씬 바보였어. 그래도 내가 너를 백 년이나 가르쳤잖아. 그러면 제대로 배웠어야지. 어째서 배우라는 건 안 배우고 내 어리석음만 배웠어? 이 세상에 바보는 나 하나면 충분하잖아. 어째서 너까지 이리도 바보였던 거지?"

쉴 새 없이 이어지는 그의 바보 타령에 듣는 내 머리까지 어질어질했다. 그리고 바보를 얕잡아 보는 듯한 그의 태도에 슬그머니 화도 났다.

바보가 그렇게 나빠? 바보도 하나쯤은 잘하는 게 있다고! 그렇게 대놓고 바보를 무시하지 마!

"그 토끼, 처음 봤을 때 한눈에 너인 줄 알았지만, 일부러 모른 척했어. 나는 다시 살아난 후로 너를 반드시 죽이겠다고 나 자신에게 맹

세했거든. 그랬기에 너를 알아보았다는 것을 인정하면 나는 당연히 너를 죽여야 했지. 그러니 어쩌겠어. 그저 모른 척하는 수밖에……. 하지만 그것도 다 헛짓거리에 불과했어. 너를 본 순간, 지금껏 고수해 온 내 맹세가 덧없이 무너져 버렸으니까. 너를 죽이기는커녕 너를 몰래라도 보고 싶었으니까. 나는 그런 나 자신이 끔찍하게 싫었어."

종이를 움켜쥐고 있던 그의 손에 힘이 문득 풀렸다. 그러자 종이는 바람에 실려 가볍게 날다가 바닥에 툭 떨어졌다.

"그날 밤, 나는 취하지 않았어. 취한 척하고 너를 안았을 뿐이야. 아니다, 너를 안고야 비로소 취했지. 그때 나는 차라리 시간이 멈추기를 바랐어. 그리고 지금껏 꾹꾹 쌓여 있다고 여긴 내 원한이 마치 스쳐 지나는 구름처럼 아무것도 아닌 듯 느껴졌지. 그래서 놀랐고, 그래서 독하게 마음을 먹었어. 이러다가는 자존심이고 뭐고 다 내던진 채 너에게 다시 매달릴 것 같았거든. 지금 생각해 보면 후회밖에 들지 않아. 그깟 자존심이 뭐라고……. 사실 나는 일부러 잠꼬대 하는 척하면서 수화를 불렀어. 네가 듣기를 원했고, 내 안의 복수심이 다시 자라나기를 바라서 일부러 그리했지. 하지만 소용없었어. 내 말을 듣자마자 놀라서 허둥지둥 가 버리는 네 뒷모습에 내 마음만 죽어라 아프더라. 당장이라도 너를 쫓아가서 그건 오해라고, 네가 생각한 그 수화가 아니라고 해명하지 못하는 게 한스러웠어."

그는 종이를 다시 집어 든 뒤에도 계속 말을 이어 갔다. 듣는 사람 하나 없는데, 그의 서글픈 독백은 끊임없이 이어졌다.

"그날, 네가 단신으로 내게 찾아온 날, 네가 사랑한다고 말해 줘서 나는 솔직히 기뻤어. 내 안의 증오가 그 말은 거짓이라고 악을 쓰는데도 믿고 싶었어. 지독한 갈증을 참을 수 없어 그게 독주임을 알면서도 마셔 버리는 반편처럼 나 자신을 억제할 수 없었어. 비록 입으로는 너를 조소했지만, 속으로는 세상을 다 얻은 듯 기뻤어. 그러나 네 거짓말에 또다시 미혹되면 절대로 안 된다고 여겼기에 되레 더 모질게 말했고 지금은 그것 때문에 너무 아파. 너를 찢어 죽이겠다고 말한 내 입을 찢어 버리고 싶고, 내가 퍼붓는 말을 듣는 네 아픈 얼굴을 떠올릴 때마다 가슴에서 피가 역류하는 것 같아. 금멱, 너 그거 알아? 당시, 나는 네가 한 번만 더 그 말을 하면 내 모든 복수심을 버릴 수도 있다고 생각했어. 네가 한 번만 더 내게 사랑한다고 말해 준다면, 모든 것을 버리고 너를 다시 내 곁에 둘 거라고. 이제는 어디로도 가지 못하게 내 품에 가둬 둘 거라고. 지금보다 더 깊디깊은 한이라도 미련 없이 버릴 거라고."

목이 메어 힘겨운지 그는 돌연 말을 멈추었다. 하지만 잠시 후 아까보다 더 쉰 목소리로 힘없이 속삭였다.

"그런데 너는 갔어. 어떻게 그렇게 가 버릴 수 있지?"

그의 손이 다시 힘없이 떨어졌다. 서 있을 기운 하나 없는지 그는 비틀거리며 다시 의자에 앉았다.

"내 홍련업화에 맞은 네가 서리꽃으로 변했을 때, 그리고 그 서리꽃이 다시 안개처럼 흩어져 그 자취를 감추었을 때, 나는 너와 함께 나도 죽었다고 여겼어. 네가 사라진 허공을 바라보는 내 심장이 네 유엽빙도에 찔렸을 때처럼 아팠으니까. 그런데 이상하게도 나는 죽지 않았어. 네가 사라질 때 나는 분명히 내가 전에 죽을 때와 같은 고통을 느꼈는데도 죽지 않았어. 왜지? 왜 나는 여전히 숨이 붙어 있지? 금멱, 내가 그렇게 미워? 차라리 살아서 이 죽음보다 더한 고통을 겪으며 계속 참회하라는 거야? 어째서 너는 매번 이리도 독하고

모질지? 금멱, 네가 정말로 죽었다면, 차라리 나를 죽여 줘. 이런 빈 껍질로는 더는 살고 싶지 않아. 제발…… 나를 죽여 줘. 제발……."

그의 말을 들으면 들을수록 가슴이 아파 왔다. 포도로라도 변해 그를 달래 주고 싶은데 그럴 수가 없었다. 어쩌지? 어쩌면 좋지?

그의 고통이 전염된 듯 지독히 아파 어쩔 줄 모르던 그때였다. 불현듯 수증기가 피어올라 나를 휘감았다. 그것은 나를 그 안에 가두듯 뭉쳐졌고, 최후에는 나를 옴짝달싹 못 하게 옭아맸다.

송진 속에 갇힌 나방이 된 듯해 당황스러웠지만, 이 상황에서 내가 할 수 있는 일은 아무것도 없었다. 그리고 나를 가둔 그것은 마침내 물방울로 변해 툭 떨어졌다.

나는 그제야 깨달았다. 내가 그의 눈 속에 사는 눈물 한 방울이었음을…….

즉, 우리는 시작부터 이별이 예정된 사이였다.

나는 고개를 들어 그를 보았다. 처음으로 내 눈을 통해 본 그는 못생긴 요괴가 아니었다. 옆모습, 뒷모습 등등 다양한 그림으로 보았던 그 아름다운 사내였다.

그것은 예상하지 못한 바였고, 또한 예상한 바이기도 했다.

* * *

어량 어귀에는 우묘[38]가 있고,

---

38 우임금을 모시는 사당. 우는 치수 능력을 인정받아 순임금의 뒤를 이어 천자가 되었다고 한다.

노을이 번질 즈음 어선은 다리 아래로 지나가리니.

시원하게 떨어지는 폭포 아래 겹겹이 번지는 물그림자는

오늘도 수면 위에서 넘실대네.

잿빛 누각 뒤로 굽이치는 산맥과

정자를 휘감은 울창한 숲 또한 여전히 푸르르구나[39].

휘주성 남쪽에 있는 섭현은 예로부터 두 가지 특산물로 유명했다. 하나는 돌인데, 섭현에서 나는 돌은 단단하고 광택이 나서 벼루를 만드는 재료로 딱이었다. 때문에 섭현의 돌로 만든 벼루는 통칭 '섭연'이라고 불리며 벼루 중 단연 최상품으로 쳤다. 또 하나는 소나무였다. 섭현에서 자라는 소나무로 만든 먹은 검기가 옻처럼 진하고, 오랫동안 그 빛을 유지해 천하의 절품으로 불렸다.

이러한 지역적 특성으로 인해 섭현은 예로부터 문방사우를 전매하는 가게가 많았다. 열 걸음마다 하나씩 가게가 있을 정도였다. 그중 가장 유명한 가게는 단연 '당월거'였다. 섭현 사람들은 물론이고 휘주성 전체가 다 알았으며, 심지어 천 리 밖 경성에서도 '당월거'를 모르는 이가 없었다. 하지만 당월거의 주인은 자기 가게가 떨치는 명성을 그리 좋아하지 않았다. 문방사우를 파는 가게임에도 물건이 아니라 다른 이유로 유명하기 때문이었다.

16년 전, 당월거 주인 금 씨의 처는 꿈에서 '번화사금멱안녕, 담운유수도차생(繁花似錦覓安寧, 淡雲流水渡此生)'이라는 시구를 보았고, 다음날 새벽에 내린 모진 서리가 자아낸 추위에 못 이겨 잠에서 깨

어났다. 그녀는 그 꿈이 실로 의미심장하다고 여겨 당장 의원을 불러 진맥을 받았는데, 그녀의 예감은 정확히 맞아떨어졌다. 그녀가 당월거로 시집온 지 6년 만에 태기가 감지된 것이었다.

다음 해, 금 씨 부인은 피부가 수정 같고 눈부시게 아름다운 딸을 낳았다. 금 씨 부부는 딸의 탄생을 무척 기뻐하며 꿈속에서 본 시를 따서 아이의 이름을 금멱으로 지었다.

당시 이웃들은 금멱을 보며 내심 안타까워했다. 금 씨 부부의 인물은 그저 그랬고, 딸은 심지어 아비를 닮는다고 하니 금멱이 자라면 지금처럼 곱지는 않으려니 여겨서였다. 그러나 이웃들의 예상과 달리 금멱은 갈수록 더 아름다워졌다. 그녀 나이 15세에 이르렀을 때는 천상의 선녀도 그녀 앞에서는 고개도 못 들 정도였다.

금멱이 아름답다는 소문은 매일매일 더 널리 퍼졌고, 휘주 사내라면 한 번쯤은 그녀를 보고 싶어 했다. 하지만 어떤 사내도 그녀에게 구혼하지는 않았다. 지나치게 아름다운 그녀를 처로 맞이했다가 되레 자신이나 자신의 집안에 화가 미칠까 봐 두려운 탓이었다.

딸이 혼기에 들었음에도 아무도 구혼하지 않는 나날이 이어지자, 금 씨 부부는 근심에 휩싸였다. 결국, 그들은 딸의 미모가 복이 아닌 화라고 여기게 되었고, 혼기에 이른 딸을 사사로이 외부에 내보일 수 없다는 이유를 들어 딸을 규방 안에 꼭꼭 숨겼다. 하지만 그것은 표면적인 이유에 불과했다.

금 씨 부부가 이런 결정을 내린 진정한 이유는 딸의 언행이 미모 못지않게 괴이해서였다. 금멱은 어려서부터 귀신이나 요괴에 관심이 많았다. 당시 금 씨는 아이란 원래 호기심이 많으니 일시적으로 그런 데 관심이 쏠릴 수도 있다 싶어 크게 개의치 않았다. 그러나 금멱은 어느 순간부터 아예 수련까지 시작했다. 물론 수련이 나쁜 것은 아니었다. 신선이 되기를 바라며 그런 수련을 하는 이가 종종 있으니 말이다. 문제는 금멱의 수련이 신선이 되기 위함이 아니라 요괴가 되기 위함이라는 데 있었다.

게다가 고집은 또 얼마나 센지 그만두라고 아무리 말리고 어르고 꾸짖어도 요지부동이었다. 그러다 보니 금 씨 부부는 언제 어떤 재앙이 될지 모르는 딸을 가능한 한 빨리 시집보내기로 마음먹었다. 어차피 그 누구도 구혼하지 않으니 성실한 사내를 하나 골라 데릴사위로 들이면 되리라 여겼다.

그 시기쯤, 황제에게 진상할 미녀를 찾던 재상의 손에 금멱의 화상이 들어갔다. 재상은 천인을 방불케 하는 금멱의 용모에 경악하여 이 사실을 숨길까도 고민했지만 차마 황제를 속일 수는 없기에 화상을 황제에게 바쳤다. 황제는 그녀의 미모에 심히 흡족해했고, 그날 밤 바로 칙서를 내렸다. 섭현의 금멱을 금비로 봉할 것이니 그녀를 입궁케 하라는 명이었다. 예상치 못한 상황이었지만, 그녀의 부모는 어쨌든 딸을 시집보낼 수 있다는 점에 안도했다.

시간은 어느덧 화살처럼 흘러 섭현에도 다시 봄이 왔다. 가지마다 도화가 만발하고 유채꽃은 들판을 금빛으로 물들였다. 그중 유달리 하늘이 맑던 날, 황제가 보낸 영친단[40]이 금멱을 가마에 태운 뒤 경성으로 발길을 옮겼다. 그러나 섭현이 워낙 벽촌이고 길 상태

---

40 迎親團, 신랑 집에서 꽃가마와 악대를 신부 측에 보내어 신부를 맞이하는 행사를 뜻한다.

도 나빠, 마을을 벗어나지도 못했는데도 날이 졌다. 결국, 영친단은 잠시 쉴 요량으로 길가에 가마를 내려놓고는 각자 자리를 잡고 앉았다.

"어!"

무리 중 누군가가 문득 소리를 냈다. 몇몇이 그를 돌아보았을 때 그는 놀란 얼굴로 하늘을 가리키고 있었다. 그의 손가락을 따라 시선을 옮긴 이들도 놀랐다. 붉은색 구름이 하늘의 반을 덮은 기묘한 광경에 놀라서였다.

하지만 놀랄 일은 이것으로 끝이 아니었다. 구름 속에서 청아한 새 울음이 나더니 오색찬란한 날개를 펼친 새 한 마리가 나타났다. 꼬리 길이만 해도 8척이 넘는 거대한 새가 내뿜는 빛은 실로 화려해 사람들은 그 새를 똑바로 바라보지도 못했다.

"봉…… 황! 봉황이야!"

영친단 중 한 명이 새의 정체를 알아채고 소리쳤다. 그러자 다들 경악해 어쩔 줄 몰라 했다. 개중 시류를 잘 타는 몇몇은 재빨리 머리를 굴리기도 했다. 봉황은 상서로운 신조이니, 이는 금비가 훗날 황후가 된다는 의미일지도 모른다며 말이다.

비명을 지르는 사람, 놀라서 뒷걸음질하는 사람, 아예 넋을 놓은 사람 등등 바깥은 야단법석이었지만, 가마 속 금멱은 태연했다. 홍개두[41]에 달린 작은 술 하나 흔들리지 않았다. 마치 이 모든 일을 예측했다는 듯 그녀는 태산처럼 평온했으며 어떤 호기심도 드러내지 않았다.

---

41 紅蓋頭, 결혼식 때 신부가 머리에 써서 얼굴을 가리는 붉은 천

봉황은 삽시간에 영친단을 향해 날아왔다. 그리고 화려한 꼬리를 끌며 사람들 머리 위에서 한 바퀴 돌다가 불현듯 낙하해 마치 먹이를 낚아채듯 가마의 뾰족한 끄트머리를 물고는 높이 날아올랐다. 그리고 저 먼 하늘로 훨훨 날아갔다. 졸지에 봉황에게 신부를 강탈당했지만, 영친단 중 누구도 봉황을 추적할 엄두를 감히 내지 못했다.

석양이 가시고, 밤이 내리자 밝은 달이 두둥실 떠올랐다. 들판에는 여전히 유채꽃이 가득했다. 딱히 평소와 다를 바 없는 봄 풍경이었지만, 한 가지 이채로운 점이 있었다. 그것은 바로 황금빛 유채꽃 바다 위에 사뿐히 놓여 있는 붉은 가마였다. 어제까지만 해도 이 자리에 없었음에도 가마는 그곳에서 오랫동안 누군가를 기다린 듯 놓여 있었다.

어느 순간, 청석으로 쌓은 다리 위로 한 공자가 나타났다. 그는 그 다리를 건너 들판 위 가마를 향해 걸어왔는데, 풀이 무성하게 자랐고 유채꽃이 틈 하나 보이지 않게 피었음에도 아무것도 없는 평지를 지나듯 걸음걸이가 유유하고 우아했다. 이는 그가 지날 때마다 주변의 초목이 알아서 길을 터 주었기 때문이었다.

마침내 그가 가마 앞에 멈춰 서자, 하늘에서 꽃비가 흐드러지게 내리기 시작했다. 장미, 말리화, 모란, 도화, 계화, 매화…… 마치 세상의 모든 꽃이 모인 듯한 색색의 꽃비는 황금빛으로만 채워져 있던 들판에 다채로움을 더했다. 세상에 다시 없을 절경이었다.

그가 여유롭게 우산을 펼친 그때, 청량한 바람이 불어왔다. 그 바람은 가마에 드리워진 발을 날리고, 그 안에 앉아 있는 신부의 홍개두까지 날렸다.

"금멱, 내가 왔어."

실로 달콤하고 부드러운 속삭임이었다. 5천 년을 한결같이 기다려 온 신부를 맞이하는 신랑의 설렘이 가득 담긴…….

그 속삭임에 답하듯 가마 속의 금멱은 청아하게 웃으며 손을 뻗었다. 그리고 그가 내민 손바닥 위에 제 손을 가볍게 얹었다.

"흐음, 어쩌죠? 나는 이미 황제의 빙례를 받았는데……."

그 순간 그는 금멱의 손바닥을 세게 꼬집었다. 하지만 입가에는 여전히 미소를 머금은 채 아름다운 봉안을 찡긋했다.

"그래? 그러면 나는 어쩌지? 너를 신부로 맞이하려고 6천 년치 영력을 빙례로 가져왔는데."

그의 말이 미처 떨어지기 전에 금멱은 그의 손을 꼭 붙들며 다급히 가마에서 나왔다.

"아아, 어쩔 수 없네요. 성의를 외면하는 건 도리가 아니니까요."

하늘에서는 여전히 꽃비가 내렸다. 들판에는 온 세상의 빛깔이 바람에 제 몸을 의탁한 채 넘실거렸다.

취할 듯 황홀한 꽃향기, 비단처럼 매끄럽게 내려앉은 어둠, 아름다운 새 소리와 풀벌레의 울음소리.

은은한 달빛 아래 모든 게 완벽했다.

서로의 겁이 될 고된 운명이 우리를 모질게 휘감는다 해도
그대는 피하지 않고, 나는 숨지 않으니!
긴 세월 쌓은 깊은 연정이 있기에 우리는 언제 어디서든 함께 하리니.

번외 1
혼인, 그 후

"금멱, 어디 가는 거지?"

나는 그때 월하선인과 팔짱을 낀 채 밖으로 나가려던 참이었다. 그래서 갑자기 등 뒤로 들려온 차가운 목소리에 등골이 서늘했다. 쭈뼛쭈뼛 돌아보니 원래 서재에 있어야 할 욱봉이 입술을 비튼 채 내 뒤에 서 있었다.

"으응, 그, 그게요……."

내심 켕겨 말이 절로 우물우물 나왔다. 하지만 이내 내가 주눅이 들 이유가 없다는 생각이 들었다. 그가 매번 이렇게 기세등등하게 구니 딱히 잘못한 게 없음에도 내가 그의 앞에서는 늘 작아지는 게 아니겠는가! 그래, 이 사내랑 하루 이틀 살 사이도 아닌데 이래서는 안 된다. 나는 당당하다. 금멱아, 주눅 들지 말자.

"아, 깜짝 놀랐잖아요! 누가 보면 당신이 착간재상[42]이라도 한 줄 알겠어요!"

내 말에 욱봉의 얼굴이 하얗게 질렸다. 그와 동시에 월하선인은 내 팔을 풀며 기겁했다.

"욱봉아, 믿어 다오! 우리는 결백해. 달걀보다 더 희고 결백하단

---

42 捉奸在床, 불륜 남녀가 한 침대에 있는 현장을 잡았다는 의미

말이다! 이 숙부는 그런 위인이 아니니라!"

월하선인의 말에 욱봉의 얼굴은 이제 퍼렇게 변했다. 잠시 후 그는 길게 심호흡을 하며 이마를 신경질적으로 문질렀다. 그리고 언제 그가 터질지 몰라 전전긍긍하는 나와 월하선인을 똑바로 보며 느리게 입을 열었다.

"금멱, 내 너를 위해 진심으로 충고하는데 가능한 한 사자성어를 쓰지 마."

"예?"

그의 말이 이해가 가지 않아 나는 항의를 섞어 반문했다. 하지만 그가 사납게 도끼눈을 뜨며 나를 보기에 즉시 고개를 숙였다.

"하지만……."

나는 발끝을 보며 중얼거렸다.

"사자성어를 쓰면 유식해 보이잖아요. 내가 이래 봬도 마존의 처인데, 다른 이들이 나를 무식하다고 여기면 당신에게도 좋을 일이 없다고요. 자고로 말에 성어를 섞어 써야 학문적 깊이가 있어 보이기도 하고……."

욱봉은 손을 뻗어 내 뺨을 가볍게 꼬집었다. 그러면서 진지하게 고개를 저었다.

"사자성어도 성어 나름이야. 착간재상이라는 말은 성어라고도 할 수 없고, 그 말을 쓴다고 네가 유식해 보이지도 않는다고!"

"그, 그러면 홍행출장[43]은요? 염화약초[44]는요? 그건 써도 돼요?"

---

43 紅杏出墻, 유부녀가 바람을 피운다는 의미
44 拈花惹草, 여색을 탐해 화류계에서 방탕하게 논다는 의미

그와 나는 부부이니 매사에 의논이 필요하다. 그래야 부부가 화목하게 융화할 수 있다. 하지만 아쉽게도 이리도 바람직한 내 생각과 달리 그는 나와 의논할 마음이 전혀 없어 보였다. 그의 이마 위로 푸른 핏줄이 불뚝 솟는 게 그 증거였다. 아니나 다를까 그는 들입다 내 머리 위로 날벼락을 떨어뜨렸다.

"안 돼! 절대로 안 돼! 앞으로 사자성어 따위는 절대로 쓰지 마. 정 쓰고 싶으면 그 의미를 확실히 알고 있을 때만 써! 알겠어!"

아이고, 치사해라. 사내의 마음은 망망대해에 떨어진 바늘 하나와 같아 그 속을 알 길 없다더니, 그 말이 딱 맞다. 대체 왜 저러는 거야? 혹시 내가 자기보다 유식해 보이는 게 싫은가?

생각이 거기까지 미치자 나도 모르게 눈빛에 억울함을 실어 그를 바라보았다. 그러자 그때까지 씩씩거리던 그는 돌연 얼굴색을 풀었다. 그 후 그는 머쓱한 얼굴로 헛기침을 몇 번 했다.

"하아, 그래. 어쩌겠어. 네가 정 쓰고 싶다는데. 하지만 금멱, 남 앞에서는 좀 자제해 줘. 그 정도는 들어줄 수 있지?"

말을 하면서도 그는 자신이 방금 한 타협을 크게 후회하는 듯했다. 그가 미간을 확 일그러뜨렸을 때, 월하선인이 우리 대화 사이로 갑자기 끼어들었다.

"뭐? 남?"

"예?"

욱봉은 왜 이러냐는 듯 월하선인에게 되물었다. 그러자 그는 하늘이 무너진 듯한 표정을 한 채 바닥에 주저앉았다.

"욱봉, 어쩌면 이럴 수가 있느냐? 내가 남이냐? 내가 남이냐고!"

월하선인은 어느새 울먹이고 있었다.

"아아, 욱봉아, 욱봉아. 네가 어찌 내게 이럴 수 있느냐? 남이라니! 남이라니! 아들은 나이가 차면 장가가서 집 떠나기 마련이라는 옛말이 어디 하나 틀린 데가 없구나. 그래도 그렇지, 어떻게 나를 남이라고 할 수 있단 말이냐? 흐흑. 그래, 사는 게 다 그렇지. 품 안의 자식이라는 말이 하나도 틀리지 않아. 솜털도 안 빠진 새끼 봉황 시절, 내 홍실 위에서 뒹굴며 놀던 예쁘고 귀여운 네가 나는 아직도 눈에 선한데, 너는 이제 다 컸답시고 나를 남이라고 하며 거리를 두는구나. 아아, 늙으면 죽어야지. 아끼는 조카에게까지 외면받아 가며 살아 봤자 뭐 한단 말이냐!"

어디서 많이 들어 본 말이라는 생각이 들었지만, 월하선인을 달래는 일이 먼저였다. 나는 얼른 그의 옆에 주저앉았다.

"월하선인, 오해하지 마세요. 설마 욱봉이 진심으로 그랬겠어요? 월하선인은 욱봉의 숙부시고, 제 숙부이기도 하세요. 그리고 아들은 나이가 차면 장가가서 집 떠나기 마련(男大不中留)이 아니라, '딸은 나이가 차면 시집보내야 한다(女大不中留)'예요. 뭐, 그게 그거일 수도 있지만, 성어는 정확히 써야 하니 주의를 기울이시는 편이 좋을 듯해요."

달래는 것은 달래는 거고 교정은 교정이다. 월하선인은 천계에서 손꼽히는 대선인데 딸과 아들이라는 사소한 차이 때문에 망신당하면 쓰겠는가! 둘째 조카며느리로서 그냥 두고 볼 수는 없는 노릇이다. 그러자 그는 젖은 눈을 들어 나를 보았다.

"그러는 너는! 네가 욱봉 흉볼 때마다 하는 '사내의 마음은 망망대해에 떨어진 바늘 하나 같다'라는 그 말은 뭐 맞는 줄 아느냐! '사내의 마음'이 아니라 '여인의 마음'이니라!"

월하선인이 젖은 눈을 글썽이며 역습을 가하자, 나는 살짝 멍해졌다.

어, 그런 거였어? 몰랐네. 이래서 욱봉이 나더러 사자성어를 남 앞에서는 쓰지 말라고 했나 보다.

"숙부님, 금멱과 지금 어딜 가려고 하셨습니까?"

욱봉은 인내심이 바닥났는지, 차갑게 우리 대화를 끊었다. 그 순간, 월하선인은 울음을 뚝 그치더니 두 눈을 순진하게 굴렸다.

"솔직히 말하면 보내 줄 거냐?"

"글쎄요. 우선은 들어 봐야 하지 않을까요?"

"에이, 욱봉아. 뭐 그리 깐깐하게 구느냐! 내가 네 숙부고, 멱아는 내 조카며느리다. 그런 내가 멱아를 이상한 데로 데리고 갈 리 없잖느냐."

"숙 · 부 · 님!"

욱봉이 한 자 한 자 똑똑히 말하다가 끝에서는 길게 말꼬리를 늘렸다. 욱봉 특유의, 어서 토설하라는 협박성 어조다. 이것은 비단 나뿐 아니라 월하선인도 잘 아는 사실인지라 월하선인은 즉시 대답했다.

"실은 태상노군이 새로운 단약을 제조했느니라. 게다가 이게 얼마 만에 열린 단약방이냐! 마땅히 가 봐야지."

"그래요, 욱봉! 우리는 도솔궁에 가는 거예요. 아주 건전한 모임이죠. 태상노군과 월하선인께서 오늘 나를 단약방에 초청하셨어요. 새로 나온 단약을 시험해 봐 달라고요. 당신도 알죠? 아무 신선한테나 태상노군이 단약을 시험해 봐 달라고 하지 않는 거. 이건 지극히 영광스러운 일이라고요."

"단약을 시험해 봐 달라고 했다고?"

내 말에 욱봉의 눈꼬리가 살짝 들렸다.

"그게 무슨 단약이지?"

불시의 역습에 나는 잠시 말을 잃었다. 하지만 눈치 없는 월하선인은 나 대신 해맑게 대답했다.

"절정단!"

월하선인의 대답이 튀어나오자마자 욱봉의 기나긴 몸이 휘청거렸다. 적잖이 충격을 받은 듯했다. 그가 왜 이러는지 익히 짐작이 가는지라 나는 황급히 월하선인의 옆구리를 찌르려 했다. 하지만 월하선인의 입은 늘 내 손보다 빨랐다.

"욱봉아, 너도 알다시피 태상노군은 단약에 미친 자 아니더냐. 매일 단약방에 틀어박혀 연구에 매진하며 단약에 죽고, 단약에 사는 진정한 단약광이라 할 수 있지. 그런데 운단의 존재를 알게 된 뒤에 태상노군은 크게 충격을 받았느니라. 육계에서 모르는 약이 없고, 못 만드는 약이 없다고 감히 자부하고 살았는데 운단이 어떤 것인지도 몰랐으니 말이다. 태상노군의 자존심과 체면이 땅바닥에 떨어진 셈이지. 그 후로 태상노군은 운단과 같은 효과를 내는 단약을 만들어 내기로 했고, 오늘에야 겨우 완성했어. 하지만 처음으로 만들어 낸 단약이라 어느 정도 효력이 있을지 알 수 없기에 금멱에게 단약을 시험해 달라고 청했느니라."

월하선인이 말하는 내내 나는 욱봉의 눈치만 보았다. 잠시 후 그는 월하선인에서 내게로 시선을 느리게 옮겼다.

"그래서 너는 그 청에 응했고?"

그는 마치 시선만으로도 온 세상을 얼릴 수 있을 듯했다. 얼리

는 건 수신인 내 소관인데, 어째 그에게 이런 능력이 있는지 모르겠다.

"……예."

나는 모기보다 더 작게 대답했다. 소 잃고 외양간 고치는 격이지만, 애써 변명도 해 보았다.

"당신도 알다시피 내게는 경험치라는 게 있잖아요. 그래도 한 번 먹어 봤으니까……."

내 대답에 욱봉의 얼굴은 요괴도 도망칠 정도로 무서워졌다. 결국, 나는 더는 한 자도 뱉지 못한 채 입을 다물었다.

"금멱, 당장 나를 따라와!"

그는 거칠게 몸을 돌리더니 안으로 저벅저벅 걸어 들어갔다. 그러다가 다시 고개만 돌려 그 자리에 못 박힌 듯 서 있는 내게 차갑게 말했다.

"왜? 내가 안아서 들여보내 줬으면 좋겠어?"

"아, 아니요. 가요. 간다니까요!"

나는 즉시 그를 따라갔다. 그러자 월하선인이 벌떡 일어나 나를 따라왔다.

"이건 또 뭔 소리야! 다 말했잖아. 솔직하게 말했는데 왜 먹아를 못 나가게 하는 거냐?"

월하선인은 우리 둘의 침전 앞까지 졸졸 따라왔다. 그는 계속 욱봉을 설득하려고 했다.

"욱봉아, 염려하지 마라. 태상노군이 이번에는 단약을 넉넉히 만들었느니라. 태상노군이 귀한 단약을 만들었는데 먹아만 청해서 서운한 모양인데, 까짓것, 이참에 같이 도솔궁에 가자꾸나. 내가 보증

하는데 1인당 한 알씩은 넉넉히 돌아가느니라."

월하선인의 말을 들으면 들을수록 나는 머리가 아파졌다. 욱봉이 화낼 소리만 골라 하며 불난 데 부채질을 하는 게 이상하다 했더니 월하선인은 아예 이 상황 자체를 오해하고 있었다.

욱봉은 나부터 침전에 밀어 넣은 뒤 안으로 발을 들였다. 그리고 문을 닫는 그 순간 월하선인에게 담담히 선언했다.

"그런 단약 필요 없습니다. 앞으로도 영원히!"

묵직하게 문이 끌리는 소리를 내며 그가 몸을 돌렸다. 그때 나는 어떡하든 몸을 숨길 생각으로 침상에 기어오르던 참이었다.

"금멱, 너……."

'너'라는 끝말을 길게 늘여서 더 무서웠다. 나는 얼른 이불 모서리를 젖혀 안으로 몸을 반쯤 구겨 넣었다. 그런 뒤 그의 눈치를 살피며 점점 더 이불 속으로 파고들었다.

"욱봉, 오늘 날씨가 참 좋네요. 우리 오랜만에 수련 한 번 할까요?"

부부가 잠자리를 가지는 일이 수련이 아님을 이제는 나도 안다. 그런데도 나는 여전히 이것을 수련이라고 부른다. 춘궁도나 사랑 이야기에 나오는 표현이 좀 낯간지럽기도 하고 이게 더 익숙하기 때문이었다.

게다가 지금 욱봉의 기분은 바닥을 치고도 남으니 '몸을 섞는 수련'이라는 가장 강한 패를 꺼내야 한다. 이 패만큼 욱봉의 기분을 좋아지게 하고, 인내심을 늘리는 게 없으니 말이다. 심지어 이 패를 성공적으로 쓰면 내가 아무리 많은 영력을 요구해도 그는 아낌없이 내준다. 그러니 이번에도 효과가 있을 것이다.

"오랜만?"

그가 실로 기분이 나쁘다는 듯 눈썹을 올렸다.

"네가 그 정도의 공백도 오랜만이라고 할 줄 몰랐네. 앞으로 내가 더 정진하지."

에잇, 망했다. 내 입방정에 욱봉의 기분만 더 나빠진 듯했다. 아니나 다를까 욱봉의 살벌한 말이 머리 위로 떨어졌다.

"금멱, 나는 말이야. 가끔 진심으로 너를 죽여 버리고 싶어질 때가 있어."

그는 침상 위로 느리게 올라와 내가 이불 속으로 몸을 넣은 만큼 내 앞으로 다가왔다. 그러다 보니 나는 침상 모서리에 이르렀고, 더는 도망칠 곳이 없어졌다. 돌연 겁이 덜컥 났다. 그가 무척 분노한 나머지, 그동안 내게 준 영력을 다 거둬 갈 듯해 너무 두려웠다.

"하아……."

어룽어룽해진 눈으로 그를 올려다본 그때였다. 그가 갑자기 낮게 탄식하더니 나를 품에 꼭 끌어안았다.

"하여튼 너를 어쩌면 좋을지 모르겠다. 옛말에 썩은 나무로 조각하는 거 아니라더니[45]."

그의 말에 나는 울컥 화가 치밀었다. 지금 나한테 욕한 거 맞지?

"너무 말이 심한 거 아니에요? 썩은 나무라니! 그리고 내가 썩은 나무면 당신은 좀이에요!"

그의 가슴을 밀며 나는 오랜만에 도끼눈을 했다. 하지만 그는 전

---

45 朽木不可雕, 대책 없는 사람을 뜻하는 말이다. 요즘 말로 사람 고쳐 쓰는 것 아니라는 말과도 일맥상통한다.

혀 밀리지 않았다. 되레 나를 더 세게 안으며 킥킥 웃기까지 했다.

"내가 좀이라고?"

"그래요! 그것도 가리지도 않는! 썩은 나무인 나한테 늘 달라붙어 귀찮게 굴⋯⋯."

더 심하게 말하고 싶었는데 그럴 수 없었다. 그의 미소 띤 입술이 내 삐죽이는 입술을 덮으며 남은 말을 그의 입 안으로 삼켜 버린 탓이었다.

나는 분명히 한 번만 수련하자고 했는데, 그는 몇 번이고 수련을 반복한 뒤에나 나를 놓아주었다. 물론 완전히 놔준 것은 아니었다. 기진맥진해서 발가락 하나 꼼지락거릴 힘도 없는 나를 여전히 품에서 떼어 놓지는 않았으니 말이다.

나는 가쁜 숨을 쌕쌕 몰아쉬며 그의 가슴 위에 엎드려 누운 채 중요한 사실을 한 가지 떠올렸다. 그러고는 크게 후회했다. 진작 이 말을 했으면 이런 고생을 안 했을 텐데⋯⋯.

"욱봉, 내가 아까 깜박했는데, 태상노군은 절정단의 해독약도 만들었어요. 절정단 한 알에 해독약 한 알씩 한 묶음이죠. 그러니 절정단을 먹어도 바로 해독할 수 있어요."

나름 해명이라고 한 것인데도 그의 입술은 아까처럼 비틀어졌다. 그는 반쯤 뜬 눈으로 내 허리를 안은 팔을 더 세게 조였다.

"태상노군이 해독약을 한 솥 가득 만들었어도 너는 그 망할 절정단을 먹으면 안 돼!"

그의 말을 듣고 있자니 딱 어울리는 사자성어가 생각났다. 하지만 그가 아까 사자성어를 엄금했기에 속으로만 말했다.

'초목개병[46].'

* * *

절정단 소동 이후 옥봉은 내게 금족령을 내렸으며, 이제 보름이
되었다. 아니다! 이미 보름째라고 말해야 한다. 아니다, 자그마치 보
름째라고 말해야 한다.

어찌 이리 참혹한 일이 있을 수 있을까! 이런 나를 본 자는 나를
동정해 마지않아야 하고, 이런 내 사연을 들은 자는 나를 위해 통곡
해 마지않아야 한다.

금족령도 억울한데 그날 이후 나는 매일 그의 서재로 가서 먹을
갈아야 했다. 그리고 오늘도 마찬가지였다. 아침부터 내내 단조롭
게 먹만 갈다 보니 나는 중간중간 졸았고, 어느 순간 고개가 폭 꺾
였다. 옥봉이 손으로 받쳐 주지 않았다면 단단한 벼루에 부딪혀 머
리가 깨졌을지도 모른다.

"하여튼 눈을 못 뗀다니까……."

옥봉이 한 손으로는 붓을, 나머지 한 손으로는 내 이마를 받친
채 혀를 쯧쯧 차던 그때였다. 문밖에 있던 시종이 돌연 옥봉에게
고했다.

"존상, 월하선인이 부인을 뵙고자 합니다. 어찌하오리까?"

월하선인은 명명백백 나를 찾아왔건만, 옥봉에게 어찌하냐고 묻

---

46 草木皆兵, 초목이 모두 적의 군대로 보여 매우 놀라 의심하다는 뜻이다. 전진(前秦)
   의 부견(苻堅)이 적을 두려워한 나머지 산의 풀과 나무를 적병으로 착각해 놀랐다는
   고사에서 유래한 말이다.

다니! 이것은 분명 나를 무시하는 처사인지라 나는 크게 화가 났다. 하지만 나는 속으로만 화를 낼 뿐, 겉으로는 티 하나 내지 못했다. 참으로 비굴한 태도가 아닐 수 없다.

요즘 들어 나는 과거로 회귀한 듯 욱봉 앞에서 항상 작아진다. 한동안은 그러지 않았는데, 보름 내내 그의 서동 신세로 전락해 살다 보니 그 옛날의 비굴한 태도가 다시 몸에 배어 버렸다. 습관은 호랑이보다 무섭다더니 내가 딱 그 짝이다.

"그만 돌아가시라고 전해라."

욱봉은 고개도 들지 않은 채 흘리듯 말하면서 계속 글을 써 내려갔다.

"예, 존상!"

시종은 바로 물러났지만 이내 다시 돌아와 어렵사리 고했다.

"존상, 월하선인이 여쭘을 청하였습니다. 혹시 부인을 만날 수 없는 이유가 따로 있다면 그 이유를 알려 달라고……."

그제야 욱봉은 서예를 멈추었다. 하지만 고개는 여전히 들지 않았다.

"부인께서 회임하셨다. 그 연유로 정양이 필요하다고 전해라."

"예? 아……, 예."

시종은 급히 다시 사라졌고, 내 졸음은 순식간에 날아갔다.

"회임요? 내가 언제 나도 모르는 아기를 가졌어요?"

내 물음에 욱봉은 담담히 대답했다.

"곧 가질 거야."

어찌나 황당한지 인당혈이 시꺼멓게 변하는 느낌이었다. 하지만 욱봉은 이런 나를 아랑곳하지 않은 채 붓을 붓걸이에 걸었고, 방금

쓴 글을 친히 표구까지 해 족자를 만들었다. 그러더니 따라오라는 듯 내게 턱짓하며 자기가 먼저 서재 밖으로 나갔다.

대체 족자를 들고 어디로 가나 했더니 침전이었다. 그는 방 안에 들어가자마자 벽에다 족자를 걸었는데, 침상에 머리를 대고 누웠을 때 바로 마주 보이는 위치였다.

나는 뒷짐을 진 채 진지하게 족자를 보는 그의 곁에서 고개만 갸웃거렸다. 웅장하고 기운이 넘치는 네 글자는 천도수근(天道酬勤), 하늘은 스스로 돕는 자를 돕는다는 의미였다.

"금멱……."

대체 이 무슨 도깨비짓이냐고 물으려 했지만, 그에게 선수를 빼앗겼다. 나를 돌아보는 그의 눈빛은 결연하기 그지없었다.

"나는 이 말을 오늘부터 내 좌우명으로 삼기로 했어."

그날 나는 인당혈뿐 아니라 얼굴 전체가 다 거무죽죽해졌다.

'천도수근' 족자를 건 그날 이후 욱봉은 실로 부지런히 나를 데리고 수련에 매진했다. 줄곧 침전에 틀어박혀 그 수련만 했다. 그런 나날이 이어질수록 나는 우울해졌다. 이 수련의 결과가 온종일 울어 대는 아기라는 이유 때문이었다. 그러다 보니 수련을 하지 않을 때는 늘 표정이 어두워지고, 한숨이 나왔다.

하지만 얼마 전부터는 내 우울함의 이유는 욱봉으로 바뀌었다. 그가 나보다 더 우울해하고, 말수도 적어지고, 밥도 적게 먹고, 잠도 잘 들지 못하기 때문이었다. 그런 그가 너무 걱정되어 나는 없던 병도 생길 지경이었다. 그런 내 속도 모른 채 욱봉은 우울해하는 나를 보며 더 우울해졌다. 서로의 몸에 붙은 불을 꺼 줄 생각은 않고 되레 상대방에게 기름을 끼얹는 상황인 셈이었다.

"금멱, 한 가지만 물을게. 꼭 솔직히 대답해 줘."

어느 날 밤, 일을 마치고 침전에 들어온 그는 나를 보며 엄숙하게 물었다. 평소와 달리 그가 수련에 바로 들어가지 않아 이상했지만, 나는 순순히 고개를 끄덕였다. 그가 이렇게 변덕을 부리지 않는다면 뭔들 대답해 주지 못할까! 이 점만은 천지신명에게 맹세할 수도 있다.

그런데 그는 하겠다는 질문은 하지 않고 나를 빤히 보기만 했다. 나와 마주한 짙고 검은 눈에 초조함과 불안함을 가득 담은 채.

대체 왜 이러냐고 묻고 싶지만, 알 수 없는 그의 분위기에 눌려 꼼짝도 하지 못하던 어느 순간이었다. 문득 머릿속으로 불안한 예감이 스쳤다.

설마? 설…… 마? 첩실을 들이고 싶다는 말을 하기 힘들어 이렇게 뜸을 들이나?

헉, 그건 너무 싫은데.

"금멱, 우리 아기를 가지는 게 너는 그렇게 싫어?"

전혀 예상치 못한 질문이 돌연 튀어나오자, 나는 어안이 벙벙했다. 하지만 첩을 들이자는 게 아니라서 마음은 편해졌다.

"그럴 리가요!"

거무죽죽하던 욱봉의 안색이 그나마 좀 나아졌다. 잔뜩 긴장한 어깨도 조금 내려갔다.

"그런데 왜 계속 우울해했지?"

아, 그거였구나!

깨달음을 얻은 나는 솔직하게 대답했다.

"임신 전 기울증(우울증의 옛말)이에요."

"뭐? 너는 포도잖아! 포도에게 기울증이 웬 말이야?"

아, 대체 무슨 근거로 포도에게 기울증이 없대? 아, 이러다가 기울증에 화병까지 더해지겠네.

"근심이 깊으니 기울증이 생길 수밖에요."

"뭐가 그리 근심되지?"

"당신은 내가 곧 회임할 거라는 말만 반복할 뿐, 내가 무엇을 낳을지는 말해 주지 않잖아요. 그러니 당연히 근심할 수밖에 없죠."

내 입에서 '무엇'이라는 표현이 나오자마자 욱봉의 얼굴이 무시무시하게 변했다. 홍련업화가 그의 머리 위에서 뻥 터지는 환상이 보일 지경이었다. 나는 그가 오해하지 않도록 다급히 말을 덧붙였다.

"욱봉, 생각해 봐요. 내 아버지는 물이고, 어머니는 꽃인데 서리꽃인 내가 태어났어요. 선대 천제는 용인데 당신은 봉황이에요. 잉어를 어머니로 둔 지금 천제는 꼬리에 물고기 지느러미가 달린 용이고요. 월하선인은 선대 천제와 아버지가 같은데도 여우죠. 정말 변수와 변수의 연속이라고요. 상황이 이럴진대 내가 어찌 우울하지 않을 수 있겠어요."

"허!"

욱봉은 크게 실소했다. 나를 비웃나 싶었는데 입가에 부드럽게 보조개가 패는 것을 보니 그렇지는 않은 듯했다. 그는 손을 뻗어 내 머리를 부드럽게 쓰다듬었다.

"괜한 걱정은 하지 마. 때가 되면 자연히 알 일인데."

내 기울증의 원인이었던 고민을 털어놓은 그날, 욱봉의 기울증은 씻은 듯 나았다. 하지만 수련에 과하게 열중하는 부작용이 나타났다. 그 때문에 나는 허리가 남아나지 않을 지경이었다.

그로부터 보름 후 나는 회임했다.

아기가 배 속에 들어서자, 내 기울증은 임신 전 기울증에서 산전 기울증으로 바뀌었다. 기괴한 뭔가가 태어날까 봐 근심되어 매일매일 안절부절못했다. 예를 들어 월하선인이나 복하군 같은 부류 말이다. 그들이야말로 기묘함의 최고봉이 아니겠는가!

나는 장장 5년 동안 산전 기울증에 시달렸고, 그 후에는 산후 기울증이 생겼다. 내게서 태어난 아기가 백로인 탓이었다.

백로는 물새다. 그리고 물새는 약해빠진 새다. 이왕 새로 태어날 거 참매처럼 비범하고 강한 새면 오죽 좋아? 백로일 바에야 봉황이 낫지.

어찌나 실망스러운지 태어난 아기를 다시 배 속에 넣어 새로 낳고 싶을 정도였다.

반면 욱봉은 무척 기뻐했다. 그가 그리도 환히 웃는 모습을 처음 보았을 정도였다. 혼례식 때도 살짝 미소만 머금던 그인데 말이다.

"무릇 생명에는 각자 나름의 복이 있는 법이니 우리 아들은 잘 살 거야. 손자 손녀들도 마찬가지고."

그는 껄껄 웃으며 우울해하는 나를 안아 위로했다.

손자 손녀? 말이 되는 소리를 해! 아들 하나도 이렇게 우울한데 손자가 웬 말이냐고!

그가 어떤 위로를 해 주어도 기분이 좋아지지 않을 듯했다. 그런데 시간과 사랑의 감정이란 참으로 미묘했다. 찹쌀떡 같은 뽀얀 얼굴이 나를 볼 때마다, 작디작은 손이 내 식지를 휘감을 때마다, 해

맑고 천진한 웃음소리가 내 귀를 간질일 때마다, 내 마음을 짓누르던 우울의 바위가 빠르게 깎여 나갔으니 말이다. 그러다가 언제부터인가는 흔적도 없이 사라졌고, 백로가 세상에서 가장 순수하고 고결한 새라고 여겨지기까지 했다. 참매는 백로의 흰 깃털 하나에도 미치지 못한다고……

게다가 이 거무튀튀하고 선혈이 낭자한 마계에서 이리도 고결하고 하얀 백로가 태어났다. 진흙 속에서 태어났으나 오염되지 않은 존재이니 얼마나 귀한가!

욱봉은 아이의 이름을 당월이라고 지었다. 처음 들었을 때 왠지 귀에 익다 싶었더니 속세로 윤회했을 당시 내가 태어난 집이 경영하던 가게 이름이었다.

알고 보니 욱봉은 나보다 더 게을렀다.

***

나는 영력을 좋아한다. 솔직히 환장한다고 표현해도 무방하다. 받아서 가장 기분 좋은 선물 또한 영력이었다. 이런 내 탐심을 늘 만족시켜 주는 이는 바로 욱봉으로, 그는 내가 영력을 요구하면 그게 얼마든 무조건 내주었다.

예전에 그는 내가 원하는 거라면 내단 따위가 뭐가 아깝겠냐고 했다. 은하수를 역류시키라고 해도, 물고기를 날아다니게 하라고 해도, 새가 헤엄치게 해 달라고 해도 내가 원한다면 다 들어준다고 했다. 그때만 해도 과장이 심하다고 여겼는데 전혀 아니었다. 지금의 그를 보고 있으면 내가 말만 하면 그게 무엇이든 다 들어줄 듯했다.

하지만 요즘 들어 나는 영력을 그에게 받는 데 살짝 회의를 느끼고 있었다. 며칠 전 그에게 당연한 듯 영력을 받아 챙기면서 문득 이런 생각이 들어서였다.

내가 정말 영력을 좋아하나? 하지만 내게 영력이 이렇게 많아 봤자 뭐 하지? 내가 전장에 나가 적과 싸울 일이 있지도, 권력을 쥐고 싶지도 않은데? 이런 내가 영력이 많아 봤자 낭비 아닌가?

나는 몇 날 며칠을 이 문제로 고민했고, 마침내 모종의 결론을 냈다.

내가 이렇게 우악스러울 정도로 영력에 집착하는 괴벽은 증명받고 싶은 심리였다. 그가 주는 영력과 그가 나를 사랑하는 마음을 동일시하고 있었던 것이다.

하지만 며칠 전 우연한 계기로 그 결론은 다시 뒤집혔다. 당시 나는 당월을 데리고 망천으로 낚시하러 갔다. 흠, 솔직히 망천은 이름만 천(川)이지 물도, 물고기도 없어 낚시라고 하기에는 어폐가 있으니 낚시 비슷한 거라 치자.

어쨌든 내가 망천으로 낚시하러 간 이유는 염라왕이 해 준 말 때문이었다. 그는 망천 바다에 수많은 미녀의 혼백이 있다고 했다. 그때 나는 그중 적당한 혼백을 낚아 민며느리로 들이면 좋겠다 싶었고, 그날에야 짬을 내어 당월을 데리고 나갔다. 하지만 염라왕의 말에 과장이 있었는지, 내 낚시 실력이 신통치 않은지 아무리 기다려도 미녀 인어는커녕, 미녀 인어 꼬리도 낚이지 않았다.

망천의 잔잔한 물결만 보며 넋을 놓은 지 얼마나 되었을까? 꼬리는 뜻밖에도 망천이 아닌 하늘 위에서 보였다. 멍하니 넋을 놓고 있다가 문득 깊고 웅혼한 선기가 감지되어 고개를 드니, 내가 아는 유

일한 용이 지나가고 있었던 것이다. 그는 한 무리의 신선들을 거느리린 채 선두에서 날고 있었는데, 못 본 사이에 더 위엄이 깊어졌다.

나는 급히 고개를 숙였고, 아무것도 못 본 척했다. 하지만 이미 늦었다. 그와 나는 이미 눈이 마주쳤고, 그는 즉시 멈춰 섰으니 말이다. 그는 뒤를 따르는 태사선인에게 몇 마디 하고는 구름을 몰아 내가 있는 망천 기슭으로 내려왔다. 그리고 우리 모자 앞에 와서 섰다.

갑작스러운 그의 행동에 나는 적지 않게 당황했다. 그가 우리에게 위해를 끼칠 거라는 의심은 추호도 하지 않았지만, 어쨌든 우리가 그와 편한 관계는 아니지 않은가! 그래서 내내 아무 말도 못 하고 머뭇거리고만 있는데, 그가 천천히 입을 열었다. 다만, 그가 말을 건 대상은 내가 아닌 당월이었다. 그는 허리를 숙여 당월의 부드러운 얼굴을 살짝 어루만졌다.

"얘야, 여기서 무엇을 하는 것이냐?"

당월은 맑은 눈을 깜박이며 나와 그를 번갈아 보았다. 그런 뒤 아직 어린아이 특유의 어눌하고 서툰 발음으로 대답했다.

"색시…… 낚아."

전혀 예상치 못한 대답이었나 보다. 천제는 일순간 멍해졌다가 이내 실소를 머금었다.

"내 장담하는데 그건 네 어머니 생각이겠구나. 그래, 알겠다. 그럼 네 이름은 무엇이냐?"

당월은 이번 질문에는 대답을 주저했다. 사실 당월은 제 아비와 닮은 데가 많다. 외모는 물론, 성정도 그렇다. 머리에 피도 안 마른 것이 툭하면 오만하게 굴었다. 누가 질문을 해도 무시하기 일쑤였다. 그래도 청출어람이라고 제 아비보다는 나은 점이 있었는데 상대를 대놓고 무시하지는 않는다는 점이었다. 대신 은근슬쩍 화제를 바꾸었다.

"같이 낚시할래?"

당월은 고개를 숙여 천제의 시선을 피했다. 그리고 긴 속눈썹을 내리깔며 낚싯바늘을 갈아 끼우는 척을 했다. 그런 그에게서 나는 급히 낚싯대를 뺐다. 이러다가 낚싯바늘에 찔릴 듯해서였다.

"이분은 네 백부님이셔. '백부님(伯伯)' 하고 불러 봐."

"응?"

살짝 옆으로 비틀어 선 당월의 어깨를 붙들어 천제와 마주 보게 세우자, 내내 고개를 숙이고 있던 당월이 번쩍 얼굴을 들었다. 천제를 올려다보는 당월의 콧잔등은 어느새 찡그려져 있고, 눈에는 의문이 가득했다. 잠시 후 아이는 슬그머니 내 치마폭을 붙들더니 걱정되어 허리를 숙인 내 앞에서 까치발을 했다. 그리고 작게 귓속말했다.

"엄마, 저 아저씨는 백부님 아니야. 너무 달라."

당월이 무슨 말을 하나 싶어 잠시 멍해졌지만, 머지않아 그 이유를 깨달았다. 당월은 지금 '당근'과 '백부'를 헷갈리고 있었다.

노호와 당월이 처음 만났을 때 당월은 지금보다 더 어렸다. 말이 당연히 더 어눌할 수밖에 없어 '노호'라는 이름을 발음하기 너무 어려워했다. 그래서 아이가 좀 더 수월하게 발음할 수 있도록 노호를 '복복(蔔蔔)'이라고 부르게 했다. 노호의 진신인 당근을 뜻하는 다른 말 호나복(胡蘿蔔)의 끝 글자만 따와서 말이다[47]. 그 일을 미루어 생각하면 지금 당월의 혼란스러움은 당연했다. 이름이 같으니 동일인

---

47 중국어에서 백부란 뜻의 백(伯)과 당근을 뜻하는 호나복(胡蘿蔔)의 끝 글자인 복 (蔔)은 발음이 'bo'로 같게 난다.

인 듯한데 그때 본 노호와 천제의 모습이 천양지차이니 어린 마음에 어찌 기이하지 않을까!

나는 터지려는 웃음을 간신히 참았다. 천제와 노호가 동일선에 놓이다니, 천제에게 있어 정말 크나큰 굴욕이 아닐 수 없다. 무덤에 들어갈 때까지 이 일은 비밀로 해야겠다.

"행복하십니까?"

단정하게 뒷짐을 지고 선 채 천제는 내게 물었다. 하지만 이내 알쏭달쏭한 미소를 지었다. 마치 자조처럼 보이는…….

"내가 괜한 것을 물었군요. 당연히 행복할 텐데…….”

그는 눈을 반쯤 내리깐 채 자문자답했고, 나는 침묵했다. 입은 달싹였지만, 말이 되어 나오지는 않았다. 솔직히 무슨 말을 어떻게 해야 할지도 알 수 없었다.

그 후로 우리는 망천 기슭에 나란히 선 채 구름을 보고, 물을 보고, 또 구름을 보고, 물을 보았다. 실로 단조로웠지만, 그것 외에는 할 수 있는 일도 딱히 없었다.

"이만 가야겠군요. 다들 너무 기다리게 한 듯합니다.”

한참 후에나 입을 뗀 천제는 내게 가볍게 묵례한 뒤 옆에 둥둥 떠 있던 구름 위로 올라탔다. 그는 나와 당월을 다시금 깊디깊은 눈으로 보더니 회한이 가득한 목소리로 속삭였다.

"당신이…… 행복해 보여 기쁩니다.”

"……폐하도 분명히 행복해지실 거예요.”

대답 같지 않은 대답이었지만, 이게 내가 할 수 있는 최선의 대답이었다. 그러자 그는 살짝 미소를 머금더니 유려하게 하늘 위로 날아올랐다.

저 멀리 사라져 가는 신선 무리를 바라보며 나는 생각했다. 비록 나는 그에게 당신도 행복해질 거라고 말해 주었지만, 그는 이미 행복하리라고 말이다. 그는 오매불망 보좌를 갈망했고, 지금은 그 자리에 앉았다. 게다가 마계와 천계는 다시는 전쟁하지 않기로 약속했으니, 그의 보좌가 위협받을 일도 없다. 보좌에 앉은 지배자로서 이만큼 좋은 상황이 어디 있단 말인가!

"꼬마 백로, 우리도 집에 가자."

내 실력으로 인어를 낚기란 영 무리라는 결론에 이른 나는 낚싯대를 챙겼다. 그러자 당월은 입술을 삐죽거렸다.

"싫어! 아직 색시가 없잖아."

입을 삐죽거릴 때마다 갓 찐 찰떡 같은 뺨이 부푸는 모습이 실로 귀여웠다. 나는 웃음을 참지 못한 채 당월의 포동포동한 뺨을 살짝 꼬집었다.

"더는 색시를 낚지 말자는 게 아니야. 이제라도 방법을 바꿔야 색시를 낚을 수 있을 것 같아 그래."

"응?"

"명색이 네 색시인데, 보통 낚싯바늘로 걸리겠니? 이 어미는 앞으로 강태공식으로 낚시법을 바꿔 보려고 해. 네 색시가 스스로 원해서 네 낚싯바늘에 걸려들게 말이야[48]."

---

48 姜太公釣魚, 講究願者上鉤, 곧은 낚싯바늘에도 물고기 스스로가 낚이기 원한다면 걸리기 마련이라는 의미로, 강태공의 고사에서 유래한 말을 금멱식으로 비튼 말이다. 주왕의 폭정에 백성들이 도탄에 빠져 있던 시절, 강태공은 늘 강에서 낚시하며 세월을 보냈다. 하지만 그는 갈고리 모양의 일반 낚싯바늘이 아닌 곧은 낚싯바늘을 썼으며 미끼도 걸지 않았다. 그것을 본 사람들은 기이하게 여겼는데, 훗날 주 문왕이 되는 희창은 그의 비범함을 알아보고 그를 국사로 등용했으며 그는 주나라의 건립에 큰 공을 세웠다.

아직 어린 당월이 내 말을 이해하기는 무리였다. 나는 허리를 숙이며 그의 귀에 장난스레 속삭였다.

"걱정하지 마. 네 아비도 예전에 곧은 낚싯바늘에 걸렸거든."

당월의 손을 잡은 뒤 두 걸음을 미처 떼기 전에 하늘 저편이 검게 물들었다. 욱봉이 검은 구름을 몰고 온다는 증거였다. 멈춰 선 채 하늘을 올려다보니 당황해 어쩔 줄 몰라 하는 그의 모습이 눈에 들어왔다. 그는 한 걸음만 늦어도 큰일이라도 날 듯 초조해 보였다.

머지않아 멀리서도 나와 당월을 알아본 그는 일순간 굳어 버렸다. 이상하게도 그런 그의 모습은 내 가슴을 싸하게 했다.

나와 당월을 데리고 마계로 돌아온 그날 밤, 욱봉은 내내 전전반측 잠을 이루지 못했다. 그런 그가 신경 쓰여 눈을 뜨니, 그는 어느새 침상에 일어나 앉아 나를 내려다보고 있었다.

"왜 또 안 자요?"

내가 졸음 가득한 눈으로 묻자, 그는 작게 헛기침을 했다.

"금멱, 나한테 뭐 할 말 없어?"

나는 눈을 비비며 대답했다.

"없는데요?"

돌연 욱봉의 눈썹이 사납게 올라갔고, 내 졸음은 삽시간에 날아갔다.

"정…… 말 없는데…….'

"그럴 리가 없잖아!"

그는 불현듯 화까지 버럭 냈다. 그러더니 몸을 기울여 내게 얼굴을 가까이해 추궁하듯 물었다.

"왜 근자에 영력을 달라고 하지 않지?"

"예?"

나 원, 그게 이유였어?

나는 실로 어이가 없었다. 이리도 전전반측 잠 못 이루는 이유가 고작 내가 그에게 영력을 요구하지 않아서라니! 누가 들으면 매일 내가 영력을 달라고 들들 볶는 줄 오해하겠네.

"아, 그럼…… 5백 년치 줘요."

나는 잠시 뜸을 들인 뒤 말했다. 딱히 받고 싶지 않지만, 영력을 달라고 하지 않으면 그가 더 화낼 듯해서였다.

"5백 년치?"

그는 그제야 안심한 듯 웃더니, 내 인당혈에 손가락을 지그시 댔다. 그리고 한 치의 미련도 없이 5백 년치 영력을 넘겨주었다.

욱봉은 입술을 곱게 올린 채 곤히 잠들어 있었다. 그리고 나는 그런 그의 품에 안겨 그를 조용히 보고 있었다. 세상 편해진 그와 달리 새삼 고민에 사로잡혀 버린 탓이었다. 그렇게 생각에 생각을 거듭하던 어느 순간, 나는 드디어 깨달음을 얻었다.

우리는 어리석기로는 가히 쌍벽을 이루는 바보다. 내가 그에게 영력을 요구하는 이유는 그가 나를 사랑한다는 사실을 증명받고 싶어서이다. 그리고 그가 내 요구를 들어주는 이유는 그 행위를 통해 내가 그를 사랑한다는 사실을 확인받고 싶어서이다.

즉, 도둑이 소매 가득 은자를 가졌으면서도 또 은자를 훔치러 나서고, 누군가는 스스로 제 주머니를 연 채 그 도둑이 오기를 기다리는 상황이다.

사랑이란 감정은 실로 복잡해 보이는데 어떤 때는 놀라울 정도로 간단명료하다. 이 상황에 딱 어울리는 속세의 속담은 바로 이거다.

　때리고 싶은 놈 옆에 맞고 싶은 놈[49]!

49　一個願打, 一個願挨. 원문은 '周瑜打黃蓋, 一個願打, 一個願挨'로 주유와 황개의 일화에서 유래했다. 이것은 적을 속이려고 자신의 희생을 무릅쓰면서까지 꾸미는 계책을 의미하나 배움이 모자란 금멱은 이 말을 글자 그대로 해석했다.

번외 2
서동 수난기

"이게 무엇이냐?"

자꾸만 내려가는 눈꺼풀을 억지로 들어 올리며 먹을 갈고 있는데, 욱봉이 불현듯 질문을 던졌다. 반쯤 혼미한 눈으로 고개를 들자, 그는 오른쪽 아래를 주시하고 있었다. 왜 저러나 싶어 그의 시선을 따라가니 책상다리 아래 깔린 서책들이 보였다. 그 순간 잠이 홀랑 다 깼다. 온종일 잊고 지냈던 오늘의 가장 큰 실수가 생각나서였다.

오늘 아침 나는 이 서탁으로 환형술을 연습했다. 원래는 거북이로 만들 생각이었지만, 다리 하나만 나머지 세 개에 비해 짧아졌다. 하지만 언뜻 보면 원래와 다를 바 없어 서책 몇 권을 괴어 주니 다시 반듯하게 섰다. 나름 감쪽같다고 여겼는데, 내가 욱봉을 과소평가했다. 성정이 까탈스러워 주변 환경이 조금만 바뀌어도 귀신같이 아는 듯했다.

"서책이죠."

나는 가능한 한 태연하고 담담히 대꾸했다. 도둑이라고 늘 제 발 저리라는 법은 없다. 고정관념은 깨라고 있는 거다.

"서탁이 오래되었나 봐요. 다리가 삭았는지 좀 짧아졌더라고요. 그래서 서책 몇 권으로 괴어 놨어요. 안정적이게."

욱봉이 눈썹을 들며 나를 보더니 손가락을 까닥했다. 그러자 다

리 밑에 깔려 있던 서책들이 순식간에 그의 수중에 들어갔다. 그와 동시에 종이, 먹, 붓으로 가득한 서탁이 한쪽으로 기울어졌다. 내가 빠른 판단력을 발휘해 기울어진 쪽을 즉시 받치지 않았으면 큰일이 났을 것이다. 하지만 내면의 자랑스러움이 후회로 변하기까지는 그리 오랜 시간이 걸리지 않았다. 오동나무 서탁이 내 손목을 분지를 듯한 무게로 나를 압박해서였다.

"전하……?"

나는 내가 낼 수 있는 가장 불쌍한 목소리로 욱봉을 불러 보았다. 하지만 독하기 짝이 없는 그는 나를 상대도 하지 않았다. 그저 자신의 수중에 들어온 서책 중 하나를 펼쳐 "어찌 봄빛을 정원 안에만 가둘 수 있으리오"라고 소리 내어 읽을 뿐이었다. 그는 무겁게 가라앉은 얼굴로 몇 장을 더 넘겨 내용을 확인하더니 돌연 서책을 내팽개쳤다.

"제정신이냐? 이리 저급한 서책들로 감히 내 서탁을 괴다니!"

응? 이리도 저급한 서책? 대체 무슨 서책인데?

나는 목을 쭉 빼서 그가 내팽개친, 아까 그가 본 듯한 장이 펼쳐진 서책을 살펴보았다. 하지만 별것 아니었다. 그저 춘궁도가 실린 그림책에 불과했다.

별일이네. 대체 뭐 때문에 저리 성질이지? 혹시 이 서책에 실린 춘궁도의 수준이 많이 떨어지나?

"아, 이 서책은 전하의 취향이 아닌가 보네요. 그럼 다른 서책으로 드릴게요. 제 방에는 이런 서책이 넘쳐나니 전하께서 마음에 드시는 서책으로 편하게 고르셔도 돼요."

"금멱!"

그는 눈을 사납게 치뜨며 나를 보았다. 그는 손을 뻗어 서탁을 내리치려는 듯했지만, 그의 손은 허공만 휘저었다. 그가 서탁을 내리칠 때까지 내 손목이 버티지 못했기 때문이었다. 서탁은 요란한 소리를 내며 바닥에 넘어졌고, 나는 욱봉의 품에 자빠졌다. 슬프지만, 나도 서탁도 본의는 아니었다.

"죄, 죄송해요!"

어서 일어나고 싶었지만, 넘어질 때 옷자락이 욱봉의 장신구에 걸렸는지, 몸이 내 뜻대로 되지 않았다. 하지만 여기서 꾸물거리다가는 정말 불벼락이 떨어질 것이다. 그것만은 피해야 한다 싶어 몸에 힘을 주었다. 그 순간 허리 부근의 옷이 쭉 찢어졌다. 그리고 그때…….

"아!"

우리 뒤에서 누군가가 난감한 듯 경악한 듯 묘한 소리를 냈다.

급히 돌아보니 흰 수염을 길게 기른 신선과 선시가 성사전(省事殿) 밖에 서 있었다. 그들은 나와 욱봉, 그리고 춘궁도가 실린 서책과 종이들이 어지럽게 흩어진 방을 멍하니 보고 있었다.

할 말은 넘치도록 많지만, 차마 할 수 없다는 표정을 한 그들은 문지방을 넘으려고 들었던 다리를 차마 내리지 못한 채 어정쩡하게 들고 있었다.

"가만히 있어. 움직이면 큰 벌을 내릴 테니."

문득 욱봉이 낮게 속삭였다. 그런 뒤 팔을 뻗어 내 허리를 휘감더니 나를 그의 품에 잡아 가두었다.

뭐야? 또 왜 이래?

욱봉의 돌발 행동에 나는 멍해졌고, 신선과 선시는 경악했다. 시선을 돌려 성사전 입구를 살피자 신선은 붉어진 얼굴로 수염을 쓰다듬고 있었다. 그는 고개를 들어 하늘을 보다가, 다시 고개를 숙이더니 성사전 바닥에 어지럽게 흩어진 서책의 펼쳐진 면도 보았다. 그 후 작게 중얼거렸다.

"흠, 과연 봄이로군요. 완연히 봄이 왔어요."

신선은 알 수 없는 말만 남긴 후 홀연히 떠나 버렸다. 선시도 황급히 그의 뒤를 따랐다.

다시 우리 둘만 남자, 성사전 안에는 서책이 바람에 날리는 소리만 간간이 났다. 그리고 그럴 때마다 다른 춘궁도가 펼쳐졌다.

누군가는 이 상황을 수습해야 했고, 그렇다면 그의 서동인 내가 그리해야 했다. 하지만 머릿속이 기이하게 비어 버린 나는 그저 얼어만 있었다. 바닥에 흩어진 서책을 펼치던 바람이 그의 귀밑머리를 날려 내 콧잔등을 간질이지 않았다면 내내 그의 품에 이러고 있었을지도 모른다.

"언제까지 내 위에 이러고 있을 것이냐?"

그가 내 상투를 붙들며 차갑게 쏘아붙이자 모골이 송연해졌다. 그래서 급히 그의 몸 어딘가에 손을 대서 지탱한 뒤 일어났다. 잠시 후 몸을 펴자 그가 사납게 나를 불렀다.

"금멱, 너!"

놀라 그를 보니 그의 얼굴이 하얗게 질려 있었다. 굉장히 황당하다는 표정이었는데, 왜 저러는지는 알 수 없었다. 그가 일어나라고 해서 가능한 한 빨리 일어났는데 또 왜 저럴까?

"……예?"

나는 그를 쳐다보며 조심스레 물었다. 하지만 그는 내 얼굴이 아닌, 그의 몸 가운데 즈음에 놓인 내 손을 보고 있었다. 그는 실로 어두운 얼굴을 한 채 한 자 한 자 정나미 없게 똑똑 띄우며 말했다.

"당 · 장 · 꺼 · 져!"

나는 욱봉이 우리 과일처럼 관대하기를 기대해 본 적이 없다. 그래도 그가 이 정도로 속 좁고 성질이 고약하리라고는 꿈에도 몰랐다.

성사전의 사건이 있은 이튿날, 그는 나를 젓가락으로 변신시켰다. 그 때문에 나는 온종일 음식을 집기만 할 뿐 먹지는 못했다. 울고 싶지만, 눈물도 흘릴 수 없었다.

셋째 날에는 나를 배추로 변신시켰다. 월궁의 항아가 옥토끼를 데리고 서오궁을 방문한 바로 그날이었다. 옥토끼는 눈을 반짝이며 내게로 달려들었다. 항아가 급히 토끼를 붙들어 안지 않았다면 나는 토끼의 사나운 이빨에 갈기갈기 찢어졌을 것이다.

욱봉은 내가 그 수모를 겪었는데도 환형술을 풀어 주지 않았고, 나는 그 후 장장 한 시진 동안 옥토끼와 대치했다. 그제야 나는 토끼가 세상에서 가장 흉포한 맹수라는 노호의 말을 이해했다.

넷째 날이 되자 이 벼락 맞을 욱봉은 나를 북으로 변신시켰다. 그리고 내내 북을 쳐서 나를 혼절 직전까지 내몬 뒤에야 환형술을 풀어 주었다.

실로 고되고 힘든 나날이 8일째에 접어들고서야 욱봉은 나를 놓아주었다. 그때에 이르러 나는 이미 화가 머리끝까지 났으며 몰상식적인 그의 태도에 치가 떨리는 상태였다. 나는 다시는 욱봉을 상대하지 않기로 했다.

다음 날, 나는 서오궁에서 나와 정처 없이 돌아다녔다. 서오궁이 아닌 다른 데로 거처를 옮길 것을 심히 고민하면서. 차마 갈피를 못 잡고 갈팡질팡하는데 문득 지나가던 선시들이 나누는 대화가 귀에 들어왔다.

"너 그 소문 들었어? 얼마 전에 화신 전하와 그 서동이 성사전 서탁 위에서 했대. 그러다 서탁 다리가 하나 부러졌다지 뭐야."

그러자 다른 선시는 눈이 휘둥그레져 반문했다.

"대체 얼마나 거칠게 했으면 그게 부러져?"

나는 망연한 얼굴이 되어 하늘을 올려다보았다. 어느새 하늘 가운데 뜬 태양이 거칠게 빛나고 있었다.

* * *

관대하고 자비로운 우리 과일도 마냥 무골호인은 아니다. 8일간 수난을 겪은 뒤 나는 욱봉의 옆에서 먹 가는 일을 그만두었다. 짬이 날 때는 인연부에 가서 월하선인과 곤곡을 보고, 그가 새로 입수한 춘궁도의 감상평을 들었다. 나름 즐겁고 평온한 나날이었다.

하지만 빈둥거리는 내내 마음 한구석이 편치 않았다. 욱봉의 얼굴을 안 보는 건 좋은데, 그가 전수해 주던 구결을 더는 배울 수 없어서였다. 원래도 일천했던 영력이 더 낮아진 느낌이 분명히 들었다.

"하아……."

나도 모르게 땅이 꺼질 듯 한숨을 쉬었나 보다. 한창 춘궁도 평에 열을 올리던 월하선인이 고개를 갸웃거렸다.

"아이고, 새파랗게 젊은 것이 어찌 그리 노인네처럼 한숨을 쉬는 게야?"

"그게요……. 요즘 제 영력이 더 낮아진 듯해요. 아무래도 수련을 중간에 그만둬서 그런가 봐요."

"하긴 네가 요즘 들어 인연부에 거의 살다시피 하기는 했지."

월하선인의 말에 나는 새삼 고민에 빠졌다. 영력이 낮아지는 건 싫지만, 욱봉에게 다시 가르침을 청하는 건 더 싫다. 나도 자존심이 있는 포도란 말이다.

아무래도 욱봉이 아닌 다른 사부를 찾아야겠다. 흠, 천계에 욱봉에 필적할 만한 대선이 또 누가 있을까?

고민하다 보니 저도 모르게 기울어졌던 고개가 어느 순간 번쩍 들렸다. 내 사부로 실로 적당한 대선이 생각나서였다.

"월하선인, 저를 제자로 받아 주세요! 사부님으로 모실게요!"

나는 대뜸 생각을 행동으로 옮겼다.

그래, 내가 왜 이 생각을 못 했을까? 월하선인은 천제의 동생이자, 화신과 야신의 숙부이자, 천계에서 손꼽히는 대선이다. 월하선인이라면 분명히 드넓고 웅혼한 영력의 세계로 나를 이끌어 주리라!

"나, 나를?"

월하선인은 뜻밖이라는 듯 잠시 당황했다. 하지만 이내 입꼬리를 올리며 해맑게 웃었다.

"뭐, 네가 그리 바란다면야……."

비록 말끝은 흐렸지만, 그는 바로 춘궁도를 치우더니 소매 속에서 바늘쌈지를 꺼냈다. 그리고 그 안의 수많은 바늘을 서탁 위에 쭉 늘어놓았다. 그는 자신이 소장한 바늘을 보며 뿌듯하게 웃은 뒤 다시 나와 마주했다.

"바늘 꿰기는 모든 수련의 근본이란다. 이 가볍고 가는 자수바늘조차 제대로 다루지 못하는데 어찌 천 근이 거뜬히 넘는 법기들을 자유로이 다룰 수 있겠느냐. 따라서 자수바늘은 일가를 이룬 신선의 필수 휴대품이니라. 이참에 너도 하나 골라 보려무나. 제 손에 맞는 바늘을 갖추어야 수련에서 유리한 고지를 점할 수 있는 법이니라."

나는 진지하게 그의 말을 경청하며 서탁 앞에 놓인 다양한 길이와 굵기의 바늘들을 바라보았다. 아아, 일가를 이룬 신선이라면 다 자수바늘을 가졌다니! 새삼 이 바늘들이 대단해 보인다.

"이걸로 할게요."

내가 바늘 하나를 고르자, 월하선인은 웃으며 고개를 끄덕였다.

"너처럼 작고 귀여운 바늘을 골랐구나. 그래, 우선 실 꿰기부터 시작하자꾸나."

그날로 나는 월하선인의 문하가 되었다. 두고 봐, 반드시 신선의 반열에 올라 오만한 옥봉의 콧대를 확 꺾어 줄 테니.

"응, 벌써 그만하려고?"

내가 힘없이 바늘을 놓자, 월하선인은 큰 눈을 동그랗게 뜨며 물었다.

"아, 그게 너무 어두워서요. 등을 하나 더 밝히면 어떨까요?"

실 꿰기가 귀찮아진 속내를 감추기 위해 나는 어쭙잖게 핑계를 댔다. 아무리 월하선인과 나의 친분이 깊지만, 그의 문하에 들어간 지 고작 열하루째다. 게으름 피우는 모습을 보이는 건 예의가 아니었다.

하지만 냉정하게 판단하자면, 나는 이미 어제부터 월하선인 밑에서 수련하는 데 상당히 부정적인 견해를 지니게 되었다. 낮에는 햇볕 아래서, 밤에는 등불 아래서 줄곧 실을 꿴 지 열흘째 되던 어제, 영력 증진에 실 꿰기가 전혀 도움이 되지 않는다는 사실을 깨달 았기 때문이었다. 그냥 눈만 나빠졌고, 구멍만 보면 실성한 듯 실을 꿰려고 드는 전혀 반갑지 않은 괴벽까지 생겼다.

"이 정도가 뭐가 어둡다고. 지금이 딱 좋구먼."

나는 월하선인이 도통 이해가 되지 않았다. 그렇지 않아도 눈이 나쁜 노인네가 어째서 오밤중에 희미한 등만 켜 놓고 굳이 실을 꿰 는지.

"저는 잘 모르겠어요. 왜 굳이 어두운 밤에 실을 꿰시는지. 낮에 바쁜 일이 많아 실을 꿸 시간이 없는 것도 아니잖아요."

내가 의문을 제기하자, 그는 눈을 가늘게 접으며 웃었다.

"나는 밤에 일해야 영감이 떠오르는 체질이란다. 칠흑같이 검은 밤은 내 눈에 특별한 능력을 부여해 주지. 나는 그 능력을 활용해 밤에 은밀히 행해지는 온갖 애정사와 간통 등을 찾아낼 수 있느니라."

영력 증진에 도움도 안 되는 그런 일을 봐서 뭐 해!

속으로만 투덜거리며 나는 다시금 하릴없이 실만 꿨다. 그런 내 앞에서 월하선인은 계속 수다를 떨었다. 천계에 떠도는 각종 화제 들이 그 주제였다. 대부분 흘려들었지만, 어떤 대목에서는 귀가 번 쩍 뜨였다.

"뭐라고요?"

내가 저도 모르게 큰 소리를 냈나 보다. 월하선인이 화들짝 놀라 며 바늘까지 떨어뜨렸다.

"아이고, 이것아! 콩알만 한 것이 어찌 그리 목소리가 크누!"

그는 나를 살짝 타박했지만, 어찌나 급한지 그의 타박이 하나도 귀에 들어오지 않았다.

"월하선인, 방금 뭐라고 하셨어요? 영력이 든 종자라고요?"

"응, 그래. 욱봉이 이번 단오절에 영력이 든 종자를 특별히 나눠 주기로 했다는구나. 종자라…… 흠, 천계에서 속세 인간들이 하듯 단오절 행사를 하다니 흥미롭지 않으냐? 욱봉이 갑자기 왜 그러나 싶어 알아봤더니 이유가 다 있더구나. 속세에서 뛰어난 문재(文才)와 고결한 인품으로 추앙받던 굴원[50]이 이번에 신선으로 승격했지 뭐냐. 욱봉은 평소 그자의 재능을 아꼈으니 어찌 이 일을 소홀히 넘기겠느냐! 당연히 굴원을 서오궁으로 초청했고, 서오궁 선시들에게 속세에서 단오절을 지내듯 단오절 행사를 하라고 명했다지? 어, 어! 먹아야, 어딜 가느냐?"

더는 듣고만 있을 수 없어 벌떡 일어나니 월하선인이 황급히 나를 불렀다.

"잠시만 나갔다 올게요!"

그가 재차 불렀지만, 나는 뒤도 돌아보지 않았다. 그리고 그 길로 바로 서오궁으로 달려갔다.

---

50 중국 전국 시대의 정치가이자 시인이다. 왕에게 직언하다가 눈 밖에 나서 파직되어 호남에 유배를 갔는데, 호남에 이른 굴원은 멱라강(汨羅江) 일대를 돌아다니면서 슬픈 시를 읊다가 돌을 가슴에 안은 채 멱라강에 뛰어들어 자살했다. 근처에 있던 백성들은 굴원을 구하려고 애썼으나 그는 애석하게 익사했고, 며칠을 애썼지만 그의 시신을 거두지 못했다. 이듬해 5월 5일, 굴원이 멱라강에 몸을 던진 지 1년이 되던 날 백성들은 배를 몰고 멱라강에 와서 광주리에 담은 쌀을 강에다 뿌리며 굴원을 애도했다. 그 일을 계기로 매년 5월 5일이 되면 참대 광주리에 담은 쌀 대신 참대 잎에 찰밥을 싼 '종자(粽子)'를 뿌렸다.

"어, 금멱? 네가 이 시간에 무슨 일이야?"

단오절 준비로 바쁜지 비서는 낮처럼 분주했다. 그런 그의 옷소매를 붙잡으며 나는 급히 물었다.

"내일 단오절 행사를 한다며?"

"응, 인연부에도 그 소문이 났나 보네."

"응, 이번에 나눠 주는 종자가 특별하다고 다들 모이면 그 이야기더라."

내 말에 비서는 자랑스러운 얼굴로 어깨를 으쓱했다. 서오궁에서 일한다는 자부심이 하늘을 찌르는 비서다운 반응이었다. 그래서 그는 내가 굳이 묻지도 않은 일까지 줄줄 불었다.

"그렇지. 이번 종자는 아주 특별하지. 너도 익히 들어 알겠지만, 이번 종자에는 영력을 넣어. 속세에서는 고기나 팥소 등을 넣어서 만든 찹쌀밥을 참대 잎에 싸는 게 고작이지만, 천계의 종자는 뭐가 달라도 달라야 하지 않겠어? 그것을 잘 아시는 우리 화신 전하께서 친히 분부하셨어. 내일 천인들에게 나눠 줄 모든 종자에 영력을 넣으라고."

"와, 대단하네. 그러면 종자마다 영력이 얼마씩 들어가?"

나는 일부러 더 과장되게 호응하며 은근슬쩍 떠보았다. 단순한 비서는 순순히 걸려들었다.

"종자마다 다 달라. 속세의 종자에는 고기, 달걀노른자, 밤, 행인(아몬드) 같은 게 들어가지만, 내일 서오궁에서 나눠 줄 종자는 총 36등급으로 나뉘지. 가장 낮은 1년치부터 가장 높은 5백 년치까지 다양해."

뭐라? 5백 년치 영력이라고?

아, 듣기만 해도 황홀해서 혼절하겠네.

"그러면 넣은 영력에 따라 모양이나 크기도 다르겠네?"

"그건 선방에서 종자가 나와 봐야 알아. 하지만 확실한 것은 1년 치 영력이 들은 종자가 가장 많고, 영력이 많이 든 종자일수록 그 개수가 적다고 했어. 특히 5백 년치가 든 종자는 딱 하나라던데?"

치열한 경쟁이 예상되어 나는 저도 모르게 주먹을 꽉 쥐었다.

제천대성이 부처님 손바닥에 깔려 있던 시간이 5백 년이다. 만약 내일 내가 그 종자를 차지한다면 제천대성처럼 5백 년이나 고된 수련을 할 필요가 없다. 내 어떡하든 그 5백 년치 종자를 손에 넣으리라!

다음 날 새벽부터 나는 서오궁으로 달려갔다. 그리고 서오궁 대문이 열리자마자 나처럼 종자를 받기 위해 모여 있던 천인 무리에 섞여 안으로 들어갔다. 대전에 놓인 큰 상 위에는 과연 소문의 종자들이 가득 쌓여 있었다. 다만, 유감스럽게도 모양이 다 같아 그 안에 영력이 얼마나 들었는지는 짐작할 수 없었다.

나는 제천대성의 화안금정[51]을 지니지 못했기에 근면성으로 없는 재간을 메꾸기로 했다. 그 후, 나는 그 정신에 입각해 미친 듯이 손에 잡히는 대로 종자를 그러모았다. 다행히 내 노력은 열매를 맺었다. 선녀, 선시, 선고들이 바글바글한 와중에도 스무 개의 종자를 탈환했으니 말이다.

나는 냉큼 종자들을 안은 채 서오궁 후원으로 도망쳤다. 그리고 적당한 바위를 골라 앉은 뒤 첫 번째로 고른 종자를 까 먹었다. 아쉽게

---

51 손오공이 팔괘로 안에서 터득한 요괴 · 악마 등을 식별해 낼 수 있는 안목

도 1년치 영력이 든 종자였다. 그래도 종자가 참 맛있고 향기로웠다. 영력이 들어 있지 않아도 먹을 가치가 충분하다는 생각을 했다.

설레는 마음으로 두 번째로 고른 종자를 먹어 보았다. 또 1년치였다. 살짝 기운이 빠졌지만, 내게는 아직 18번의 기회가 남아 있었다. 나는 다시 힘을 내서 다른 종자를 또 까서 먹었다.

"금먹아, 힘내자. 이제 한 개 남았어. 이건 분명히 다를 거야. 때깔이 다르잖아."

바로 앞에 먹은 19번째 종자와 마지막 종자의 때깔이 다를 바 없음에도 나는 자신에게 최면을 걸었다. 그리고 힘겹게 그것을 입 안에 쑤셔 넣었다.

"아, 망했어."

나는 절망에 울먹이며 힘없이 하늘을 올려다보았다.

운명은 내게 어찌 이리도 가혹할까? 어떻게 20개가 전부 1년치지? 목구멍까지 종자가 미어터지게 먹었는데도 고작 20년치 영력만 얻은 셈이었다.

그 고생을 하고 겨우 20년치 영력을 얻은 것도 서러운데 너무 먹어서 배까지 아팠다. 그런데도 한 가닥 희망의 끈을 놓지 못해 대전으로 돌아가 보았다. 역시나 탁자 위는 텅 비어 있고, 요청과 비서만 남아 뒷정리를 하고 있었다.

"어, 금먹? 왜 도로 왔어?"

이번에는 요청이 내게 말을 걸어 주었다.

"어, 그, 그게. 혹시 5백 년치 종자는 누가 가져갔어?"

내가 더듬거리며 묻자 요청은 고개를 갸웃거렸다.

"어, 그건 나도 모르겠는데. 다만 홍해아[52] 님이 가져간 종자에 백 년치가 있었다는 말은 들었어."

요청의 말에 흥분한 나는 백 년치 영력을 가져간 홍해아를 투기할 겨를도 없었다. 요청의 말대로라면 아직 5백 년치 종자가 남아 있을 수도 있다는 거 아닌가! 아직 기회는 완전히 사라지지 않았다.

"그렇구나. 아, 요청. 남은 종자는 어디 있어? 나 배고픈데……."

목구멍 바로 아래까지 차오른 종자가 말할 때마다 역류할 것 같은데도 나는 배고픈 표정을 억지로 지어 보였다.

"말이 되는 소리를 해라. 남은 종자가 어디 있겠냐? 종자 나눠 주기는 천계에서는 처음 해 본 단오절 놀이였다고. 아침나절에 이미 하나도 안 남고 다 나갔어."

"아니야, 잘 생각해 봐. 그 많은 게 하나도 안 남았을 리 없잖아."

"그럴 리가 없잖아. 아침나절에 온 인파를 너도 봤으면서 그게 말이나 돼?"

요청은 계속 내 기대를 꺾는 말만 해 댔다. 그때 비서가 상을 닦으면서 혼잣말하듯 말했다.

"아니, 내가 알기로 종자가 적어도 하나는 남았어. 화신 전하께서는 아직 안 드셨을 테니까."

"응?"

내가 놀라 쳐다보자, 비서는 어깨를 으쓱 올리며 대수롭지 않게 말을 이어 갔다.

---

52 紅孩兒.《서유기》의 등장인물로 성영대왕(聖嬰大王)이라고도 한다. 우마왕(牛魔王)과 철선공주(鐵扇公主)의 아들로, 화염산에서 3백 년 동안 수행하며 눈과 코, 입에서 화염을 뿜는 삼매진화를 단련했다.

"실은 오늘 아침에 종자를 내갈 때 전하께서 서재에 하나 놔두라고 명하셔서 내가 서재에 종자를 하나 놔뒀어. 그리고 전하는 오늘 온종일 바쁘셔서 서재 근처에도 못 가셨고. 뭐, 지금쯤은 서재에 계시겠지만, 전하는 원래 야식을 즐기시지 않으니 아마 종자를 건드리지도 않으셨을걸."

아아, 역시 하늘이 무너져도 솟아날 구멍은 있다.

나는 뛰는 심장을 부여잡은 채 욱봉의 서재로 달려갔다. 등 뒤로 "하여튼 금멱 쟤는 늘 한결같이 이상해"라는 비서와 요청의 투덜거림이 들렸지만, 그런 말에 일일이 신경 쓸 겨를 따위는 없었다.

등불의 은은한 빛이 새어 나오는 욱봉의 서재 앞에서 나는 숨을 골랐다. 그 참에 뛰는 심장도 진정시킨 뒤 공손히 문을 두드렸다.

"누구냐?"

언제나처럼 차갑고 맑은 목소리였다.

"화신 전하, 저 금멱이에요."

대답하면서도 마음이 조마조마했다. 그동안 한 짓이 있으니 그가 당장 내쫓을까 봐 두려웠다. 그런데 뜻밖에도 안에서 "들어오너라"라는 대답이 돌아왔다. 그 즉시 기쁘게 문을 열자, 종자의 향기로운 냄새가 내 코를 간질였다.

어찌나 설레던지 그리도 꼴 보기 싫었던 욱봉조차 눈에 거슬리지 않았다. 아니, 거슬리는 게 다 뭔가! 그가 만약 저 종자를 내게 준다면 그가 육계 제일의 미남자로 보일지도 모르겠다.

"소인 금멱, 화신 전하를 뵈옵니다."

공손히 욱봉에게 예를 표하자 그는 긴 눈꼬리를 살짝 들어 나를

보았다. 하지만 이내 시선을 서책으로 내렸다.

"네가 서오궁에는 어인 발걸음이냐? 듣자니 월하선인의 문하로 들어갔다던데?"

아이고야! 미처 준비도 못 했는데 공격이 훅 들어오네!

"그럴 리가요! 화신 전하께서 아마도 잘못 아신 듯해요. 전하의 가르침을 받을 수 있다는 건 제게 있어 만고의 홍복이었어요. 제가 어찌 감히 다른 선가의 문하에 들어갈 수 있겠어요?"

나는 극구 부인했다. 그것만이 유일한 내 길이었다.

"그래?"

욱봉은 다시 고개를 들어 나를 보았다. 하지만 방금의 "그래?" 이후로는 아무 말도 하지 않았다. 그런 그의 눈치를 살피던 나는 슬그머니 그에게로 다가가 먹을 갈았다. 아무래도 지금은 내 충정을 보이는 일이 관건일 듯했다.

"오늘 밤에는 서책만 읽을 터이니 먹을 갈 필요는 없다."

그는 그리 말하며 한 손으로 서책을 말아쥔 채 의자에 등을 기댔다. 아무래도 내 착각인 것 같지만, 그의 얇은 입술 양쪽이 살짝 들려 있는 듯도 했다.

"야심하도록 서책을 읽어 그런지 출출하구나. 술법으로 저 종자를 데우거라."

뭐라고? 지금 내게 그것을 명령이라고 내리는 것이냐!

나는 기겁하며 그를 만류했다.

"전하, 속세의 종자는 정말 맛없어요. 종자를 감싼 참대 잎에서는 떫은맛이 나고요. 안의 찹쌀은 흐물거리고, 이에 성가시게 달라붙죠. 정말 끔찍한 음식이에요. 게다가 종자가 너무 크네요. 이런 것을 밤에 드시다가 목에 걸리면 옥체가 상하세요."

"그래?"

욱봉은 눈을 가늘게 뜨며 나를 보았다. 그 순간 그의 뺨에 보조개가 팼다.

"네가 그리 말하니 더 먹어 보고 싶어지는구나. 얼마나 맛이 없으면 그런 소리까지 다 하는가 싶으니 말이다."

욱봉은 느리게 손을 뻗어 종자를 집어 들려고 했다. 결국, 나는 이성을 잃고 그에게 돌진했고, 그의 손등을 내 손으로 덮으며 저지했다.

"전하, 시장하시다면서 어찌 이딴 것을 드시려고 하세요. 제가 맛있는 부용수를 만들어서 올릴 테니 이딴 것은 드시지 마세요. 제가 감히 장담하는데 부용수는 이것보다 백 배는 맛있을 거예요. 입에 넣자마자 녹아서 목에 걸릴 일도 없고요. 어떠세요?"

나는 간절하게 그를 올려다보았다. 하지만 그는 마음이 딴 데 가 있는 듯 멍한 표정을 지은 채 내 손등만 멀거니 볼 뿐이었다. 잠시 주저했지만, 나는 바로 마음을 굳혔다. 그리고 나머지 한 손까지 내밀어 그의 손을 내 두 손으로 공손히 감쌌다. 그 후 오장육부에서 닥닥 긁어온 충정을 눈에 집중하고는 그를 올려다보았다.

"전하, 어떠세요?"

문득 욱봉의 얼굴에 붉은 기운이 번졌다. 하지만 나는 내 눈이 본 현상을 강하게 부정했다. 천하의 화신이 얼굴을 새색시처럼 붉히다니! 그건 있을 수 없는 일이다. 아무래도 등불이 갑자기 바람에 요동쳐서 그의 얼굴에 그림자를 드리웠거나, 내가 줄곧 바늘귀에 홍실만 꿰다가 눈이 이상해졌거나 둘 중 하나다.

"뭐, 그러든가……."

그의 허락이 떨어졌다. 평소와 달리 그의 목소리가 매우 부자연스러웠지만, 지금은 그게 중요하지 않았다. 나는 다급히 그의 손을 놓은 뒤 종자를 챙겨 들었다.

"잠시만 기다리세요. 부용수를 만들어 올릴게요. 아, 나가는 김에 이 끔찍한 종자는 버릴게요."

혹시라도 그가 마음을 바꿀까 봐 두려워 나는 종자를 들고 얼른 내뺐다. 밖에 나가자마자 종자를 입에 넣어 보니 과연 5백 년치였다. 하늘은 스스로 돕는 자를 돕는다는 옛말이 실로 지당했다. 그날 밤 나는 꿈에서까지 달콤한 찹쌀 맛을 느꼈다.

하지만 즐거움 끝에는 슬픈 일이 따르기 마련이라는 옛말 또한 실로 지당했다. 5백 년치 영력을 얻어 너무 기쁜 나머지, 나는 욱봉에게 부용수를 만들어 올리는 일을 그만 까맣게 잊고 말았다. 그리고 그 일로 또 욱봉의 미움을 사고 만 것이다.

그로부터 일 년 내내 나는 매일같이 부용수를 만들었다. 아침도, 오후도 아닌, 꼭 삼경(오후 11시~오전 1시)에 부용수를 만들라는 욱봉 때문에 매일 밤 선방에서 밀가루를 반죽하는 신세로 전락했다.

욱봉은 이 일을 일러 공로로 잘못을 메꿀 기회를 내려 주었다고 포장했지만, 나는 그의 속셈을 잘 안다. 그는 자신의 좁은 속을 남에게 들키지 않는 방식으로 나를 들들 볶아 제 분을 풀려는 마음뿐이다. 저런 자가 육계의 숭배와 존경을 한 몸에 받다니, 참으로 세상은 불공평하다.

번외 3
홍진겁

"먹아, 이게 이번에 내가 자체 출판한 따끈따끈한 새 책 《신판 육계 미인 도해 심층 분석집》이에요. 이번에는 채색 삽화도 수록했기에 '도해(圖解)'라는 단어도 제목에 추가했어요. 육계 미인들의 장단점을 분석했고, 순위도 매겼어요. 하지만 당신은 염려하지 않아도 돼요. 당신의 단점은 책에 적지 않았을뿐더러 모든 분야에서 당신이 1위예요. 봐요. 내가 당신을 세심히 배려했음이 느껴지지 않나요?"

복하군은 이마 앞으로 흘러내린 머리카락을 쓸어 올리며 헛소리를 마무리했다. 그런 뒤 상체를 숙여 내 귀에 작게 속삭였다.

"나는 이 책을 단 두 권 필사했어요. 그중 한 권을 월하선인에게 뺏기는 통에 내게는 소장본 한 권만 남았죠. 지금 내가 당신에게 준 이 책은 원본이라고 할 수 있어요. 그러니 잘 간직해요."

나는 심드렁한 얼굴로 지극히 복하군스러운 울긋불긋한 책 표지를 내려다보았다. 비뚤비뚤한 글씨로 적힌 이 책 제목은 《신판 육계 미인 도해 심층 분석집》이라는 현재의 제목이 되기까지 총 2번 바뀌었다. 원래는 《신판 육계 미인 감상집》이었지만, 복하군이 '감상'을 지우고 '추천'으로 바꾸었다. 하지만 결국에는 원래 제목인 '심층 분석'으로 돌아왔으며 도해라는 단어도 추가했다.

"봐요, 봐요! 이 위에는 평어(評語)와 주해(注解)를 달았어요."

어렵쇼, 남들이 하는 건 다 했네.

그의 손가락을 따라 시선을 옮기니 깨알 같은 글씨로 쓴 주해가 제목 옆에 달려 있었다.

〈나는 원래 '감상'이라는 단어가 이 책에 가장 적합하다고 여겼다. 다음으로는 '추천'이다. 이 책에서 작성된 미인 목록은 육계를 두루 섭렵한 것이기 때문이다. 마계와 선계가 함께 추천하여 같이 품평하고 분석하므로 '감상'이 타당하지 않은가! 그러나 마존의 성정이 실로 괴팍하여 제목에 '감상'을 넣었을 때 내 생명에 위협이 될 수 있으므로 눈물을 머금고 '심층 분석'으로 개칭하는 바이다. 이에 심히 유감이 아닐 수 없다.〉

복하군의 의견에 매번 동의하지는 않지만, 일의 부당함을 토로하는 지금 그의 이 글에는 어느 정도 공감한다. 그래, 세상이 원래 좀 이렇다. 불합리가 넘쳐나지. 하지만 지금보다 두 배 더 공감해도 이 번쩍거리는 표지는 매우 부담스럽고, 눈까지 아팠다. 나는 몇 번 눈을 깜박인 뒤 책에서 시선을 돌렸다.

"혹시 감동했어요? 아아, 먹아. 아무리 감동이 파도쳐도 울지는 말아요."

그는 짙은 녹색 손수건을 내게 건네주었다.

"책을 쓴다는 건 정말 어렵고 힘든 작업이죠. 하지만 나 같은 능력자에게는 별로 어려운 일이 아니니 이 정도까지 감동할 필요는 없어요. 그저 먹아가 아주 소소한 내 청 하나만 들어주면 나는 충분히 만족해요."

아, 고마워라. 눈 아파 죽을 뻔했는데.

나는 그가 든 손수건을 받아서 슬그머니 표지를 덮었다. 그러고는 눈을 몇 번 더 깜박인 뒤 다시 물었다.

"무슨 청이죠? 이 요란한 폐지 뭉치, 아니, 저서를 도로 가져가 준다면 다 들어줄게요."

내 말에 복하군은 득의양양하게 웃으며 손을 저었다.

"하하, 당신답지 않게 쑥스러워하기는! 적어도 내 앞에서는 당신이 모든 순위에서 1위라는 데 대놓고 기뻐해도 괜찮아요. 우리가 남인가 뭐. 하지만 확실히 이 책을 소장하는 일이 당신에게 큰 부담이 되리라는 생각은 들어요. 대대손손 남을 역작을 당신이 소장하고 있음이 알려지면 당신에게 쏟아질 부러움과 투기심에 당신이 결코 편할 수 없을 테니 말이죠. 하지만 너무 염려하지 말아요. 나는 입이 무거운 진중한 사내이니 절대로 이 일을 외부에 누설하지 않을……."

"비서, 요청! 손님을 배웅해라!"

내 말이 끝나기 무섭게 비서와 요청이 복하군의 양쪽 팔을 하나씩 붙들었다. 그리고 그를 잡아 붙든 채 대청 문턱을 넘어 문 쪽으로 갔다.

"알겠어요. 알겠다고요. 우리 바로 본론으로 들어가죠."

이제야 복하군은 헛소리를 멈출 마음이 든 모양이었다. 그래서 나는 손을 들어 요청과 비서에게 그를 놔주라고 명했다. 복하군은 쏜살같이 내게로 달려오더니 몸을 숙여 내게 작게 말했다. 숙여서 늘어진 옷이 찻잔 속 찻물에 닿아 젖었는데도 아랑곳하지 않았다.

"먹아, 잘 들어요. 당신은 머지않아 속세로 내려가 겁을 겪게 될 거예요. 이건 그야말로 기밀이기에 마존도 아직 모르고 있을걸요. 어쨌든 지금 중요한 건 속세에서의 내 역할이죠. 나는 이번에 당신

이 환생할 때에 맞추어 환생하려고 해요. 그 누구도 당신을 괴롭힐 수 없도록 내가 당신을 단단히 지켜 줘야 하니까요. 물론, 나 정도의 사내라면 이 판의 주연도 충분히 맡을 수 있지만, 겸손한 군자인 나는 여기서 주연이 될 마음이 전혀 없어요. 그저 당신의 뒤에서 묵묵히 당신을 지키는, 비중이 없는 작은 역할만으로도 충분히 만족해요. 예를 들어 남편이나 정인 같은 역할이죠. 나는 둘 중 어떤 것이든 상관없으니 부담 없이 골라 봐요."

"흠, 이 일은 나와 복하군이 의논할 일은 아닌 듯하네요."

나는 신중하게 대꾸했다. 그러자 복하군은 이내 발끈했다.

"그러면 내가 아닌 누구와 의논하려고요? 설마 그 밴댕이 소갈딱지인 마존과? 아아, 먹아. 이래서는 안 돼요. 당신은 마존에게 시집간 거지 팔려간 게 아니라고요. 게다가 이 세상은 미모가 전부가 아니에요. 독립적인 자기주장과 창의적인 사상까지 겸비해야 그 미모가 더 빛나는 법이죠. 사내들은 싫증을 빨리, 그리고 자주 내죠. 특히 의존적인 상대에게 더 빨리 싫증을 내요. 당신이 이런 식으로 매사에 마존에게 의지한다면, 마존은 금세 당신에게 염증을 느낄 게 뻔해요. 설마, 그리되기를 바라는 건 아니죠?"

말을 마친 뒤 복하군은 눈을 반짝반짝 빛냈다. 내 동의와 공감을 얻고 싶은 게 분명했다. 별수 없이 나는 억지로 "하하" 하고 웃어 주었다. 그런 뒤, 그가 잠시 숨을 들이켜는 사이에 그의 말을 잘랐다.

"나는 욱봉이 이 일을 어찌할 수 있다고 여겨 욱봉과 상의하겠다는 게 아니에요. 나와 욱봉은 부부이니 이런 일도 상의를 거쳐야 한다고 생각할 뿐이죠. 게다가 나는 이번에 속세에서 겁을 치러야 하니 당연히 인간으로 환생할 테죠? 그렇다면 내 운명은 북두칠성의 소관으로 넘어가요. 욱봉이 아무리 마존이라도, 욱봉 아닌 그 어떤 이라도, 이번 일에는 끼어들 수 없죠."

내가 말을 끝냈을 즈음, 복하군의 얼굴에서 아까의 격앙된 표정이 사라졌다. 대신 그는 멍한 눈을 한 채 미동도 하지 않고 있었다. 마치 정신술에 걸려 옴짝달싹 못 하는 양. 하지만 얼마 지나지 않아 그는 큰 눈을 데굴데굴 굴리며 기뻐 어쩔 줄 몰라 했다.

"아하, 그 말인즉슨, 환생 후 당신의 운명은 마존이 주도할 수 없다는 거네요? 와, 어찌 이리 기쁜 일이! 그 속 좁은 새가 어떤 표정을 할지 궁금해 죽겠네. 아아, 이것이야말로 마계와 선계가 모두 기뻐하며 춤을 출 경사야. 먁아, 잠시만요! 나한테 시간을 좀 줘요. 때가 되었을 때 마존의 모습을 상상 좀 해 보게. 아아, 먁아. 당신도 한번 상상해 봐요. 너무 재미있을 거야."

이게 상상까지 해 볼 만큼 재미있나? 나는 별로인데.

나는 가슴속 가득 연민을 품은 채 복하군을 보았다. 아무래도 복하군이 뭔가에 단단히 씐 게 틀림없다. 고작 그깟 일로 저리 흥분하다니 말이다. 게다가 나는 욱봉의 표정이 어떨지 상상할 필요가 없었다. 이미 어제 봤으니 말이다.

사실 어젯밤, 북두칠성이 홀연 마계로 와서 나를 뵙기를 청했다. 당시 나와 욱봉은 상강전(霜降殿) 안에서 차를 마시던 중이었는데, 그도 뜻밖이라는 표정을 지었다. 그도 이 일을 알지 못했던 듯했다.

얼마 후 7명의 신선이 상강전 안으로 들어왔다. 오랜만에 만나는 천인들이라 반갑기도 해서 나는 그들에게 친히 차를 대접하고, 상석도 양보했다. 처음에는 의례적인 인사가 오갔고, 인사를 마친 뒤에는 천계와 마계의 이런저런 이야기를 나누었다.

우리의 대화는 평온하고 일상적이었지만, 나는 점점 안 좋은 예감이 들었다. 북두칠성이 친히 마계로 올 정도라면 중요한 용무가 있을 텐데, 그들 중 누구도 그 용무를 밝히지 않아서였다. 결국, 우리의 공통 화제가 바닥이 나서 불편한 침묵이 깔릴 즈음에야 탐랑성(북두칠성 중 첫 번째 별)이 깊게 숨을 내쉬더니 몸을 일으켰다. 그리고 욱봉에게 정중히 예를 표했다.

"마존, 실은 수신과 저희 사이에 상의할 일이 있습니다. 송구하지만 잠시 자리를 피해 주시기 바랍니다."

그 순간 욱봉의 안색이 마치 저승 바닥까지 가라앉은 듯 어두워졌다. 아, 이제는 이 표현이 그리 적합지 않구나. 지금 우리가 사는 마존의 궁은 저승 밑바닥과 가까우니 말이다.

"지금 뭐라 했소?"

낮고, 차갑고, 담담한 대답이 욱봉의 입에서 흘러나온 그때, 탐랑성이 부르르 몸을 떨었다. 다른 성군들도 마찬가지였다. 그 광경을 지켜보며 나는 북두칠성이 참으로 답답하고 물정이 없다고 여겼다.

욱봉은 차가운 외모와 불같은 본성을 지녀 평소에도 적지 않은 선인과 요마를 공포로 몰아넣는다. 그런 욱봉에게 겁도 없이 축객령[53]을 내렸으니 어찌 욱봉의 심기가 편하겠는가. 아니, 굳이 욱봉까지 거론할 필요도 없다. 욱봉이 아닌 누구라도 자신의 집에서 객이 자신에게 축객령을 내리면 당연히 화가 날 것이다.

---

53 逐客令, 한나라 출신 정국(鄭國)의 간첩 사건이 터지자 진나라의 시황제는 모든 객경(타국 출신으로 그 나라에서 관리가 된 사람)을 해고한다고 선언했다. 축객령은 이 일화에서 유래했으며 미운 손님을 내쫓는 명령, 좀 더 넓게는 외지인을 대상으로 한 배타적 정책을 뜻한다.

"저어······."

나는 조심스레 그의 옷소매를 붙들며 그를 바라보았다. 얼굴에 떠오른 표정만으로도 그의 속내가 역력히 보여 나는 바지런히 머리를 굴렸다. 가능한 한 마존의 체면이 상하지 않을 그럴듯한 핑계를 생각해 내야 그가 자리를 피해 줄 듯해서였다. 게다가 유약한 문선(文仙)인 북두칠성이 감히 마존의 비위를 거스를 것까지 각오했다. 그건 그들이 나와 상의하려는 일이 실로 심각한 사안이라는 뜻이었다.

"후원이 넓으니 거기서 두 바퀴 정도 뛴 후에 먼저 침전에 들어요."

내 딴에는 숙고하며 찾아낸 말을 다정하게 건네며 나는 진지하게 그를 보았다. 하지만 그는 되레 얼굴색이 실로 고약해지더니 앉은 자리에서 꿈쩍도 하지 않았다. 그가 일찍 자고 일찍 일어나도록 유도하여 그의 건강을 지켜 주려는 내 성의와 호의를 전혀 이해해 주지 않는 행동이 아닐 수 없었다.

돌연, 욱봉은 적금색 소매를 털며 한 손을 뻗어 내 손을 꼭 쥐었다. 그리고 남은 한 손으로는 유리 재질의 의자 팔걸이를 꽉 쥐었다.

"나와 수신은 한 몸이오. 그러니 성군들이 수신과 의논할 사안이 있다면 나 또한 그 사안을 들어야 마땅하오. 만약 그 사안에 모자라거나 잘못된 바가 있다면 의견도 당연히 개진해야 하지 않겠소?"

욱봉의 말은 점잖기 그지없었다. 하지만 그는 한 자 한 자 또렷이 발음하며 매섭게 북두칠성을 훑었다. 그가 말을 끝낼 즈음, 그의 시선은 북두칠성의 마지막 별인 파군성에서 멈췄는데, 그때 파군성은 들고 있던 차를 엎지를 뻔했다.

"흠!"

북두칠성의 세 번째 별인 녹존성이 헛기침을 했다. 그는 부내가

풀풀 나는 배를 쓰다듬으며 느리게 말문을 열었다.

"여러분, 제가 보기에 마존의 말씀에도 일리가 있습니다. 사실 따지고 보면 마존께 말씀드리지 못할 일은 아니지요. 이 일은 천명뿐 아니라 수신의 선원(仙原)과도 관련이 있으니 말입니다."

녹존성은 말을 마친 후 욱봉 쪽을 돌아보며 고개를 조아렸다.

"마존, 수신을 막지만 않으신다면 저희는 기꺼이 마존께도 이 일의 자초지종을 고하겠습니다. 그래 주시겠습니까?"

녹존성의 말이 이해가 되지 않아, 나는 일순간 멍해졌다. 그 상태로 욱봉을 돌아보니 그는 입꼬리를 쓱 올리며 차갑게 웃었다.

"북두칠성께서 아직 이 일의 자초지종을 말씀하지 않았는데 어찌 그런 경솔한 약조를 할 수 있단 말이오. 그러니 우선 말씀부터 해 보시오. 들어나 본 뒤 막을지 막지 않을지 결정할 테니."

"하……."

녹존성은 허를 찔린 듯 난감한 표정으로 수염을 쓰다듬었다. 잠시 침묵하던 그는 결국 신중히 말을 이어 갔다.

"예, 마존. 우선 말씀드리지요. 얼마 전 저희 북두칠성은 천체를 배열하다가 우연히 속세 동남쪽에서 이상 징후를 발견했습니다. 분명 기근과 홍수의 징조였지요. 게다가 단기간에 끝날 재앙도 아니었습니다. 적어도 10년 동안 이어질 대재난이었지요. 그 시기에 접어들면 속세의 인간들은 도탄에 빠지고 각지에서 역병이 창궐할 것입니다. 그리고 이는 그저 인간계의 문제만이 아닙니다. 육계는 긴밀하게 연결되어 있으며 상호의존적이지요. 일단, 이 재앙이 발발하면 나머지 5계도 예외일 수는 없습니다."

세상에, 10년이나 재앙이 이어진다고?

녹존성의 말에 나는 가슴이 급하게 뛰었다. 과거, 나는 수행하던 정령이었다. 그렇기에 모두의 힘듦을 이해한다. 천계조차 이 재앙에서 벗어날 수 없다면 약하디약한 인간의 고초는 형언할 수 없을 지경이리라.

"저희는 그 후 반복해 별의 움직임을 관찰했습니다. 그리고 마침내 그 근본적인 이유를 알아냈지요."

녹존성은 잠시 주저하다가 나를 돌아보았다. 그러더니 힘겹게 입술을 달싹였다.

"……그 이유는 수신에게 있었습니다."

뭐, 내 탓이라고?

이건 또 무슨 뚱딴지같은 결론이냐는 생각을 할 때였다. 내 옆으로 욱봉의 불호령이 떨어졌다.

"무엄하다!"

욱봉은 크게 노하며 팔걸이를 세게 내리쳤다. 그러자 '쩍' 하는 소리가 나며 팔걸이에 금이 갔다.

"수신은 육계를 위해 내내 헌신하였다. 속세의 기원도 모두 들어주었지. 내 처가 수신이 된 이래로 육계에서 언제 한 번이라도 비가 모자란 적이 있었더냐? 어찌 그 공로는 싹 무시하고, 공로는 없으나 고생은 했다는 식으로 말하는 것이냐! 어찌 감히 이런 식으로 수신을 깎아내리느냔 말이다!"

욱봉은 그야말로 노발대발했다. 알고 보니 아까는 나름 예의를 갖춘 것이었다. 지금 그는 대놓고 마존처럼 굴고 있었다. 그런 그에게 어지간히도 기겁했는지 녹존성은 이마에 맺힌 땀을 닦으며 쩔쩔 맸다.

"마, 마존. 부디 진정하십시오. 저희 또한 그동안 수신의 노고에 깊이 감사하고 있습니다. 수신의 본성이 실로 선량함도 잘 알고요. 하지만 천명에 따르면 수신의 원신은 그때 그 일로…… 적멸해야 했습니다."

"그때 그 일"이라는 말을 할 때 녹존성의 목소리가 걷잡을 수 없이 떨렸다. 내가 욱봉의 홍련업화와 윤옥의 화살에 동시에 맞아 소멸할 때를 거론하는 게 분명했다.

"이 일은 저희뿐 아니라 부처님께서도 아시는 일입니다. 수신은 훗날 여러 가지 이유로 신선의 반열에 오르셨지만, 신선이 되는 마지막 절차인 겁을 겪지 않으셨습니다. 그런 이유로 기초가 부족하며, 선원에 허점이 있지요. 그래서 이러한 재앙이 발발하는 겁니다. 본디 신본이란 창생의 본과 깊이 관련되어 있습니다. 왕도가 비록 주백인을 죽이지 않았지만, 주백인이 왕도로 인해 죽은 것[54]과 같지요. 수신은 그럴 뜻이 전혀 없으나 속세의 백성들은 고통을 겪는 것입니다. 저희 또한 마존과 수신께서 어찌 맺어지신 줄 다 아는데 수신을 보호하고 싶은 마존의 진심을 어찌 헤아리지 못하겠습니까? 그러나 이는 천명이며, 신선과 요마는 근원부터 다르지요. 이는

---

54 我不殺伯仁, 伯仁由我而死. 왕도는 사마예를 도와 동진 왕조를 건립하는 데 큰 공을 세웠다. 그런데 그의 친척인 왕돈이 반란을 일으키는 통에 그의 목숨이 위험해졌다. 그때 상서 주백인(周伯仁)은 왕도를 변호하여 그의 목숨을 살렸다. 하지만 왕도는 그 일을 알지 못했다. 훗날 왕돈은 반란에 성공하여 승상이 되었으며 조정을 좌지우지했다. 그리고 과거 자신의 눈 밖에 난 사람들을 잔인하게 숙청했는데, 주백인도 당연히 예외가 아니었다. 당시 왕돈의 사촌인 왕빈은 주백인을 죽여서는 안 된다고 눈물로 주청했지만, 왕도는 나서지 않았다. 후에 왕도는 우연히 상소문을 통해 주백인의 은혜를 알게 되었고, 비록 내가 백인을 죽이지는 않았지만 백인은 나로 인해 죽었다고 통곡하며 말했다. 이 성어는 이 일화에서 유래했으며, 타인의 죽음이 자신과 모종의 관계가 있음을 의미한다.

저희보다 마존께서 더 잘 아실 것입니다."

녹존성군의 말을 가만히 듣고 있던 욱봉이 문득 눈썹을 찡그렸다. 그런 뒤 내키지는 않지만 별수 없이 인정한다는 듯 고개를 끄덕였다.

그런 그를 보고 있자니 나는 한없이 우울해졌다. 내 선원이 불안정하다는 사실을 하늘이 알고, 땅이 알고, 욱봉이 알고, 남이 아는데, 나만 몰랐다. 욱봉은 이를 뻔히 알면서도 내내 내게 감추고 있었던 것이다.

"녹존성, 그렇다면 해결책은 무엇인가요? 설마 없는 것은 아니겠지요?"

나는 급히 녹존성에게 물었다. 내 불안정한 선원 때문에 많은 이의 목숨을 희생시킬 수는 없는 일이었다.

"당연히 해결책이 있습니다. 그러니 저희가 수신을 뵈러 왔지요. 수신께서 응해 주시기만 한다면……."

그는 말은 내게 하면서 욱봉의 눈치를 슬그머니 살폈다.

"해결책이 뭐냐?"

"당연히 응해야지요."

나와 욱봉은 이구동성으로 대답했다. 물론 내용은 완전 달랐다.

"아, 다행입니다. 수신께서 이리 흔쾌히 응해 주시니 저희는 실로 안도가 되는군요. 그 해결책은 간단합니다."

녹존성은 은근히 욱봉의 대답은 무시한 채 내 대답만 이어받았다. 그러자 욱봉의 눈썹이 또 사납게 올라갔다. 그것은 또 겁나는지 그는 방금 제 입으로 간단하다고 한 해결책을 내게 말해 주지 않았다. 대신 옆의 염정성에게 대놓고 네가 말하라며 눈짓했다.

이에 염정성의 얼굴이 하얗게 질리더니 눈을 질끈 감았다. 차마 못 하겠다는 기색이 역력했다. 하지만 녹존성은 포기하지 않고 5~6차례나 눈치를 주었다. 결국, 그의 성화에 못 이긴 염정성이 힘겹게 입을 달싹였다.

"속세의 인간으로 환생하시어 겁을 겪으시면 이는 자연히 해결됩니다."

염정성의 말이 미처 끝나기도 전에 욱봉이 도끼눈을 했다. 그러자 염정성은 사색이 되어 급히 눈을 내리깔았다.

"어째서 굳이 속세에서 겁을 치러야 하나요? 인간계 외에도 다섯 계의 세상이 더 있는데?"

그 참에 나는 평소 궁금했던 바를 물었다. 내 물음에 염정성은 작게 한숨을 내쉬었다.

"이는 육계 중 속세의 삶이 가장 고통스럽기 때문입니다. 속세의 인간은 짧은 수명을 지녔기에 그 시간 안에 우리 천인들이 사는 긴 시간만큼의 겁을 모두 치러야 합니다. 당연히 고난의 연속일 수밖에 없지요. 그리고 우리와 인간은 시간 개념이 다릅니다. 천계의 하루가 인간 세상의 1년이니 짧고 효율적으로 주어진 겁을 치르실 수 있지요. 즉, 겁을 치르는 데 속세만 한 곳이 없는 셈입니다."

"아하, 생각보다 간단하네요?"

나는 고개를 끄덕이며 염정성의 그럴듯한 논리에 동조했다. 그런 뒤 욱봉을 돌아보며 안도의 웃음을 지었다.

"욱봉, 너무 염려하지 말아요. 그럭저럭 할 만할 듯하니까요."

나는 호의를 품고 욱봉을 안심시키려 했건만, 욱봉은 내 호의를 전혀 고마워하지 않았다. 되레 고쳐 쓰지도 못하겠다는 눈빛으로 나를 노려보더니 이내 북두칠성에게로 그 사나운 눈빛을 돌렸다. 곧이어 그는 돌연 손가락을 들어 반대쪽 자기 손의 지문을 덧그렸다. 뭔가를 계산해 보는 듯했다.

"이는 나도 익히 아는 사실이며 내가 친히 이 일을 안배할 터이다. 그러니 북두칠성은 안심하거라."

썩 꺼지라는 말을 하지 않았지만, 이는 명백한 축객령이었다. 그런데도 북두칠성은 서로를 돌아보며 눈치만 보았다. 결국, 녹존성이 다시 나섰다.

"예, 그럼 마존께서도 동의하신 것으로 알겠습니다. 저희는 바로 천계로 돌아가 수신의 속세 운명을 안배토록 하겠습니다."

"뭐라? 대체 너희는 지금 내 말을 뭐로 들었느냐? 늙어 귀가 먹었느냐? 아니면 부러 둔한 척하는 것이냐?"

욱봉은 눈썹을 위협적으로 치켜들며 날카롭게 쏘아붙였다.

"방금 말한 대로 이 일은 내가 친히 안배할 것이다. 그러니 너희는 더는 이 일에 상관하지 마라."

"마존, 그건 아니 될 말씀입니다. 속세 인간의 운명은 마존이 아닌 저희 관할입니다."

녹존성은 벌벌 떨면서도 머리를 쳐들어 살기등등한 욱봉과 마주했다. 패기 하나는 인정할 만했다.

"너희 관할이라고? 내가 알기로 인간의 윤회는 시왕이 관장하느니라. 그 시왕이 누구의 휘하인지 내가 굳이 너희에게 환기해 줘야 하느냐?"

욱봉은 차갑게 웃으며 손뼉을 쳤다. 그 즉시 문밖을 지키던 나찰들이 안으로 들어와 그의 앞에 무릎을 꿇었다.

"시왕에게 상강전으로 화급히 오라고 전해라."

"예, 마존!"

나찰이 득달같이 달려 나간 지 얼마 되지 않아 시왕이 한꺼번에 상강전 안으로 들이닥쳤다. 그들은 상강전 안에 모인 북두칠성을 보자 매우 의아해했으며, 그들에게 전후 사정을 전해 들은 후에는 난감한 표정을 지었다.

"존상, 속세 인간의 윤회는 말씀하신 대로 소신들의 소관이 맞사옵니다. 그러나 인간의 혼백을 환생시키고 명이 다한 혼백을 되돌리는 일에만 관여합니다."

욱봉의 오른팔이라고 할 수 있는 변성왕이 완곡히 돌려 말했다.

"즉, 인간의 운명은 소신들의 관할이 아니라는 의미이지요. 굳이 하려면 할 수는 있지만, 해 본 적이 없으니 중간에 오류가 있을 수도 있는지라 실로 조심스럽습니다. 게다가 이 일은 수신과 관련된 일이니 더욱 그렇지요."

사실 변성왕의 말이 지당했다. 시왕은 인간의 시작과 끝을 관장하지, 그 과정은 관장하지 않는다. 그 과정은 북두칠성의 몫이다. 하지만 욱봉은 내 생각과 달랐던 모양이다. 그 말을 들은 순간, 그의 이마 위로 푸른 핏줄이 곤두서더니 의자 팔걸이가 산산 조각났으니 말이다.

팔걸이에서 말미암은 가루와 파편이 상강전 바닥으로 우수수 떨어진 그때 시왕은 그에게 고개를 조아렸다. 천계에 속해 그의 신하가 아닌 북두칠성은 그에게 고개를 조아리지는 않아도 자기들끼리 딱 붙어선 채 사시나무처럼 떨었다.

아, 대체 욱봉의 성정은 어찌 저리 갈수록 나빠질까? 변성왕도 북두칠성도 각자의 직분에 맞게 합리적으로 고했다. 게다가 이게 저렇게 의자까지 부숴 가며 화를 낼 일인가?

"그래? 그렇다면 북두칠성이 수신에게 어떤 운명을 안배했는지 물을 권리 정도는 내게도 있겠지? 수신은 이번에 어떠한 겁을 겪을 예정이냐? 어떤 신분으로 태어나는지, 부모는 어떤 이인지, 집안 환경은 어떤지, 형제, 자매, 친지는 또 어떤 자들인지, 평소에 어떤 이들과 주로 접촉하는지, 겁을 겪는 시간이 구체적으로 얼마나 되는지? 내가 하문한 이 모든 것을 정리한 문서는 또 준비해 왔느냐?"

욱봉은 숨 한 번 쉬지 않고 질문 공세를 퍼부었다. 대답할 필요가 없는 나조차 머리가 어지러울 지경이었다. 내가 이럴진대 북두칠성은 오죽할까! 그들은 두 눈을 휘둥그레 뜬 채 얼어 버렸다. 시왕조차 욱봉이 이리도 말을 많이 하는 모습을 처음 보았기에 넋이 나갔다.

솔직히 나는 이런 욱봉이 좀 많이 창피했다. 하지만 욱봉은 그런 자신을 전혀 민망해하지 않았고, 내 부끄러움도 신경 쓰지 않는 듯했다. 그는 넓은 소매를 거칠게 털며 눈썹을 모질게 들어 올렸다.

"인간은 응당 칠고[55]를 겪게 된다. 생, 노, 병, 사, 원증회고[56], 구부득고[57], 애별리고[58]……."

욱봉의 말은 처음에는 느렸다. 하지만 갈수록 빨라졌고, 마지막

---

55 七苦, 인간이 살면서 겪는 7가지 고통
56 怨憎會苦, 원수와 함께 살지 아니할 수 없는 괴로움이나 싫은 환경에 살거나 싫은 일을 하여야 하는 고통
57 求不得苦, 간절히 바라지만, 바라는 것을 가지지 못하는 고통
58 愛別離苦, 사랑하는 이와 이별하는 고통

으로 애별리고를 말할 때는 이를 악물기까지 했다.

"수신이 환생하여 겁을 치른다면 이중 어떤 고를 겪게 되느냐?"

그의 물음에 녹존성이 머뭇거리며 대답했다.

"마존, 부디 헤아려 주십시오. 겁을 치르러 가시는 만큼 칠고를 마땅히……."

녹존성의 말이 미처 끝나기도 전에 욱봉의 얼굴 위로 섬찟한 살기가 스쳤다.

"아, 그러니까 제 말은…… 수신께서 비교적 많은 고통을 겪으시겠지만, 칠고만 잘 견디시면 만사형통하실 겁니다."

"그만!"

욱봉은 차갑게 웃으며 녹존성의 말을 끊었다. 그 순간 나도 모골이 송연했다. 그가 지금 웃는 게 웃는 것이 아님을 알 수 있어서였다. 노여움이 극에 달해 되레 웃는 형국이니 어찌 두렵지 않을까.

그런 욱봉을 보고 있자니 나는 마음이 다급해졌다. 지금 그는 이리 뻣뻣하게 굴 때가 아니었다. 내가 환생하여 겁을 치르지 않으면 많은 인간이 죽음에 이른다지 않는가! 나를 생각해 주는 건 고맙지만, 이건 좀 아니었다.

"욱봉, 염려하지 말아요. 고작 7가지 고통이잖아요. 이건 절대 많은 수가 아니에요. 삼장법사가 서천으로 가면서 자그마치 81가지 고난을 겪은 것을 당신도 알죠? 삼장법사에 비하면 내 겁은 새 발의 피라고요."

"뭐라고!"

욱봉은 자리에서 벌떡 일어났다. 당장이라도 숨이 넘어갈 듯 그의 얼굴색은 실로 엉망이었다.

"그건 안 될 일이야. 애별리고가 얼마나 모질고 고통스러운지 알기나 해! 게다가 누구와 애별리고를 겪을 줄 알고 그리 쉽게 말하는 거야!"

"예?"

욱봉의 말을 바로 알아듣지 못한 나는 무심결에 고개를 갸웃거렸다.

"아, 그러게요. 애별리고는 사랑하는 이와 헤어지는 고통이니 내게도 그럴 상대가 있기는 해야 하네요. 하지만 나는 아직 환생하지 않아서 그 상대가 누구일지는 모르겠어요. 북두칠성, 그 상대가 벌써 정해져 있나요?"

내 물음에 북두칠성은 기겁하며 몸을 움츠렸다. 그들 옆에 있던 변성왕은 눈꺼풀을 모기에나 물린 듯 몇 번 움찔거렸다. 잠시 후 변성왕은 이마의 땀을 닦으며 욱봉에게 권했다.

"존상, 소신이 한 말씀 올리겠습니다. 이래서는 영 결론이 나지 않을 듯하니, 존상과 북두칠성이 함께 논의하여 수신의 운명을 정하시는 게 어떻습니까? 양측 의견을 절충해서요."

변성왕은 말을 끝내자마자 북두칠성을 돌아보았다. 지칠 대로 지친 북두칠성은 변성왕의 의견을 감지덕지하며 받아들인 듯했다. 그들 사이에서 은근한 눈빛이 오간 뒤 염정성이 기운을 차려 다시 입을 연 것이 그 증거였다.

"마존, 제 생각은 이렇습니다. 이번에 수신을 환생시키면서, 천살고성[59]의 운명을 안배하는 게 어떨지요? 신분은 출가한 비구니로

---

59   주변 모든 이에게 화를 미치게 하여 평생 홀로된 팔자

하고요.”

“그건 안 될 말이다!”

욱봉이 심술이 난 아이처럼 입을 삐죽거렸다.

“미륵불께서 과거에 수신을 만났을 때 출가를 권하셨다. 그런데 수신이 이번 환생에서 매일 불경만 읽다가 불현듯 깨달음을 얻어 정말로 출가한다면? 그런 사달이 나면 너희가 이를 책임질 것이냐? 게다가 속세의 인간들은 출가한 여인에게 편견이 많다. 남편 된 자로 처가 그런 수모를 받도록 어찌 놔둘 수 있단 말이냐! 이는 재고할 가치도 없는 소리다!”

염정성은 무안만 잔뜩 당한 채 풀 죽어 물러났다. 다른 성군들과 시왕도 연이어 의견을 냈으나 욱봉은 번번이 묵살했다. 나는 그런 그들을 잠자코 지켜보다가 마지막 파군성까지 면박을 당하고 물러났을 때 조심스레 끼어들었다.

“이것도 안 되고 저것도 안 된다면, 차라리 사내로 환생시켜 주시는 편이 어때요? 그럼 모든 문제가 해결될 듯한…….”

“꿈 깨!”

내가 말을 미처 끝내기도 전에 욱봉은 버럭 소리를 질러 내 입을 막았다. 그 후 그는 나를 철저히 배제한 채 논의를 이어 갔다.

나 원, 이건 내 환생이라고!

그들의 논의는 깊은 밤까지 이어졌다. 그리고 북두칠성이 욱봉에게 들들 볶여 채소볶음처럼 숨이 죽고서야 대강 마무리가 되었다. 내 환생지로 낙점된 곳은 여인들로만 구성된 백여 년 역사의 성의 (聖醫)족 땅으로 그곳에 사는 여인들은 모두 처녀였으며, 세상과 외

따로 떨어져 그들 나라 황제의 장수를 기원하는 임무를 맡고 있었다. 그들은 평생을 바쳐 황제의 건강을 위한 약물을 연구했으며, 그들의 가장 큰 임무는 황제를 위한 불로장생단 제조였다.

성의족은 기밀 유지를 위해 아무도 모르는 깊은 숲속에서 살며 외부인과 접촉하지 않았다. 심지어 그들을 알아볼 리 없는 새나 벌레까지 피했다. 만약 부족민이 죽으면 밖으로 나가 누군가 버린 여자아이를 주워 와 부족 안에서 키웠다. 그중 재능이 뛰어나고 특출한 이가 족장으로 뽑히는데, 족장은 부족민들보다 더 까다로운 규율을 엄수하며 살아야 했다.

족장은 황제를 제외한 어떤 사내와도 일평생 말을 섞어서는 안 되며, 문밖을 나설 때는 항상 얼굴을 가릴 면사를 써야 했다. 하지만 황제도 족장과 자유로이 말할 수 있지는 않았다. 황제가 족장을 찾아와 처방을 물을 때가 생긴다면 반드시 발을 사이에 두고 황제의 물음에 답해야 했다.

하지만 이런 일은 현실적으로 이루어지기 어려웠다. 황제는 많은 태의를 거느렸고, 성의족은 의원이 아닌 약제사이기 때문이었다. 그래서 지난 백여 년간 역대 황제와 성의족 족장이 만나거나 말을 섞을 일은 생기지 않았다.

"어떻습니까, 마존? 성의족 백성에 불과해도 외부와 접촉이 없을 터인데 수신께서는 성의족 족장으로 환생하실 겁니다. 이 정도면 심려치 않으셔도 될 듯합니다."

면밀한 보고를 마친 뒤 변성왕이 조심스레 물었다. 그런데도 욱봉은 진지한 얼굴로 입술을 일그러뜨리고 있다가 느리게 고개를 끄덕였다. '썩 내키지는 않지만, 그나마 이게 났네'라는 의사가 역력

히 드러나는 표정이 솔직히 좀 재수 없었다.

"그럼 우선은 이걸로 하지. 일단은⋯⋯."

"너무해요. 이건 내 환생이잖아요!"

얼렁뚱땅 내 운명이 결정되는 분위기에 기겁한 나는 즉시 항의
했다. 참고 참고 들어 줬더니 실로 가관이다. 내가 보기에 이번 환
생은 겁을 겪는 게 아니라 구금되는 것이다. 24 방주가 나를 수경
안에 가둔 처사와 무슨 다를 바가 있단 말인가! 사내 얼굴 정도는
못 봐도 크게 상관없다. 그러나 이런 벽촌에 처박혀 살다가는 겁을
겪기도 전에 말라 죽을 것이다.

"욱봉, 이건 내 겁이에요. 그러니 나도 내 맘에 그럴듯한 환생을
고를 권리가 있어야죠. 예를 들어 용맹한 장군은 어떨까요? 환생하
여 전장을 누비는 거죠. 산적 여두목도 괜찮을 듯해요."

그 순간 이마가 따끔했다. 욱봉이 부아가 치민 얼굴로 나와 마주한
채 손가락으로 내 이마를 튕겨서였다. 그것도 두 번이나 연속으로.

"장군? 산적? 말도 안 되는 소리는 하지도 마. 창칼에는 눈이 없
다는 옛말도 몰라. 그런 위험한 상황에 너를 두었다가는 내 속이 남
아나지를 않을걸."

"욱봉!"

"안 돼! 절대로 안 돼! 계속 말도 안 되게 우길 작정이면 침전으
로 당장 돌아가!"

욱봉이 버럭거리자, 실로 오랜만에 진짜 부아가 치밀었다. 나는
그를 모질게 노려본 뒤 쌩 몸을 돌려 침전으로 발길을 돌렸다. 그제
야 자신이 무슨 짓을 했는지 깨달은 욱봉이 "금멱⋯⋯" 하고 미안
한 듯 불렀지만, 나는 그를 돌아보지 않았다. 그가 당황해 어쩔 줄

모르며 "북두칠성과 시왕은 이만 돌아가라. 오늘은 이쯤에서 이야기를 마무리하는 편이 좋겠구나"라고 말하며 내 뒤를 허겁지겁 쫓아올 때도 마찬가지였다.

"금멱……."

그의 목소리가 등 뒤에서 들렸지만, 나는 계속 걷기만 했다. 침전에 들어갈 때도 그의 면전에서 고의로 문을 쾅 닫았다. 평소에는 욱봉의 성질을 고려해 이렇게까지 기어오르지 않지만, 오늘은 내가 어떻게 화를 내도 욱봉이 나를 탓하지 못할 것을 알기에 내 간은 꽤 커져 있었다. 내 예상대로 욱봉은 한결 누그러진 얼굴로 침전 문을 열고 들어왔다. 곧이어 이미 이불을 뒤집어쓰고 누운 내 옆에 주저앉으며 낮게 중얼거렸다.

"금멱, 네가 어떻게 태어나더라도 겁을 겪는 일은 괴롭고 힘겨워. 나는 그 일이 못내 마음 아픈 거고……."

그 후로 욱봉은 밤새도록 뒤척였다. 아이고, 정력도 넘치시지. 시왕과 북두칠성을 그렇게까지 들들 볶고도 힘이 남아도나?

그날 밤, 나는 내내 전전반측하는 욱봉이 신경 쓰여 잠을 이루지 못했다.

"수신, 기침하셨습니까?"

침전 밖에서 시종의 목소리가 들렸다. 새벽녘에 겨우 잠들었는데, 벌써 깨우나 싶어 살짝 부아가 치밀었지만, 시종에게는 죄가 없다. 굳이 있다면 언제 나갔는지 모르게 이미 사라지고 없는 욱봉이지.

"무슨 일이냐?"

힘없이 묻자 바로 대답이 돌아왔다.

"월하선인과 언우군이 수신을 뵙고자 청합니다. 어찌할까요?"

나는 그제야 눈을 비비며 몸을 일으켰다. 위아래 눈꺼풀이 달라붙을 지경이지만, 어쩔 수 없는 노릇이다. 솔직히 몸이 많이 피곤해서 복하군의 헛소리에 반응해 줄 기력이 하나도 없지만, 월하선인이 함께 왔다지 않는가. 한동안 그를 만나지 못하기도 했고, 어른에게 예의도 지켜야 한다.

"내 서둘러 나갈 터이니 손님을 대청으로 모셔……."

"먹아야!"

미처 말을 끝내기도 전에 문이 벌컥 열리더니, 붉은 옷을 입은 월하선인이 침전 안으로 들어왔다. 그는 다짜고짜 질문부터 던졌다.

"북두칠성에게 들었다. 환생해야 한다며?"

아, 또 한 명이 더 늘었네. 이 사실을 아는 이가…….

힘없이 고개를 끄덕이자, 월하선인은 내 손을 덥석 붙들었다. 그러고는 해맑게 환호했다.

"아아, 정말 기쁘구나. 근자에 참으로 무료해 몸이 배배 꼬였는데 말이다. 이제야 재미있는 일이 생겼어!"

그는 내 손을 놓더니 가볍게 손뼉을 쳤다. 그와 동시에 어디서 나왔는지 알 수 없는 바늘이 튀어나왔다.

"훗!"

그는 그것을 양손에 하나씩 들고 내게 씩 웃었다. 마치 인간 아이가 정월을 맞이한 듯 그의 얼굴 위로 해맑은 기대감이 번졌다.

"바야흐로 때가 된 것이야. 내가 나설 때가!"

"왜 지금이 숙부께서 나서실 때지요?"

열린 문 사이로 들어온 욱봉이 거무죽죽하게 가라앉은 얼굴을 한 채 반문했다. 그의 목소리는 실로 싸늘했지만, 월하선인은 기쁨에 겨워 분위기 파악을 영 하지 못했다.

"멱아가 속세로 내려간다니 당연히 내가 나설 때지. 너도 알다시피 나는 인간 사이의 인연과 사랑을 관장하는 신선 아니겠느냐!"

그는 욱봉을 쳐다도 보지 않은 채 계속 수다를 이어 갔다.

"멱아야, 말해 보렴. 어떤 유형의 사내가 좋으냐? 재능이 넘치는 문사? 위풍당당 풍류가 넘치는 사내는 어떠냐? 활발하고 귀여운 서생도 괜찮지. 노숙하고 진중하며 경험이 많은 사내는 또 어떠냐? 언변에 능하고 달콤한 말을 잘해 주는 사내는? 겉보기는 사내 중의 사내지만 속내는 부드러운 유형도 요즘은 꽤 잘 먹히느니라. 네가 만족할 때까지 어떤 사내든 책임지고 찾아 줄 테니 말만 해 보렴."

월하선인의 옆에 선 욱봉의 표정이 갈수록 살벌해졌다. 이러다 큰일 나겠다 싶어 나는 급히 대답했다.

"괜찮아요. 저는 욱봉이면 돼요."

내 말은 짧지만 효과적이었다. 욱봉은 그제야 의기양양해하며 내 손을 붙잡더니 보란 듯 오만하게 턱을 쳐들었다.

"숙부님, 괜한 고생 마십시오. 속세 사내를 모두 금멱 앞에 줄 세운다 한들 금멱이 어디 눈 하나 깜박할 줄 아십니까? 평소 금멱이 보고 사는 사내는 바로 저란 말입니다."

월하선인은 잠시 입을 다문 채 나와 욱봉을 번갈아 보았다. 그러다 문득 땅이 꺼질 듯 한숨을 쉬며 고개를 저었다.

"어허, 어찌 이런 일이! 멱아야, 내 너를 위해 충고하는데 욱봉과 같은 부류의 사내는 지나치게 오만하고 제 잘난 맛에 사느니라. 인

물과 몸뚱이가 번드레해서 보는 맛은 있지만, 상당히 피곤하지. 게다가 황소고집에, 투기심이 하늘을 찌르고, 자기 합리화도 무수히 할 텐데 괜찮겠느냐? 아아, 어쩌다가 취향이 이따위가 된 것이야. 지금이라도 늦지 않았으니 다른 부류로 취향을 바꿔 보려무나."

진지하게 권하는 그의 표정에는 일말의 거짓도 스며 있지 않았다. 잠시 후 그는 천천히 시선을 돌려 화가 머리끝까지 나 있는 욱봉을 직시했다.

"그리고 욱봉, 속세 사내를 무시하지 마라. 네가 몰라서 그러는데 속세 사내들에게는 신선과 다른 참신한 매력이 있느니라. 백낭자[60]가 신선이 되기 위해 수련하다가 허선에게 반해 그 지난했던 수행을 다 저버린 일이 있었음을 알기나 하느냐? 칠선녀는 또 어떻고! 칠선녀는 가난한 청년 동영과 부부가 되기를 원해 선녀 자리도 초개처럼 버렸느니라! 금멱이 지금이야 산해진미에 입맛이 길들어 너만 보일지 몰라도 그게 언제까지 갈 것 같으냐? 세상사 화무십일홍이라 했느니라! 금멱의 입맛이 내일이 되면 담백한 죽으로 바뀔지 어찌 알겠느냐?"

중간에 숨 한 번 끊어 쉬지 않고 쭉 이어 말하는 월하선인은 어제 북두칠성을 닦달하던 욱봉과 판박이였다. 하나도 닮지 않았지만, 과연 그들은 피가 이어진 숙질간이었다.

"……숙부님의 배려는 참으로 감사하나, 금멱에게는 그 배려가 필요…… 없겠군요."

---

60 맹강녀 전설, 양축 전설, 견우직녀 전설과 함께 중국 4대 전설인 백낭자 전설의 주인공이다. 허선과 백낭자(許仙與白娘子)라고도 불리며, 수련을 통해 사람이 된 백사(白蛇)와 서생 허선의 슬픈 사랑 이야기이다.

월하선인의 공격에 제대로 맞았는지, 욱봉은 하얗게 질린 채 겨우 월하선인의 말을 끊었다.

"금멱이 이번에 정겁을 겪을 일은 없을 테니 말입니다."

"뭐라?"

월하선인은 경악하며 눈을 휘둥그레 떴다.

"그게 무슨 말이냐? 내 동의도 없이 이 무슨 가당찮은……."

그는 너무 놀라서 말도 제대로 잇지 못했지만, 이내 정신을 차렸다. 그러더니 곧바로 애꿎은 북두칠성을 욕했다.

"이 노망이 단단히 난 영감탱이들이 감히 누구 일에 감 놔라 배 놔라 참견이야! 북두칠성이 비록 인간의 운명을 관장하나, 운명 속의 인연은 내가 관장해! 그건 내 관할이라고!"

"그렇죠. 그렇고말고요!"

낄 때 안 낄 때 구별 못 하는 복하군은 오늘도 예외 없이 냉큼 끼어들었다.

"월하선인, 이는 결코 소홀히 넘겨서는 안 될 일이에요. 인연은 엄연히 월하선인의 관장 아래에 있는데 어찌 북두칠성이 그럴 수 있죠? 이는 엄히 따지고 넘어갈 일이에요!"

"그렇지? 언우, 네가 참으로 사리가 바르구나!"

월하선인은 씩씩거리며 복하군을 치하했다. 그 틈을 탄 복하군은 슬그머니 제 잇속을 채우려 들었다.

"그렇지요? 제가 좀 많이 사리가 바르고 반듯해요. 월하선인, 그동안 저와 쌓인 정리를 기억하시죠? 그러니 제가 전에 드린 청도……."

불현듯 욱봉의 차가운 웃음소리가 침전 안에서 울렸다. 그 순간,

복하군과 월하선인은 마치 침전 대들보가 제 머리 위에서 갈라지는 소리라도 들은 듯 입을 다물었다. 저들이 아닌 듯해도 은근히 눈치가 빠르다.

"북두칠성은 인간의 운명을, 시왕은 생사와 윤회를, 월하선인은 인연을 관장한다 이건가? 그리고 언우군은 환생한 금멱의 정인이 되고 싶고?"

그가 한 모든 말이 다 간담을 서늘케 했지만, 마지막 말에는 그야말로 소름이 쫙 끼쳤다. 어떻게 알았지? 저건 복하군이 나랑 단둘이 있을 때 한 말인데?

"허……"

욱봉은 연속으로 웃음을 터뜨렸다. 그럴수록 목덜미가 더 서늘해졌다.

"어찌 된 것이 하나같이 내 담 안으로 기어들려는 작자들뿐이군. 숙부님, 언우군. 다들 한자리에 모인 김에 내 똑똑히 말씀드리지요. 금멱은 그 누구의 관장도 받지 않을 겁니다. 그것을 정할 수 있는 이는 천지 간에 오직 한 명, 나 욱봉뿐입니다."

욱봉의 선언이 끝나기 무섭게 '콰' 하는 소리가 나더니 머리 위의 대들보가 무너졌다. 하지만 월하선인과 복하군이 즉시 머리를 싸매고 양쪽으로 황급히 피했기에 사상자는 나오지 않았다.

"금멱, 너는 어디도 갈 필요 없어."

욱봉은 내 손을 잡으며 단언했다. 말참견은 절대 허용하지 않겠다는 듯 강경했다.

"겁은 내가 대신 치를 거야. 혹시 내가 환생하여 다른 이와 애별리고를 겪을까 봐 염려하지도 마. 다른 겁은 몰라도 정겁을 겪는 일만은 절대로 없을 테니까. 그러니 너는 여기서 낭군님이 돌아오실 때까지 얌전히 기다려. 내 곧 돌아올게."

말을 끝내자마자 그는 몸을 돌렸다. 놀란 나는 급히 그를 따라가 문지방을 넘으려는 그를 붙들었다.

"뭐 그럴 필요까지야……."

"아니, 그럴 거야. 그러면 돼."

욱봉은 내 말을 또 끊더니 몸을 돌려 내 손을 꼭 쥐었다.

"나는 네가 애별리고 같은 정겁을 겪게 두지 않아. 그러니 너는 안심하고 나만 기다려."

그는 난감하게도 영 딴소리를 했다. 내가 말하고 싶었던 말은 '남들도 있는 데서 굳이 낭군님이라고 할 필요까지 있어요? 낯부끄럽게'였다. 하지만 이 상황에서 그런 이야기를 하기가 더 난감한지라 말을 않기로 했다. 그래, 됐다. 됐어.

그는 내 손을 다시 놓자마자, 침전 문지방을 넘어서 나가더니 금색으로 상감된 자색 구름 위에 올라탔다. 잠시 후 그는 작은 점으로 보일 정도로 멀리 날아가 버렸다.

"아이고, 이제야 갔네요."

"그러게. 아까 그 눈빛은 내 조카지만 정말 무서웠어."

월하선인과 복하군은 동시에 가슴을 쓸어내렸다. 겁을 겪을 쪽은 나인데, 표정만 봐서는 그들이 겁을 겪고 온 듯했다. 그런 그들이 어이가 없어 고개만 절레절레 젓는데, 비서가 들어와 내게 고했다.

"수신, 사주 나찰이 수신을 뵙기를 청하옵니다."

사주 나찰은 또 누구야?

참으로 다사다난한 시기다. 지난 이틀 동안 나를 찾아온 신선과

요괴가 대체 몇 명이냐! 어찌나 나를 찾는지 몸이 여러 개라도 모자랄 지경이네.

"들어오라고 해라."

귀찮지만 어쩔 수 없이 고개를 끄덕였다. 그러자 아름다운 얼굴의 날씬한 여 나찰이 들어왔다. 노을빛 예상(중국 여성의 전통 복식)을 입은 그녀는 사뿐사뿐 맵시 있게 걸어 들어왔는데, 그 모습이 아름답고 요염하다는 의미의 '사주'라는 이름과 매우 어울렸다.

"소인, 부인을 뵈옵니다."

그녀가 예를 표한 뒤 고개를 들자, 나는 살짝 의아했다. 이름은 생소해도 얼굴은 생소하지 않아서였다. 하지만 어디서 그녀를 봤는지는 전혀 생각나지 않았다.

"부인, 소인은 부인과 초면이 아니옵니다. 부인께서는 보잘것없는 소인을 기억하지 못하시겠지만요. 부인께서 토끼로 변신하여 마계에 자주 오실 때……."

그녀가 그 말을 한 뒤에야 나는 그녀가 누구인지 깨달았다. 아아, 정말 내 기억력은 언제쯤이면 제구실을 할까?

나는 그녀를 총 세 번 보았다. 첫 번째 보았을 때 그녀는 다른 여요와 욱봉을 부축해 침전으로 들어갔다. 두 번째 보았을 때는 욱봉이 수화의 생일 연회를 연 날이었다. 그녀는 토끼로 변신한 나를 자기 총물로 달라고 욱봉에게 졸랐다. 세 번째 보았을 때는 욱봉이 무척 취했던 날이었다. 그녀는 내가 포도로 변해 접시에 숨었을 때 욱봉이 가장 싫어하는 과일이 포도라고 말했다.

그녀와 관련된 기억이 연이어 떠오르자, 나는 갑자기 가슴이 찔린 듯 아팠다. 따라서 무슨 말을 해야 할지 알 수가 없어졌다. 나는 그런 그녀를 한참 동안 바라보기만 하다가 가까스로 입을 열었다.

"그래, 이제야 네가 기억나는구나."

내 말에 그녀는 문득 부르르 떨었다.

"소인이 이번에 부인을 뵈러 온 것은 벌을 청하기 위함입니다."

그녀는 말을 마친 뒤 내가 무슨 죄를 지어 벌을 청하느냐고 묻기를 기다리듯 침묵했다. 하지만 나는 영문을 알 수 없었기에 가만히 있을 수밖에 없었다. 결국, 그녀는 다시 말을 이어 갔다.

"소인은 내일 속세로 환생하러 가게 되었습니다. 이번 생에서 소인의 인연은……."

그녀는 다시 말을 중단했고, 나는 그런 그녀가 참으로 기이했다. 나는 욱봉처럼 사납게 굴지도 않는데 왜 저럴까?

그때 월하선인이 손뼉을 치며 웃었다.

"아하, 네가 왜 이러는지 이제야 알겠구나. 혹시 욱봉과 이번 생에 인연이 있느냐?"

그녀는 월하선인의 말에 수줍게 고개를 끄덕였다. 자신의 예상이 맞아떨어지자 월하선인은 얼굴이 환해졌다.

"그렇지, 그렇고말고. 욱봉은 한때 화신이었고, 지금은 마존이지. 어디에서도 왕 노릇만 했던 욱봉은 속세로 떨어진다고 해도 범인의 몸으로는 태어나지 못해. 평범한 인간의 육신은 욱봉의 살기를 감당하지 못할 테니 말이다. 적어도 황제 정도는 되어야 얼마간이라도 욱봉의 혼백을 담을 수 있겠지? 황제라면 삼궁육원에 미녀 삼천쯤은 거느리겠구나. 그리고 너는 욱봉의 후비로 태어날 운명이고. 내 말이 맞느냐?"

월하선인이 손가락을 꼽으며 사주 나찰에게 묻자 나는 간담이

서늘했다. 그래서 무심결에 고개를 들어 그에게 항변했다.

"지금 무슨 말씀을 하시는 거예요! 아까 욱봉이 하고 간 말 못 들으셨어요? 욱봉은 자신이 정겁을 겪을 일은 절대로 없다고 했어요."

"멱아야, 멱아야! 너를 안심시키려고 한 욱봉의 그 말을 참말로 믿었더냐? 욱봉이 아무리 잘났어도 일단 인간의 육신에 깃들면 운명에 좌지우지되는 연약한 인간에 불과해지느니라. 무슨 수를 써도 천명을 바꾸지 못하지. 게다가 인간의 운명과 인연은 북두칠성과 내 소관이야."

월하선인은 득의양양하게 홍실을 꺼냈다.

"헤헷! 신나라! 이번 기회에 욱봉을 실컷 놀려 줘야지."

괜한 짓 하지 말라고 만류하고 싶었지만, 그럴 수 없었다. 사주나찰이 또 끼어들어서였다.

"부인, 외람되오나 마존과 월하선인을 탓하지 마십시오. 모름지기 사내란 육계 어디에 속하든 똑같습니다. 마음에 한 여인만 두었어도 수많은 여인을 거느리지요. 반대로 곁에 한 여인만 두면 속마음으로는 많은 여인을 거느리기를 바랍니다."

항변하고 싶었지만, 그녀는 내가 입을 열 틈을 주지 않은 채 이어 말했다. 그런 그녀의 말을 듣고 있자니 나는 울컥 화가 치밀었다. 자기가 사내를 알면 또 얼마나 많이 안다고 그리 단정하는가! 내 아버지는 일평생 내 어머니 한 분만 사랑하셨고, 욱봉도 오매불망 나만 마음에 품었다.

"솔직히 순서로 따지자면 부인 또한 존상의 원래 짝은 아니시지요."

사주 나찰은 홀연 고개를 들더니 나를 똑바로 보았다. 아까와 달리 어쩐지 나를 도발하는 듯한 눈빛이었다.

"조족 수장 수화는 예전에 존상께 정식으로 빙례를 받았습니다. 혼인 날짜도 잡아 청첩장도 돌렸고요. 그렇게 따지면 부인께서는…… 그러니까 부인께서는…… 속세로 치면 첩이세요. 굴러온 돌이 박힌 돌을 뺀 상황이지요. 게다가 사내란 변덕스러워 마음이 쉽게 변합니다. 속세에는 이런 말도 있습니다. 일단 첩을 들였다면 또 첩을 들이기란 손바닥 뒤집듯 쉽다. 일단 자신이 첩이라면 남편이 새로운 첩을 또 들여도 남편을 원망해서는 안 된다는 의미지요."

그러게. 생각해 보니 아버지도 어머니를 사랑하셨지만, 풍신 임수와 혼인했고. 욱봉 또한 나와 헤어져 마계에서 지낼 때 행실이 그닥…….

생각이 거기까지 미치자 내 마음에도 변화가 일었다. 처음 사주 나찰의 말을 들을 때만 해도 뭐 이런 궤변이 다 있나 싶었는데 들으면 들을수록 그녀에게 설득되었다. 뭔가 깨달음이 올 듯해 나는 겸허한 마음으로 그녀에게 가르침을 청하기로 했다.

"그렇게 따지면 나와 천제 또한 혼인 날짜를 잡았고, 청첩장도 돌렸다. 그러면 너희 마존은 내 첩이 아니더냐?"

그래, 나와 욱봉은 사실 피장파장이던 거야!

나는 홀연 대오각성했다. 그래서 내 앞에서 무릎을 꿇고 있는 사주 나찰의 창백한 얼굴이 파랗게 변해서 이까지 딱딱 부딪히고 있는 줄도 모른 채 복하군을 돌아보았다.

"복하군, 속세에서는 첩을 들이면 다음 첩을 들이기도 쉽다네요. 정말 그런가요?"

나는 허심탄회하게 복하군에게 의견을 청했다. 그러자 그는 두

손을 가슴 앞에다 모으며 생긋 웃었다. 마치 수줍은 낭자처럼.

"그럼요, 멱아. 나는 기꺼이 당신의 첩이 되고 싶어요. 둘째인 마존보다 뒤라도 자존심 상해하지 않을게요."

복하군의 대답이 참으로 생뚱맞았다. 나는 그 사실 자체를 물었는데, 그는 돌연 내 첩이 되고 싶다고 하니 말이다.

"멱아, 나는 당신을 위해서라면 기꺼이 셋째가 될 수 있어요. 아니, 넷째, 다섯째라도 부끄럽지 않아요."

말만 들어서는 첩이 되고 싶어 환장한 듯 보였다.

아무래도 복하군의 의견을 구해 봤자 소용이 없을 듯해 나는 다시 사주 나찰에게 속세의 일로 가르침을 청하려 했다. 그러나 그녀는 나와 눈이 마주치자마자 납죽 엎드리더니 이마를 세 번 바닥에 들이받았다.

"부인, 죽을죄를 지었습니다. 소인이 잠시 실성하여 입방정을 떨었사오니 부디 자비를 베풀어 주시옵소서. 만약 부인께서 소인의 말 때문에 언우군과 그리되신다면 마존께서는…… 소인을…… 소인을……."

그녀는 미처 말을 맺지도 못한 채 부들부들 떨었다. 곧이어 "소인은 물러가겠습니다"라는 말만 남긴 채 부리나케 줄행랑을 쳤다. 이곳에 들어올 때만 해도 당당했던 이가 왜 갑자기 저러는지 모르겠다.

혹시 다른 이들은 그 이유를 아나 싶어 월하선인과 복하군 쪽을 돌아본 그때 나는 움찔 놀랐다. 그들 둘이 만면에 존경심을 가득 건 채 나를 보고 있어서였다. 그들이 이토록 숭배하는 표정으로 나를 본 적이 이번이 처음이라 기분이 나쁘지는 않았지만, 좀 혼란스러웠다. 아까 사주 나찰도 그렇고 지금 이 둘도 그렇고, 왜 이리 영문 모를 행동만 할까?

"고수는 겉만 봐서 모른다더니 과연 그렇네요. 먹아, 연적을 처리하는 당신의 수단은 참으로 고고하고 세련되었네요. 정말 존경스러워요. 그 풍류 봉황은 일평생 당신을 못 벗어날 게 분명해요."

복하군은 내게 아낌없이 찬사를 퍼부었다. 월하선인 또한 질세라 끼어들었다.

"먹아야, 방금 너는 대선의 위엄을 지켰을 뿐 아니라 기지도 넘쳤느니라. 한동안 못 본 사이에 실로 크나큰 정진을 이루었구나. 한때 너를 문하로 거두었던 사부로서 감격을 금할 길이 없느니라."

아, 예…….

"하지만요, 먹아. 방금 저 나찰의 말이 아예 틀리지는 않아요."

복하군이 드물게 신중한 얼굴로 다시 말했다.

"내가 듣기로 요즘 천제가 무지개 끝에 아주 정성 들여 궁전을 짓고 있대요. 다들 새로이 짓는 화려한 천궁에서 장래 천후가 살리라 예상하고요. 그 말인즉슨, 천제가 조만간 천후를 맞이하리란 뜻 아니겠어요? 먹아, 생각해 봐요. 한때 천제가 얼마나 당신에게 일편단심이었는지. 그랬던 천제조차 이제 당신을 잊고 새 출발을 하려 하고 있잖아요. 그러니 부디 마존을 너무 믿지 말아요. 매사에 조심해서 나쁠 게 없다고요."

"그럼, 그럼! 조심해서 나쁠 일이 없지."

어느새 고개를 숙여 실을 꿰고 있던 월하선인이 고개를 끄덕거렸다. 그런 그를 보며 나는 예전 욱봉의 모습을 떠올렸다. 과거 화신이던 시절, 욱봉은 그의 주변을 맴도는 선녀나 선고에게 두루두

루 예의 있고 친절하게 대했다. 그는 누구 하나 특별하게 취급하지 않았지만, 그의 그런 행동은 알게 모르게 그녀들에게 헛된 기대를 심었다. 한마디로 늘 여지를 준 것이다.

"멱아야?"

문득 등 뒤로 월하선인의 목소리가 들렸다. 움찔 놀라며 고개를 돌리니 월하선인이 큰 눈을 데굴데굴 굴리며 나를 보고 있었다.

"대체 무슨 생각을 하느라고 몇 번이나 불러도 대답이 없느냐?"

의아한 얼굴로 나를 보는 복하군과 월하선인을 나는 빤히 보았다. 하지만 내가 보는 것은 그들이 아닌 그들 너머 먼 곳에 있는 욱봉이었다. 나를 떠나 환생하여 새로운 인연을 만들 욱봉······.

"월하····· 선인, 복····· 하군."

내가 넋 나간 듯 입을 떼자, 그들은 동시에 "응?" 하고 대꾸했다.

"나 아무래도····· 서둘러 환생해야 할 듯해요."

그들은 다시 "응?" 하고 물었지만, 나는 홀린 듯 몸을 돌렸다. 그리고 곧장 밖으로 뛰쳐나가 구름을 잡아탔다. 등 뒤에서 복하군과 월하선인이 나를 부르는 소리가 들렸지만, 그들을 신경 쓸 겨를은 이미 없었다. 나는 말을 채찍질하듯 구름을 달려 곧장 북두칠성에게로 날아갔다.

"녹존성!"

무수한 별의 바다 위에서 가장 먼저 보인 자가 녹존성이라 나는 급히 그를 불렀다. 별빛 속에 발을 담근 채 뭔가를 하고 있던 그는 놀라며 내 쪽으로 고개를 돌렸다.

"수신, 어쩐 일이십니까?"

"이왕 결정된 김에 쇠뿔도 단김에 뺄까 합니다. 바쁘신데 갑자기 찾아뵈어 송구하지만, 지금 당장 저를 속세로 내려보내 주십시오."

어느새 녹존성 주변으로 모여든 나머지 성군들은 내 말에 기쁜 기색을 감추지 못했다. 그런데도 다들 살짝 주저했다.

"그, 그러시면 저희는 좋지만, 마존의 생각은 어떠신지요? 어제만 해도 마존께서는……."

그들이 욱봉을 거론하자 내 마음은 더욱 급해졌다. 그래서 저도 모르게 날카로운 반응을 보이고 말았다.

"이건 제게 주어진 겁입니다. 욱봉이라도 대신할 수는 없지요. 그러니 지금 당장 저를 보내 주십시오! 뒷일은 제가 책임집니다."

나는 결연한 눈빛으로 북두칠성과 마주했다. 욱봉은 나를 대신해 겁을 겪겠다지만, 나는 그게 하나도 기쁘지 않다. 내가 평생 한 번도 고난을 안 겪어 본 것도 아니고 말이다. 이번에는 스스로 이 난관을 헤쳐 보리라. 속세의 사내들은 일정 기간이 되면 군역을 살지 않는가! 지금 내 상황도 그거랑 비슷하다고 생각하면 된다.

"이제 수신께 봉인을 씌울 겁니다. 그러면 수신께서는 잠시 이번 생을 망각하게 되시지요. 자, 서서히 잠이 오실 테니 두려워 말고 눈을 편히 감으십시오. 이후 깨어나시면 그때부터 속세의 삶이 시작될 터입니다."

조곤조곤하게 설명해 주는 북두칠성의 목소리가 어느 순간부터 멀고 희미하게 들렸다. 아마도 그들이 내게 봉인을 씌웠나 보다. 무겁게 눈이 감기며 의식이 멀어지던 그때, 문득 그런 생각이 들었다. 욱봉이 설마 벌써 속세로 내려가지는 않았겠지? 그러면 안 되는데.

덜컥 걱정이 밀려와 억지로 눈을 치뜨자 복하군, 월하선인, 북두칠성, 시왕 등등이 보였다. 이상하네? 저들이 왜 한자리에 모여 있지? 그리고 뭐 그리 기쁜 일이 있어 이마까지 두 손을 들어 포권한 채 연신 희희낙락일까?

"아이고, 정말 진땀 뺐습니다. 겨우 그 둘을 속여 환생시켰구려."

월하선인이 웃음기 가득한 얼굴로 손뼉을 쳤다. 그러자 북두칠성 중 여섯 번째 별인 무곡성이 의문을 제기했다.

"이제 만사가 해결되었으니 여쭙는데, 어찌 이리 일을 빙빙 돌려 처리하셨습니까? 마존과 수신 둘 다 환생해 겁을 겪어야 한다고 애초에 말씀드리면 될 일을."

"아니지, 아니지!"

월하선인은 무곡성을 향해 손가락을 세워 흔들었다.

"만약 북두칠성께서 사실대로 말했다면 욱봉은 금멱과 자신이 부부로 태어나게 해 달라고 난리를 쳤을게요. 하지만 그런 것을 어찌 겁이라고 하겠소. 아까 욱봉은 결코 아내를 맞이하지 않는 운명을 선택하게 해 주는 조건으로 속세로 내려갔소이다. 금멱의 운명 또한 욱봉이 속세로 내려가기 전에 상의를 거쳐 정리해 놓았고 말이오. 그러니 욱봉과 금멱이 속세에서 아무리 호되고 모진 정겁을 겪는다고 해도 욱봉은 우리를 탓하지 못하오."

"그렇지요."

녹존성이 담백하게 대꾸했다.

"월하선인의 말씀대로 저희는 결백합니다. 마존을 속인 적도 없고, 되레 마존의 까다로운 요구 사항을 다 맞춰 드리기까지 했지요."

나머지 육성들도 고개를 끄덕여 동의했다. 하지만 그중 유일하게 침울한 이가 둘이 있었으니 바로 불과 얼마 전에 나를 찾아와 도발한 사주 나찰과 복하군이었다. 그녀는 숫제 눈물까지 흘리고 있었다.

"소인은 여러 신선분과 시왕 전하들의 분부로 감히 부인을 속였어요. 마존께서 돌아오신 뒤 이 일을 들어 소인을 책하신다면 모두 약속하신 대로 이 일을 꼭 해명해 주셔야 해요. 그렇지 않으면 그날이 소인의 초상날이에요."

그녀는 말하는 내내 울먹였다. 그러자 변성왕은 웃으며 고개를 끄덕였다.

"내 이미 너에게 약조하지 않았느냐. 존상께서 돌아오시면 내가 잘 말씀드릴 테니 너무 근심하지 마라."

그런 그녀와 상관없이 복하군은 하늘을 보며 탄식했다.

"아아, 일이 잘되어 좋기는 하지만, 먹아를 본의 아니게 속인 상태로 이별하게 되어 참으로 괴롭네요."

"언우, 그게 대관절 무슨 소리냐? 내가 모르는 다른 일로 먹아를 속인 게 있었더냐?"

월하선인의 물음에 복하군은 힘없이 고개를 끄덕였다.

"《신판 육계 미인 도해 심층 분석집》속에는 먹아의 장점만 있지 단점은 없다고 장담했지만, 사실 그게 아니었거든요. 먹아에게는 이미 가장 큰 단점이 있어요. 그건 이미 마존에게 시집갔다는 거죠."

＊＊＊

고모님들은 내게 오늘 아침에는 약을 만들 필요가 없으며, 나야 산에 가서 약초를 캐 와도 좋다고 하셨다. 그들의 말에 나는 내심 뛸

듯이 기뻤지만, 고개를 숙인 채 눈썹을 찡그리며 심각하게 말했다.

"그동안의 약 제조는 고모님들께 부탁드리겠습니다."

한구석에 서 있는 내 시녀 강활[61]은 나와 함께 약초를 캐러 갈 수 있다는 꿈에 부풀어 정신을 못 차리는 듯했다. 만면에 경솔한 웃음을 건 채 내게 바보같이 웃는 게 그 증거였다.

"강활, 너는 족장님보다 두 살이나 많으니라. 응당 모범이 되는 모습을 보여도 모자랄 지경인데 지금 같아서는 족장님이 네게 배울 것이 아예 없어 보이는구나. 족장님을 보렴. 어린 나이인데도 얼마나 의젓하고 차분하신지. 말이든 행동이든 신중하기 그지없지 않으냐! 반면 너는 수련의 기본도 안 되었어."

거봐, 거봐! 나는 이미 형개[62] 고모님이 잔소리할 줄 알았다.

형개 고모님의 꾸지람에 강활은 급히 웃음을 지웠지만, 이미 늦었다.

"아무래도 안 되겠구나. 비록 족장님께서는 시비인 너를 데리고 가시겠다고 했지만, 너는 이곳에 남아라. 그리고 족장님께서 마을을 비우시는 동안 내 곁에서 약 제조를 돕도록 해."

"그, 그건 안 될 말씀이세요!"

강활은 괴로운 얼굴로 즉시 대꾸했다.

"형개 고모님, 족장님께서 어찌 혼자 나야산에 가실 수 있겠어요! 약초를 캐는 일은 험하고 힘들어요. 제가 족장님의 약초 바구니도 짊어져 드려야 하고 생소한 약초도 알려 드려야 한다고요!"

---

61 미나릿과에 딸린 두 해 · 세 해 살이 풀. 건재(乾材)의 한 종류로 해열 및 진통제로 쓴다.
62 정가의 잎 · 줄기. 약재의 일종

어허, 이러다가 나까지 못 나가겠다. 안 돼, 안 돼! 그럴 수는 없지.

내심 마음이 급했지만, 나는 되레 자세를 단정히 했다. 그런 뒤 차분하게 강활을 타일렀다.

"강활, 형개 고모님의 약 제조 실력은 성의족 안에서도 손꼽느니라. 곁에서 지켜만 봐도 크나큰 복인데, 그 과정을 도울 수 있다니 이건 기연 중의 기연이라 할 수 있지. 많은 성의족이 얻고 싶어도 얻지 못하는 기회를 얻게 되었는데, 어찌 이러느냐? 내 너를 생각하면 결코 이 기연을 흘려보낼 수 없으니 내가 보름 후 약초를 다 캐고 돌아올 때까지 너는 형개 고모님 밑에서 수련에 정진하도록 해라. 나를 따라다니며 약초 바구니를 짊어지기보다, 이 일이 훗날 나를 보필하는 데 훨씬 도움이 될 것이야."

내가 생각해도 나는 말을 참 잘하는 듯했다. 고모님들이 일제히 고개를 끄덕였으니 말이다.

"역시 족장님은 멀리 보시는 혜안을 지니셨습니다. 그 말씀이 실로 지당하세요."

형개 고모님은 대놓고 칭찬도 해 주었다. 그러면서도 못내 근심스러운 표정을 지었다.

"하지만 강활의 말이 영 틀리지는 않습니다. 족장께서 나가시는데 시중을 들 시비를 붙이지 않기는……."

"괜찮습니다. 고모님들도 아시다시피 저는 나야산에서 자랐습니다. 곳곳을 다 누볐고, 작은 길 하나하나 모르는 데가 없지요. 하지만 다른 아이들은 다릅니다. 나야산에 익숙하지 않은 시비가 길이라도 잃고 헤매면 저는 약초를 캘 시간도 없이 그 애만 찾아다녀야 할지도 몰라요."

나는 그녀들이 답할 겨를도 주지 않기 위해 면사를 얼굴에 쓰고 바구니를 둘러맸다. 그리고 진중한 표정을 가장한 채 형개 고모님의 손등을 두드렸다.

"형개 고모님, 제가 돌아올 때까지 성의족 대소사 처리는 고모님께 맡기려 합니다. 잘해 주시리라 저는 믿습니다."

형개 고모님은 살짝 난감해했지만, 어쩔 수 없다는 듯 고개를 끄덕였다. 나는 그런 그녀에게 웃어 보인 뒤 문밖으로 보이는 하늘을 올려다보았다. 그리고 매일 꼭 외워야 하는 구호를 성실히 외쳤다.

"황제 폐하의 만수무강을 기원하옵니다!"

등 뒤의 고모님들도 땅에 엎드려 나를 따라 외쳤다.

"황제 폐하의 만수무강을 기원하옵니다."

그렇다. 우리 성의족은 오로지 황제를 위해서만 존재하는, 황제 직속의 약제사들이다. 그리고 우리에게 주어진 궁극의 사명은 불로장생단 제조이기에 매일매일 불로장생단 연구에 심혈을 기울이고 있다. 하지만 그게 말처럼 쉬운 일이 아닌지라 우리의 연구는 여전히 진행 중이다. 이 때문에 황제는 우리가 올리는 보약을 매일매일 복용한다. 우리가 불로장생단을 완성할 때까지 그가 살아 있어야 하니 말이다.

따라서 나야산으로 약초를 캐러 가는 일은 실로 중요한 일이 아닐 수 없다. 반드시 불로장생단을 만들겠다는 큰 뜻을 품은 내게는 더욱 그렇다. 나는 이번 산행의 의의를 다시금 되새기며 씩씩하게 마을 밖으로 나섰다.

아아, 신나라. 이게 얼마만의 산행이람! 그동안 내내 마을 안에서만 갇혀 지내느라 답답해 죽을 뻔했네.

나는 나야산에서 이틀간 신나게 놀았……. 아니, 성실히 약초를 캤다. 그리고 오늘 나는 신장을 보하고 양기를 돋우는 약재를 중점적으로 캐고 있었다. 그때 우연히 비취색 살무사가 꽃이 가득 핀 좁은 길 한편으로 파고드는 게 보였다.

나는 눈을 반짝이며 땅꾼용 뱀 집게를 집어 들었다. 살무사는 양기를 돋우는 효과가 뛰어나며 강장제의 재료이니 반드시 잡고 싶어서였다. 나는 발소리를 죽인 채 꽃 덤불을 헤쳤고, 숨죽여 뱀을 따라갔다. 그러던 도중 기이하다는 생각이 문득 들었다. 본시 뱀이란 경계심이 많고 무척 사나운데 이 살무사는 급하지도 느리지도 않게 꼬리를 흔들며 나아가고 있는 탓이었다. 수풀 깊은 곳에 들어서면 되레 나를 기다리듯 멈추기도 했다. 물론, 그건 내 느낌일 뿐 살무사가 절대로 그럴 리는 없지만 말이다.

어쨌든 홀린 듯 살무사를 따라가던 어느 순간, 살무사가 '쉿' 하는 소리를 내며 몸의 반을 일으켰다. 아무래도 내 존재를 알아챈 듯해 나는 집게를 쥔 손에 힘을 주었다. 살무사가 고개를 돌려 나를 공격하려 들 때 집게로 목을 낚아챌 생각이었다.

잔뜩 긴장한 채 기회를 노렸지만, 살무사의 목표는 뜻밖에도 내가 아니었다. 살무사는 벌건 아가리를 쫙 벌리더니 돌연 무엇인가를 물었다. 그게 뭔지는 모르겠지만, 이빨이 살에 파고드는 섬찟한 소리가 났다.

그제야 나는 무성한 야생화 덤불 속에 허리 아래가 다 가려 있는 여인을 발견했다. 꽃도 붉고 여인의 옷도 붉어 미처 알아보지 못했다.

"이런!"

나는 수풀에서 몸을 일으켜 살무사를 향해 달려들었다. 어쨌든 잡아야 하는 약재이고, 사람도 살려야 하니 말이다. 하지만 살무사의 행동은 또 내 예상에서 벗어났다. 놈은 제 앞의 여인을 딱 한 번 물고는 미끄러지듯 수풀 사이로 사라지고 말았다.

나는 살무사가 사라진 수풀과 여인을 번갈아 보며 잠시 고민했다. 살무사를 쫓아갈 마음이 아예 없지는 않았지만, 살무사에 물린 사람을 내버려 두는 건 위험했다. 결국, 생명을 살리는 게 우선이다 싶어 아직 생사 확인이 안 된 여인을 꽃 덤불에서 끌어냈다.

알고 보니 여인은 옷만 붉은 게 아니라, 상체가 온통 피투성이였다. 머리는 산발하여 얼굴도 제대로 알아보기 힘들었다. 대략 몸만 보면 내 또래거나 두어 살 많은 듯한데 혼미한 와중에도 손에 쥔 칼을 놓지 않았다. 손아귀는 찢어졌고, 칼자루에는 피가 말라붙어 있었으며, 검날에도 피가 흥건히 묻어 있었다. 아마도 칼자루의 피는 그녀의 것일 테고, 검날의 피는 다른 이의 것이겠지.

일반적으로 여인이 이런 상처를 입을 만큼 격렬하게 칼부림을 할 일은 없다. 그 점에서 유추한다면 아마 관군에게 쫓기는 산적이 아닐까 싶었다. 비록 산적은 정도를 걷는 부류가 아니지만, 산적 또한 사람이고 나는 사람을 치료하는 의원이다. 그렇기에 나는 그녀를 구하기로 마음먹었다. 아무래도 이 여인은 복이 많은 게 분명하다. 이 깊은 숲에서 나 같은 명의를 만났으니 말이다. 내가 아니었으면 오늘 그녀는 염라대왕을 만났을 것이다.

나는 우선 약재부터 채취해 뱀이 방금 물어 생긴 그녀의 손목 상처에 약을 발랐다. 그 참에 그녀의 손아귀와 팔의 창상에도 금창약(지혈하는 약)을 뿌려 놓았다. 다른 곳에도 창상이 또 있을까 싶어 옷섶을 열려고 하다가 나는 돌연 멈칫했다. 그녀가 옷섶을 여민 방식이 내가 옷섶을 여미는 방식과 아예 달라서였다. 뭐지? 다른 나라 사람인가?

어쨌든 서툴게나마 옷섶을 열어 확인해 보니 찰과상만 좀 있을 뿐, 팔을 제외한 다른 부위에는 딱히 문제 될 곳이 없었다. 팔에 생긴 상처는 화살이 스쳐 생기지 않았을까 예상되었다. 상체가 피투성이였던 이유는 다른 이의 피를 묻히고 있는 탓이었다. 하체도 남의 피가 튀었을 뿐 다친 데는 없어서 거기까지는 부상 여부를 확인할 필요도 없었다.

"그나마 출혈이 심하지 않아서 다행이네."

나는 턱을 쓰다듬으며 안도했다. 여인의 몸으로 산적을 하다니 참으로 이채로웠다. 보아하니 무공도 강한 듯한데 그런 이가 여기 혼절해 있다는 것은 아마 일시적으로 체력이 소진된 상태에서 뱀에게 물리기까지 한 탓일 터였다. 물론 체내에 뱀독이 좀 남아 있을 수 있지만, 내가 아까 쓴 약초로 거의 해독되었으니 일단 위험한 고비는 넘긴 셈이었다. 추후 그녀가 의식을 찾으면 그 상태에 맞는 적절한 약으로 다스리면 된다.

"아, 얼굴!"

옆 나뭇등걸에 등을 기댔던 나는 퍼뜩 놀라며 등을 뗐다. 비록 거친 산적질을 하고 살아도 이 자는 여인이다. 얼굴에 생긴 상처를 치료해 놓지 않으면 흉터가 남아 곤란해진다. 나는 급히 허리에 찬 조롱박을 끌러 그 안에 든 물로 피와 흙, 산발한 머리로 엉망이 되어 있는 그녀의 얼굴을 대강 씻어 상태를 살폈다.

"아, 다행이다. 그래도 얼굴은 멀쩡……."

나는 미처 말을 맺지도 못한 채 그녀를 빤히 들여다보았다. 그녀의 얼굴이 내가 상상한 바와 매우 달라서였다. 산적이라면 흔히 떠오르는 거칠고 야만스러운 그런 느낌이 그녀에게는 전혀 없었다. 입술은 연지를 찍지 않아도 붉고, 눈썹은 먹을 대지 않았어도 짙고 검으며, 피부는 갓 피어난 도화 같았다. 솔직히 지금껏 태어나서 본 여인 중에 가장 아름다웠다. 왠지 살짝 자존심이 상했지만, 나는 이내 극복했다. 지금보다 더 아름다워도 그녀는 그저 칼부림만 하는 산적에 불과하며, 내 지식과 교양을 따라잡기는 불가능하기 때문이었다.

"늦어도 한 시진 안에는 깨어나겠네. 그동안 나는 약초나 캐야겠다."

하릴없이 혼잣말한 뒤 나는 바구니를 집어 들었다. 그리고 주변 수풀을 헤치며 부지런히 약초를 캤다. 어느새 바구니는 가득 찼고, 하늘을 보니 한 시진은 충분히 넘어 있었다. 아무래도 산적이 깨어났을 듯하니 다시 돌아가 그녀의 병증에 상응하는 치료를 이어서 해야 할 듯했다.

"어?"

멀리 보이는 그녀가 여전히 미동도 없이 누워 있어 나는 적잖이 당황했다. 펄펄 날아다니지는 못해도 지금쯤 깨어나서 충분히 움직일 수 있어야 하는데 이게 무슨 영문인지 알 수 없었다.

황급히 달려가 맥을 짚었지만, 금세 중요한 사실을 깨달았다. 나는 맥을 못 짚는다.

혹자는 정통한 의원이라고 으스대면서 맥 하나 못 짚느냐고 하겠지만, 그것에는 나도 할 말이 많다. 의술에도 각자의 분야가 있다. 우리는 심오한 약리 연구와 단약의 제조에 방점을 찍는 약제사이므로 일반적인 의원과 하는 일이 다르다. 황제와 직접 접촉하여 병을 알아내고 치료하는 얕은 일은 태의원 늙은이들이나 한다.

잠시 고민하던 나는 몸을 숙여 그녀의 심장 소리를 확인해 보았다. 아주 희미하기는 해도 뛰기는 했다. 의원으로서 이러면 안 되지만, 내심 기뻤다. 황제를 위한 약만 제조하다 보니, 이런 상태의 환자를 치료할 기회가 거의 없기 때문이었다.

맥이 이 정도로 약하다면, 내가 얼마 전에 만들어 낸 신약 '기사회생구전환혼대건곤금단'을 시험해 보기 딱 좋다. 좋은 약을 만들었어도 성의족 안에서는 그 효과를 시험해 볼 환자가 없어 고민이었는데, 이건 하늘이 주신 기회였다.

품 안에 소중히 넣어 둔 금단을 꺼내려고 몸을 세우던 그때였다. 문득 강한 힘이 나를 덮치더니 내 목덜미를 붙잡아 나를 제압했다. 눈 깜짝할 사이 내 몸은 바닥에 눌렸고, 나를 이리 만든 장본인은 나를 깔아뭉갠 채 검처럼 사납게 노려보았다. 그러면서 입술을 달싹였다.

"······."

그 순간, 나와 그녀 모두 굳어 버렸다. 나는 당황했고, 그녀는 황당한 듯했다. 그녀는 몇 번 눈을 깜박인 후 다시 입을 열었다.

"······."

결과는 역시나 매한가지였다. 그녀는 몇 번이고 입술을 달싹였지만 아무 소리도 내지 못했다. 처음에는 원래 벙어리인가 했지만, 그녀의 반응을 보니 자신도 방금 이 문제를 발견한 듯했다. 그녀는 경

악이 가득한 눈으로 다시 나를 노려보았다. 내가 자신을 이리 만들었다고 오해했는지 눈빛이 실로 살기등등했다.

"아…… 니에요! 콜록! 내가 한 게 아니…… 라고요! 캑캑!"

고래고래 악을 쓰고 싶지만, 그녀가 내 목을 누르고 있는 상태에서는 그것조차 불가능했다. 목을 쥐어짜 간신히 말하자, 그녀의 손힘이 살짝 풀렸다. 그러더니 믿어지지 않는다는 듯 내 목을 누르고 있지 않은 다른 손을 들어 제 귀를 만졌다. 아무래도 지금 그녀는 말만 못 하는 게 아니라 귀도 안 들리는 듯했다.

"아니에요. 진짜 아니라고요. 지금 낭자의 증상은 저와 전혀 무관해요."

나는 급히 손을 휘저어 이 일이 내가 한 짓이 아님을 재차 주장했다. 하지만 그녀는 시선을 먼 곳에 둔 채 망연자실할 뿐이었다. 그녀가 이런 반응을 보이는 것은 당연했다. 방금 자신이 벙어리에 귀머거리가 되었음을 알았는데 그 충격이 오죽하겠는가.

하지만 그녀의 충격은 충격이고, 나는 무슨 죄인가! 그녀가 여전히 내 허리를 몸으로 누르고 있는지라 허리가 끊어질 듯 아팠다. 그래서 기를 쓰고 빠져나가려 하자, 그녀는 퍼뜩 정신을 차리며 나를 다시 붙들었다. 허, 무슨 여인이 이리도 야만스러울꼬!

별수 없이 나는 땅바닥에 손가락으로 글자를 썼다. 부디 그녀가 글을 알기를 바라며 쓴 글자는 바로 '의원'이었다. 그녀는 그 글자를 보더니 느리게 시선을 돌려 나를 보았다. 의심이 역력한 눈빛이었다. 그래서 나는 급히 손가락으로 그녀의 팔을 가리켰다. 그 팔에 정성껏 약초를 바르고 붕대까지 감아 줬으니 그것을 보면 아마도 내 말을 믿어 줄 듯했다.

잠시 후 그녀는 내 손가락이 가리키는 제 팔을 내려다보았고, 사납게 치켜 올라가 있던 눈썹을 살짝 내렸다. 다행이다 싶어 안도했는데, 내가 나비 모양으로 지어 준 붕대 매듭에 이르자, 다시 눈빛이 살짝 사나워졌다. 왜 그래? 신경 써서 예쁘게 마무리해 준 건데.

그녀는 그 후로도 나와 붕대를 몇 번이나 번갈아 본 뒤 슬그머니 내 몸에서 제 몸을 치웠다.

아미타불! 산적은 이제야 상황을 이해한 듯했다.

〈혼자서 일어나실 수 있습니까?〉

나는 주변의 나뭇가지를 들어 땅바닥에 다시 글을 썼다. 하지만 그녀는 내 심중을 파악하려는 듯 나를 빤히 보기만 했다. 의심이 많은 처자구나 싶어 쓴웃음이 나왔다.

〈이 근처에 제 임시 거처가 있습니다. 저는 이곳 나야산에 약초를 캐러 가끔 오는데 그럴 때마다 적어도 보름은 여기 머물거든요. 그래서 움집을 지어 놓았지요. 비록 제가 응급조치는 해 놓았지만, 아직은 더 치료해야 하고, 상태도 지켜보아야 합니다. 괜찮다면 저랑 그곳으로 가시지요.〉

그녀는 내가 쓴 글을 차분히 눈을 훑더니, 고개를 끄덕였다. 그때쯤 그녀의 사나운 눈빛은 거의 누그러져 있었다.

"잠시만요. 약초를 새로 갈아 줄게요. 뱀독이 덜 빠져서 일시적으로 말도 못 하고 귀도 안 들리는 것일지도 몰라요."

나는 움집에 들어서자마자 그녀를 앉힌 뒤 붕대를 풀어 보았다. 그 순간 나는 적지 않게 놀랐다. 약초의 색이 변한 정도와 상처를 보면 이미 해독이 말끔하게 되어 있어야 하기 때문이었다.

"어, 이상하네? 분명 해독이 되었는데 왜 말도 못 하고 귀도 안

들리지?"

놀란 마음에 혼잣말하자, 내 앞의 그녀가 의아한 눈으로 고개를 갸웃거렸다. 그제야 나는 내 실수를 깨닫고는 움집 한구석에 놓인 상자에서 지필묵을 꺼냈다. 그녀의 증상을 보자 마음에 크게 걸리는 바가 있어서였다.

〈혹시 매끼 주로 먹는 음식이 어떤 것입니까?〉

그녀는 종이 위의 글씨를 가만히 보기만 했다. 혹시 읽을 줄만 알고 쓸 줄은 모르나 싶어 난감했지만, 그건 기우에 불과했다. 그녀는 내게서 붓을 받아 들더니, 종이 위에 글을 썼다. 그녀의 외모만큼이나 아름다운 글씨체에 나는 내심 무척 놀랐다.

그로부터 우리는 한참 동안 필담을 나누었고, 나는 아까 들었던 의문을 해결했다. 사실 그녀는 뱀독의 부작용으로 귀머거리에 벙어리가 된 게 아니었다. 그녀가 매일 아침과 저녁 식사로 먹은 음식이 바로 그 원인이었다.

그 음식들은 대놓고 먹는 이를 죽일 의도로 조합한 상극이었다. 그녀가 계속 그 음식을 먹었다면, 아마도 1년 안에 절명했을 것이다. 하지만 뱀독이 체내로 들어오면서 상극의 음식물이 충돌하여 생긴 독성을 중화했다. 결과적으로 독으로 독을 제압한 셈이며, 아까 그녀를 문 살무사는 그녀의 은공이나 다름없었다. 물론 말 못 하고 귀가 먹어 버린 부작용이 생겼지만 말이다.

〈치료할 수 있겠습니까?〉

그녀는 못내 근심스러운 눈으로 나를 보며 다시 글을 썼다.

〈염려하지 마십시오. 손바닥 뒤집기보다 쉬우니까.〉

나는 자신만만하고 의연한 태도가 드러나게 필답했다. 하지만 그녀가 내 말을 못 들을 것을 알기에 입으로는 다른 말을 했다. 족장 체통을 생각해 엄숙한 척하던 말투도 다 집어던졌다. 솔직히 나랑 나이 차이도 그리 안 나 보이는데 뭐 어때!

"사실, 절망적이기는 해. 하지만 최후의 일각까지 포기해서는 안 된다는 옛말에 근거해 기를 쓰고 노력해 볼 뿐이지 뭐. 어쨌든 네 부작용을 치료할 여러 가지 약을 써 볼 생각이야. 정 안 되면 마지 막 방도도 하나 남아 있고. 사실 내가 얼마 전에 만든 약이 있는데, 그걸 시험해 볼 마땅한 적임자가 없어 고민이었거든. 쥐나 토끼는 정확한 결과를 유추하기 어려워서 말이야. 물론 시험용으로 쓰인다 는 게 불쾌할 수도 있을 테고 나도 그게 좀 미안하지만 뭐 어쩌겠 어. 게다가 너는 내게 목숨 빚을 졌잖아? 이참에 몸으로 보답한다 생각해."

내가 신나서 조잘대는 동안 그녀는 나를 아래위로 유심히 살폈 다. 그런 뒤 다시 글을 썼다.

〈의원께서는 올해 연세가 어찌 됩니까?〉

나는 그녀가 묻는 방식이 상당히 마음에 들었다. 나는 면사로 얼 굴을 가린 상태라 그녀는 내가 젊었는지 늙었는지 혹은 어린애인지 알지 못한다. 그런데도 나를 존중해 '나이'가 아닌 '연세'로 높여 불 러 주었다. 무도한 산적치고는 꽤 교양이 있다.

〈저는 이미 속세와 인연을 끊고 은거한 지 오래입니다. 그런 저 에게 속세의 나이를 물어 뭐 하시렵니까.〉

그녀는 돌연 나를 유심히 보았다. 그 눈빛에 나를 흠모하는 기운 이 넘치는지라 나는 으쓱해졌다.

"물론 내가 12살이기는 해. 하지만 나는 내내 면사를 쓰고 있었

으니 내 얼굴에서 네가 볼 수 있는 부분은 코 아래부터잖아? 내게 늙지 않는 비방이 있어서 이미 천 살이라고 속인들 누가 알겠어! 게다가 내 학문이 깊고 넓은 척 가장하며 살아온 게 하루 이틀도 아니니 너 정도는 눈 감고도 속일 수 있음이지. 나는 기억이라는 게 내게 생긴 이래로 남이 나를 지혜롭고 신비로운 인물이라고 믿게끔 말하는 법을 내내 수련했어. 나는 성의족 족장이고, 족장의 지위에 걸맞은 권위가 있어야 하기 때문이지. 성의족 모든 백성은 아기부터 노인네까지 다들 나를 숭배해. 이게 다 내 부단한 노력의 산물이라고. 내가 보기에 너는 나보다 두세 살쯤 많아 보이지만, 수행만으로 나이를 따지면 나보다 일이백 살은 어릴 거야."

나는 쉴 새 없이 재잘거렸다. 태어나 처음으로 속내를 시원하게 이야기하고, 거칠 것 없이 말해 보니 참으로 좋았다. 아아, 하고 싶은 말을 막 할 수 있는 자유는 실로 아름다운 거였구나.

새외도인의 품격을 물씬 풍기는 내게 위압되었는지, 그녀는 나를 완전히 신용하게 되었다. 그래서 내가 주는 약도 주는 대로 순순히 받아먹었다. 그 모습에 기분이 좋아진 나는 부지런히 새 약을 제조해 그녀에게 시험…… 아니, 그녀를 치료했다.

물론 그녀가 매사에 다 고분고분하지는 않았다. 솔직히 평하자면, 그녀는 고운 얼굴이 아까울 정도로 꼬인 데가 많았다. 화도 잘 내고, 흥분도 잘하고, 변덕도 죽이 끓었다.

예를 들어 내가 좋은 마음으로 깨끗한 옷으로 갈아입히려 했을 때 그녀는 기겁하며 앞섶을 여몄다. 그리고 이 무슨 짓이냐며 내게 성질을 부렸다. 필담인데도 그녀가 쓴 글자 하나하나에 부아가 가득했다.

태운 음식을 약이라고 속여 먹이려고 했을 때는 얼굴이 거무죽죽해져서 그릇째로 그걸 내팽개쳤다. 쯧쯧, 좀 타기는 했지만 먹고 죽을 음식은 아닌데 아깝다!

내 일의 특성상 가시가 있는 약초를 캐 오는 일이 종종 있다. 하지만 가시가 많아 씻기 참 번거롭다. 그 연유로 이 약초의 가시가 지닌 효능이 모공 안으로 침투해 좋은 효과가 난다고 거짓말을 하며 그녀에게 약초를 씻으라고 건넸다. 그때 그녀는 약초 바구니를 냅다 걷어차더니 움집 밖으로 나가 버렸다. 태운 음식을 약이라고 그녀를 속였을 때보다 얼굴이 더 거무죽죽해져서 말이다.

그래서 나는 그녀에게 '아아(까마귀)'라는 별호를 지어 주었다. 어쨌든 부를 이름은 있어야 하니 말이다.

"아아!"

약초가 가득 담긴 바구니를 들고 들어오며 나는 무심결에 그녀를 불렀다. 그녀는 나를 등진 채 앉아 있었는데 어깨만 살짝 떨었을 뿐 돌아보지 않았다. 귀가 안 들리니 당연했다. 그런 그녀를 보며 나는 살짝 한숨을 내쉬었다.

하지만 이렇게 한숨만 내쉬는 지금이 며칠 전보다는 훨씬 심리적으로 안정된 거다. 당시 나는 심각한 자기비하와 지금까지의 내 삶이 헛되었다는 깊은 회의에 사로잡혀 있었다. 내 예상대로라면 사흘이면 나아야 하는 귀 안 들리고 말 못 하는 부작용이 열흘이 다 되어 가도록 호전의 기미가 없어서였다. 어찌나 자존심도 상하고 마음도 조급해지던지 밤에 잠도 안 왔다.

반면 외상이 완치된 아아는 날이 갈수록 밝아져 겉보기로는 멀

쩡했다. 안색만 보면 부작용을 겪는 쪽이 아아가 아닌 나로 보일 지경이었다.

내가 바구니를 바닥에 내려놓자, 아아는 느리게 몸을 돌려 문가에 선 나를 보았다. 비록 돌아는 보았지만, 내가 방금 낸 소리를 들어서가 아니라 우연히 몸을 돌렸을 뿐이다. 사람이 늘 한 자세로 있을 수는 없으니 말이다.

"아아, 나 왔어."

나는 바구니를 기울여 가득 찬 안을 그녀에게 자랑스레 보여 주었다. 하지만 그걸로는 만족이 안 되어 오늘 채집한 약재 중 자랑할 만한 것을 골라서 꺼내기까지 했다.

"오늘 내가 뭘 잡아 왔는지 알아? 이건 산 쥐고, 이건 지네야. 너 지금껏 이렇게 큰 지네를 본 적 있어? 물론 너는 산적이라 응당 산에서 살았겠지만, 지네를 굳이 잡을 일은 없었을 거야. 그러니 이런 귀물도 당연히 못 보았겠지. 이걸 잘 말리면 아주 좋은 약재가 돼. 으으으, 너무 생각만 해도 신나. 이런 좋은 약재를 운 좋게 잡다니."

나는 조잘조잘 수다를 떨며 아아에게 싱긋 웃었다. 그러자 그녀도 연하게 웃었다. 그런 그녀를 보고 있자니 내가 기울증에서 벗어난 데 그녀의 공이 크다는 생각이 새삼 들었다. 그녀는 듣지도, 말하지도 못하기에 적어도 그녀 앞에서는 내 안에 묻어 둔 말을 편하게 할 수 있다. 그리고 그것이 가져다준 해방감은 실로 어마어마했다. 지금껏 이렇게 참으며 어찌 살았는지 모르겠다는 생각마저 들 정도였다.

적어도 아아 앞에서만은 나는 성의족 족장이 아니었다. 말 한마디 하는 거로 숙고의 숙고를 거듭할 필요도 없었다. 점잖은 척할 이유도, 성스러운 척할 필요도 없었다. 마음속에 묻어 둔 불평도 속 시원히 얼마든지 할 수 있었다. 그녀는 바람직한 청자(聽者)의 조건을 완벽히 갖춘 상대였다.

게다가 그녀의 태도도 무척 바람직했다. 내가 무슨 말을 해도 들리지 않지만, 그녀는 내 말을 아주 진지하고 얌전하게 들어 주었다. 아마도 내가 그녀의 병을 주제로 이야기한다고 믿는 듯했다.

"며칠 후에 이것을 넣어서 약을 만들어 줄게. 지금 네가 앓는 부작용에 아주 큰 도움이 될 거야. 징그럽다고 불평하지는 마. 몸에 좋은 건 입에 쓴 법이니까."

내 말이 이어지던 도중 아아의 얼굴이 또 거무죽죽해졌다. 입가에 번져 있던 연한 미소도 사라졌다. 하지만 나는 이미 그녀의 변덕에 익숙해져 있어 그녀가 그러든 말든 상관하지 않았다. 만약 이게 변덕이 아니라면, 내가 모르는 무공을 연마 중일 수도 있고 말이다.

〈오늘은 좀 어떠십니까?〉

나는 종이를 펼쳐 필담으로 물었다. 그러자 아아도 대답을 썼다.

〈어제와 딱히 다를 바는 없습니다.〉

그녀가 일필휘지로 써 내려간 글씨는 실로 힘 있고 품격이 넘쳤다. 게다가 글자를 쓸 때 소매를 수습하는 손동작이나, 사뿐히 앉는 자세 등등 사소한 몸짓 하나하나에도 귀티가 줄줄 흘렀다. 그래서인지 나는 분명히 그녀와 나란히 마주 앉아 있는데도 그녀가 나를 높은 자리에서 내려다보는 듯한 느낌을 자주 받곤 했다. 지금도 그렇고 말이다.

아무래도 아아는 단순한 산적 패거리의 일원이 아니라 큰 산채의 두령이었나 보다. 이 나이에 그런 지위에까지 오르다니 대체 얼

마나 무공이 깊은 걸까!

〈전혀요? 조금이라도 변화가 느껴지지 않으셨습니까?〉

〈예.〉

그럴 리가!

나는 몸을 일으켜 그녀의 뒤에 가서 섰다. 그리고 국자로 그릇 바닥을 귀 따갑게 긁었다. 듣는 나도 절로 인상이 찡그려지는 기분 나쁜 소리였는데, 아아는 마치 동굴 가운데 홀로 선 듯 평온했다. 나는 한숨을 쉬며 다시 그녀의 앞으로 돌아가 글을 썼다.

〈방금 소리는요? 조금이라도 들리지 않던가요?〉

내 물음에 그녀는 눈썹을 잘게 찡그렸다.

〈아무 소리도 들리지 않았습니다.〉

아이고, 아무래도 새 약으로 바꿔야겠네. 대체 왜 이렇게 차도가 없느냐고!

아아는 가슴이 꽉 막힌 표정으로 이마를 문지르는 나를 빤히 바라보았다. 잠시 후 나와 눈이 마주치자 그녀는 아까처럼 우아한 몸짓으로 다시 글을 썼다.

〈의원께서는 왜 온종일 면사를 쓰고 계십니까?〉

뭐야, 왜 이리 화제가 뜬금없이 전환되지?

〈말씀드렸다시피 저는 의선(醫仙)이며, 우리 일족은 속세의 인간과 접촉할 때 반드시 얼굴을 가려야 합니다. 우리 얼굴은 천 년이 흘러도 그대로지만, 속세의 인간이 우리 얼굴을 보게 되면 그 즉시 노화가 진행되기 때문이지요.〉

의선은 또 뭐고, 노화 진행은 개뿔!

나는 속으로 코웃음을 치며 언제나처럼 신나게 조잘거렸다.

"내가 좀 많이 예쁘거든. 면사를 걷은 내 얼굴을 보면 너는 너무나 우울해져서 살기가 싫어질 수도 있어. 아니, 나는 왜 이렇게 태어나지 못했느냐며 한탄하다가 죽을 게 분명해. 무릇 의원이란 환자의 몸뿐 아니라 마음도 돌봐야 하는 법이거든. 내가 면사를 쓴 건 다 너를 배려하려는 깊은 뜻이지. 하지만 너무 좌절할 필요는 없어. 네 인물도 참 좋은 편이거든. 너는 응당 네 산채에 피어난 한 떨기 꽃일 거야."

〈의원은 어디서 오셨습니까? 그리고 정해진 거처는 있으신지요?〉

아아는 또 필담으로 물었고, 나는 신중하게 필담으로 대답했다.

〈이미 말씀드렸다시피 저는 속세와 인연을 끊었습니다. 어디서 왔는지 알려 드릴 수 없으며, 어디로 갈지도 아직 정해진 바가 없습니다.〉

"뭐 이런 걸 다 물어? 그런다고 내가 성의족 족장이라고 넙죽 말해 줄 리가 없는데. 아마도 너는 모르겠지만, 우리 성의족은 황제를 위해서만 약을 지어. 아무래도 너는 전생에 쌓은 공덕이 엄청 많아 현생에서 엄청난 복을 누리나 봐. 황제를 위해서만 약을 만드는 내가 너를 위해 약을 제조하고, 달이고, 먹이고 있으니 말이야. 즉, 너는 황제 꼬맹이와 동급인 대접을 지금 받는 셈이야."

신나게 수다를 떨던 도중, 아아와 지금 황제가 대략 비슷한 나이 겠다는 생각이 들었다. 같은 또래인데 누구는 황제인데 누구는 산적이라니! 사람 팔자는 참으로 알 수 없다.

"너도 소문으로 익히 들어 알겠지만, 경성의 그 황제 꼬맹이는 몸이 아주 부실해. 그래서 나는 이미 황제 꼬맹이가 서른 살 전에 먹을 약을 모두 준비해 놓았어. 만약의 사태에 하나하나 주도면밀하

게 대비하기 위해서지. 그리고 특히 중점을 두는 것이 양기를 북돋고, 신장을 보하는 약 제조야. 태의원에서 정기적으로 전하는 보고서를 분석해 봤는데 황제 꼬맹이에게 지금 가장 중요한 게 그 방면이라는 결론을 내렸거든. 아아, 대체 나라 꼴이 어찌 되려고 그런 부실한 꼬맹이를 보좌에 올렸는지 모르겠어. 부실한 몸으로 합방하다가 큰 사달이 날까 봐 두려워진 섭정왕이 황후나 비빈도 못 들이게 한다니 말 다 했지."

내가 수다를 떠는 동안 아아의 얼굴은 거무죽죽해졌다가 시퍼레졌다가 다시 거무죽죽해지기를 반복했다. 종국에는 알 수 없는 의미가 담긴 미소를 지으며 나를 보았다.

흠, 그래. 이해해. 나처럼 대단한 의선과 인연이 닿아 치료를 받았으니 황공할 만하지.

〈그렇다면 존함이라도 알려 주실 수 있겠습니까?〉

〈성도, 이름도 없습니다. 흙으로 돌아갈 인생에 무슨 의미가 있어 그런 것을 두겠습니까.〉

아아, 멋있다. 내가 말했지만, 너무 있어 보인다.

"존함? 아이, 뭐 그런 걸 묻고 그래. 물어본다고 바로 알려 줄 것 같았으면 내 진작 알려 줬지. 하지만 어차피 너는 듣지 못하니 내가 인심 한번 통 크게 쓸게. 내 이름은 금멱이야. 참으로 시적이고 아취가 넘치지 않아?"

아아는 우아하게 붓을 내려놓더니 손가락 끝으로 종이 모서리를 문질렀다. 그녀의 얼굴색은 실로 온화하고 평정했다. 입술을 몇 번 달싹이는 걸 보니 뭔가 말하고 싶어도, 목소리를 내지 못하는 듯했다.

더는 할 이야기도 없어서 일이나 하려고 몸을 돌리던 그때, 그녀가 몸에서 떼놓지 않는 허리춤의 검에 우연히 내 시선이 닿았다. 그 순간 나는 그녀의 인생이 참으로 고되고 애잔하게 느껴졌다.

"사실, 나와 너는 그리 처지가 다르지 않아. 너는 언제 관군에게 잡힐지, 혹은 다른 세력과 싸우다 죽을지 모르는 나날을 살아. 그리고 나는 비록 칼을 들고 남과 싸울 일은 없어도 너처럼 언제 죽을지 모르는 신세야. 길은 다르지만 이르는 곳은 같달까? 내게 있어 하루는 그 하루를 넘겨야 하루라고 할 수 있어. 내일을 기약하지 못하는 처지지. 내 소명은 황제를 위해 불로장생단을 만드는 거야. 일평생 그것 하나만을 위해 살지. 만약 황제 살아생전에 불로장생단을 만들지 못하면, 성의족 족장은 부장품으로 황제 곁에 순장돼. 황제가 생전에 지은 죄를 우리의 성결한 영혼으로 씻기 위해서라나 뭐라나. 허, 정말이지 들으면 들을수록 어이가 없어. 게다가 지금 황제는 하루가 멀다고 골골거려. 그러니 재수가 없으면 나는 내일 당장 경성으로 끌려가 순장될 수도 있는 셈이야."

처음 이 말을 할 때만 해도 이럴 생각이 아니었는데, 말하면 할수록 울분이 치밀었다.

"나는 선대 족장님이 길에서 주운 고아이고, 여섯 살 때 선대 족장님의 뒤를 이었어. 성의족 고모님들은 족장님이 신선이 되었다고 했지만, 그건 새빨간 거짓말이야. 선대 족장님은 순장되었을 뿐이야. 이 순장법은 백여 년 전 이 나라가 건국되었을 때 정해졌고, 역대 족장들은 항변 한 번 하지 못한 채 순장되었지. 정말 끔찍하고 무서운 일이야. 게다가 부당하기까지 해. 황후와 비빈들, 그 자식들도 순장되지 않는데 우리처럼 일평생 덕을 쌓은 의원이자, 황제와

아무런 혈연이 없는 남이 황제와 묻혀야 한다니! 정말 악습 중의 악
습이야!"

아아는 여전히 나를 응시하고 있었다. 말로 설명하기 힘든 기묘
한 표정으로.

"그러니 나는 반드시 불로장생단을 만들어야 해. 황제의 신장을
보하고 양기를 북돋는 데도 신경 써야 하고. 반드시 만수무강하세
요, 황제 폐하!"

나는 습관처럼 구호를 외치다가 퍼뜩 입을 다물었다. 내가 지나
치게 흥분했음을 돌연 깨달아서였다.

〈의원께서는 곁에 아무도 없이 홀로 산에 들어와 계십니다. 악인
이나 맹수, 혹은 독충 같은 것은 두렵지 않으신지요?〉

그녀는 오늘따라 질문이 유달리 많았다.

〈복숭아와 오얏은 말이 없으나 그 아래에는 저절로 길이 생기고
물이 깊으면 물고기가 모이기 마련이지요. 만물에는 영성이 깃들어
있기에 선량하고 고결하면 악의가 따르지 않는 법입니다.〉

"나는 약뿐 아니라 독에도 능해. 맹수나 독충이 나를 겁내면 겁냈
지, 내가 맹수나 독충을 겁낼 이유가 없어. 게다가 나야산은 산세가
거칠어 사람의 발길도 거의 없고."

아아는 붓을 든 채 잠시 가만히 있다가 다시 또 글을 썼다.

〈혼자인데 외롭지 않으십니까?〉

〈인생은 덧없이 짧습니다. 천 년도 한순간이지요. 만물은 떠도는
구름인데 어찌 외롭다고 할 수 있을까요?〉

아아, 나는 아무래도 나를 포장하는 기예가 신기에 달한 듯했다.
만물은 떠도는 구름이라! 캬아, 멋지다.

"외롭냐고? 그럴 리가……. 나는 매일매일 약리를 연구하고, 약초의 이름과 약재의 효능을 외워야 하며, 수많은 약초를 정확히 분별하는 눈을 키워야 하고, 약을 제조해야 해. 그런 내게 외로울 틈이 어디 있겠어? 병약한 척 방구석에 들어앉아 시문이나 읊어 대는 한가한 문사와 우리는 처지가 달라."

내가 낮게 한탄하는 동안 아이는 진중한 눈빛으로 내내 나를 보았다. 그럴 리 없음에도 나는 그녀가 내 마음에 공감하고 안쓰러워하는 듯한 느낌을 받았다. 그래서일까? 서럽고 억울한 마음이 그나마 좀 가라앉았다.

그 후로 아이는 내내 침묵했다. 마치 수행자가 답을 구하듯 대부분 시간을 뭔가 골똘히 생각하는 데 할애했다. 그렇게 며칠이 흘렀을 때, 그녀는 모처럼 내게 필담을 청했다.

〈의원께서 만약 저를 낫게 해 주신다면, 반드시 의원의 소원을 들어드리겠습니다.〉

솔직히 나는 그녀의 말이 참으로 가당찮았다. 소원을 들어준다고? 내 소원이 뭔 줄 알고? 또 얼마나 이루기 어려운 줄도 모르면서? 내 소원은 시골 산적 나부랭이가 만만히 들어줄 수 있는 게 절대로 아니다.

머릿속으로는 그리 생각했지만, 나는 가능한 한 완곡하게 표현하기로 했다. 그녀의 성의를 무시하고 싶지 않아서였다.

〈낭자의 마음에 실로 감사드립니다. 그러나 제 심원(心願, 온 마음으로 바라는 소원)은 낭자가 이루어 줄 수 없는 부류입니다. 오히려 제가 낭자의 소원을 들어드릴 수 있다면 또 모를까.〉

〈아, 그렇군요. 좋습니다. 저는 의원의 소원을 들어드릴 테니, 의

원은 제 소원을 들어주십시오. 약속하신 겁니다.〉

나는 그저 겸양의 뜻으로 말한 것인데, 그녀는 되레 내 약조까지 받아 내려고 들었다. 속으로는 좀 어이없었지만, 나는 고개를 끄덕였다. 어차피 이번에 그녀와 헤어지면 다시는 만날 일이 없을 터이기 때문이었다.

다음 날, 밤이슬이 미처 마르기도 전에 아이는 사라졌다.

내 도움이 더는 필요 없다는 의미니 이제는 다시 귀가 들리고 말도 할 수 있나 보다. 딱히 보답을 바란 게 아니기에, 그녀의 양심 없는 태도가 조금 거슬리기는 해도 마음에 두지는 않았다. 또, 그녀가 나왔다는 건 내 노력이 헛수고가 아닌 셈이기도 하니 말이다.

＊＊＊

세월은 유수와 같아 어느새 2년이 흘렀다.

그사이 황제의 외숙부인 섭정왕은 효수되었고, 황제는 친정을 시작했다. 그리고 십만 리 떨어진 나야산으로 성지를 보내 나를 경성으로 오도록 명했다.

성지를 읽는 내관 앞에서 고개를 조아린 채 나는 내심 벌벌 떨었다. 이리도 급하게 나를 찾는 걸 보니 황제의 상태가 실로 좋지 않은 듯해서였다. 원래 내 팔자 자체가 내일을 기약할 수 없기는 해도 이건 너무 급작스러웠다. 성의족 모두도 나와 생각이 딱히 다르지 않은지 다들 불안함을 감추지 못했다.

"이번에 가면 언제 돌아올지 모릅니다. 아예 못 돌아올 수도 있고요. 가뜩이나 너무 갑작스레 불려 가는 통에 다음 대 족장도 아직 외부에서 데려오지 못했지요. 만일의 사태가 생긴다면 그 일을 형개 고모님께서 저 대신 행해 주십시오."

마차에 오르기 전 나는 형개 고모님에게 결연히 부탁했다. 그러자 형개 고모님은 차마 대답도 하지 못한 채 눈물을 뚝뚝 흘렸다.

"고모님, 제가 없는 동안 이곳을 잘 부탁드립니다."

내가 또 당부하고서야 그녀는 고개를 끄덕였다. 그러자 그녀의 뒤에 늘어선 성의족 여인들은 모두 무릎을 꿇고 내게 고개를 조아렸다.

나는 본디 나를 호송하는 성지 행렬이 밤낮을 달려 경성을 향해 발길을 재촉하리라 여겼다. 그런데 뜻밖에도 행렬은 내 상태를 배려하듯 움직였다. 예상과 달리 황제가 당장 숨이 넘어갈 지경은 아닌 듯했다.

황궁에 도착해서도 황제는 바로 나를 찾아오지 않았다. 그저 궁녀들 몇이 딸린 조용한 궁전을 하나 배정해 주고는 그곳을 의전(醫殿)으로 삼아 거처하게 했다.

입궁 첫날만 해도 나는 이게 폭풍 전의 고요가 아닐까 싶어 조마조마했다. 하지만 며칠이 지나도 상황은 달라지지 않아 점차 안도하게 되었다. 태의원이 묘수를 써서 죽어가는 황제를 살려 냈을 수도 있고, 황제가 내가 예상한 만큼 심각한 상태가 아니었을 수도 있지만 어쨌든 다행이었다.

"족장님, 그거 아세요? 지금 황상께는 아직 황후가 없으시대요."

내 옆에 붙어 앉은 강활은 해바라기 씨를 까 먹으며 연신 수다를 떨었다. 실로 느긋한 지금 모습만 봐서는 황궁에 한 십 년쯤은 산

사람 같다. 불과 며칠 전만 해도 내 곁에 들러붙은 채 겁에 질려 안절부절못하더니 말이다. 산속에 묻혀 산 애가 어찌 이리도 적응력이 탁월한지…….

심지어 그녀는 친화력도 걸출했다. 원래도 빨빨거리며 다니기를 좋아해서 그런지 수도에 입성해 성의족 고모님들의 간섭이 사라지자 특유의 오지랖이 꽃피다 못해 폭발했다. 그녀는 며칠도 안 되어 궁녀들과 친해졌고, 그녀들에게 들은 각종 소문 보따리를 내게 풀어 놓았다. 대부분은 황궁 비사였고, 아주 흥미진진했다. 나는 성의족 족장 신분이라 황궁 안에서도 거동에 제약이 많은데 강활이 내 귀가 되어 주니 참으로 좋았다. 역시 강활을 데려오기를 잘한 듯했다.

"정말 이상하지 않아요? 황제란 본디 삼궁육원을 거느리는 법이잖아요. 그런데 지금 황상께서는 어째서 그 흔한 후궁은커녕 황후 마마조차 들이지 않으실까요?"

강활의 질문을 받고서야, 황제가 나를 입궁시킨 이유를 알아챘다. 그 순간 입이 간질거려 미칠 뻔했지만, 나는 내가 위엄이 넘치고 성결한 성의족 족장임을 단단히 되새겼다. 그리고 언제나처럼 속세를 초월한 담담한 말투로 강활에게 반문했다.

"강활, 네 이름의 의미가 무엇이냐?"

그녀는 내 질문이 뜻밖인지 어안이 벙벙해졌다.

"약재 이름요. 본시 우리 성의족은 족장님을 뺀 모든 족민에게 약재나 약초 이름을 붙이잖아요."

"그렇지. 잘 아는구나. 그럼 네 이름인 강활은 어떤 병증에 효능이 있는 약재지?"

내가 다시 질문을 던지자, 강활은 진지한 표정으로 해바라기 씨를 담은 접시를 밀쳤다. 그런 뒤 자세를 바로 하며 긴장했다. 내가 자신의 약재 지식을 시험해 보는 거라 착각한 듯했다.

"강활은 맛이 맵고 따뜻한 성질을 지녔습니다. 발산 작용이 강해 두통, 전신통, 오한, 발열을 다스리며 차가운 습기로 인한 관절통, 근육 마비, 피부 진균 및 궤양, 와사, 창진, 부종 등에도 효과를 보이고요."

"그게 다더냐?"

내가 다시 묻자, 강활은 순진하게 고개를 끄덕였다.

"예, 족장님."

하여튼, 서책으로 이론만 익힌 애들이 이래서 문제야. 수년간 공부했음에도 나아진 바가 없네.

나는 속으로 혀를 끌끌 찼다. 강활은 신장을 따뜻하게 하고 양기를 돋운다. 울화를 가라앉히고 설사를 멈추게 하는 지사 효과가 있다. 하지만 황제의 약제사인 우리는 앞선 일반적인 효능보다는 다른 효능에 더 중점을 두어야 한다. 강활은 발기부전, 빈뇨증, 허리와 무릎 냉통, 성 기능 쇠약증, 새벽녘의 습관성 설사 개선에 도움을 준다.

"아직은 공부가 부족한 듯하구나. 더 정진하거라."

솔직히 말해 주고 싶어 미칠 지경이지만, 나는 애써 참았다. 제자가 묻는다고 다 대답해 주면 어찌 사부의 체통이 서겠는가! 옛 고사에서도 고인들은 가르침을 청하는 제자에게 완곡하게 돌려 말하거나 대답을 해 줄 적절한 시기까지 인내한다. 나 또한 마찬가지다.

"그냥 가르쳐 주시면……."

급한 성미답게 대뜸 말하다가, 강활은 돌연 입을 다물었다. 때마

침 밖에서 "황제 폐하 납시오!"라고 내관이 외쳐서였다. 그녀는 즉시 몸을 일으켜 나를 의전 가운데 의자에 앉히더니 천장에 달린 도르래를 당겼다. 그러자 '텅' 하는 소리와 함께 두꺼운 비단 발이 내 앞으로 내려왔다. 성의족 족장은 어떤 사내와도 얼굴을 마주해선 안 되며, 상대가 황제라도 예외일 수 없기 때문이었다.

머지않아 의전 문이 열리며 황제가 안으로 들어왔다. 비단 발이 촘촘하고 두껍지만, 대략적인 형체는 구분할 수 있기에 적금색 용포를 걸친 그의 풍신이 실로 당당함을 예상할 수 있었다. 골골거려 합방도 못 한다는 태의원의 보고만 들었을 때는 사흘에 피죽도 못 먹은 말라깽이를 상상했는데 뜻밖이었다.

의전의 문이 닫히자, 의전에 배치된 궁녀들은 발소리 하나 내지 않고 의자를 가져와 나와 2장(1장은 약 3.33m) 정도 떨어진 위치에 놓았다. 그리고 그 의자에 황제를 앉게 했다.

"만세 만세 만만세! 황제 폐하 홍복을 누리소서!"

궁녀들과 강활은 바닥에 무릎을 꿇고 이마를 바닥에 댄 채 외쳤다. 나는 성의족 족장이기에 굳이 무릎은 꿇지 않았다. 그저 발을 사이에 둔 채 그에게 공손히 고개만 숙였다.

"성의족 족장 아무개가 폐하를 뵈옵니다. 만세 만세 만만세!"

내가 공손히 인사를 마치자, 황제는 가볍게 소리 내어 웃었다. 웃음소리만 봐서는 성정이 온화할 듯한데, 과연 내 짐작이 맞을지 모르겠다.

"너희는 모두 물러나라. 짐이 성의족 족장에게 긴히 하문할 게 있음이다."

"예, 폐하!"

궁녀들은 일제히 대답한 뒤 아까처럼 발소리를 거의 내지 않은 채 뒷걸음질해 나갔다.

"너는 어찌하여 나가지 않느냐? 방금 짐은 분명 모두 물러나라 하였는데?"

비단 발 너머 들린 황제의 옥음에 강활은 움찔 놀라며 나를 올려 다보았다. 비록 황제의 명이 있었어도, 나만 놔두고 가기 불안한 듯 했다. 그런 그녀의 반응을 이해하기에 나는 그녀에게 부드럽게 가 르침을 주었다.

"강활, 폐하의 명을 받들어라."

"그…… 그러나 족장님……."

"나가라. 네 이름의 뜻을 이미 안다면 말이다."

강활은 하루 대부분 멍청하지만, 선택적으로 눈치가 빨라진다. 그리고 그게 바로 지금이었다. 그녀는 대오각성한 얼굴로 황제를 한 번, 또 나를 한 번 보았다. '설마 그건가요?'라고 묻는 게 분명한 눈빛이었다.

오호, 그래. 네가 조금은 정진했구나.

나는 진지하게 고개를 끄덕였다. 그러자 그녀는 경악과 동정이 뒤섞인 복잡한 표정으로 고개를 떨구더니 주저 없이 의전 밖으로 나갔다.

강활이 문을 닫고 나간 뒤, 나는 재차 몸가짐을 단정히 하며 엄숙 한 성의(聖醫)의 자태를 갖추었다. 솔직히 첫 대면부터 단둘이 남게 되어 어색함이 아예 없지는 않으나 나는 이럴 수밖에 없는 황제의 처지를 십분 이해했다. 황제의 체통이 있지, 어찌 그런 내밀한 병증 을 남들 있는 데서 편히 할 수 있겠는가!

따라서 나는 차분히 그의 하문을 기다렸다. 그가 침묵해도 그러려니 했다.

그래, 당연하다. 아무리 의원 앞이라도 민망한 마음을 추스를 시간이 필요하지. 그래, 필요하고말고.

그리 생각하며 나는 계속 인내심을 발휘했다. 하지만 향 하나가 탈 시간이 지나도록 황제는 여전히 한마디도 하지 않았다. 아무래도 황제의 상태가 내 생각보다 더 심각하든지, 황제가 지나치게 수줍음이 많든지 둘 중 하나다. 이러고 있다가는 마주 본 채로 밤새울 듯하니 내가 먼저 말문을 열어야겠다.

"흠!"

무거운 침묵을 깨는 데는 역시 헛기침이다.

"황상, 소신은 황상께서 발길 하신 연유를 이미 알고 있으니 부디 마음을 편히 가지시옵소서. 소신은 여인이기 전에 의원이며 옛말에 의원은 성별이 없다고 했습니다. 지금 심려하고 계신, 고질적 병증을 부디 소신에게 소상해 말씀해 주십시오. 그런 내밀한 이야기를 낯부끄러워 어찌 말하겠냐는 생각도 마시옵소서. 소신은 지난 몇 년간 태의원에서 보낸 보고서를 토대로 황상께서 드실 약을 조제해 왔습니다. 지금 하문하시고 싶으신 그 분야 연구도 성심을 다해 매진했지요. 그러니 그 방면으로 소신을 따라올 의원은 이 세상에 다시 없다고까지 감히 아뢸 수 있사옵니다."

아, 하고자 하는 말에 적절한 성어를 섞어 듣는 이로 하여금 상대에게 경외감을 유발할뿐더러 모자라지도 넘치지도 않게 완급 조절까지 하는 이 완벽한 화법이라니!

나는 내가 한 말에 스스로 감탄하며 흐뭇하게 웃었다. 사실 방금 내가 쓴 '의원은 성별이 없다'라는 말은 '의원은 성별이 없으며, 의원의 눈에는 환자 또한 성별이 없다'에서 따 왔다. 황제의 체면을 세워 주기 위해 앞말만 가져온 것이었다.

하지만 나는 이내 김이 샜다. 황제가 여전히 묵묵부답 반응이 없어서였다. 대체 얼마나 상황이 심각하고, 얼마나 구체적으로 말하고 싶어 이리도 뜸을 들이나 싶다.

"방금 성의족 족장 아무개라 했느냐?"

"예."

"어찌하여 너만 아무개더냐? 네 시녀는 이름이 있던 듯한데."

"물론 소신에게도 이름이 있지만, 규율에 따라 밝힐 수 없사옵니다. 폐하께서 이에 번거로우시다면 편하게 족장이라고 불러 주십시오."

"밝힐 수 없다?"

"예. 폐하께서도 마땅히 아시리라 사료되옵니다. 성의족 족장은 폐하를 제외한 어떤 사내와도 말을 섞어서는 안 되며, 설령 폐하라 할지라도 소신의 얼굴을 보아서는 아니 되지요. 이름 또한 마찬가지입니다."

"흠, 그래……. 그런 규율이 있기는 했지."

황제는 말꼬리를 미묘하게 끌더니 다시 물었다.

"짐이 알기로 네 시녀의 이름은 강활이다. 약재의 이름인데 너 또한 약재 이름이더냐?"

"족장은 예외입니다."

"그래, 그렇다면 짐이 하문할 테니 대답해 보아라. 강활의 약효가 무엇이냐?"

순간, 나는 간이 철렁했다. 황제는 그저 질문을 던졌을 뿐인데도, 그게 희한하게 추궁으로 들려서였다. 뭐, 뭐지? 혹시 내가 아까 강활을 내보낼 때 한 말의 의미를 눈치챘나? 내가 입 싸게 자신의 심각한 상황을 시녀에게 나불거렸음을 괘씸히 여겨 나를 벌주려는 건가?

"뭐 하느냐? 황제의 약제사나 되는 이가 설마 강활의 효능이 뭔지도 모르는 것이야?"

아, 망했네!

절로 울상이 지어졌지만, 나는 애써 담담히 대답했다.

"강활의 주요 효능은 신장을 따뜻하게 하고 양기를 북돋우는 것이옵니다. 울화를 가라앉히고 설사를 멈추게 하며, 발기부전, 빈뇨증, 허리와 무릎 냉통, 성 기능 쇠약증을 개선하며 새벽녘의 습관성 설사의 치료에 쓰이지요."

미처 내 말이 끝나기도 전에 뭔가가 요란하게 바닥과 충돌하는 소리가 났다. 놀라 발 너머를 자세히 살피니 희미하게나마 의자가 바닥에 나동그라져 있는 게 보였다. 그리고 확실치는 않지만, 의자 팔걸이 한쪽이 내가 알던 원래 형태와 달라졌다. 아까 '우지끈' 하고 뭔가 분질러지는 소리도 같이 났는데 아마도 한쪽 팔걸이가 제 명을 달리하는 소리였나 보다.

아아, 아까 황제의 성정이 온화하다고 느낀 건 내 착각이었나 보다. 치부를 들켜 부끄러울 수는 있지만, 굳이 의자까지 부술 일이냔 말이다! 병을 치료하는 데 환자와 의원 간의 솔직한 소통만큼 중요한 게 없거늘. 쯧쯧!

"금멱, 내가 이렇게까지 했는데도 생각이 안 나? 설마 알면서도 모른 척하는 건 아니겠지?"

황제의 음성은 서릿발처럼 차가웠다. 무엇이 그리 분한지 이도 바득바득 갈았다. 그게 어쩌나 모골을 송연케 하는지 나는 그가 내 이름을 불렀다는 놀라운 사실조차 미처 깨닫지 못했다.

"그 분야 연구도 성심을 다해 매진했어? 그러니 그 방면으로 너를 따라올 의원은 이 세상에 다시 없어? 허, 그게 여인이 입에 올릴 소리야! 너는 부끄러움도 없어?"

부끄럽기는 무슨! 아, 의원은 성별이 없다고 내가 말한 지 열흘이 지났어, 보름이 지났어? 아직 반 시진도 안 지났는데 벌써 잊었느냐고. 그리고 말투는 또 왜 저래? 아까의 근엄한 말투와는 너무 다르잖아. 꼭 나를 동네 친구 부르는 듯하네. 모르는 사람이 들으면 여기가 황궁 한복판이 아니라 난전 바닥인 줄 알겠다. 하지만 나는 의원이다. 흥분한 환자와 부화뇌동할 수 없는 일이지, 암!

"황상, 심려치 마십시오. 성의족은 본시 폐하의 옥체 강령함을 위해 존재하옵니다. 그리고 소신은 그 족장으로서 황상께 미력한 힘이라도 보태고자 성심을 다할 것이옵니다. 부디 소신을 꺼리지 마소서!"

"성심을 다해? 허, 그 입 당장 다물라! 그 말에 진심이 하나도 담겨 있지 않음을 짐은 이미 알고 있느니라!"

다시 황제의 말투로 돌아간 그가 차갑게 일갈하자, 목덜미의 솜털까지 다 곤두섰다. 그와 동시에 의전 안의 공기는 차갑게 얼어붙었고, 그가 내게 품은 분노는 그 얼은 면 위로 삽시간에 번져 갔다. 분노가 자아낸 얼음이 나를 옴짝달싹도 못 하게 묶은 느낌에 나는 침묵했고, 그 상태로 시간은 속절없이 흘렀다. 결국, 이 기이한 정적은 서늘하게 조소하는 황제에 의해 깨졌다.

"안 되었구나. 영웅이 재능을 발휘할 기회를 얻지 못하게 된 셈이 니. 짐은 사내로서 어떤 하자도 없음이다."

나는 발 너머의 그를 물끄러미 바라보기만 했다. 그런데 그는 투 시하는 능력이라도 있는지 버럭 부아를 냈다.

"없다고 하지 않았느냐! 설마 짐이 허언이라도 한다는 것이냐!"

그는 말을 마치자마자 이를 바드득 갈았다. 그런 뒤 몇 번 깊게 숨을 내쉬었다. 아마도 흥분한 마음을 가라앉히려는 듯했다. 얼마 후, 그는 방금 제가 자빠뜨린 의자를 도로 세워 그 위에 앉았더니 다 시 내게 물었다.

"대답해라. 너는 짐이 어찌하여 이곳에 왔는지 아직도 모르겠느 냐?"

아이고, 눈 가리고 아웅도 아니고 왜 이런담! 안다고요! 아니까 솔직히 말씀하시라고 자리를 깔아 드리는 거잖아요!

나는 가슴을 탕탕 치고 싶을 정도로 답답했지만, 애써 마음을 가 라앉혔다. 사내란 체면을 목숨처럼 중히 여기며 그 방면에는 더욱 극성이라는 선대 족장님의 말씀이 떠올라서였다.

그래, 참자. 의원을 업신여기는 게 분명한 저자의 태도가 실로 거 슬리지만, 더 아쉬운 내가 참자. 어쨌든 상대는 황제 아닌가. 그는 손가락 하나 가볍게 튕기는 행동만으로도 나를 죽일 수도 있는 이 나라 최고의 권력자이다. 게다가 나는 그의 소유물이자 미래의 부 장품 아니던가!

아무래도 오늘은 치료가 힘들 듯하고 며칠 후를 기약해야겠다. 황제가 아닌 황제 할아버지라도 어쩔 수 없는 게 아랫도리의 내밀 한 사정이다. 제가 급하면 알아서 다시 찾아오겠지 뭐.

긍정적인 방향으로 생각을 바꾸자, 마음이 좀 편해졌다. 잠시 후 나는 의연한 태도를 가장하며 그에게 공손히 고했다.

"폐하, 예로부터 우물 안 개구리는 바다를 모르고, 여름만 사는 벌레는 얼음을 알 리 없다고 했습니다. 마음이 바르지 못한 자가 도를 논할 수 없음은 그가 배운 바의 한계에 매여 있다는 의미지요. 소신이 바로 그렇사옵니다. 우물 안 개구리처럼, 여름만 사는 벌레처럼 식견이 한없이 좁고 얕습니다. 부디 넓은 식견을 갖추신 폐하께서 이곳에 친히 옥보 하신 연유를 소신에게 알려 주십시오!"

말하는 중간에 또 '빠직' 하고 부서지는 소리가 났다. 뭔가 싶어 발 너머를 유심히 살펴보니 그가 의자의 나머지 한쪽 팔걸이도 부러뜨린 참이었다. 아이고, 힘도 좋지! 저런 이의 아랫도리가 어찌하여…….

"학식이 높은 새외도인인 척 짐의 앞에서 주절대지 마라! 겉으로는 아닌 척하며 속으로 터무니없는 상상하는 것도 집어치우고!"

세상에, 제왕학 안에 독심술도 있는 줄은 처음 알았네! 어찌 저리 들어갔다가 나온 듯 내 속을 잘 알지? 나를 키운 성의족 고모님들도 눈치채지 못한 내 가식을 첫 만남에서부터 알아채다니!

너무 놀란 나머지 나는 그만 꿀 먹은 벙어리가 되고 말았다. 태어나 처음으로 속내를 간파당한지라 어떻게 대응해야 할지도 알 수 없었다.

"하아……."

내가 멍해져 있는 사이 비단 발 너머의 황제는 낮게 탄식했다. 곧이어 비단 발 안으로 죽통이 데구루루 굴러들어왔다. 그것은 내 발치에 멈추더니 반으로 탁 쪼개졌다. 황제가 미리 통을 고정한 끈을

풀어서 비단 발 안으로 밀어 넣었나 보다.

"뭐 하느냐? 얼른 안을 보지 않고. 혹시 짐이 친히 집어 들어 네 무릎에 곱게 얹어 주기를 바라는 것이냐? 물론 네가 바란다면 당장이라도 발 안으로 들어가 그리해 주지."

아이코, 그럴 리가요!

나는 황급히 몸을 숙여 죽통을 집어 들었고, 안에 든 물건을 꺼내 보았다. 알고 보니 그냥 종이, 아니, 누군가가 이미 글씨를 잔뜩 써 놓은 뒤라 쓰지도 못할 폐지였다. 대체 이런 걸 왜 보라고 했는지 괴이하여 고개를 갸웃거리던 도중 필체가 희한하게 눈에 익다는 생각이 돌연 들었다. 그래서 내용을 읽어 보니 2년 전 내가 아아와 나야산 움집에서 나눈 필담이었다.

이것만 해도 '놀랠 노'자인데 다른 내용도 추가되어 있어 나는 그야말로 기겁했다. 나와 아아가 나눈 필담 사이사이에 마치 주석처럼 내가 당시 아아에게 털어놓은 온갖 헛소리와 허풍 그리고 내밀한 속내까지 상세히 적혀 있어서였다.

어째서지? 어떻게 이 종이들이 황제의 수중에 들어갔지? 혹시 누군가가 아아와 나 둘 중 하나를 감시하고 있었나? 만약 그랬다면 대체 언제부터이고, 왜 나는 그걸 전혀 눈치채지 못했을까?

놀람 뒤에는 당혹감이, 마지막에는 수많은 의문이 내 안에서 들끓었다. 나는 내 당혹감이 황제에게 전해지지 않도록 기를 쓰며 머리를 바쁘게 굴렸다. 그 결과, 대략 다음과 같이 이 사건을 정리할 수 있었다.

실은 아아는 산적이 아니라, 이 황제가 마음에 둔 여인으로 오랫동안 민가에 은거했다. 하지만 내내 황후의 자리를 노리던 대갓집아가씨는 이 일을 알게 되자 고수를 몰래 보내 아아가 먹는 음식에 독을 탔고, 중독되어 반항하지 못하는 아아를 암살하려고 했다. 당시 아아는 간신히 탈출해 나야산까지 도망쳤다가 설상가상 뱀에게 물리기까지 해 죽음의 문턱에 이르렀는데, 천운으로 나를 만나 목숨을 건졌다. 후에 아아는 내 은덕에 깊이 감사하고 새외도인인 나를 숭배해 마지않았기에 우리가 필담을 나눈 종이를 다 챙겨서 갔다.

딴에는 내 추측이 나름 그럴듯하다고 생각했지만, 그만 다시금 벽에 부딪혔다. 필담 옆에 주석처럼 적혀 있는 내가 한 말의 기록 때문이었다. 당시 아아는 중독되어 귀가 들리지 않았다. 그런 그녀가 어찌 그 말을 받아 적을 수 있단 말인가? 이건 분명 다른 누군가가 엿들었다는 뜻인데, 그 사람은 또 누구지?

나는 재차 머리를 굴려 보았다. 그리고 기존의 가정에 다시 다른 가정을 합쳐 보았다.

황제는 아아에게 위기가 닥쳤음을 알게 되어 자신 또한 고수를 급파했으나 그만 한발 늦고 말았다. 황제 측 고수는 아아의 흔적을 찾아 헤매다가 내 움집에 몸을 숨긴 아아를 발견했고, 내가 뛰어난 의술로 아아를 치료하는 것을 보고 안심해 아아가 나을 때까지 우리를 몰래 지켜보았다. 후에 그녀가 낫자마자 그녀를 황제에게 데리고 갔고.

그래, 이거다. 이러면 전후 아귀가 딱 맞네.

내 총명한 머리로 전후 사정은 파악했음에도 나는 다시 고민에 빠졌다. 앞의 가정대로라면 아아는 이미 2년 전에 황제에게로 가 있어야 한다. 암살자에게 쫓겨 다닌 걸 보면 번듯한 집안의 규수는 아닐 터이니 황후 자리를 꿰차기는 무리라고 해도, 최소한 후궁의

품계라도 받아야 하지 않나? 그런데 내가 알기로 현재 황궁 안에는 황후는커녕 승은을 입은 궁녀조차 한 명 없다.

뭐지? 설마 아아가 이번에는 다른 대갓집의 표적이 되어 행방이 또 묘연해졌나? 아니면 중병이 들어 내게 조언이라도 구하려는 건가? 어쨌든 내가 한때 아아를 치료한 적 있으니.

어허, 백의처럼 하얗던 구름이 갑자기 검은 개처럼 칙칙한 먹구름으로 변했다더니[63]! 세상일이란 참으로 변화무쌍하여 예측이 힘든 듯하다. 나는 그저 산적 한 명을 구했을 뿐이다. 그런데 그녀가 황제의 정인일지 그 누가 알았을까!

"무슨 생각을 하느냐?"

문득 귓속으로 황제의 차가운 목소리가 박혀 들었다. 놀란 나는 얼른 저 멀리 가 있던 정신 줄을 붙잡아 내 옆에 도로 앉혔다. 그리고 애써 침착함을 가장하며 그에게 담담히 고했다.

"이 필담을 쓴 낭자를 아느냐 하문하시려는 것이옵니까? 그렇다면 맞습니다. 소신은 이 낭자와 인연이 있으며, 굳이 표현하자면 옛친구지요. 하오나 폐하, 앞서 말씀드렸다시피 소신은 견식이 실로 일천하옵니다. 그 때문에 폐하께서 소신을 급히 입궁하라 명하신 이유를 알 길이 없습니다. 그 낭자에게 고질병이 있어 소신이 치료하기를 바라시는지, 아니면 그 낭자의 행적이 현재 묘연하여 소신에게 아는 바가 있는지 물으시려는지……. 만약 전자라면 소신이

---

63 天上浮雲似白衣, 斯須改變如蒼狗. 두보의 시 〈가탄〉의 한 구절. 두보의 친구 왕계우는 곤궁한 살림 때문에 아내와 이혼했는데 그로 인해 세간의 손가락질을 크게 받았다. 두보는 그의 성품이 실로 단정하고 선량한데도 나쁜 사람으로 비판받는 세태를 개탄하며 그 심정을 시로 묘사했다.

성심을 다해 낭자를 치료하겠습니다. 하오나 후자라면 소신이 답해 드릴 수 있는 바가 아무것도 없습니다. 소신 또한 2년 전에 그 낭자와 헤어져 지금껏 한 번도 만난 적이 없으니 말입니다."

다시금 침묵이 흘렀다. 그 침묵은 꽤 오랫동안 이어졌고, 나는 내내 조마조마했다. 황제가 또 얼마나 역정을 낼까 싶어 간이 다 쪼그라드는 기분이었다.

"나 원……."

잔뜩 긴장된 공기를 뒤흔든 것은 체념과 조소가 한데 뒤엉킨 황제의 짧은 투덜거림이었다.

"둔해도 둔해도 어찌 이리도 둔할 수가."

지금 저 말 나를 두고 하는 말 맞지?

허, 정말 어처구니가 없네. 아무리 황제라도 말이 너무 심한 거 아닌가?

"정말로 모르겠느냐? 좋다. 내 시간을 줄 테니 다시 한번 생각해 보아라."

황제는 머리끝까지 역정이 치미지만 참는다는 듯한 말투로 다시 내게 말했다. 솔직히 둔하다는 핀잔을 들은 내가 화나지 당신이 화나냐는 항의가 목구멍까지 치밀었지만, 꾹 참았다. 부장품 주제에 감히 항변해 봤자이니 말이다. 그러던 도중 머릿속으로 무엇인가가 번개처럼 스치고 지나갔다. 아차차, 그거구나. 그때 순장은 부당하다며 불평불만을 늘어놓은 거! 눈앞이 순식간에 노래져서 나는 종이를 쥔 채로 잠시 휘청거렸다.

금멱, 정신 차려. 너는 냉정하고 침착한 성의족 족장이야. 세 치 혀만 적절히 운용하면 이 정도 위기쯤은 극복할 수 있어.

"폐하, 소신은 당시 어리고 철이 없었습니다. 입 또한 방정맞기 짝이 없어 나오는 대로 생각 없이 나불대었지요. 하지만 지금은 다르옵니다. 이미 장성하여 사리 분별이 명확해졌으니까요. 영명하고 거룩한 성군이신 폐하와 순장되는 일이란 소신이 일평생 수양하여도 간신히 얻을까 말까 한 홍복이옵니다."

나는 그가 기분이 좋아질 말을 성의껏 골라 하며 비단 발 너머 그의 눈치를 살살 보았다.

표정을 볼 수 없기는 해도 이 정도 말해 줬으면 기분이 좀 나아졌겠지? 이제는 내 충심을 크게 피력해 황제에게 의원으로서 내 유용성을 부각할 시점이다.

"소신은 지금도 불철주야 연구에 매진하고 있사옵니다. 폐하께 하루라도 빨리 불로장생단을 바치기 위함이지요. 폐하의 용맹함이라면 능히 천하도 통일하실 수 있을 터이니, 불사까지 누리는 패왕이 되셔야 하지 않겠습니까! 이는 소신뿐 아니라 만백성이 바라는 바이기도 합……."

"흥!"

미처 말을 끝내기도 전에 황제가 요란하게 콧방귀를 꼈다. 내 말에 전혀 감동하지 않은 눈치였다. 젠장, 미치겠네. 천하 통일에 불사에 패왕까지 좋은 단어는 다 끌어 썼는데도 만족이 안 돼? 내가 무슨 말을 더 어떻게 해 주냐?

"설마 짐이 내린 성지를 읽어 보지 않았느냐? 그 성지는 짐이 친히 썼느니라."

나는 황제의 말이 실로 기가 찼다. 그래, 성지를 받기는 했지. 하지만 자고로 성지란 황제가 보낸 내관이 목에 힘 빳빳이 준 채 읽는 거지, 내가 읽는 게 아니지 않은가! 나는 그걸 받으면 그만이고. 게다가 내관이 이미 읽어 줘서 내용을 다 아는데 뭐 하러 그것을 다시 본단 말인가. 괜한 시간 낭비가 취미가 아니라면 말이다. 솔직히 짜증은 났지만, 그가 내게 무엇을 묻고 싶은지는 짐작이 갔다.

"예, 당연히 읽었사옵니다. 실로 영광이지라 읽고 또 읽었지요. 폐하의 필체는 용처럼 기백이 넘치고, 그 힘은 마치 종이를 뚫고 나올 듯했습니다. 필체부터가 범상치 않다 싶었더니 역시 폐하의 친필이었군요."

"소귀에 경을 읽어도 지금보다는 속이 덜 터지겠군."

황제는 양쪽 팔걸이가 다 부러져 만신창이가 된 의자에서 몸을 일으켰다. 그러더니 큰 보폭으로 성큼성큼 걸어와 그와 나 사이를 가로막은 비단 발을 훌쩍 걷어 올렸다. 아무리 황제라도 설마 이런 행동을 할 줄 몰랐기에 나는 기겁하며 고개를 푹 숙였다. 면사로 얼굴을 가리고 있었기에 망정이지 큰 사달이 날 뻔했다.

"폐하, 이 발은 걷으면 아니 됩니다. 부디 법도에 맞게 소신을 대해 주시옵소서."

나는 그의 신발 끝에 시선을 둔 채 애써 담담히 말했다.

"고개를 들라!"

머리 위로 떨어진 황제의 오만한 명령에 나는 더욱 기겁했다. 그 때문에 아무런 말도 못 한 채 그만 얼어 버렸다.

"방금 짐의 명을 못 들었느냐? 당장 고개를 들라. 그리고 짐이 누군지 확인해 보아라."

왜요? 왜 댁이 누구인지 내가 확인해 봐야 하죠? 지금, 이 안에 사람이라곤 나랑 댁뿐인데 당연히 댁이 황제잖아요. 뭐 그걸 새삼

보면서까지 확인하래요? 게다가 나는 성의족 족장이라고요! 댁이 황제가 아닌 다른 사내라면 내가 어떻게 지금껏 댁과 말을 섞을 수 있었겠어요.

속으로는 온갖 불평을 구시렁거리면서도 나는 어쩔 수 없이 고개를 들었다. '어쩌겠는가, 없는 놈이 기어야지. 하지만 태어나 처음 보는 사내 얼굴이 황제의 용안이니 안복은 나쁜 편이 아니네'라고 애써 자신을 위로하며 말이다.

잠시 후 확인한 황제의 용안은 내 예상을 훨씬 뛰어넘은 것이었다. 그의 입술은 연지를 바르지 않았음에도 꽃잎처럼 붉고, 눈썹은 먹을 칠하지 않았음에도 짙었으며, 피부는 마치 갓 피어난 도화처럼 화사했다. 한마디로 기가 막히게 아름다웠다. 기생오라비라는 속세의 말이 바로 이런 얼굴을 가리켜서 하는 말이구나 싶다.

"어떠하냐?"

그는 나를 빤히 내려다보며 다시 물었다. 자신의 용안을 본 감격을 표현하라는 말인가 보다.

"폐하의 용안은 실로 위용이 넘치십니다. 하늘이 내린 패왕의 풍모이고요. 길게 뻗은 청솔처럼 고아하고, 크고 높은 옥산도 가히 무너뜨릴 듯합니다[64]. 이 미천한 소신은 폐하의 위무에 눌려 감히 직시할 엄두도 내지 못하겠나이다!"

아, 피곤해라. 이번 황제의 자기애는 대체 그 끝이 어디일까? 앞에서는 제 서법을 칭찬하게 하더니 이제는 제 외모를 찬양하라고

---

64 岩岩若孤松之獨立, 巍峨如玉山之將崩, 죽림칠현 중 한 명인 혜강의 《성무애락론》에 나오는 한 구절이다.

강요하다니 말이다.

"옛말이 어디 하나 틀린 데가 없군. 썩은 나무 위에다가는 조각하는 게 아니라더니……."

내 찬양을 듣고도 묵묵부답이던 황제가 짜증이 잔뜩 섞인 말투로 투덜거렸다. 아무래도 내 대답이 만족스럽지 못했나 보다. 설마 제 외모를 위풍당당하다고 묘사한 게 마음에 안 들었나? 차라리 웬만한 경국지색 뺨치게 곱고 예쁘다고 솔직히 말하는 편이 나았나?

아무래도 내가 헛다리를 짚은 듯해 다시 그의 외모를 찬양하려고 입을 달싹인 그때였다. 돌연 그는 사납게 내 말문을 막아 버렸다.

"너는 네가 총명한 줄 아는 모양인데 꿈 깨거라. 의원은 성별이 없다고? 그 뒤로 이어지는 말이 '의원의 눈에는 환자 또한 성별이 없다'인 줄 짐이 모르는 줄 아느냐! 너는 스스로가 여인이라는 개념도 없지만, 천하의 인간이 모두 여인이라고 오인하는 반편 중의 반편이니라!"

대체 뭐지? 또 속내를 들킨 거야?

당황해 미칠 것 같았지만, 나는 얼른 머릿속을 비웠다. 혹시 또 그에게 속내를 들키면 진짜 끝장이다 싶어서였다.

"내가…… 아아니라, 이 멍청한 여인아!"

전혀 예상치 못한 말이 귓가에 닿자 나는 본능적으로 고개를 번쩍 들었다. 하지만 그는 이미 넓은 소매를 펄럭이며 의전 문지방을 넘고 있었다.

아아? 아아라고?

황제가 그때의 아아?

나는 황급히 의전 한구석에 놓인 옷상자로 달려가 그 안에 처박

아 두었던 성지를 꺼냈다. 그리고 죽통 안의 종이를 성지와 나란히 펼쳐 필적을 비교해 보았다. 과연 두 필적은 놀라울 정도로 일치했다. 누가 봐도 같은 사람의 글씨였다.

그제야 나는 전후 사정을 정확히 깨달았다. 그러게 왠지 이상했다. 내 처방대로라면 사흘 안에 나아야 했는데 말이다. 아아는 이미 말할 수 있는데도 말하지 못하는 척, 들리는데도 들리지 않는 척 가장한 것이었다.

"설마, 그때 그 일로 나를 불렀나?"

내 심원을 들어주는 것으로 목숨 빚을 대신하겠다던 아아의 예전 필담을 떠올리며 나는 작게 중얼거렸다. 그 순간, 코앞의 내일도 장담하지 못하던 내 삶에 희망이 피어올랐다.

***

자신이 아아임을 밝힌 이후, 황제는 거의 이틀에 한 번꼴로 내 의전에 드나들었다. 그리고 비단 발을 사이에 두고 나와 이야기를 나누곤 했다. 하지만 내가 황궁에 온 지 반년이 넘도록 은혜 갚기를 거론하지 않았다. 그저 시답잖고 뜬금없는 화제로 몇 마디를 나누다가 되레 내게 버럭 역정을 낸 뒤 소매를 털며 나가 버렸다.

옛말에 군왕과 함께 있는 것은 호랑이와 함께 있는 것과 같아 언제 잡아먹힐지 모른다더니 과연 말 그대로다. 대체 내 어떤 말이 그의 기분을 거슬렀는지 알 길이 없어 늘 난감했지만, 그 와중에도 내심 흐뭇했다. 그의 목소리가 매번 또렷하고 낭랑하기 때문이었다. 역시 내가 전에 쓴 약이 참 영험했다. 당시 중독이 심하게 되어 말도 하지 못했는데 말이다.

지난 반년간의 경험에 미루어 보면 황제는 실로 무례하고 변덕
스러운 사람이다. 그런데도 나는 소매를 털고 나가 버리는 그의 행
동에 다소 짜증만 날 뿐 그가 싫지는 않았다. 다소, 아니 무척 뾰족
한 태도 속에서도 나를 대하는 그의 정중한 마음이 분명히 느껴지
기 때문이었다.

신하들이 올리는 예물이나 다른 나라의 조공품이 들어올 때마다
나를 가장 먼저 챙기고, 기분이 좋으면 내가 좋아하는 고금의 기담
과 민간의 흥미로운 이야기를 들려주는 게 그 증거였다. 그리고 언
제부터인가는 나와 둘이 있게 되면, 자신을 '짐'이 아닌 '나'로 칭했
다. 말도 벗을 대하듯 편하게 했다. 반면, 그가 어느 순간 '짐'이라고
칭하면 알아서 기어야 했다. 그건 그가 화를 내리라는 전조이니 말
이다.

"황제 폐하 납시오!"

호랑이도 제 말 하면 온다더니.

문밖에 선 내관의 외침에 나는 저도 모르게 몸을 일으키려 했다.
다행히 몸만 잠깐 움찔했을 뿐 나는 비단 발 너머에 놓인 의자에 여
전히 차분하게 앉아 있었다. 곁눈으로 슬쩍 강활의 눈치를 보았지
만, 그녀는 아무것도 눈치채지 못한 듯했다. 다행이었다.

하지만 문득 의문이 들었다. 이상하네. 내가 왜 이런 일로 강활의
눈치를 봐야 하지? 내 비록 족장으로서 성의족 규율을 엄수해야 하
지만, 나와 황제는 반년 넘게 의원과 환자로서 나름 좋은 관계를 유
지하고 있다. 반가움의 표시를 소소하게 할 수도 있지 않은가!

잠시 후 문소리와 함께 황제의 익숙한 발소리가 났다. 그러자 강

활은 이제는 당연하다는 듯 그에게 예를 표한 뒤 문밖으로 총총 나갔다. 황제가 양기를 보하기 위한 처방을 받으러 온다고 철석같이 믿고 있기에 언제나처럼 동정심 가득한 눈으로 살짝 그를 본 뒤 지나치는 것도 잊지 않았다.

"······계화주군요."

내 말에 문지방을 방금 넘은 그가 잠시 움찔했다. 살짝 소매를 드는 걸 보니 제 몸이나 옷에 냄새가 배었는지 확인하려는 듯했다.

"폐하, 심려치 마십시오. 소신은 단약을 오랫동안 제조했기에 코가 예민합니다. 다른 이들은 아무도 몰랐을 겁니다."

살짝 자화자찬 같지만, 내 후각은 가히 신기에 이르렀다. 멀리서 나는 희미한 냄새만으로도 그것의 정체를 간파할 수 있다. 심지어 그게 약재라면 더욱 정확하게 알아낼 수 있다. 탕약의 냄새만 맡아도 그 안에 어떤 약재를 넣었는지, 그 약이 어떤 효과를 발휘할지 알 수 있는 경지이다. 술 또한 상당수 재료가 약재이니 황제가 뭘 마시고 왔는지 알아맞히는 건 내게 있어 식은 죽 먹기나 다름없다.

"몸은 좀 어때?"

황제는 내 말을 들은 척 만 척하며 제 질문만 했다. 그러면서 내가 앉은 자리에서 가장 가까이 놓인 등받이가 둥근 형태인 팔걸이 의자에 털썩 주저앉았다. 평소에 앉는, 나와 두 장 거리에 놓인 오동나무 의자는 거들떠보지도 않았다. 그는 의자에 앉으면서 뭔가를 서탁에 놓았는데, 비단 발에 가려 그것이 무엇인지는 알 수 없었다. 다만 붉은색 물건이라는 사실만 짐작할 수 있었다.

"아, 예. 이젠 괜찮습니다. 심려를 끼쳐 소신 몸 둘 바를 모르겠습니다."

나는 공손히 그에게 감사를 표했다. 내가 그에게 이리 납죽 엎어지는 것은 대부분 예의상 하는 행동이지만 이번만은 진심이었다. 며칠 전 나는 심한 고뿔에 걸렸는데, 그는 그 소식을 듣자마자 의전으로 행차해 나를 밤새워 간호해 주었다. 심지어 내가 마실 탕까지 친히 끓였다. 우리 둘만 있었기에 다행이지 문무백관이 그 모습을 보았다면 지 무도한 의원의 목을 당장 베라며 야단법석을 떨었을 것이다.

"적절한 술은 약이 되나 과하면 독이 된다는 잔소리를 할 생각이라면 애초에 그만둬. 마실 만하니까 마셨으니까. 오늘, 재상이 또 백관들과 연합해 만 자에 이르는 상주문을 올렸어. 올해로 세 번째지."

아, 또야?

강활에게 들어서 나도 익히 아는 사실인데, 지금 조정 대신들은 너도나도 황제에게 황후를 들이라고 압박 중이다. 그것을 상주문의 형태로 표출하고 있고 말이다.

으으, 끔찍하다. 만 자라니! 그걸 대체 언제 다 읽어?

"내일 아침이 되면, 전국 각지 규수들의 초상이 수레마다 산처럼 쌓인 채 궁으로 들어올 거야. 각 초상마다 해당 규수의 18대 조상까지 깨알같이 기록되어 있을 테고 말이야."

"좋군요. 각 규수의 유래를 자세히 알 수 있으니 말입니다. 분명 황후의 자리에 걸맞은 분을 고르실 수 있을 거라 사료되옵니다. 참으로 잘되었습니다."

아무래도 내가 이 정도라고 자랑하고 싶은 듯해, 나는 성심성의껏 그에게 호응해 주었다. 하지만 그는 콧방귀를 대차게 뀌었다.

"좋다고? 잘되었다고? 네 수다쟁이 시녀가 이미 시시콜콜 너한테 다 이야기했을 텐데 입에 침도 안 바르고 잘도 그런 말을 하는구나. 겉으로는 고고한 척, 나와 나라를 근심하는 척하면서, 내심 내 국장[65]이 되고 싶어 혈안이 된 그자들의 모습이 심히 한심하지 않아?"

이 상황에서 괜한 말을 보태 봤자 그의 화만 부추길 듯해, 나는 조용히 듣기만 했다.

"한때 조정은 섭정왕의 신분을 악용한 유병령에게 장악된 적 있었어. 당시 유병령 그놈은 내가 아직 나이가 어려 치국의 도리를 배우는 데만도 시간이 모자라며, 몸 또한 미령해 자칫 화가 생길 수도 있으니 황후 간택을 미루자고 했지. 지금 내게 딸을 들이미는 놈 중 그때 유병령에게 반대한 놈이 어디 하나라도 있는 줄 알아? 내가 그런 놈을 어찌 믿고, 그런 놈의 여식을 황궁에 들일 수 있겠느냔 말이야! 다들 낯짝이 어찌나 두꺼운지! 그래, 알아. 나도 안다고. 당시 자기들이 유병령과 한패가 되어 조정을 농단한 일에 내가 한을 품어 자신들의 목을 날릴까 봐 당연히 두렵겠지. 그게 내내 마음에 걸리니 내 국장이라도 되어 목숨을 부지하고 싶을 테고. 하지만 그건 어디까지나 놈들의 착각에 불과해. 나는 아직 놈들을 어떻게 할 마음이 없거든. 아직 쓸모가 있으니 그 쓸모가 다할 때까지는 써 줄 생각이니까. 하지만 그 쓸모가 없어서는 안 될 정도로 내게 절실하지는 않단 말이지. 그러니 놈들이 다시 한번 이런 식으로 나를 거스른다면, 놈들에게 피바람이 과연 뭔지 제대로 보여 줄 생각이야."

지금 재상이 누군지, 유병령은 또 누구인지도 알 길이 없지만, 그가 말한 피바람이 뭔지는 알 수 있었다. 그래서 나는 그에게 가능한 한 부드럽게 권했다.

"아직 쓸모가 있다고 판단하셨다면, 계속 쓰셔야지요. 그러니 피바람은 가능한 한 일으키지 않으시는 편이 좋을 듯합니다."

"⋯⋯혹시 싫어? 내가 손에 피를 묻히는 게?"

그의 말에 나는 고개를 끄덕였다.

"소신은 창생을 연민해야 하는 의원이니까요. 하지만 폐하, 황후와 비빈 간택은 나라의 근본을 탄탄히 하는 중대사입니다. 지금 재상이 마음에 안 드신다면 재상이 천거한 가문의 여식을 들이지 않으면 될 일 아니겠습니까? 천하에는 여인이 무수히 많으니, 폐하께서 바라는 여인을 고르지 못하리란 근심은 하지 않으셔도 됩니다."

"그래?"

그는 흥미를 보이며 내게 돌연 반문했다.

"내 마음에만 들면 다 된다고?"

황제의 여성 취향은 내 알 바 아니나, 의원의 관점에서 보면 잘 낳고 잘 기르는 게 관건이다.

"대통을 이을 용을 생산하셔야 하니 무엇보다도 건강한 규수여야지요."

비단 발 너머로 그가 손을 휘휘 젓는 게 보였다.

"됐다. 너에게 이런 걸 물은 짐이 반편이지. 그리고 짐이 자손을 보고 안 보고는 네가 신경 쓸 일이 아니다!"

그의 말투가 바뀌자, 나는 절로 긴장했다.

"남녀 구분도 못 하는 돌팔이 주제에 누가 누구한테 훈수야, 훈수는……."

돌팔이? 허, 어찌 이리도 심한 말을!

나는 굴욕감에 몸부림치며, 나야산에서 그를 구한 일을 후회했다.

물론 내가 당시에 그를 여인으로 착각한 것은 사실이다. 하지만 그건 어디까지나 그전까지 세상 밖으로 나가 본 적 없으며, 사내를 실물로 본 적도 없고, 그가 지나치게 기생오라비처럼 인물이 고와서 한 부득이한 착오였다. 내가 돌팔이라서 그런 게 절대로 아니다.

그 후 몇 년 동안 나는 부단한 노력을 기울여 크게 정진했으며, 남녀의 차이도 이미 숙지했다. 심지어 이제는 당시 그가 왜 나와 옷섶을 여미는 방향이 다른지[66]도 잘 안다.

복수할 거야! 반드시 복수하고 말 테야! 옛말에 군자의 복수는 십 년이 걸려도 늦지 않는다고 했어!

"아니! 그 일을 네가 직접 신경 쓴다면 나쁘지 않겠구나."

내심 이를 바득바득 갈며 복수의 칼을 갈던 그때였다. 그가 문득 뜻 모를 소리를 하며 내 상념을 끊었다. 대체 이건 또 무슨 말인가 싶어 잠시 멍해졌지만, 이내 기분이 좀 풀렸다.

방금 그는 분명히 후사 문제를 내가 직접 신경 쓰는 것은 나쁘지 않다고 했다. 그 말인즉슨, 이 방면의 내 의술은 인정한다는 뜻 아니겠는가! 그래서 나는 신장을 보하고 양기를 돋우는 데 능한 내 재주로 아들을 가질 수 있는 특효약도 연구하리라 마음먹었다. 약을 완성한 후 그에게 줄지 안 줄지는 그때 그가 내게 하는 걸 봐서 결

---

66 중국 전통 옷에서 앞섶을 여미는 방향은 남녀가 서로 반대이다.

정할 작정이다. 물론 지금 하는 작태를 봐서는 주기 싫지만……

아아, 너무 통쾌하다. 황자가 태어나지 않아 초조한 나머지 오만한 태도를 버린 채 내게 약을 애걸하는 그의 모습이라니!

나는 아직 일어나지도 않은 후일을 상상하며 저도 모르게 히죽히죽 웃었다. 그 상상은 너무 달콤했기에 비단 발 너머로 나를 빤히 보던 황제가 돌연 몸을 일으켜 발 앞으로 다가왔다는 사실도 깨닫지 못했다. 그가 발을 걷어 안으로 들어오고서야 그걸 알아채서 기겁했고 말이다. 당연한 반응으로 나는 고개를 깊이 숙였다.

"금멱……."

그가 나를 낮게 불렀다. 하지만 나는 대답도 감히 하지 못한 채 그의 발끝만 보았다.

"기억하느냐? 당시 나야산에서 짐이 한 약조를 말이다."

아아, 드디어!

나는 기쁨에 못 이겨 무심결에 고개를 쳐들었다. 그 순간 나를 내려다보고 있는 그의 진지한 눈과 마주쳤다.

"짐은 예전에 네 심원을 하나 들어주기로 약조했느니라. 그러니 다시 묻겠다. 네 심원이 무엇이냐?"

어쩌나 기쁜지 방바닥을 뒹굴고 싶을 지경이었다. 나는 얼른 다시 고개를 조아리며 진중히 대답했다.

"소신의 심원은 폐하께서 염두에 두신 바와 같사옵니다."

캬! 내 화법이 우아하고 세련된 것은 나 자신이 익히 알지만, 오늘 표현은 특히 근사했다. '부디 저를 순장시키지 말아 주세요'는 너무 직설적이고, 없어 보이며, 문학적 아취도 없다. 하지만 '폐하께서 염두에 두신 바와 같사옵니다'는 실로 절묘하지 않은가. 어차피

황제는 아아 시절부터 내가 순장을 끔찍하게 두려워한다는 사실을 알고 있었고, 필담으로 내 소원을 들어준다고 할 때부터 이를 염두에 두었음이 틀림없으니 말이다.

그는 내 말이 끝나자 천천히 상체를 숙였다. 그리고 나와 눈높이를 얼추 맞추더니 약간 어눌하지만, 한없이 부드럽게 대답했다.

"다행…… 이야. 너와 내가 바라는 바가 같다니."

그는 다시 말투를 바꾸며 내게 싱긋 웃었다. 그 미소가 어찌나 환한지 마치 주변에 봄꽃이 일시에 핀 듯했다. 물론 나 또한 무척 기뻤다. 부장품이 될 운명에서 벗어났는데 어찌 감격스럽지 않겠는가.

"금멱……, 사실 방금 나는 아무런 희망도 품지 않고 물었어. 당연히 네가 순장 건을 철회해 달라고 청할 줄 알았거든. 그런 후에 내가 염두에 둔 일을 너와 의논하려고 했어. 그 일에 네가 응하면 너는 순장될 필요가 없어지니까."

어느새 물기까지 어리는 그의 눈을 보며 나는 의문에 휩싸였다. 대체 그가 무슨 소리를 하는 건지 모르겠다.

"그런데 뜻밖에도 너 또한 내 마음과 같았다니! 사실 나는 너를 처음 본 순간부터 네가 너무 친숙했어. 아니, 그 말만으로는 부족해. 너를 본 그때부터 머리가 어지럽고, 심장이 급하게 뛰고, 너에게서 한시도 눈을 뗄 수 없었어."

그거야 당연하지. 중독되면 그런 증상이 나타나니까.

"게다가 너와 함께 지낼수록 점점 이 마음은 커졌어. 며칠 만에 병증은 다 나았지만, 결코 너를 두고 가고 싶지 않아졌지. 하지만 당시 너는 너무 물정을 모르고 철도 없어 내 마음을 전혀 몰랐어. 이런저런 연유로 네 거취 문제를 고민할 즈음에 금위군이 나를 찾아왔고 나는 급히 환궁해야 했지. 내가 죽었다고 여겨 방심해 있는 유병령을 적시에 끌어내리려야 했거든. 물론 너를 데리고 갈 생각을 하지 않은 건 아니지만, 그러지 않았어. 여전히 위험이 남아 있는 황궁에 너를 데려가기 불안했고, 이런 식으로 얼렁뚱땅 너를 데리고 들어갔다가 네가 괜히 속상해질 말이 나오는 것도 싫었거든. 결국, 너를 두고 떠나기로 한 뒤 나는 굳게 맹세했어. 하루속히 유병령을 몰아내고 내 보위를 굳건히 하겠다고. 그 누구도 나를 어쩌지 못하게 강해지겠다고. 그 후 너를 정당한 명분으로 입궁시켜, 우리 둘의 앞날을 도모하겠다고."

그는 잠시 말을 끊으며 나와 시선을 맞추었다. 그의 눈동자가 마치 불처럼 절절 끓는 듯해 기분이 좀 묘했다.

"2년이야. 꼬박 2년이 걸렸어. 짧다면 짧을 수도 있는 시간이지만, 내게는 지옥 불 속에나 빠진 듯 길고 고통스러운 시간이었어. 그런데 그리 고생해서 입궁시킨 너는 볼 때마다 헛소리만 해 대니 그동안 내 속이 얼마나……."

그는 잠시 말을 끊었다. 그러더니 감격해 마지않은 말투로 선언했다.

"금멱, 네 심원을 내가 기꺼이 이뤄 줄게. 너는 내년에 내 황후가 될 거야."

"잠, 잠시만요, 폐하!"

나는 머릿속이 뻥 터질 듯한 기분에 사로잡혔다. 그 때문에 무례임을 알면서도 그의 말을 황급히 끊었다.

"폐하, 소신의 불로장생단 연구는 이제 막바지에 달했습니다. 순수한 불의 속성을 지닌 귀물만 손에 넣으면 고대 의서에 기재된 불

로장생단을 만들 수 있지요. 극동의 땅에 있는 극도로 높은 산, 그
곳에는 극도로 뜨거운 불이 있습니다. 그리고 그 불 곁에는 오동나
무 숲이 우거져 있고 맑은 물이 흐르는 화신의 거처가 있지요. 그
옆에 영수인 주작이 사니, 그 속성이 지화지순(至火至純)입니다. 만
약 윤허해 주신다면, 폐하의 수하 중 뛰어난 몇몇을 극동으로 파견
하여 주작의 심장을 가지고 오게 할까 합니다. 불로장생단이 완성
되면 폐하와 소신 모두에게 지극한 경사 아니겠습니까!"

"너와 나 모두에게 경사…… 라고?"

기뻐 어쩔 줄 모르리라 여긴 내 예상과 달리 황제는 안색이 창백
해져 있었다. 크게 노한 듯 이마에는 푸른 핏줄까지 솟아 있었다.
그런 그가 두려워진 나는 마른침을 삼키며 슬그머니 뒷걸음질했다.

"소신이 불로장생단을 완성하면 분명 기뻐 큰 상을 내리시고 싶
으시겠지요. 예, 소신도 압니다. 하지만 황후의 지위를 내리실 정도
로 크게 치하하실 필요는 없습니다. 종신토록 시집가지 않고, 성결
한 영혼으로 신과 소통하며 폐하를 축수하는 것이 저희 성의족의
의무임을 폐하도 잘 아실 테지요? 그렇기에 속세의 여인과 저희는
영예의 기준 또한 다릅니다. 속세의 여인에게 가장 큰 영예는 황후
의 보좌에 앉는 것이겠지만, 성의족에게 가장 큰 영예는 의원으로
서 후세에 이름을 남기는 것입니다. 소신의 공적이 미담으로 사서
에 기록되어 약 제조의 성조(聖祖)이자 모범이 되는 것이……."

내 말이 이어질수록 황제의 안색이 창백해졌고, 그럴수록 내 목
소리는 더욱 기어들었다. 결국, 나는 미처 말을 맺지도 못한 채 입
을 다물고 말았다.

"주작의 심장?"

그는 숙였던 상체를 천천히 폈다. 나를 내려다보는 그의 눈이 어찌나 서늘한지 주변 공기가 다 얼어붙는 듯했다.

"나는 어렵사리 너에게 내 진심을 고했건만, 너는 고작 이딴 헛소리라니! 신과 소통한다고? 그런 놈들 따위 한 번 만난 적도 없으면서 허풍은! 신이나 신선 따위는 세상에 없어!"

못내 분한 듯 씨근덕거리며 그는 잠시 말을 멈췄다. 하지만 이내 내게 억울함을 가득 실어 토로했다.

"어떻게 이럴 수가 있지? 너와 내가 함께한 지가 어언 반년이 넘었어. 그동안 내게 한 올의 정도 없었다는 건 말도 안 돼!"

"정요? 무슨…… 정…… 을 말씀하시는지……?"

잔뜩 간이 쪼그라든 나는 간신히 입술을 달싹였다. 불길한 예감에 심장이 미친 듯 뛰었다.

"남녀의 정(情)말이야! 정녕 너는 내게 남녀 간의 정을 한 번도 느낀 적 없어?"

내 마음속 첫 번째 반응은 '없는데요'였다. 하지만 그 말을 하는 순간, 내 명줄이 온전할 것 같지 않았다. 결국, 나는 가능한 한 온건히 돌려 말하기로 했다.

"폐하, 각자에게는 나름의 천명이 있습니다. 소신은 살아도 폐하의 의원이고, 죽어도 폐하의 의원입니다. 서로에게 생사를 의탁하는 한 운명이라 할 수 있지요. 이는 남녀의 정을 훨씬 뛰어넘는 높고 고결한 대의입니다."

"그래? 하지만 어쩌지……?"

그는 처량한 눈빛으로 나를 보았다. 평소와 달리 그는 한없이 무력하게 보였다.

"나는 네가 강조하는 그 고결한 대의 따위는 몰라. 알고 싶지도 않고. 그저 이미 너에게 남녀 간의 정이 생겼을 뿐이야."

나는 경악하며 내 지난 행동을 돌아보았다. 모르겠다. 그동안의 내 행동거지가 사내를 유혹할 만큼 경박했던가?

"서로에게 생사를 의탁하는 한 운명? 웃기지 마. 내가 원하는 바는 네가 나를 위해 사는 것이지, 네가 내 부장품으로 순장되는 게 아니야! 그리고 네가 죽든 살든 내 의원이라는 말 또한 듣고 싶지 않아. 나는 그저 네가 내 사람이 되기만을 원한다고!"

아무래도 그는 많이 취한 듯했다. 나를 그를 진정시키기 위해 급히 몸을 일으켰다.

"폐하, 아니옵니다. 폐하께서는 지금껏 접해 보지 않은 시골뜨기가 신기하여 잠시 새롭게 느껴지셨을 뿐입니다. 이런 감정은 절대 오래가지 않습니다. 내일 아침에 잠에서 깨시면 바로 잊어버릴 그런 사소한 일이지요. 게다가 이 일이 궁녀나 대신들의 귀에 들어가면 소신은 순장되기도 전에 목이 떨어질 겁니다. 부디 통촉해 주시옵소서!"

"금멱, 네 머릿속에는 그저 그 생각뿐이지? 네 목숨을 어찌 부지할지……."

그는 대놓고 빈정거렸지만, 자신의 말을 후회하듯 미간을 찡그렸다. 그는 그 상태로 잠시 침묵하다가 다시금 결연히 말했다. 마치 노름꾼이 최후의 승부수를 던지듯.

"목숨을 보전하면서도 성의족 족장의 신분에서 벗어날 방법이 있어."

나는 눈을 휘둥그레 뜨며 그를 보았다. 성의족 족장의 신분은 족쇄와 같다. 죽는 날에나 벗어던질 수 있다. 만약 족장이 그 신분을 제멋대로 버린다면 성의족 규율에 따라 쥐도 새도 모르게 암살당하고 만다. 그 어떤 족장도 이 족쇄에서 벗어나지 못했으며, 황제라도 이에 간여할 수 없다.

비록 그는 내게 방법이 있다고 말하지만, 어림도 없는 소리다. 그에게 나를 지킬 방법이 100가지 있다면 성의족에게는 나를 죽일 방법이 101가지가 생기며, 그에게 나를 지킬 방법이 1000가지 있다면 성의족에게는 나를 죽일 방법이 1001가지가 생긴다.

"우선은 네가 큰 병에 걸렸다고 알린 뒤 태의를 시켜 네 병이 심각해 손쓸 도리가 없다는 진단을 내리게 할 거야. 그런 뒤 얼마 후 네가 죽었다고 선포한 뒤 황궁 밖 은신처를 정해 너를 당분간 숨겨 둘 테고. 얼마간 시간이 흐른 뒤 고관대작의 여식으로 신분을 바꾸어 입궁시키면……."

"아니요. 소신, 죽어도 그 명만은 못 따릅니다."

나는 급히 그의 말을 끊었다.

"소신은 지금껏 의술과 약리에만 매진했습니다. 다른 어떤 것도 돌아보지 않았지요. 소신은 과거에도 그랬고, 지금도 그러하며, 미래에도 그러할 것입니다. 그러니 부디 그 명을 거두어 주십시오. 게다가 폐하께서는 제 용모를 보신 적도 없지 않으십니까! 면사 아래 숨긴 제 외모는 실로 흉합니다. 너무 끔찍해 두 눈 뜨고 못 볼 정도입니다. 한때 제 외모가 곱다며 망발한 적이 있기는 하지만, 그건 철없는 아이의 허풍에 불과했습니다."

"네 얼굴이 흉하다고?"

그는 다리에 힘이 풀린 듯 살짝 휘청거렸다.

"내가…… 고작 네 외모의 미추를 신경 쓰리라 여길 정도로 너에게는 내 마음이 가벼워 보였어? 그 정도로 내가 미덥지 못해?"

"폐하, 누군가를 미덥게 여긴다는 것은 그 누군가에게 의지하고 싶다는 의미와 같습니다. 하오나 소신은 아닙니다. 그 누구에게도 의지하지 않으며 오로지 제힘으로만 살아갑니다."

나는 강경히 말해 내 의지를 드러내 보였다. 그 순간, 그는 말을 잃은 듯 멍해지더니 한참을 침묵했다.

"……그래, 좋다."

마침내 그가 살짝 쉰 듯한 목소리로 차갑게 말했다.

"네가 바란 대로 어디 한번 독불장군으로 살아 보아라. 하지만 네가 독불장군으로 살 때 살더라도 황궁 밖에서는 안 된다. 오로지 짐이 허락한 이곳 안에서만 평생 그리 살아야 하느니라. 네가 말한 대로 짐과 너는 서로에게 생사를 의탁하여 살아야 하는 한 운명이니 말이다. 짐은 똑똑히 지켜볼 것이다. 네 끝이 과연 어떠할지!"

그는 그 말을 끝으로 거칠게 서탁을 밀어 넘어뜨리더니 의전 밖으로 성큼성큼 걸어 나갔다. 그리고 나는 반쯤 넋을 놓은 채 바닥에 주저앉아 멀어지는 그의 뒷모습을 하염없이 바라보았다. 여전히 그의 긴 몸은 꼿꼿했고, 제왕의 위엄이 가득했다. 그러나 나야산도 압도하지 못할 듯한 강한 어깨 위에 깊은 적막감이 스며 있어 내 심장을 스산하게 흔들었다.

머지않아 그는 밤안개에 휩싸여 완전히 자취를 감추었고, 나는 느리게 몸을 일으켰다. 그가 엎은 서탁을 도로 세우기 위해서였다. 그리고 그제야 그가 아까 서탁을 엎는 통에 바닥에 나뒹굴고 만 붉은색 무엇인가를 발견했다. 비록 이미 찢어지고 부서져 원래 형태를 짐작하기 어렵지만, 분명히 등롱이었다.

다음 날, 강활은 어김없이 궁녀들에게 듣고 온 황궁의 소소한 소식을 내게 풀어 놓았다.

"족장님, 얼마 전부터 황상께 등롱을 만드는 취미가 생겼대요. 이유는 아무도 모르고요. 어쨌든 어느 날 문득 등롱을 만들 줄 아는 늙은 궁녀를 불러들이더니 만드는 법을 알려 달라고 하셨다지 뭐예요. 그날부터 내내 침전에 처박혀 등롱만 만드셨대요. 하지만 등롱 만드는 손재주는 딱히 없으신지 뭘 본떠 만들었는지 알 만한 등롱은 그나마 딱 하나였는데, 그게 어젯밤에 돌연 없어졌다고 하더라고요. 별일이죠. 황상께서는 친히 등롱을 만들어서 뭐에 쓰시려고 했을까요? 또 그 등롱은 어디로 갔을까요? 다들 궁금해서 어쩔 줄 몰라 하고 있어요."

"그렇구나."

나는 담담하게 고개를 끄덕이며 강활에게 반응해 주었다. 하지만 더는 아무 말도 하지 않은 채 멍하니 벽만 바라보았다. 아니, 사실 나는 벽을 보고 있지 않았다. 내 눈에 가득 차 있는 것은 벽이 아니라 얼마 전 내가 고뿔을 심하게 앓았을 때의 그 광경이기 때문이었다.

나를 밤새 간호한 그날, 그는 풍한이 겨우 가시어 살짝 잠이 든 내게 비단 발을 사이에 두고 물었다.

「금멱, 며칠 후가 정월 대보름이야. 너는 어떤 등롱이 좋아?」

「봉황…… 등요.」

나는 혼미한 와중에도 그리 대답했다.

깊은 밤, 나는 등불 아래서 의서를 읽고 있었다. 불과 한 달 전만해도 이 시간에 서책 읽기는 어림도 없는 일이었다. 늘 황제가 의전에 찾아와 시답잖은 화제로 시간을 끌었을 테니 말이다. 하지만 이제 황제는 의전에 없다. 내게 거절당한 후 그가 발길을 완전히 끊었기 때문이다.

강활의 말에 따르면 조정 대신들과 황궁 식솔들은 다들 기뻐 어쩔 줄을 모른다고 한다. 내 회춘의 묘수가 황제의 고질병을 치료했다며 말이다. 그 말을 들었을 때 나는 내심 기대했다. 그가 나야산으로 나를 돌려보내 계속 불로장생단 제조에 매진하라고 명할 것을 말이다. 하지만 그는 발길을 끊었을 뿐 아니라 성지도 끊었는지, 아무리 기다려도 나야산으로 돌아가라는 명이 하달되지 않았다.

"하암!"

나는 무심결에 하품을 크게 하며 기지개를 켰다. 몇 시진 내내 서탁에만 붙어 앉아 주작의 심장을 대체할 수 있는 약재를 뒤졌으니 그럴 만도 했다. 바로 그때, 눈앞에 하얀빛이 어른거렸고, 바람이 불지 않는데도 책장이 절로 넘어갔다.

누구나 놀랄 일이지만 나는 태연하게 고개를 들었다. 그리고 뒷짐을 진 채 서탁 앞에 서 있는 청수한 사내에게 방긋 웃어 보였다.

"소인 금멱이 대선을 뵙습니다!"

격식을 한껏 차려 인사하자, 그는 부드럽게 웃었다.

"그냥 윤옥이라고 편히 부르라고 했을 텐데 어찌 이러십니까. 의원께서 이러시면 저도 의원을 예전처럼 편히 대하지 못합니다."

"죄송해요. 하도 오랜만이라 조금 민망해서 그랬어요. 윤옥 대선, 그동안 잘 지내셨어요?"

나는 오랜만에 나야산 꼬맹이처럼 웃었다. 황제는 신과 소통한다
는 내 말을 허풍으로 치부했지만, 이래 봬도 나는 여섯 살 때 이미
신선을 만나 그를 벗 삼은 사람이다. 구름을 타고 날아온 이 수려한
사내의 이름은 윤옥이며 천계에서 왔다.

처음 그가 내게 왔을 때만 해도 약상진인[67]이 열심히 수련하는
내게 감동해 격려차 온 줄 알았다. 그러나 그는 자신이 약상진인이
아니라며 고개를 저었고, 잠시 고민하다가 어렵사리 내 의문을 풀
어 주었다.

「저는 염수를 칩니다. 염수는 속세의 사슴과 비슷하게 생긴 천계
의 짐승이지요.」

사슴을 친다면 목동일 테고, 속세나 천계나 목동이 높은 관직일
리 없다. 본의 아니게 그의 자존심을 상하게 한 듯해 그에게 너무
미안했다. 그래서 당시 나는 급히 그를 위로했다.

「대선, 소인의 입방정을 부디 개의치 마세요. 소인이 보기에 대
선께서 맡으신 직무는 매우 전도유망해요. 제천대성 손오공 아시지
요? 그 유명한 제천대성도 천계에 처음 왔을 때는 마구간 지기였답
니다. 훗날 제천대성은 삼장법사를 모시고 서역으로 가서 불경을
가져왔으며, 그 공을 인정받아 '투전성불'에 봉해졌어요. 팔선 중
한 명인 장과로는 또 어땠나요! 신선이 되기 전 장과로는 당나귀를

---

67 藥上眞人. 수당 시대의 사람인 손사막(孫思邈)은 관직에 오르라는 황제의 부름을 자
　주 받았으나, 모두 사양하고 저작에만 몰두하여 의서(醫書) 외에도 많은 책을 썼다.
　당나라 시대의 대표적 의서인 《비급천금요방(備急千金要方)》과 《천금익방(千金翼
　方)》 등이 그의 저작이라고 전해진다. 약학의 기반 위에 도교적 양생술이나 금주(禁
　呪), 서역 약학 등을 종합한 것이 특징이다. 손사막은 약상진인으로 숭배받았으며 사
　람들은 그의 사후에 약왕묘를 지어 그를 의신으로 받들었다. 도가에는 선인으로서
　그의 전승이 많이 남아 있다.

키웠잖아요. 그러니 대선 또한 마찬가지예요. 대선의 앞길은 탄탄대로일 거예요.」

그는 일시에 어안이 벙벙해지더니, 나를 한참 보았다. 아니, 실은 나를 투과해 다른 이를 보는 듯했다. 최후에는 상심한 얼굴로 고개를 떨구며 깊게 탄식까지 했다.

「똑같군. 정말…….」

그때까지만 해도 나는 신선이 하계로 내려오는 이유는 그가 점지한 인간에게 도를 전수하거나 깨우침을 주기 위해서라고 생각했다. 하지만 윤옥은 내 예상을 보기 좋게 깼다. 그는 심심한 나머지 한담을 나누려고 내려왔을 뿐이었다. 그 후로도 그는 종종 나를 찾아와 천계의 소소한 일들을 내게 들려주곤 했다. 비록 도는 못 깨우쳤지만, 그에게서 재미있고 신기한 이야기를 많이 들을 수 있기에 그와 만나면 늘 즐거웠다.

"아, 혹시!"

나는 반색하며 윤옥을 올려다보았다. 예전에 그가 큰 집을 짓는다고 했던 게 떠올라서였다. 당시 그는 천계의 온갖 진귀한 보물을 모아 집을 짓고 있는데, 천계 시간으로 백여 년을 지었는데도 아직 완성하지 못했다고 했다.

천상의 1일은 지상의 1년과 같다. 그것에 따라 생각하면 무려 36,500년 동안 지었는데도 완공하지 못한 셈이다. '시간은 금'이라는 말을 액면 그대로 해석한다면 그의 집은 정말 화려할 것이다. 쓴 시간만큼 그 가치가 막중할 테니 말이다.

"윤옥 대선의 선궁이 다 지어졌나 봐요. 이렇게 저를 보러 온 걸 보면 말이죠!"

"그렇소. 오늘로 그 일이 끝났소."

"와! 감축드려요. 오랜 시간을 들여 지은 만큼 거대하고 화려하겠네요. 필시 많은 신선이 살겠지요?"

나는 기분 좋게 물었건만, 그의 얼굴은 돌연 어두워졌다.

"그게……. 만향옥 한 그루, 나 그리고 멍청한 염수 떼가 전부라……."

아무래도 내가 실언을 크게 한 듯했다. 그래서 재빨리 화제를 돌렸다.

"윤옥 대선의 선궁 안에는 천계의 어떤 보물이 있나요? 굉장히 오묘하고 복잡해 저 같은 범인은 알아듣지 못할 수도 있으니 예전처럼 쉽게 말씀해 주세요."

"흠, 그러니까…… 내 궁 밖에는 81개의 무지개다리가 있소. 그리고 모든 다리의 끝은 대전 입구로 통하고……."

"무지개다리가 81개나요? 와, 장관이겠네요. 무지개는 우리 하계의 인간들도 종종 볼 수 있어요. 아주 예쁘죠. 하지만 우담화[68]처럼 잠깐 나타났다가 금방 사라져 버려요. 그런 다리를 만들다니 신기하네요. 윤옥 대선이 특이한 취향을 지니셨어요? 아니면 신선들 눈에도 무지개는 예쁜가요? 저는 평소에 무지개를 자주 못 봐요. 비온 후에나 잠깐 보죠. 그 많은 무지개다리를 만들려면 비를 많이 썼겠네요?"

나는 조잘조잘 수다에 가까운 질문 공세를 펼쳤다. 그러자 그는 은은하게 웃으며 짙은 밤하늘을 가르듯 솟은 궁전의 비첨(끝이 들린

---

68 優曇花. 인도에서 3천 년에 한 번 전륜성왕이 나타날 때 핀다고 하는 상상의 꽃

높은 처마)에 시선을 던졌다.

"사실 무지개는 비로 만들어지지 않소. 천계에서는 딱히 놀라울 일도 아니지. 하지만 내게는 무지개가 참 특별하오. 그것이 인연이 되어 그 여인을 처음 만났으니 말이오. 그 여인은 천하의 물을 관장했기에 마음만 먹으면 언제 어디서든 비를 내릴 수 있었다오. 그러나 나와 그 여인은 서쪽의 '참(參)'과 동쪽의 '상(商)'[69] 그 두 별과 같아 이별할 수밖에 없었고, 그 후 다시는 함께하지 못했지. 이제 내가 할 수 있는 일이라곤 그 여인이 비를 내리고 간 뒤 무지개다리를 하나 놓아 그 여인이 떠나가는 모습을 바라보는 것뿐이라오. 그런 연유로 속세의 사람들은 무지개를 비 온 뒤 나타나는 신기한 현상이라고 생각하지."

아, 무지개에는 원래 그런 사연이 숨어 있었구나. 비를 내릴 수 있다니 그 여인은 용왕의 딸인가? 그리고 윤옥은 일개 목동에 불과한데 어떻게 그토록 화려한 궁전을 지었지? 막상 물꼬가 트이니 궁금한 것투성이였다.

"이 이야기는 그만합시다. 오늘 내가 온 이유는 금멱 의원에게 청을 한 가지 드리기 위함이니……."

"뭐든 말씀하세요. 제가 할 수 있는 거라면 성심을 다할게요!"

내가 활기차게 대답하자, 윤옥은 재차 부드럽게 웃었다.

"예전에 한 정령이 내게 약조했소. 만향옥이 피는 날 내게로 와서 함께 그 광경을 봐 주겠다고. 그러나 이제 그 정령은 그 약조를

---

69 참과 상은 동시에 나타나지 않는다. 따라서 다시는 만날 수 없는 사이를 상정하기도 한다.

지킬 수 없는 처지라오. 오늘 밤에 만향옥이 반드시 필 듯한데 금멱 의원이 그 정령 대신 나와 함께 봐 줄 수 있겠소?"

나 원, 예나 지금이나 윤옥은 참 신중하고 깍듯하다. 그냥 꽃을 같이 보는 일이 뭐가 어렵다고 저리 힘겹게 말하나 몰라.

"당연하죠. 볼래요!"

내가 고개를 끄덕이자, 윤옥은 손가락으로 허공을 그었다. 그러자 투명하고 반짝거리는 화분이 내 서탁 위에 모습을 드러냈다. 윤옥은 그 화분을 들어 화분 위를 휘감은 구름을 조심조심 걷었다. 그 안에는 매우 정성껏 보살핀 게 분명해 보이는 꽃망울이 있었는데, 마치 내가 자신을 보아 주기를 기다렸다는 듯 밤이슬 아래 살그머니 피어났다. 작은 흰색 꽃은 일견 평범했지만, 향기가 실로 짙고 매혹적이었다. 속세의 꽃과는 분명 다른 느낌이 있었다.

우리는 어깨를 나란히 한 채 개화하는 만향옥을 말없이 지켜보았다. 머지않아 그 꽃이 가지마다 함빡 피어나자, 의전 안은 만향옥 향기로 가득해졌다.

"금멱 의원, 내가 실로 과분한 청을 했음에도 들어주어 감사하오. 마침내 나는 내 오랜 염원을 이룬 셈이오."

그는 만향옥을 소중히 품에 안은 채 내게 예를 표했다. 그리고 내가 그에게 답하기도 전에 구름을 몰아 짙은 어둠 속으로 스며들어 사라졌다.

윤옥을 삼켜 버린 짙은 밤하늘을 올려다보며 나는 묘한 기분에 사로잡혔다. '오랜만에 만났는데 너무 빨리 가 버리네' 하는 서운한 마음도 들었다. 하지만 내 상념은 오래 이어질 수 없었다. 돌연 인

기척이 느껴져 돌아보니 황제가 우뚝 선 채 나를 내려다보고 있어서였다.

헉, 발소리 하나 안 들렸는데 대체 언제 왔지?

황후로 삼겠느니 뭐니 하던 그의 주사가 떠올라 나는 내심 당황했다. 비단 발은 걷혀 있지만, 그나마 면사라도 쓰고 있으니 천만다행이었다.

"소신, 황상을 뵈옵니다. 만세 만세 만만세! 홍복을 누리소서!"

나는 의례적인 인사말을 하며 고개를 조아렸다. 더는 숙이지 못할 정도로 깊게.

그런데 왠지 좀 이상했다. 그가 내 인사말에 일일이 대답해 줄 이유는 없지만, 침묵이 지나치게 길었다. 내 숙인 시선 너머에 그의 적금색 옷자락이 안 보였다면 이미 그가 갔다고 착각했을지도 모르겠다. 고개를 더 숙여야 할지, 아니면 고개를 들어야 할지 잠시 고민하다가 나는 후자를 선택했다. 왠지 그래야 할 듯했다.

"어째서 이제야 고개를 드는 것이냐? 짐이 그토록 너를 두렵게 하느냐?"

"아니옵니다. 소신은 폐하를 존경할 뿐입니다."

그의 냉소에 나는 급히 내 충성심을 피력했다. 물론 그는 못 믿겠다고 눈빛으로 말하고 있지만 말이다.

"방금 의전에서 사내 목소리가 났다. 황궁에 감히 사내를 끌어들이다니 살고 싶지 않은 모양이구나."

나를 노려보는 그의 눈에서 살벌한 불이 뿜어져 나왔다. 하지만 나는 두렵지 않았다. 하늘을 우러러 부끄러운 일을 결단코 한 적이 없기 때문이었다.

"소신이 어찌 법도에 어긋난 일을 감히 황궁에서 할 수 있겠습니까. 방금 사내 목소리를 들으셨다지만, 그분은 보통 사내가 아니라 천계의 대선이십니다. 폐하께서는 신과 소통한다는 소신의 말을 믿지 않으셨지만 말입니다."

이참에 니는 살짝 잘난 척을 했다. 하지만 그는 대선과 교류하는 내가 전혀 존경스럽지 않은지 차갑기 그지없게 콧방귀를 꼈다.

"너는 이 세상에서 오직 짐과만 말을 섞을 수 있다고 하지 않았나? 그런데도 발은 반드시 쳐야 하지. 그런데 아까는 사내와 말을 하면서도 발을 치지 않았더군. 성의족의 그 대단한 규율이 절대 깰 수 없는 불문율은 아닌가 보지?"

황제는 내가 신선과 교류한다는 사실을 믿지 않는 듯했다. 하긴 이런 신묘한 일을 평범한 인간이 어찌 이해할 수 있겠는가!

"방금 그분은 천계의 대선이십니다. 성의족 규율에 속세 사내와 말을 섞거나 대면하는 것을 엄금하는 조항은 있어도 신선과 말을 섞거나 대면하는 것을 금지하는 조항은 없고 말입니다. 따라서 소신은 어떤 규율도 위반한 적이 없습니다."

잠시 후 머리 위로 바드득 이를 가는 소리가 났다.

"허풍도 모자라 이제 거짓말까지……."

그는 그 말만 남기고는 또 소매를 털며 나가 버렸다. 황제는 참으로 변덕스러운 듯하지만, 이럴 때 보면 정말 일관성이 있다.

며칠 후 강활은 내게 새로운 소식을 또 전했다.

"황상께서 새로운 금칙을 내리셨대요. 오늘부터 만향옥을 심는 게 금지라네요? 대체 왜 이런 괴이한 금칙을 내리셨을까요?"

하여튼 예전의 등롱 건도 그렇고. 얘는 왜 황제의 심사를 툭하면

내게 물어볼까? 내가 황제의 약제사지, 점술사냐!

"글쎄다. 아마 만향옥 꽃가루에 예민하신가 보구나."

만향옥을 심지 말라는 금칙을 내린 그날 이후, 황제는 다시 내 의전에 발길을 했다. 전처럼 이틀에 한 번꼴로 꼭 들렀으며 예전처럼 소소한 대화를 나누었다. 다행히 그날처럼 주사를 반복하거나 주사 때 한 헛소리를 또 하는 일은 없었다. 아무래도 술김에 잘못 나온 소리였나 보다.

그날을 떠올릴 때마다 나는 수양이 깊어 쉽사리 동요하지 않는 나 자신이 자랑스러웠다. 만약 당시 황제의 해괴한 제안을 받아들였다면, 그는 죽을 때까지 그 일을 놀림거리로 삼았을 테니 말이다.

"오늘 황숙이 제 아들을 입궁케 했다는구나. 혹시 너도 그 일을 들었느냐?"

황제는 지나가듯, 하지만 의미심장하게 내게 물었다. 방금까지 우리는 약재를 주제로 이야기를 나누던 중이었는데 이런 갑작스러운 화제 전환이라니! 살짝 당황했지만, 나는 담담하게 대구했다.

"예, 들었습니다. 아직 어리지만, 총명하고 자질이 뛰어나다고 들었습니다. 이는 실로 황실의 홍복이옵니다."

내 말의 어디가 마음에 들었는지 모르겠지만, 그는 불현듯 씩 웃었다.

"그 아이가 입궁하였으니 조정 대신들의 잔소리는 좀 잦아들 것이다. 혹여 짐이 전장에서 목숨을 잃더라도 대통이 불시에 끊길 일은 없어졌으니 말이다."

그저 농에 불과한 것을 알면서도 그의 말에 나는 불현듯 간담이 철렁했다. 그와 동시에 얼마 전 황궁뿐 아니라 이 나라 전체를 들썩거리게 한 일련의 사건들이 떠올랐다.

비록 그는 내내 강경히 거부했지만, 조정 백관들은 틈만 나면 상주문을 올려 그에게 황후와 비빈을 들일 것을 권했다. 죽을 각오로 간히는 이도 한둘이 아니었다. 그 안에는 그의 말대로 국장이 되려는 야망을 품은 이도 있지만, 진정한 충심으로 간하는 이도 분명히 있었다.

내가 아는 황제는 비록 성질이 사납고 변덕스럽지만, 그건 어디까지나 내 앞에서의 모습이다. 황제로서의 그는 신하들에게 공정하며, 과단성 있으며, 백성에게는 너그러운 황제였다. 흔히 말하자면 성군의 부류에 속한다. 싫은 말 하는 신하들의 목을 뎅겅뎅겅 잘라 버리는 폭군이 결코 아니다. 그렇기에 그는 장고 끝에 결론을 내려 대신들에게 회답했다.

「적련랑족, 색하도국, 석차강국, 곽락경족이 수시로 국경을 도발하니 동서남북이 평안할 날이 없음이다. 따라서 짐은 그들을 모두 복속하여 사해를 통일할 때까지 황후를 맞지 아니할 것이다.」

다음날, 황제는 조카를 입궁시켜 양육하겠다는 내용의 조서를 또 선포했다. 그가 조서를 내린 의도는 자명했다. 만약 황제가 후사를 남기지 못한 채 전사할 경우, 뒤를 이를 정당한 명분의 양자를 미리 들이겠다는 의미였다. 이로써 후사를 염려하는 대신들의 입은 강제로 틀어막혔다.

"뭐지, 그 눈빛은? 너만 분골쇄신하여 성의(聖醫)가 되란 법 있느냐? 짐 또한 천하 통일의 위업을 이루어 천고에 남을 황제가 될 수 있지. 짐은 통일 제국의 대황제로, 너는 불로장생단을 만든 성의로!

이참에 우리 함께 청사에 이름을 남겨 보자꾸나."

그의 말을 듣고 있자니 간담만 철렁할 뿐만 아니라 심장까지 욱신욱신 아팠다. 대체 나는 왜 이런 기분을 느끼는 걸까? 그가 까딱 전사하면 졸지에 순장당할까 봐 무서워 이러나?

시간은 유수와 같이 흘러, 어느덧 황제의 출정일 바로 전날이 되었다. 그날 밤 그는 또 나를 보러 왔는데, 당시 나는 그를 위한 만든 약들을 의전 마당에 세워 둔 수레 10대에 다 채운 뒤 의전 안으로 돌아온 참이었다. 피를 멈추게 하는 금창약, 각종 독을 다스리는 해독약, 적에게 쓸 수 있는 극독 등등 다양하게 준비했다.

"무척 바빠 보이는데 짐과 이야기를 나눌 시간은 되는 것이냐?"

그는 기분이 나쁘지 않은지 나를 보자마자 농부터 걸었다. 하지만 나는 그럴 기분이 아니기에 딱딱한 표정으로 그를 보았다. 알 수 없는 근심에 휩싸여 비단 발을 치는 것도 잊은 채 말이다.

"이거……."

나는 조심스레 금단 열 알이 담긴 쌈지를 그에게 건넸다.

"목숨이 경각에 달렸을 때 숨을 되돌릴 수 있는 금단입니다. 다른 건 몰라도 이 금단만은 꼭 품에 지니고 다니십시오. 폐하께서는 늘 소신을 돌팔이라고 놀리시지만, 적어도 약 제조에서만은 소신이 감히 천하제일이라 장담할 수 있습니다. 부디 소신을 믿으십시오."

내 말을 잠자코 듣던 그는 느리게 손가락을 뻗었다. 그러고는 내 서툰 실력으로 삐뚤삐뚤하게 수놓은 '금단'이라는 쌈지 위 두 글자를 쓰다듬었다.

"네가 짐에게 이리 정성을 쏟는 이유는 네 목숨을 부지하기 위해서겠지? 그걸 알면서도 짐은 기쁘구나. 우리는 어쨌든 일평생 함께

할 테니 말이다. 그리고 그날이 되면…… 짐이 바라는…….”

그는 문득 말을 멈추며 고개를 저었다.

“되었다. 네가 틀림없이 곤란할 테니 묻지 않으마. 그래 봤자 짐의 속만 끓기도 하고……. 그냥 못 들은 셈 쳐라.”

그는 갑옷을 걸친 몸으로 성큼성큼 의전 밖으로 나갔다. 나는 무심결에 그런 그를 따라 나가다가 의전 문지방 앞에서야 정신을 차리고 걸음을 멈췄다. 그 순간 그 또한 멈춰 섰다.

“짐은 기다릴 것이다. 네가 짐의 황후가 되기를 바라는 그날을…….”

전쟁은 길고 격렬했다. 그래서 그는 한 번 출정하면 짧게는 반년, 길게는 열 달이 넘어야 돌아왔다. 그는 가끔 내게 서신을 보내 왔는데, 내용은 별것 없었다. 그저 불로장생단 제조에 진척이 있느냐는 물음뿐이었다. 그 서신을 받을 때마다 나는 마음에 큰 돌이 얹힌 듯 부담이 되어 아주 자세히 회신을 보냈다. 다년간 연구해 종합한 몸에 좋은 음식 설명도 적어 보냈다. 잘 먹어야 건강도 유지할 수 있으니 말이다.

다행히 그는 건강할 뿐 아니라 용병술에도 탁월한 재능을 발휘했다. 마치 전신(戰神)인 양 승승장구했고 패배라고는 몰랐다. 그리고 돌아올 때마다 갑옷 끈도 끄르지 않은 채 의전으로 행차했으며, 피곤하다고 투덜거리면서도 의전에 죽치고 앉아 내가 약을 제조하는 모습을 물끄러미 바라보았다. 그 시선이 실로 부담스러워 돌아보면 그는 피식 웃으며 내게 시답잖은 농을 던졌다.

“왜? 무패의 전신이라 불리는 짐이 새삼 존경스러우냐? 이런 짐

의 황후가 되는 일은 만고의 영광일 텐데 지금이라도 짐의 제안을 받아들이는 게 어떠냐?"

하지만 나는 예전처럼 당황하지 않았다. 이제 이 말은 그의 입버릇이나 다름없는 농임을 알기 때문이었다. 나는 심지어 그의 짓궂은 농에 장단까지 맞춰 줄 정도로 변죽이 늘었다.

"폐하, 실로 천부당만부당하옵니다. 소신 같은 돌팔이가 하늘이 내린 전신과 어찌 짝이 될 수 있겠습니까. 미욱한 소신이 전신의 위엄에 누를 끼친다면 소신이 만 번을 죽어도 씻을 수 없는 죄로 남을 터! 소신, 정중히 사양하옵니다."

＊＊＊

황제는 동쪽의 적련랑족, 서쪽의 색하도국, 남쪽의 석차강국을 정복해 우리나라의 영토로 복속시켰다. 그러는 동안 나는 어언 황궁 살이 5년째에 접어들었다.

"이제 북쪽의 곽락경족만 남았느니라. 천하 통일이 눈앞에 이른 셈이지."

그는 담담히 말하며 바둑돌을 내려놓았다. 까만 바둑돌과 대조되는 그의 손이 시리도록 희고 아름다웠다. 그 손을 물끄러미 바라보던 나는 용기를 내어 그에게 간했다.

"폐하, 폐하의 휘하에는 수없이 많은 장수가 있습니다. 그중 탁월한 인재도 많지요. 그러니 그들에게도 기회를 주시는 편이 어떻겠습니까? 장수라면 선두에 서서 군대를 이끌고 지휘하고 싶은 마음이 분명 있을 테니 말입니다. 물론 친정(황제가 직접 군대를 끌고 전장에

나가는 일)은 군대의 사기를 높이는 좋은 방도지요. 하지만 우리 군대는 연전연승했으며 그 사기가 하늘을 찌릅니다. 이런 상황에 군이 친정을 고집하실 필요가 없다고 사료되옵니다. 물론, 약만 만들 줄 알지 전쟁에는 문외한인 소신의 간언이 가당찮게 들리실 수도 있습니다. 하오나 '장군들은 무수히 생사를 넘나들며 전장에서 희생되었고, 그중 몇몇만 십 년 후에 이기고 귀향하였다[70]'라는 노래 가사처럼 세상일은 예측하기 어렵습니다. 비록 폐하께서 백전불패의 전신으로 칭송받으시지만, 칼에는 눈이 없고요. 부디 친정을 거둬 주십시오."

내가 그리 말하며 하얀 바둑돌을 내려놓자, 그는 나를 물끄러미 바라보았다. 그는 손에 검은 바둑돌을 쥐고 있었는데, 마치 정신술이라도 걸린 듯 미동 하나 없었다.

"꼬박 5년을 기다려 결국 네가 나를 진심으로 걱정하는 말을 들었군."

그는 애써 목소리를 가다듬었다. 그리고 "금멱" 하고 나를 다정하게 불렀다.

"네 마음에 내가 아예 없는 건 아니지?"

나는 조심스레 고개를 들어 희색이 만연한 그의 얼굴을 보았다. 하지만 차마 대답할 수는 없어 고개만 살짝 끄덕였다.

"만약 내가 이번에 친정을 떠나지 않는다면…… 너도 내 심원을

---

70 將軍百戰死, 壯士十年歸. 중국 남북조 시대에 유행한 민가 〈목란시(木蘭詩)〉 중 한 구절이다. 아버지 대신 남장하고 전쟁에 나가 공을 세운 여인 목란의 이야기를 다룬 노래이다.

들어줄 수 있어?"

그가 돌연 손을 내밀어 바둑돌을 내려놓은 내 오른손을 잡았다. 나는 기겁하며 그의 손을 뿌리치려고 했지만, 전장에서 단련된 그의 아귀힘을 당해낼 수는 없었다.

"금멱, 내 황후가 되어 줘."

"아니 됩니다. 소신은 결코 응할 수 없습니다."

나는 결연히 고개를 저었다.

"폐하를 위해서라면 소신, 만 길 불 속으로도 기꺼이 뛰어들 수 있습니다. 지금 당장 순장되라고 명하셔도 기쁜 마음으로 무덤으로 걸어 들어가렵니다. 그러나 황후만은 안 됩니다. 부디 소신의 입장을 헤아려 주십시오."

내가 힘없이 말을 맺은 순간, 바닥으로 바둑돌이 우수수 떨어졌다. 그의 넓은 옷소매가 바둑판을 쓸고 지나간 탓이었다.

난장판이 된 바닥을 딛고 일어선 그는 나를 한없이 처량한 눈으로 내려다보았다.

"그래. 결국, 나만 늘 바보지. 네 입장을 헤아려 달라고? 그러면 내 마음은 누가 헤아려 주지? 세상 누가 알겠어? 전장에서 연전연 승하는 내가 네게 연전연패하고 있음을 말이야. 순장? 웃기지 마! 내 비록 사랑에는 졌지만, 전장에서는 아니니까. 너는 너를 성가시 게 하는 나를 계속 보느니 차라리 순장을 바랄지 몰라도, 어림도 없 어. 나는 네가 살아 있는 동안은 너를 제외한 그 누구에게도 지지 않을 것이고, 너는 살아 있는 내 곁에서 네게 주어진 천수를 누린 뒤 죽어야 해. 내가 그렇게 정했으니 너는 그렇게 해야 해!"

그는 발치에 채는 바둑돌들을 거칠게 휘저으며 의전에서 떠났다.

엉망이 된 바둑판을 망연히 내려다보는 나를 한 번도 돌아보지 않은 채.

며칠 후 그는 또다시 친정을 선포했다. 그리고 그가 떠난 지 두 달이 되어 가던 어느 날, 나는 선혈을 토하며 혼절했다.

다시 깨어났을 때 창밖에는 봄비가 내리고 있었다.

가슴이 답답하고 호흡도 불편해 나는 무심결에 면사를 걷으려 했고, 그때 누군가가 내 손을 잡았다. 자꾸만 감기려는 눈을 억지로 치뜨니 두 달간 보지 못한 황제가 침상 맡에 앉아 있었다. 그는 투구와 갑옷을 벗지 않은 상태였고, 흙과 피로 전신이 얼룩덜룩했다.

"폐하……?"

그가 내 앞에 있다는 게 믿어지지 않아 그를 불러 본 순간 기침이 터져 나왔다. 한 번이 아니라 연속으로 나와 더는 말할 수도 없을 지경이었다.

"폐하, 어찌 오셨어요? 콜록!"

"힘들 테니 말하지 마."

그는 잔뜩 가라앉은 목소리로 나를 저지했다.

"그리고 어찌 왔느냐니? 네가 보름 내내 혼절해 있다는데 아무리 먼 곳에 있어도 돌아와야지."

보름이나? 이번에 그리 오래 갔나?

"태의들 말로는 네가 상초열[71]에 걸렸다지만, 나는 안 믿어. 설마 약을 제조하다가 실수로 중독됐어? 아니면 다른 이유야? 네 증상은

---

71   구강 점막, 비강 점막, 결막 등에 염증이 생기는 증상

네가 가장 잘 알 테니 솔직히 말해. 무슨 일이야?"

무척 긴장했는지, 그는 황제의 어투도 잊고 있었다. 나를 보는 눈빛 또한 근심으로 가득했다. 그런 그를 더는 염려하게 하기 싫어 나는 애써 웃었다.

"폐하, 태의의 진단이 정확합니다. 소신은 상초열에 걸렸습니다."

"진단이 정확해? 웃기지 마. 그깟 상초열로 혼절까지 한다고? 내 비록 의술에 정통하지는 않았지만, 그 정도로 문외한은 아니야. 금멱, 나를 속일 생각은 하지 말고 솔직히 말해."

"감히 어느 안전이라고 거짓을 고하리까. 상초열이 맞습니다."

나는 평온하게 숨을 쉬기 위해 기를 썼다.

"어패류에 민감한 사람이 종종 있으며, 사람마다 증상의 경중이 다름을 폐하도 잘 아실 겁니다. 그 병증이 가벼운 사람은 온몸에 수두를 연상케 하는 붉은 두드러기가 좀 나고 말고, 중간 정도 되는 사람은 두드러기가 날 뿐 아니라 혼절도 합니다. 그 병증이 중한 사람은 호흡 곤란이 오고, 적시에 약을 처방하지 않으면 목숨이 위험할 수도 있지요. 이처럼 같은 병증에도 사람마다 느끼는 고통의 정도가 다릅니다. 소신은 타고나게 상초열에 잘 걸리는 체질이며 여지(荔枝, 과일의 일종. 양귀비가 즐겨 먹었다고 전해진다)는 금기 음식입니다. 여지를 먹으면 어지럼증에 시달려 심할 때는 혼절도 하지요. 근래 들어 민감함이 더 중해져 여러 가지 약을 만들었고, 직접 복용해 시험해 보곤 했지요. 이번에도 새로 만든 약을 시험해 보려고 여지와 용안(열대 과일의 일종)을 함께 먹었는데, 보름이나 혼절할 줄은 몰랐습니다. 의원으로서 못 볼 꼴을 보인 듯해 부끄럽기 짝이 없을 따름입니다."

"뭐 이런……!"

그는 미처 말도 못 맺으며 크게 노했다.

"네가 어떤 체질인 줄 뻔히 알면서도 여지를 먹다니 제정신이야? 그리고 뭐 용안? 용안은 체질에 따라 상초열을 일으키는 과일이야. 네 체질에 여지에다 용안까지 먹는 것은 불 위에 기름을 끼얹는 일과 같다고!"

그는 벌떡 일어나더니 주변을 급히 돌아보았다.

"약은 어디 놔뒀어?"

"저…… 기……."

딱히 말할 생각은 없었는데 그의 눈빛이 너무 살벌해 절로 손가락이 움직였다. 그는 즉시 내 손가락이 향한 쪽으로 가서 단약을 꺼내 들더니 처방전의 내용을 손끝으로 하나하나 짚어 읽으며 단약을 물에 곱게 갰다. 심지어 친히 떠먹여 주기까지 했다. 하지만 그릇 바닥이 다 드러나자 아주 귀 따갑게 투덜거렸다.

"그래, 내 이럴 줄 알았지. 나를 위해 기꺼이 순장될 수 있다고 입버릇처럼 말했지만, 다 거짓말이었어. 네 몸 하나 제대로 건사하지 못하면서 순장은 무슨! 이러다가는 나보다 네가 먼저 죽을 판인데."

"그것은 심려치 마십시오. 소신이 죽으면 제 뒤를 이은 새 족장이 소신을 대신해 폐하의 부장품이 될 겁니다."

"허!"

나는 그저 사실을 설명했을 뿐인데 그는 고쳐 쓰지도 못하겠다는 눈빛으로 나를 쏘아보았다.

"아, 그렇군. 네 말인즉슨, 황릉에 안치할 부장품이 떨어질 일은 없다는 거군. 허, 어찌 이리도 기쁠 수가!"

말과 표정이 따로 논다는 게 이런 상황을 말하나 보다. 그는 분해 죽겠다는 듯 가슴을 들썩였다.

"내일 내가 붕어했다는 소식이 들리면 너 때문에 화병으로 죽은 줄 알아!"

그는 그 말을 끝으로 또 쌩하니 나가 버렸다. 오랜만에 만났는데 화만 내고 나간 그에게 솔직히 서운했지만, 그가 나간 뒤 바로 강활이 들어오는 통에 속내를 드러낼 수 없었다.

"족장님, 좀 어떠세요? 열은 좀 내린 듯한데."

"이제 꽤 괜찮아졌으니 너무 걱정하지 마라. 그런데 폐하께서는 언제 오셨느냐?"

강활은 움찔 놀라는 듯했지만, 이내 표정을 고치며 말했다.

"얼마 되지 않았어요. 환궁하시자마자 의전으로 행차하셨고요."

"평소보다 빨리 돌아오신 듯한데, 이번에는 수월하게 승리하셨나 보구나."

"승리라고 하기는 그래요. 아예 전쟁을 하지도 않았으니까요."

"응?"

내가 눈을 휘둥그레 뜨며 묻자 강활은 고개를 힘없이 저었다.

"저도 궁녀들에게 들었는데, 폐하께서 이번에 무리하게 회군을 하셨대요. 원래는 정예병 천 명을 이끌고 곽락경족의 영토 안에 성공적으로 잠입하셨고, 적을 치기만 하면 되는 상황이었는데 갑자기 회군을 명하셨다네요. 다들 잠입보다 퇴각이 어렵다고 반대했지만 요지부동이셨대요. 어쩔 수 없이 회군하는데, 간자에 의해 우리 군의 동태가 발각되었나 봐요. 곽락경족은 폐하를 생포할 생각으로 군대를 끌고 와서 우리 군의 뒤를 쳤고, 우리 군과 곽락경족의 군대는 그야말로 혈전을 벌였대요. 다행히 하늘이 폐하와 우리 군을 도와 무사히 빠져나오기는 했지만, 이번에는 아군 측 피해가 크다고 하네요."

"……갑자기 회군을 명하셨다고?"

"예. 정말 갑자기요. 지금 은밀히 떠도는 말로는 누군가가 폐하를 은밀히 배알했대요. 그 후 폐하께서 갑자기 회군을 결정하셨고요. 그자와 폐하 사이에서 대체 무슨 이야기가 오갔는지 다들 궁금해해요."

문득 정체를 알 수 없는 수많은 감정이 떠올랐다가 가라앉기를 반복했다. 그때 나는 예감했다. 오늘 밤 나는 내 안의 이 들끓는 감정으로 인해 내내 전전반측할 것임을.

역시나 잠이 전혀 오지 않아 의서를 읽고 있는데 문득 기척이 났다. 돌아보니 살짝 눈썹을 찡그린 누군가가 서 있었다.

"윤옥 대선!"

나는 반가이 그를 불렀지만, 그는 평소처럼 웃지 않았다. 다만 수려한 눈썹을 찡그린 채 말없이 내게로 다가왔다.

"금멱 의원은 이번 생에서 겁을 치르고 있소. 그러니 고되고 슬픈 게 당연하지. 그것을 잘 알면서도 나는 당신의 이런 모습이 보기 괴롭소. 비록 당신은 당신이 아니지만……."

곧이어 그는 손에서 한 줄기 빛을 자아내더니 그것을 내 이마에 가져다 댔다. 그러자 온몸의 통증이 꽤 가라앉았다. 물론 고통만 잠시 잦아들게 할 뿐 병증 자체의 호전은 기대할 수 없었다.

겁이라니, 당신은 당신이 아니라느니 하는 윤옥의 말을 솔직히

이해는 할 수 없었다. 하지만 그의 말에서 묻어나는 진심에 나는 무척 감동했다.

"윤옥 대선의 배려와 근심에 감사드립니다."

"당신은 영원히 내게 감사할 필요가 없소."

그는 긴 속눈썹을 내리깔며 내 시선을 피했다.

"금멱 의원, 묻고 싶은 게 있소. 부디 대답을 청하오."

그는 차마 말하기 괴롭다는 듯 낮게 한숨을 쉬며 힘겹게 입술을 달싹였다.

"그자를 또 사랑하게 되었소?"

나는 왜 그가 굳이 '또'라는 말을 붙이는지 알 수가 없었다. 그런데도 그 말이 당연하게 느껴져 더욱 기이했다.

"잘 모르겠어요. 아니, 그것만은 알겠어요."

나는 서탁 위 모래시계로 시선을 돌렸다. 작디작은 모래알이 뭉쳐서 가늘게 떨어지는 모습을 응시하며 나는 숙고했고, 마침내 결연히 말했다.

"그분을 사랑한다고 확신할 수는 없지만, 그분을 위해 기꺼이 순장될 수는 있어요. 그러나 그분 아닌 다른 사람을 위해서는 절대로 그리할 수 없어요."

돌연 밖에서 뭔가 소리가 났다. 그 순간 윤옥은 눈을 질끈 감으며 또 알 수 없는 소리를 했다.

"그렇군. 결국, 나는 지켜만 봐야 하는 운명이었어⋯⋯."

윤옥이 새벽빛처럼 흩어지듯 사라진 너머로 방금 넘어질 뻔했는지 의전 문을 붙들고 간신히 몸을 지탱한 한 사내가 보였다. 잔뜩 당황했으면서도 기뻐 어쩔 줄 몰라 하고, 두려움과 불안이 가득하면서도 봄빛을 처음 받은 규방 규수처럼 설레하는 이는 바로 황제였다. 평소 그의 상징이라고 할 수 있는 권위, 오만, 독단 등은 전혀 찾아볼 길이 없었다.

"폐하……."

나는 저도 모르게 의자에서 일어나 그에게 느리게 다가갔다. 그와 동시에 그도 움찔거리며 의전 안으로 발을 들였는데, 내게 손을 뻗다가 화들짝 놀라며 도로 거두었다. 마치 나를 거스를까 봐 전전긍긍하는 듯했다.

"사실…… 네 상태가 계속 마음에 걸려서 다시 왔다가…… 어, 어쩌다가…… 너와 그 신선이 나누는 이야기를 들었……."

그는 쭈뼛쭈뼛 말도 맺지 못한 채 고개를 들어서 나와 조심스레 시선을 맞추었다.

"아까 네가 말한 그분이 혹시 나야? 아니면 내가 헛된 기대에 실성해서 환청을 들은 건가?"

그와 시선을 마주하면서 알게 된 사실인데, 나 또한 어느새 그를 똑바로 직시하고 있었다. 지금껏 한 번도 그런 적이 없었는데 말이다. 그럴 수 없어서 그랬는지 그러고 싶지 않아 그랬는지는 알 수 없지만, 지금 나는 그리하지 않을 수 없었다. 마음을 유리처럼 고스란히 드러낸 그의 눈동자에 넘실거리는 사랑과 고뇌, 그리고 불안감이 나를 그렇게 몰고 갔다.

"예, 당신 맞아요."

나는 까치발을 하며 손을 뻗어 밤바람에 흩어진 그의 귀밑머리를 정리해 주었다.

"내내 말하고 싶었지만, 말할 수 없었을 뿐이죠. 너무 늦은 게 아

닐까 싶어 겁이 나지만요."

내 말이 미처 끝나기도 전에 그는 팔을 내밀어 내 허리를 휘감아 안았다.

"아니, 겁내지 마! 늦지 않았어. 그런 말이라면, 언제 해도 늦지 않아. 어차피 우리는 일평생 함께니까. 어차피 나는 네가 일흔이 되어도 여든이 되어도 계속 너를 설득할 생각이었으니까. 물론 네가 죽을 때까지 고집을 버리지 않을 수도 있지만, 그것 또한 감수했어. 어쨌든 우리는 서로 생사를 의탁하며 한평생 살았으며, 서로 어깨를 나란히 하고 능에 묻힐 수 있다는 사실만으로도 충분히 행복할 테니까."

그는 자신의 단단한 품에 내 얼굴을 바짝 붙였다. 그러자 급히 뛰는 그의 심장 소리가 또렷이 들렸다.

"나는 지금도 믿어지지 않아. 이게 모두 꿈만 같아. 이번 생에서는 절대로 얻을 수 없는 과분한 복인 줄 알았는데……. 어떻게 이런 일이 있을 수 있지? 금멱……, 다시 한번 네 입으로 말해 줘. 정말 나를 사랑해?"

나는 기쁨을 주체하지 못해 횡설수설하는 그를 세게 끌어안았다. 그 순간 가시덤불을 품에 안은 듯 저릿한 고통이 온몸을 타고 흘렀다.

"욱봉……."

내 마음속 언제 들어와 스며들었는지 알 수 없는 그의 휘(왕이나 황제의 이름, 시호나 묘호와는 다른 개념)를 나는 작게 속삭였다. 언감생심 감히 입에 올려서도 안 되려니 했는데 막상 뱉고 나니 너무나 자연스러웠다. 과거 수없이 불러 본 듯하고, 앞으로도 수없이 부를 수 있을 듯했다.

"응!"

그는 기뻐하며 얼른 대답했다. 그 후 나는 반복해 그를 불렀고, 그 또한 반복해 대답했다. 처음 말을 배운 아이들처럼 서로 같은 말만 되풀이하는 우리의 대화가 끊어진 건 그로부터 한참 뒤 그가 고개를 숙여 내 정수리에 입을 맞추었을 때였다.

"금멱, 내 황후가 되어 줘. 내 일생을 통틀어 유일무이한 반려가……."

"예."

내가 순순히 대답하자, 그는 되레 안절부절못했다.

"내일 당장, 아니다. 오늘 밤. 아, 아니야. 지금 당장 백관들을 소집해 선포해야겠어. 어서 이 기쁜 일을 천하에 알려야……."

가시를 안은 듯한 통증 뒤로 따라오는 것은 아득한 슬픔이었다. 그런 내 마음을 들키고 싶지 않아 나는 그의 앞섶에 얼굴을 묻었다.

"그러지 말아요. 아직은 때가 아니에요."

"뭐?"

"잊었어요? 당신은 분명 천하를 통일한 후 황후를 맞이하겠다고 천하에 대고 맹세했어요. 아직 곽락경족이 남았는데, 나를 취하면 당신은 허언한 셈이 돼요. 황제로서 있을 수 없는 일이죠. 그러니 천하 통일을 이룬 뒤 나를 맞이해 줘요. 나는 여기서 당신을 기다릴게요."

"아니, 그럴 수는 없어!"

그는 삽시간에 가라앉은 안색으로 강하게 거부했다.

"만고에 남을 위대한 통일 황제 따위는 내 변명에 불과했으니까.

그저 내 체면이 깎이는 게 싫어서, 네가 나를 거부하며 계속 버텨서, 황후와 비빈을 들이라는 신하들의 압박을 누르기 위해 생각해낸 어리석은 오기일 뿐이었다고! 밤이 길면 꿈이 많다고 했어. 일을 길게 끌면 문제가 생기고. 이러다가 또 네 마음이 변하면……."

그는 그 일을 입에 올리기도 싫다는 듯 몸서리를 쳤다. 그러면서 나를 더 강하게 끌어안았다.

"금멱, 나는 무서워. 천신만고 끝에 네 마음을 겨우 얻었는데……. 네 마음을 다시 잃으면…… 나는……."

"어찌 그런 말도 안 되는 소리를 해요! 황제가 한 입으로 두말할 거예요? 게다가 내 마음은 절대로 변하지 않아요. 나는 영원히 여기서 당신을 기다릴 테고 이번 생이 끝날 때까지 성의족으로 돌아가지 않을 거예요."

단전에서부터 열기가 치밀어 오장육부가 타들어 갔지만, 나는 애써 그에게 웃어 보였다.

"나는 진심으로, 간절히 당신의 처가 되고 싶어요. 그리고 당신이 나 말고 다른 여인을 보는 것도 못 참아요. 그러니 첩은 꿈도 꾸지 말아요. 힐끗 봐서도 안 돼요!"

"당연하지. 너를 두고 내가 감히 어디로 눈을 돌릴까! 이번 생에서 내 아내는 오직 너뿐이야. 만약 전생과 내생이 정말 있다면, 그때도 내 아내는 오로지 너 하나뿐이라고 나는 확신해."

언제는 신선이고 뭐고 안 믿는다더니 전생과 내생까지 들먹인다. 그런 그가 어이없어 나는 피식 웃고 말았다.

"어차피 그런 말 믿지도 않으면서…… 참 실없네요. 어차피 나도 운명이니 뭐니 하는 거 별로 좋아하지 않으니 그만해요. 아, 그런데 괜찮겠어요? 내 얼굴 한 번도 본 적 없잖아요. 혼례식 당일에나 내 얼굴 보고는 땅 치며 후회하지 말고 지금이라도 확인해 보는 게 어 때요?"

"아니!"

면사를 걷으려는 내 손을 붙들며 그는 급히 나를 만류했다.

"그런 가당찮은 핑계로 발을 뺄 생각은 하지도 마. 네가 아무리 못생겼어도 나는 너를 놓아줄 마음이 없으니까. 미녀는 황궁에도, 천하에도 흐르고 넘쳐. 굳이 미녀를 취하고 싶었다면, 얼굴 한 번 안 보여 주는 너에게 연연할 이유도 없었어. 하늘과 땅이 아무리 크 고 넓어도, 또 그 안에 사는 여인이 아무리 많아도, 내가 마음에 둔 여인은 오직 너 하나뿐이야."

말하는 내내 그는 환히 웃고 있었다. 그 모습이 마치 새벽빛을 헤 치며 떠오르는 태양처럼 눈이 부셨다.

"우리의 첫날밤에 내가 직접 칭간[72]으로 네 홍개두를 벗길 테니 너는 그동안 이 면사로 얼굴을 잘 가리고 있어. 알겠어? 내 못난이 신부!"

"예."

나는 그의 품에 더 깊게 얼굴을 묻으며 고개를 끄덕였다. 사실, 그가 내 면사를 벗길까 봐 노심초사했는데 다행이었다. 만약 그가 내 면사를 벗겼다면, 별수 없이 내 입술의 혈흔을 그에게 들켰을 테 니 말이다.

---

72 칭간은 저울대이다. 저울은 예로부터 용을, 신부의 혼례식 예장인 봉황관과 하피는 봉황을 상징한다. 따라서 신랑이 칭간으로 신부의 홍개두를 벗기는 행위는 용과 봉 황이 짝이 되니 매사에 상서롭다는 의미를 지닌다.

"앞으로 절대로 용안을 먹지 말고! 여지도 당연히 안 돼!"

오늘도 어김없이 잔소리가 이어졌지만, 나는 웃으며 고개를 끄덕였다. 곽락경족을 치러 떠나는 날이라 실로 분주할 텐데도 나를 찾아온 그의 마음 씀씀이가 고마워서였다.

"안 먹어요. 그러니 이제 그만해요."

"네가 도대체 사람을 안심하게 해야 말이지. 아, 비름도 먹지 마. 나물의 일종이지만 상초열을 유발할 수 있다더군."

그건 또 어디서 알아 왔을까? 하는 말만 봐서는 의원은 내가 아니라 그 같다.

"예, 비름도 안 먹을게요."

그와 눈을 마주하며 나는 단단히 약조했다. 그러면서 그의 눈에 떠오른 수많은 말을 읽었다. 연정, 초조함, 절박함, 동경이 뒤엉킨 그곳에서 단연 큰 자리를 차지한 것은 연정이었다. 하늘을 덮고 나를 감싸는 그 감정은 나를 숱한 감동으로 뒤흔들었다. 만약 그럴 수만 있다면 시간을 멈춰 영원히 이 순간에 머물고 싶을 지경이었다.

나는 손을 천천히 들어 그에게 전포(戰袍, 옛날 전사가 입던 옷)를 걸쳐 주고 투구도 씌워 주었다. 그러는 동안 그의 이목구비를 하나하나 머리에, 마음에, 혼백에 새겼다. 마지막으로는 까치발을 해서 면사를 사이에 두고 그의 입술에 가볍게 입을 맞추었다.

잠시 후 내가 입술을 떼자, 그는 나야산 정상의 만년설도 녹일 듯한 홍조를 띤 채 다시 고개를 숙였다. 그리고 내 입술에 뜨겁게 입을 맞추었다.

"기다려. 곧 돌아올게."

그가 의전에서 떠나자마자 나는 주작루 정상으로 올라갔다. 그리고 그가 대군을 이끌고 떠나는 모습을 지켜보았다. 출정을 알리는 나팔 소리가 울림과 동시에 선두에 선 그는 문득 뒤를 돌아보았는데, 그의 시선은 분명히 내가 서 있는 주작루에 고정되어 있었다.

그를 향한 내 마음이 너무 흘러넘쳐 착각한 게 아닐까도 싶었지만, 그는 검을 높이 들어 올려 보란 듯 휘둘렀다. 기쁜 마음에 손을 흔들자, 고개를 끄덕여 주기도 했다.

내가 가진 고서에는 주작을 이리 설명한다. 붉은색 깃털을 지닌 신령한 새로, 동서남북의 4관 중 남관(南官)을 다스리는 신이다. 언제나 무리를 선두에서 이끌며, 장리(長離)라고도 불린다.

장리, 긴 이별이라……. 이 망루의 이름은 주작루이니, 누군가이 망루를 장리루라고 불렀을지도 모르겠다.

말발굽과 갑옷이 일으키는 황성의 바람이 내 얇은 옷을 흔들었다. 밀려드는 한기에 파르르 떨면서도 나는 그가 작은 점으로 변해 완전히 사라질 때까지 그에게서 시선을 떼지 않았다.

열흘 중 아흐레는 비바람이 치니,
이 높은 망루에 올라서기가 실로 두렵네.
봄은 언제나 우울을 가져다주면서
어찌하여 자기가 갈 때는 이 우울함을 걷어가지 않을까![73]

의전으로 돌아온 나는 즉시 문을 잠갔다. 그리고 내내 참고 있던

---

73 怕上層樓, 十日九風雨, 是他春帶愁來, 春歸何處 却不解, 帶將愁去. 남송 시대 시인 신기질의 시 〈축영태근(祝英台近)·만춘(晚春)〉의 한 구절이다. 신기질은 호방파(豪放派)의 제1인자이며, 북송의 유영(柳永) 등과 함께 사대사인(四大詞人)으로 불린다.

418 / 419

검은 피를 토했다.

"족장님!"

그런 나를 본 강활은 기겁하며 나를 부축했다. 하지만 나는 그녀의 손을 뿌리친 채 비틀비틀 걸어가 침상에 몸을 기댔다.

"강활, 청모…… 더냐?"

내 물음에 강활은 경악하며 바닥에 털썩 주저앉았다. 내 예측이 맞은 셈이라 절로 쓴웃음이 나왔다.

입궁이 정해진 그때, 나는 성의족에서 나를 감시할 이도 함께 파견하리라 짐작했다. 내가 잘못된 길을 걷는다면 나를 제거해야 하니 말이다. 그런 면에서 성의족 고모님들의 눈은 정확했다. 강활은 겉보기에 덜렁거리고 부주의해 주변인을 방심케 하니 실로 적임자가 아닐 수 없다.

"무색 무미이고, 맥의 이상 기류를 알아채지 못하게 서서히 독성을 체내에 퍼뜨려 죽음에 이르게 하는 약초는 청모뿐이지."

"족장님, 죽여 주세요!"

강활은 이마를 바닥에 열 번 박은 뒤 고개를 들었다. 그녀의 이마는 이미 깨졌고, 얼굴은 눈물투성이였다.

"예, 족장님. 청모 맞습니다. 다만…… 저…… 저는……."

나는 담담히 웃었다. 비록 강활이 청모를 써서 나를 중독시켰지만, 그녀가 어떤 이인지 내가 어찌 모르겠는가. 비록 고모님들의 명을 받들기는 했지만, 고모님들의 명을 거스르지 않으면서도 나를 죽음으로 몰지 않기 위한 그녀 나름의 의중이 있었다.

"그래, 안다. 네가 어떤 마음으로 내게 쭉 청모를 먹였는지. 다만 너는 내 몸이 이리도 격렬하게 청모에 이상 반응을 보일 줄 몰랐을 뿐이다. 형개 고모님 또한 당연히 몰랐을 테고. 비록 청모에는 독성이 있지만, 그 정도의 미량을 장복했다고 나처럼 심각한 상태로 빠지지는 않느니라. 하지만 문제는 내 몸 자체가 이미 독물이었다는데 있었지. 어릴 적부터 내가 성의족 모두를 속인 채 내 몸을 가지고 각종 약물을 시험한 탓으로 말이다. 비록 내 오장육부에는 피가 아닌 독이 흐르지만 만물에는 상극이 있고, 그로 인해 독소는 내 안에서 이미 평형을 이루었느니라. 그러나 청모의 속성은 불이므로 내가 청모를 과하게 섭취하면 내 몸의 평형이 파괴되고 만다. 이제 내 안의 모든 피는 나를 죽이는 독약으로 바뀌었으며, 어떤 것으로도 돌이킬 수 없느니라."

한꺼번에 너무 많이 말을 했더니 또 기혈이 역행했다. 내가 연달아 기침하자 강활은 무릎걸음으로 다가와 내 등을 두드렸다.

"흐윽, 족장님, 잘못했어요. 소인이…… 흑, 죽일 년이에요."

강활은 하도 울어 말도 제대로 잇지 못했다.

"아니, 내가 너를 탓할 이유도, 네가 내게 사죄할 이유도 없느니라. 각자에게는 주어진 사명이 있지. 너는 너의, 형개 고모님은 형개 고모님의, 나 또한……. 우리는 모두 자신의 사명을 다해야 했지만, 나는 그러지 못했어. 그래도…… 강활, 그 일만은 정말 고맙구나. 내가 피를 토하고 혼절했을 때 폐하께 내 소식을 알려 준 것 말이다. 당시 나는 죽기 전 폐하의 용안을 뵙기는 글렀다며 체념하고 있었느니라. 네 덕분에 긴 세월 마음속에 담아 두었던 말을, 땅속에 묻혔어도 하지 못했을 말을 하고 죽을 수 있게 되었지."

나는 느리게 고개를 들었다. 그리고 창 너머 머나먼 북쪽을 바라보았다.

"족장님, 이러지 마세요! 황제 따위가 뭐라고요! 그자가 뭐기에 귀한 목숨까지 버리시려고 하세요? 족장님은 세간의 달콤한 말에 결단코 미혹되지 않는 단호한 분이셨잖아요!"

그러게…… 나도 내가 그렇다고 생각했지. 하지만 그는 달콤한 말로 나를 미혹하지 않는걸. 그저 온 마음을, 온 영혼을 바쳐 내게 자신을 드러내 보였을 뿐이지. 그것은 세상 어떤 달콤한 밀어보다 유혹적이었어. 그리고 그의 어디가 좋은지도 모르면서 그의 모든 것이 좋기만 했어. 그를 떠올리기만 해도 마음이 따뜻해지곤 했지.

"강활……, 내게 언제부터 청모를 썼지?"

문득 머릿속에 의문이 떠올라 나는 그녀에게 질문을 던졌다.

"족장님이 입궁하여 처음으로 황제와 독대한 그날, 족장의 표정이 실로 이상했어요. 그 후 황제가 의전에 들렀다가 떠나면 족장님은 늘 생각에 잠기셨죠. 어쩔 수 없이 저는 입궁한 지 보름째부터 족장님의 식사에 청모를 탔어요."

입궁한 지 보름부터라고? 그건 5년 전인데?

나는 내가 그를 사랑하게 된 시기를 그가 바둑을 두다가 화가 나서 나가 버린 석 달 전 즈음으로 짐작했다. 그런데 아니었다. 나는 이미 오래전부터 그를 마음에 두고 있었다. 다만 내가 깨닫지 못했을 뿐.

아, 나도 그도 어찌 이리 바보일까? 강활조차 알아챈 이 마음을…… 당사자인 우리 둘은 어째서 몰랐을까.

북쪽을 하염없이 바라보는 내 눈에 어느덧 눈물이 어룽졌다.

나도 모르게 또 혼절하고 말았나 보다. 다시 눈을 뜨니 울어서 눈이 퉁퉁 부은 강활이 보였다. 그녀는 내가 눈을 뜬 걸 확인하자마자 내게 봇짐을 안겼다.

"족장님, 중요한 물건은 이미 다 챙겼으니 속히 도망치세요. 황궁으로도, 성의족으로도 영원히 돌아오지 마세요. 족장님의 약제술은 천하제일이니 청모의 독도 언젠가는 해독하실 수 있어요."

"그건 안 될 일이야."

나는 봇짐을 밀며 거절했다.

"폐하를 여기서 기다리겠다고 약조했느니라. 그러니 나는 결코 이곳을 떠날 수 없어."

"족장님!"

"게다가 이 독은 나뿐 아니라 그 누구도 풀 수 없어. 만약 풀 수 있었다면, 한 가닥의 가능성이라도 있었다면 나는 죽을힘을 다해 이 독을 해독했을 것이야. 그래야 폐하와 조금이라도 더 함께할 수 있을 테니 말이다."

"족장님, 어찌 이러세요? 이럴 가치가 정녕 있나요?"

강활이 주저앉아 통곡하자, 나는 힘없이 손을 들어 그녀의 눈물을 닦아 주었다.

"가치는 차고 넘치느니라. 그분의 깊디깊은 사랑에 내가 못 미쳐 부끄러울 따름이야."

어느 순간 강활의 말이 들리지 않았다. 또 혼절했으려니 했는데, 이번에는 꿈까지 꾸었다. 꿈속의 나는 망천 기슭에 서 있었다. 놀라서 깨어난 나는 내 곁에 붙어 앉은 강활에게 급히 손을 뻗었다.

"강활……."

"족장님, 깨어나셨어요?"

"으응……. 나 좀 일으켜 줘."

"좀 더 누워 계심이……."

"아니, 앉을래. 그러고 싶어."

강활은 울상을 한 채 나를 앉혀 주었다. 등에 방석을 대 주려고 했지만, 병자처럼 보이기 싫어서 그건 거절했다.

"발소리가 들리는구나……."

"예?"

강활은 내 말이 뜬금없는지 눈을 휘둥그레 떴다.

"족장님, 그게 무슨 말씀이신지……."

강활에게는 들리지 않는 모양이지만, 내 귀에는 분명히 들렸다. 희색이 만면하여 내게 달려오는 그의 분주한 발소리가 말이다. 황궁 밖인지, 경성의 높은 담벼락 밖인지, 아니면 먼 북방의 곽락경족의 영토 안인지는 알 수 없지만, 선명하게 들렸다.

곧이어 북소리가 황궁 곳곳으로 번졌다. 질주하는 발소리도 났다. 이는 천하에 널리 알리는 승전보였다.

그가…… 돌아왔다.

"족장님!"

강활이 비명을 지르며 온몸의 관절이 폭삭 주저앉듯 무너지는 나를 부축했다. 뭔가를 예감한 듯 강활은 다시 서럽게 통곡했다. 그런 그녀를 올려다보며 나는 눈을 치떴다. 그리고 그녀에게 단단히 당부했다.

"반드시 폐하께 말씀드려다오. 약조한 대로 나는 이곳에서 꼼짝도 하지 않고 폐하를 기다렸다고 말이다."

온몸이 부서지는 듯한 통증을 더는 견딜 수 없던 그 시기가 지나자, 나는 구름 위에 있었다. 주변 하늘은 시리듯 맑고, 새는 곱게 지저귀고, 꽃은 향기로웠다.

"끝났나, 겁이……?"

나는 반쯤 멍한 정신으로 중얼거리며 발아래 구름을 보았다. 지금 내가 여기에 섰다는 것은 속세의 내 육체는 이미 죽었다는 의미이다. 그렇다면 욱봉은? 욱봉은 어찌 되었지?

생각이 거기에 미치자 나는 급히 구름 아래를 내려다보았다. 그러자 겹겹이 이어진 황궁의 중문을 밀치고 나가며 복도를 질주하는 욱봉의 모습이 보였다. 그는 어느덧 내 의전 앞에 와 있었고, 나는 그런 그를 저지하고 싶었다. 하지만 방금 겁을 마친지라 영력이 돌아오지 않아 구름은 내 발밑에서 옴짝달싹하지 않았다.

의전 문을 열어젖힌 그가 얼어붙는 게 보였다. 그의 시선은 통곡하는 강활 앞에 놓인 내 시체에 고정되어 있었다.

'쾅' 하는 소리가 날 정도로 바닥에 세게 무릎을 찧은 그는 네발로 기어 내 침상 앞으로 다가왔다. 그리고 강활을 밀치고는 내 면사를 벗겨 손가락을 내 코 아래에 대서 내가 정녕 숨을 쉬지 않는지 확인했다. 다음 순간, 그는 내 시체를 와락 안고는 하늘을 향해 처절한 비명을 내질렀다.

"아아아악---!"

하늘이 무너지고, 땅이 갈라졌다.

천하의 물이 모조리 역류하여 바다가 범람하고, 산들이 무너지고, 초목이 재로 변했다.

셀 수도 없이 많은 요마와 이매망량이 황궁으로 스며들어 의전

밖에 모였다. 마존의 호령에 모두 집결한 것이었다.

나는 온 힘을 다해 구름을 움직이려 했지만, 소용없었다. 구름은 고작 한 척 정도 아래로 내려갔을 뿐이었다.

나는 무력했고, 고스란히 그의 절망을 아프게 방관할 수밖에 없었다.

나는 이미 겁을 치렀건만, 어찌 이리도 고통스러울까?

설마 이 또한 겁인가?

초점을 잃은 눈으로 나를 안은 채 그는 내내 미동이 없었다. 그의 기행은 인간의 시간으로 사흘 밤낮 동안 이어졌다. 그리고 나흘째 새벽에야 눈동자에 다시 빛이 돌아왔다. 그는 천천히 고개를 돌려 의전 바닥에 고개를 조아리고 꿇어앉은 백관들에게 고했다.

"짐은 사해를 통일하면 황후를 맞이한다고 경들에게 말했다. 그러니 오늘 짐은 황후를 맞이할 것이다."

백관들은 불안한 표정을 거두지 못했지만, 감히 한마디도 하지 못했다.

"성의족 족장 금멱은 용모 단정하고 후덕하니 가히 짐의 황후로 적격이다. 짐은 금멱을 짐의 유일한 처로 맞이하기로 정했으며, 오늘 정식으로 국혼을 치를 것이다."

욱봉의 말을 들은 백관들은 모두 벼락 맞은 얼굴을 했다. 나 또한 마찬가지였다.

"예부시랑."

"예, 폐하."

"짐이 오늘 국혼을 치르겠다고 말했건만, 그대는 거기 주저앉아 뭐 하는 것이냐? 설마 짐이 일으켜 주기를 기다리느냐?"

서릿발처럼 차가운 욱봉의 말에 예부시랑은 허겁지겁 몸을 일으켰다.

"신 예부시랑, 폐하의 명을 받드옵니다. 지금 바로 처리하겠나이다."

예부시랑은 사색이 되어 나갔고, 강활 또한 그를 따라 슬그머니 의전 밖으로 나갔다. 그러자 그는 면사에 싸인 내 얼굴을 부드럽게 쓰다듬은 뒤 나를 조심스레 안아 들었다.

"금멱, 우리도 준비하자."

"폐, 폐하!"

남은 대신 몇이 동시에 입을 열었다. 그를 만류하려는 게 분명했다.

"무슨 일이지? 짐에게 할 말이라도?"

보검을 출수한 양 싸늘한 눈빛이 좌중을 훑자, 대신들은 황급히 고개를 조아렸다. 사해를 통일한 백전백승의 황제를 앞에 두고 어찌 그를 거스를까! 그가 전대미문의 영혼 혼례식이 아닌 더한 것을 한다고 해도 말릴 수 있는 대담한 이는 이 안에 없었다.

욱봉이 나를 데려간 곳은 그의 침전이었다. 그는 친히 손수건에 물을 적셔 내 입가의 핏자국을 닦아 준 뒤 옷장에서 적금색 금박을 입힌 봉포를 내게 입혔다.

"금멱, 이 봉포는 5년 전에 만들도록 명한 거야. 갈 때마다 눈어림으로 계속 변해 가는 네 치수를 확인했지. 그래서 81번이나 고쳐야 했어. 그렇게 많이 고치고도 안 맞았을까 봐 걱정했는데 딱 맞아 실

로 다행이야. 어때? 내 눈이 정말 정확하지 않아?"

그는 내 눈썹을 그려 주며 다정하게 말했다. 구름 위에 주저앉아 그런 그를 보고 있자니 가슴이 미어질 듯 아팠다. 손가락 하나 까딱할 수 없었다.

"미안, 내가 좀 서툴지? 처음 해 보는 화장이라 그래. 너는 화장을 안 해도 세상에서 가장 예쁘니 부디 나를 탓하지 마. 게다가 오늘은 우리 둘의 혼례식이 있는 날이잖아. 기쁜 날이니 우리 매사에 좋게 좋게 생각하자."

그는 연지까지 마무리한 뒤 홍개두를 내 머리에 씌워 주었다. 그런 뒤 몸을 일으켜 자신의 예복을 꺼내 들었다.

문무백관과 만백성을 증인 삼아, 그는 나를 안은 채 연(輦)에 올랐다. 뒤에는 상자들이 쌓여 있었는데 그 안에는 온갖 진귀한 보물이 가득 차 있었다. 천여 명의 궁인이 그 뒤를 따르는 연은 곧바로 국혼이 치러지는 봉황대로 갔고, 그는 총 49가지 순서로 진행되는 혼례식 내내 나를 안고 있었다. 하지만 길고 엄숙한 예식이 끝났을 때도 그는 연에서 내려오지 않았다. 그는 나를 잠시 몸에서 떼어 놓더니 대뜸 고삐를 잡아당겼다. 그러자 놀란 말들은 삽시간에 인파를 헤치며 달려 나갔다.

"폐하!"

"다들 뭐 하느냐? 황상께서 위험하시다!"

"군사들은 연을 붙들라!"

여기저기서 고함이 터지고, 관원들은 즉시 우리 뒤를 쫓아왔다. 그러자 그는 화살을 꺼내 들어 달려오는 관원을 쏘아 말에서 떨어뜨렸다. 백전백승의 패왕답게 그가 화살을 쏘는 족족 관원들은 바닥에 나뒹굴었고, 최후에는 아무도 우리 뒤를 쫓아오지 못했다. 그러는 사이 그들과 우리의 거리는 점점 더 멀어지고 있었다.

* * *

석양이 깔린 평원을 가르는 바람에 그와 나의 혼례복이 너울거렸다. 하늘에 번진 붉은색이 천계가 깐 노을이라면, 땅에 번진 붉은색은 우리가 깐 노을이었다. 그리고 우리의 노을은 그가 나를 안고 황릉 안으로 들어간 순간, 땅에서 그 자취를 감추었다.

그는 기관을 하나씩 열어 황릉의 가장 깊은 곳으로 들어섰는데, 그곳은 바로 제왕의 시신을 보관하는 정전이었다. 여느 황릉과 달리 그곳에는 사방에 붉은색 휘장이 드리워져 있고, 쌍희홍촉(결혼식 때 신방에 켜는 붉은 초)에 불이 환히 붙어 있고, 붉은색 비단이 깔린 탁자 위에 따뜻한 요리와 데운 술이 놓여 있었다. 모르는 이가 봤다면, 무덤 안이 아닌 신방이라고 착각할 게 분명했다. 여기가 황릉이라고 짐작할 수 있는 요소는 정전 중앙에 놓인 거대한 붉은색 관뿐이었다.

"여기 어때? 마음에 들어?"

그는 내게 부드럽게 물으며 나를 관 안에 넣었다. 그런 뒤 칭간을 들어서 내 홍개두를 벗긴 뒤 젖은 눈으로 싱긋 웃었다.

"너는 참 길게도 내 속을 썩였어. 그렇지, 내 못난이 마누라?"

그는 목이 먹먹해 도무지 말을 이을 수 없는지 잠시 침묵했다. 하지만 다시 웃었다.

"물론, 그럴 가치는 충분했어. 지금껏 이렇게 아름다운 못난이는 처음 보거든."

그는 계속 혼잣말하며 옥잔 두 개에 술을 따랐다.

"너는 긴 세월 내내 네 마음을 속이고, 내 마음을 외면했어. 나는 그로 인해 지옥 불에 들어선 듯 괴로웠고."

그의 손가락이 미묘하게 움직였다. 술에 뭔가를 타는 듯한 동작이었다.

"그런데도 나는 너를 포기할 수 없었지. 온 마음을 다해 너와 동방화촉을 밝힐 날을 고대했어."

그는 말을 끊더니 잔을 들어 한 번에 다 마셨다.

"즉, 나는 숙원을 마침내 이룬 셈이지. 금멱, 나는 방금 신랑의 합환주를 마셨어. 너는 지금 상황이 여의치 않으니 네 합환주도 내가 마실게."

나머지 술잔까지 비운 그때, 그는 시뻘건 피를 울컥 토했다. 그런데도 그의 미소는 아침 해처럼 밝기만 했다.

"나는 석 달 전만 해도 이번 내 생이 참 고되다고 여겼지. 어렸을 때는 보좌를 위협하는 세력에 하루도 편할 날이 없었고, 너를 만난 후로는 가지고 싶어도 가질 수 없는 번뇌에 매일매일 몸과 마음을 불살라야 했으니 말이야. 하지만 돌이켜 생각해 보니 이번 생은 나쁘지 않았어. 아니, 실은 참으로 좋았어. 너를 만나고, 너를 사랑하고, 너에게 사랑받았으니 말이야. 금멱, 너로 인해 나는 이번 생이 미치게 행복했어……."

그는 관으로 들어와 나와 나란히 누웠다. 그리고 한 손으로 내 손을 붙들고, 다른 한 손으로는 내 머리를 들어 그의 어깨에 베게 했다. 그런 뒤 관 속에 설치된 기관을 눌렀다. 곧이어 관 뚜껑이 묵직한 소리를 내며 닫혔다.

"결국, 순장되는 건 나였군. 다행이야. 너는 순장되는 걸 싫어했는데, 그것을 내가 대신해 줄 수 있으니 말이야."

그의 흐뭇한 웃음소리가 되레 너무 슬퍼 나는 구름 끄트머리에 주저앉은 채 입을 틀어막았다. 목에 돌이라도 걸린 듯 한마디도 할 수 없고 눈알이 빠질 듯 눈물이 흘러내렸다. 곧이어 구름 아래서 번개가 치고, 폭우가 내렸다. 광활한 대지 위로 뇌성이 요란했다.

"······ 금멱······."

문득 멀지 않은 곳에서 들려온 익숙한 목소리에 나는 고개를 번쩍 들었다. 그리고 다급히 몸을 일으켜 미친 듯 목소리가 난 방향으로 내달려 오롯이 나만을 기다리고 선 따뜻한 품 안으로 뛰어들었다.

"부장품에게 순장을 당한 황제는 만고에 당신 하나일 거예요."

울음이 반 이상인 투정을 부리며 나는 그를 꼭 안았다. 하지만 그는 내게 안긴 채 아무 말도 하지 않았다. 그 순간 겁이 덜컥 나서 나는 급히 고개를 들었다. 그가 속세에서 마신 독주가 선체가 된 지금도 영향을 미치나 싶어서였다.

하지만 나는 그의 상태를 살필 수 없었다. 그가 자신의 얼굴을 보는 걸 허용하지 않겠다는 듯 내 정수리를 억지로 아래로 밀어 그의 품에 더 단단히 묻었기 때문이었다.

"보지 마······."

뜨거운 무엇인가가 내 목 뒤로 한 방울 한 방울 떨어졌다. 그것은 내 목을 타고, 어깨로 미끄러졌고, 최후에는 내 심장까지 흘러들었다.

"네가 여전히 내 품에 있어 참으로 다행이야. 그게 속세의 겹인 게……."

욱봉이 부드러운 것은 언제나처럼 아주 잠깐이다. 그는 금세 원래 성질을 이기지 못한 채 버럭 성질을 냈다.

"금멱, 너 다시는 나를 이렇게 놀라게 하지 마! 분명히 기다린다고 약조해 놓고서는 어떻게 나를 두고 혼자 가 버릴 수 있지? 이번에 너도 똑똑히 보았을 테니 명심해! 너 없이 나는 한순간도 살 수 없어. 내가 저 꼴 나는 게 보기 싫으면 앞으로……."

그는 차마 말도 못 이은 채 노기로 어깨를 급히 들썩였다. 그런 그를 보고 있자니 나는 전에 없이 유순해졌다.

"당연하죠. 낭군께서 말씀하셨는데, 처가 어찌 따르지 않을까요! 부창부수라는 말도 있잖아요."

내 말에 그는 환히 웃었다. 청수한 봉안에는 연정이 가득했다. 손을 뻗어 내 이마를 튕기려는 듯했지만, 시늉만 하고는 부드럽게 그 위를 쓰다듬었다.

"알면 됐어. 내가 네 낭군이고, 네가 내 처라는 불변의 사실을 네가 기억하기만 하면 된 거야."

구름 아래로 어느덧 폭우가 그쳤다. 흐린 하늘을 가르며 금빛 테두리를 두른 붉은 해도 서서히 떠올랐다. 그러자 하늘가에는 비익조가 춤을 추고, 땅 위에는 연리지가 칭칭 뒤엉켰고, 물속에서는 비목어[74]가 쌍쌍이 다정했다. 먼 곳의 하늘빛과 구름 그림자도 함

---

74 광어나 넙치과 물고기를 통칭한다. 두 눈이 한쪽으로 몰려 있기에 헤엄칠 때 같은 종류의 두 마리가 함께 있어야 방향을 구별한다고 하여 비익조, 연리지와 같은 의미로 쓰인다. 영원히 헤어지지 않는 연인을 의미한다.

께 떠돌았다.

서로의 겁이 될 고된 운명이
우리를 모질게 휘감는다 해도
그대는 피하지 않고,
나는 숨지 않으니!
긴 세월 쌓은 깊은 연정이 있기에
우리는 언제 어디서든 함께하리니.

번외 4
유년

하현달이 시리게 빛나는 삼월의 밤은 짙은 어둠 속에 침몰해 있었다. 그 어둠은 실로 짙고 무거워 낮에는 온 천지를 향기로 적시는 꽃사과나무 숲마저 깊이 잠들게 할 정도였다.

그렇게 온 세상이 잠든 어둠을 비집은 것이 있었으니 그것은 가는 밤바람과 희미한 빛이었다. 파도 위를 표류하는 꽃잎 같던 그 빛은 시간이 흐를수록 꽃사과나무 숲과 거리가 좁혀졌는데, 그 빛의 정체는 사실 비단으로 감싼 작은 등롱이었다. 그리고 그 등롱은 자신을 든 땋은 머리 소년을 희미한 주황빛으로 감싸고 있었다.

어둠이 전혀 두렵지 않은 듯 차분하게 걷던 소년은 꽃사과나무 숲에 이르러 문득 멈춰 섰다. 그런 뒤 맑은 눈으로 달을 올려다보았다. 하얀 이에 붉은 입술을 지닌 소년의 요요함은 누가 봐도 그가 평범한 인간이 아님을 알 수 있게 했다.

잠시 후 소년은 꽃사과나무 숲의 무수한 나무 중 하나 앞으로 다가가 등롱을 내려놓았다. 그리고 언제 부러졌는지 모를 가지를 평평하게 펴더니 그 부러진 부분에 은백색 비단 끈을 묶었다. 가지가 나무에 단단히 잘 고정되었는지 몇 번이고 확인한 후에야 등롱을 집어 들기 위해 허리를 숙였다.

"응?"

허리를 어정쩡하게 구부린 채로 소년은 문득 눈썹을 찡그렸다. 시들어 떨어진 꽃사과나무 꽃잎이 작은 산을 이룬 곳에 언뜻 다른 색이 눈에 띄어서였다. 꽃사과나무 꽃잎은 담홍색이나, 방금 소년이 본 것은 분명 상색[75]의 어떤 것이었다.

소년을 고개를 빼고 그것이 뭔지 살폈지만, 달이 흐려 도무지 판별하기 힘들었다. 별수 없이 등롱을 집어 든 채 다가가자, 역시나 상색 천이 끄트머리만 삐죽하게 꽃 덤불 위로 삐져나와 있었다. 뭔가 불안한 예감이 든 소년은 층층이 쌓인 꽃잎을 급히 헤쳤다. 그리고 덤불 속에 대부분이 가려져 있던 포대기를 발견했다. 그 안에는 눈을 꼭 감은 아기가 싸여 있었는데, 단꿈에 빠져 있다는 생각이 들 정도로 표정이 평온했지만, 입술 끝에는 핏자국이 선연히 나 있었다.

"세상에!"

소년은 대경실색하며 아기의 코 아래에 손가락을 대 보았다. 숨이 어찌나 약한지 거의 느껴지지 않았다. 그 순간 소년은 등롱을 내팽개치다시피 한 채 아기를 들고 내달렸다.

소년이 사라진 뒤 깊이 잠들었던 꽃사과나무가 깨어났고, 소년을 따르던 밤바람은 서글프게 탄식했다. 이른 봄의 첫 꽃사과나무 꽃이 언제 피어날지 그 누구도 모르듯, 운명이 언제 그물을 펼칠지 아무도 모르듯.

소년이 숨이 턱에 닿도록 달려서 이른 곳은 하얀 담에 먹색 기와

---

75 緗色, 중국 전통 색상으로 살짝 어둡고 진한 노란색이다. 우아하고 단아한 색으로 여겨 황실에서 자주 쓰는 색상이기도 하다.

를 짊어진 단출하지만, 품위 있는 집 앞이었다. 그는 숨을 고를 틈
도 없이 문을 박차며 집 안으로 뛰어들었다.

"스승님! 스승님!"

소년은 연거푸 소리쳤지만, 등을 들고 집 안에 서 있는 여인은 아
무것도 듣지 못한 듯 초연했다. 그저 손 위에 올려둔 상자만 물끄러
미 바라볼 뿐이었다. 그녀는 소년이 제 앞에 무릎을 꿇고 앉아 고개
를 조아리고서야 상자를 내려놓으며 소년에게 시선을 옮겼다. 신성
한 기운으로 온몸을 휘감은 그녀는 소녀처럼 혈색이 좋아 그 나이
를 도무지 가늠할 수가 없었다.

"무슨 일로 이 소란이냐?"

그녀의 목소리는 마치 물이 흐르듯 유연했다.

"제자 낙림이 집 밖에서 이 아기를 발견했나이다. 스승님, 부디
이 아기의 생명을 보존케 해 주십시오."

품에 안은 아기의 숨결이 더 약해지자 소년은 더 조급해졌다. 조
숙한 말투와는 달리 아직 앳된 소년의 얼굴은 백지장처럼 창백해졌
고, 입술은 파랗게 질렸다.

"낙림……."

그녀는 손에 쥔 염주를 평온하게 돌렸다.

"이것은 아기가 아니니라. 부처님 앞에 놓인 연꽃에서 떨어져 나
온 꽃잎 한 장이지. 빛의 틈새로 우연히 스며들어 이곳 삼도십주에
떨어졌구나. 인과에 따르면 이 꽃잎의 원신은 응당 소멸해야 하느
니라."

"스승님, 아직 어리디어린 아기입니다. 이 어린것의 목숨을 어찌
저버릴 수 있습니까!"

소년은 드물게 강하게 항변했지만, 그녀는 여전히 담담했다.

"낙림, 네가 만물을 연민하며 천성이 자비롭다는 것을 나도 잘 안다. 하지만 만물은 자연의 법칙에서 벗어날 수 없느니라. 기연은 하늘이 정하며, 그것을 거스르면 반드시 재앙이 따르는 법이지. 만약 이 혼백을 되돌려서 생긴 반서는 도대체 누가 책임진단 말이냐."

"제자가 지겠습니다!"

소년은 일체의 망설임도 없이 즉시 대답했다. 소년의 맑은 눈에 어린 진심은 굳건하기 짝이 없었다.

"낙림……."

"스승님, 부디 이 아기를 살려 주십시오. 이 제자가 반서의 결과를 온전히 품겠습니다. 그리고 절대로 후회하지 않겠습니다."

그러자 그녀에게서, 아니, 별의 어머니 두모원군의 입술 사이로 드물게 탄식이 흘러나왔다.

세월은 유수와 같아 어느덧 만 년이 지났고 소년은 수려한 공자가 되었다. 그리고 그가 '강남에 가래나무가 무성한 계절이 도래하니 온 세상이 향기롭구나(江南生梓木, 灼灼孕芳華)'라는 시구에서 따와 '재분(梓芬)'이라고 이름을 지은 아기는 아름다운 여인으로 성장했다.

그들은 별의 어머니 두모원군의 제자이기도 했는데, 대제자인 낙림은 물을 관장하며, 다음 제자인 재분은 꽃을 관장했다. 수신 낙림은 수려한 외모뿐 아니라 천하를 두루 아끼는 자비로운 덕성으로 미명을 떨쳐 육계에 모르는 이가 없었으나, 화신은 달랐다. 고독을 즐기고 담백한 천성을 지녀 화계에 은둔한 채 세상과 단절해 살기

때문이었다.

하지만 세상의 모든 이야기가 어찌 삶, 이별, 죽음과 떨어질 수 있을까!

세상 만물은 모두 이어져 있고, 사랑, 한, 증오 또한 마찬가지이다. 연이 닿았기에 서로 사랑하고, 이유가 있기에 누군가를 증오한다. 그리고 사랑하는 마음이 깊으나 연이 옅을까 봐, 인연이 닿았는데 함께할 수 없을까 봐, 가위눌림이나 다름없는 그 끔찍한 고통이 자신에게 다가올까 봐 두려워한다. 그것은 속세의 인간뿐 아니라 육계의 누구도 벗어날 수 없는 굴레였다. 천계 태자 태미, 수신 낙림, 화신 재분도 예외는 아니었다.

천원 십일만팔천사백 년, 천계 태자 태미는 어느 날 태허에 드는 꿈을 꾸었다. 거기서 그는 물 위를 걷고 있는 여인의 뒷모습을 보았다. 그녀의 걸음걸음마다 꽃이 피어나 실로 신비로웠다. 한참을 걷던 그녀는 문득 뒤를 돌아보았는데, 천지가 빛을 잃고 천인도 경악하게 할 만큼 아름다웠다. 그는 첫눈에 그녀에게 매혹되었고, 온 세상을 다 뒤져서라도 그녀를 찾아내기로 했다.

그리고 그가 그녀를 찾아다닌 지 꽤 시간이 흘렀을 무렵이었다. 속세의 거리를 지나던 그는 작은 극장 앞에서 돌연 멈춰 섰다. 막 입춘을 지난 터라 꽃샘추위가 살을 에는데, 유독 이 극장 안에만 백화가 가득 피어 있는 게 이채로워서였다.

극장 정원 안 도화 나무 아래서는 한창 공연이 벌어지고 있었다. 사죽을 연주하는 악공의 반주에 맞춰 노래하는 남녀 배우의 옷소매를 날리는 바람은 바깥과 달리 온기를 가득 품고 있었다. 바야흐로 이곳만 완연한 봄이었다.

"이곳 모란정 정원에 발을 들이지도 않았는데 어찌 아름다운 봄이 왔음을 알 수 있을까!"

나무에 핀 도화가 아름답고, 낭랑한 노랫소리는 면면히 이어졌다. 귀와 눈이 모두 즐거워지는 순간이었지만, 그 순간의 아름다움조차 극장 구석에 그림처럼 서 있는 여인의 자태와 감히 비교할 수는 없었다. 그도 그럴 것이 그녀는 바로 꽃을 피우기 위해 속세에 잠시 발길을 했다가 노랫소리에 이끌려 우연히 극장 안에 들어온 화신 재분이기 때문이었다.

"우연히 이 정원에서 늘어진 버들가지를 꺾었다오. 낭자가 경서를 읽었다면, 마땅히 시를 지어 이 버들가지를 찬양해야 하지 않겠소?"

소생(小生, 중국 전통극에서 젊은 사내 역의 통칭)이 노래하자, 화단(花旦, 중국 전통극에서 활발한 말괄량이 소녀 역의 통칭)이 마름꽃으로 얼굴을 반쯤 가리며 다음 대목을 이어받았다.

"도령은 누구시기에 이곳에 계십니까?"

노래를 주거니 받거니 하는 소생과 화단의 눈빛이 은근한 정을 품고 교차했다. 하지만 태미는 이곳에 들어왔을 때와 달리 공연에 전혀 집중할 수 없었다. 그리도 찾기를 갈망했지만, 결코 찾을 수 없었던 꿈속의 여인을 만나 두 가지 감정이 교차한 탓이었다.

그는 꿈속의 여인이 신기루가 아니라서 기뻤고, 그녀가 하필 육계에서 가장 냉정하고 고독을 사랑하는 화신이라 슬펐다. 그녀의 마음을 사로잡기란 아마도 은하수를 역류시키는 일보다 어려우리라 그는 능히 예상했다.

다음 날, 천계에서 큰 연회가 열렸다. 육계의 모든 신선이 초청받았으며 화신 또한 마찬가지였다. 이 연회가 평소와 다른 점이 있다면, 큰 무대를 만들어 속세의 곤곡을 공연한다는 데 있었다. 이 새로운 놀잇거리에 흥미를 느껴 참석한 신선들도 적지 않았기에 그들은 모두 집중해서 막이 오르기를 기다렸다.

얼마 후 곡이 연주되자, 초연한 얼굴로 앉아 있던 화신 재분이 돌연 무대를 올려다보았다. 그녀가 속세에 갔다가 홀린 듯 들었던 노래라 귀에 익숙해서였다. 그 순간 무대 위의 배우와 눈이 마주쳤다.

사실 그는 배우가 아니라 오늘 특별히 무대에 오른 천계 태자 태미였다. 그는 천계로 돌아온 후 화신이 좋아했던 그 노래를 부단히 연습했고, 오늘 일부러 무대에 올랐다. 그녀가 좋아하는 노래로 자신의 마음을 전하기 위해서였다.

"백화가 만발하는 봄은 이미 와 있었건만, 나는 이제야 그 사실을 알았네. 제아무리 화사하여도 보아 줄 이 하나 없었으니 폐허와 다를 바 없었구나! 봄이 이리도 아름다운 줄 몰랐던 나는 대체 어떤 생을 살았던고! 이토록 아름다운 봄날을, 이렇게 귀한 시간을 내가 소망하듯 누릴 수 있는 곳이 이 세상 어디에 있으려나! …… 푸른 기와를 인 정자는 선계의 꽃구름처럼 아름답고, 봄바람과 함께 스며든 가랑비가 흩날리는 망망한 호수 위의 한 조각 배는 마치 한 폭의 그림과 같네. 규방에 갇혀 사는 나 같은 여인에게 대자연에 만연한 봄빛은 감히 소유할 엄두도 못 낼 서러운 사치로구나."

그날 공연을 계기로 세상과 단절해 살던 화신에게 변화가 생겼다. 태자의 초청을 받아 천계로 가서 곤곡을 감상하는 일이 잦아진 것이다. 곤곡 감상을 함께하자는 청은 그저 태미의 핑계에 불과했지만, 그녀는 그의 의도를 전혀 알지 못했다. 그리고 풍류가 넘치고 가진 것이 많아 오만하고 세상사에 닳고 닳은 사내가, 담백하고 물정을 모르는 여인을 유혹하기란 손바닥 뒤집기보다 쉽다는 현실도 인지하지 못했다. 그 사내가 하는 영원한 맹세 또한 천하에 믿을 게 못 된다는 사실도 알아채지 못했다.

그리고 그와 자신이 실로 악연이었음을…… 그녀는 먼 훗날에나 알게 되었다.

향밀침침신여상 2

제1판 1쇄 발행 | 2019년 12월 18일
제1판 2쇄 발행 | 2022년 6월 16일

지은이 | 전선(電線)
옮긴이 | 이경민
펴낸이 | 오형규
펴낸곳 | 한국경제신문 한경BP
책임편집 | 노민정
교정교열 | 김가현
저작권 | 백상아
홍보 | 이여진 · 박도현 · 하승예
마케팅 | 김규형 · 정우연
디자인 | 지소영
본문디자인 | 디자인 현

주소 | 서울특별시 중구 청파로 463
기획출판팀 | 02-3604-590, 584
영업마케팅팀 | 02-3604-595, 583   FAX | 02-3604-599
H | http://bp.hankyung.com   E | bp@hankyung.com
F | www.facebook.com/hankyungbp
등록 | 제 2-315(1967. 5. 15)

ISBN 978-89-475-4542-6   04820 (2권)